余音绕梁

舒远 著

江苏凤凰文艺出版社

图书在版编目（CIP）数据

余音绕梁 / 舒远著. — 南京：江苏凤凰文艺出版社，2018.10
ISBN 978-7-5594-2280-4

Ⅰ. ①余… Ⅱ. ①舒… Ⅲ. ①长篇小说－中国－当代 Ⅳ. ①I247.5

中国版本图书馆CIP数据核字(2018)第124414号

书　　　名	余音绕梁
作　　　者	舒　远
出 版 统 筹	汪修荣　邹立勋
选 题 策 划	喻　戎
责 任 编 辑	胡小河　姚　丽
文 字 编 辑	苏　婷
责 任 监 制	刘　巍　江伟明
出 版 发 行	江苏凤凰文艺出版社
出版社地址	南京市中央路165号，邮编：210009
出版社网址	http://www.jswenyi.com
印　　　刷	湖南关山美印有限公司
开　　　本	880mm×1230mm 1/32
字　　　数	323千字
印　　　张	9.5
版　　　次	2018年10月第1版，2018年10月第1次印刷
标 准 书 号	ISBN 978-7-5594-2280-4
定　　　价	36.80元

（江苏凤凰文艺版图书凡印刷、装订错误可随时向承印厂调换）

 目录　　　CONTENTS

第一章　　那年春夏　　　/001
第二章　　小镇生活　　　/028
第三章　　青春与荷尔蒙　/051
第四章　　他的温柔　　　/073
第五章　　我喜欢你　　　/096
第六章　　阳光下的变故　/103
第七章　　相爱和重逢　　/108

CONTENTS

第八章	时光里的零碎	/148
第九章	他要走的路	/171
第十章	再回小凉庄	/198
第十一章	理想与现实	/228
第十二章	平凡的人	/251
第十三章	一年中的好日子	/267
番外	遇见羊城	/289
后记		/297

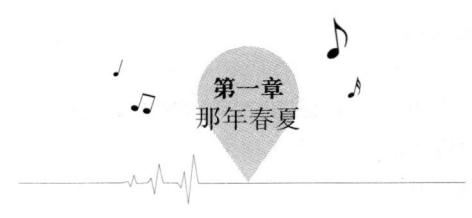

第一章
那年春夏

01

余声刚跑到阶梯教室门口,铃就响了。

死党方杨的班级坐在最左边挨着墙那两列,女生远远就站起来对她招手。

余声弯下腰从过道小跑过去,坐在方杨早就占好的位置上后,长嘘了一口气。

"你怎么才来?"方杨问。

余声从兜里掏出MP3:"你们这儿太难找了。"

方杨睁大眼看着旁边的女生戴上耳机,一副"你不看节目干啥来了"的样子。身边的同学仰着脖子往表演台上瞅,幕后走出来一对俊男美女开始校庆五十周年典礼的报幕。

方杨立刻混在其中跟着鼓掌。

男女主持人的声音一刚一柔,听得余声想睡觉。不知道过去多长时间,方杨忽然拉住她的袖子摇,余声拿下右耳的耳机看过去。

"出场了。"女生嘴里激动地念叨。

她话音刚落,舞台灯光暗了下来。余声不经意地抬眼一望,幕布拉开了,舞台上有三个男生,一个坐在架子鼓前,另外两个应该是贝斯手和键盘手。

当时所有人都安静了。

余声看了一眼又去按手里的MP3想换首歌,耳边有鼓声渐渐传了过来。

几秒之后她清晰地觉察到周围有女生倒吸了口气,她瞥了过去。

灯光聚集在那处耀眼的地方。

一个男生穿着黑色短袖上衣和牛仔裤,背着吉他从后面走了出来。

他站定在话筒前轻点着头打着节拍,两手握着吉他低下头手指拨弦,有旋律一点一点慢慢跳出来。

余声不是很喜欢摇滚,她觉得那样会很吵很烦,根本就静不下心来去思考。

尤其是对于戴上耳机喜欢与外界隔绝的她来说,摇滚简直就是晴天一声霹雳。

忽然有女生开始尖叫。

一九九四年郑钧出了新专辑,余声曾经在音像店里见到过。

她现在听到的却是和郑钧不太一样的版本和味道,那人慵懒肆意像喝得烂醉的酒鬼,唱着:"你踢了我一脚让我跟你走。"

他一开口,引爆全场。

余声碰了碰正看得起劲的方杨,女生已经陷进去,无法自拔。

余声咽下了那句"你认识他吗",淡然地挠挠脸颊,眼睛向周围扫了一圈。

一首歌不到四分半钟。

他弯腰低头弹着吉他,脚跟随着节奏起伏,最后以一段独奏收尾。

阶梯教室里接连传来呐喊,吼着再来一首,前后左右的男男女女几近疯狂。余声默不作声地戴上耳机,直到晚会结束。

回家路上全是骑着自行车说说笑笑的学生,路灯打在地面上,余声坐在方杨的自行车后座上,目光前后扫着这条学校到小镇的路。

路两边有人种着庄稼,夜里被风吹起,摇着叶子。

"余声。"方杨问,"你高三真要回咱们这儿读?"

余声"嗯"了一声。

"真的?!"方杨开心得不得了,又问道,"为什么不在青海读了?"

余声沉默了一下,说:"想换个环境。"

方杨骑车速度不快,十五分钟后到镇上已经八点半了。

方杨家在镇子的东头,送余声到家门口就走了。

余声进屋就看见外婆正坐在炕头绣花,外公在看《晚间新闻》。

余声蹬掉鞋爬了上去。

"把遥控器给余余。"外婆抬头对外公道,"整天就知道看新闻。"

外公摇头"唉"了声。

两个老人一怒一笑,温暖在这个屋子里徜徉。

后来夜深,余声回房间睡觉,躺下又爬起来,盘着腿坐在床上从跟前的窗户看出去。今天是她来外婆家的第四晚,这里有漆黑的夜,有新鲜的空气,有洒满床沿的月光,还有看不见影儿的青蛙呱呱地叫。

翌日,天还半明半暗着。

方杨已经从家里过来叫余声一起去学校蹭课帮自己复习,余声却还睡得昏天暗地。女生趴到床边逗她，余声迷迷糊糊地睁开眼，掀开被子闭上眼吐闷气。

方杨指了指床头上那个昨晚被余声关掉的闹钟。

"六点半了，快点起来。"

余声哀号几声，下床洗漱。外婆正在院子里喂鸡，说要给她们煮粥喝。

时间太赶，余声还没梳头发就被方杨拉走了。两人在校门口买了包子和豆浆，边走边吃。

"我下学期才正式报到，现在去你们班能行吗？"

"没事儿。"方杨说，"我都和老师说过了。"

余声"哦"了一声，到教学楼门口刚好解决掉早餐。

她一进教室就看见三五成群的学生在嘻嘻哈哈地打闹着，青木桌面上摆的全是零食，学生们一个个嚼着干脆面。

"后座那几个天天逃课。"方杨说，"咱们坐那儿去。"

有学生擦着黑板，粉尘飘下来，前两排全捂着嘴巴鼻子挥手。

期末考试前几乎全是自习，每节课都有学校复印的试题铺天盖地发下来。方杨学的也是文科，从第一堂课开始就拉着余声解决自己的数学遗留问题。

晚自习前，方杨出去背书。

余声戴着耳机听MP3，在白纸上涂涂画画。

前桌的两个女生正在聊天，说起昨晚的摇滚男，余声从画纸上抬眼，那些话被空气扫进了耳朵。

五月底的傍晚热浪不减。

教室上头的四个风扇风力都开到了最大，余声还是觉得有些闷。她起身出了教室沿着土操场边沿晃荡，风在空中打着滚儿吹过来。花园里、草丛边都是细细碎碎的读书声，是个空地方就有人在。她左拐右拐，在一栋比较空旷的旧楼前站定。

她听到了架子鼓的声音。

余声有些好奇，往近走才发现声音来自地下室。她沿着楼梯一级台阶一级台阶地下，鼓声的节奏感强到空气都在战栗。

地下一层有一排小教室。

余声找到声音的来源，正要往那边走，隔壁一间教室里突然走出来一个留着板寸头的男生，她立刻停住脚视线侧向一旁。

板寸男看了她一眼，经过她进了那间教室。

开门关门的一瞬间，余声看见里头墙角位置摆着架子鼓，一个穿着黑色短袖上衣的男生坐在中间,垂着眼点着头打着鼓,鼓声震耳。

余声站了十来秒转身,鼓声蓦然停了下来。

有模模糊糊的对话传出来。

"哥们这段 solo 怎么样?"板寸男问。

架子鼓前的那人抬了抬眼,懒得出声,双手向上伸了个懒腰,然后站起身,提了提裤子边系皮带边往外走。

一旁的男生没得到回应,又凑到跟前挡住他的路:"评价几句啊,我说?"

被拦的人勾唇一笑,由衷地发表意见:"天籁。"说完走出了门。

板寸男:"……"

在男生出来之前余声就跑开了,那会儿表的指针指向六点四十。

她赶去教室的时候,方杨班的英语老师已经驾到,好像在说考试的事儿。

她隔空给看过来的方杨做了个回家的手势,然后转身走了。

此刻,学校门口空空荡荡。

余声出了校门沿着石子路往家里走,路上除了行人没几个学生。

她手插着兜一边听歌一边往两边瞅,广袤的土地上是一望无际的小树林。

远方几个戴着草帽的大爷燃着一堆火,用长棍拨来拨去,那烟雾徐徐而上缭绕了半边天。风将那火往西边带,送来了草地的味道。

她轻轻嗅着花香走过庄稼地回到了镇上。

街口有一个菜市场,路两边都是菜摊和吆喝买卖的人,还有几条流浪狗四处游荡。

夕阳挂在远方,每个忙碌的身影都被拉得老长。

有大婶吃力地抱着一箱子西红柿往摊位里走,发丝掉下来遮住了半张脸。

隔壁调料店有人喊那大婶,两人笑着一问一答。

余声放慢了脚步。

她再抬眼看向前头,夕阳已经有一半跑到远处的房屋后了。

几只猫在已丢弃的菜叶上头跳来跳去,塑料袋被风扬起飘了一会儿又落回地上。过了菜市场又走了个巷道余声才到家,恰巧看见老人要出门。

"外婆你干吗去?"

"买几个馍馍。"

老太太又问她要不要一起,余声立刻屁颠屁颠地跟着去了。

那家馒头铺子有些年头了,坐落在菜市场的最西头,街坊经常光顾。

店门口围了一圈人。

老太太等人都散得差不多了才走过去,余声跟在后头往两边看着。

四十来岁的老板娘笑着招呼外婆,又看向老人身后的女孩子。

"丫头,你要几个?"

老人扬唇:"我外孙女。"

"哟。"老板娘盯着漂亮姑娘看,眼睛都亮了一下,"看您这福气。"

老人笑得合不拢嘴,余声不好意思地微笑着点了下头,然后倾身上前去提老板娘递过来的食品袋,听见身后有女生不停地喊着等一下。

"你太慢了。"回应的人一副不耐烦的样子。

女生怒了:"梁叙。"

男生跨坐在自行车上,单脚点地停了下来。

他穿着黑色的单薄短袖上衣和宽得能装进她的两条腿的牛仔裤,头发剃得很短,漫不经心地对着店里扬声道:"要两块钱的。"

那桀骜不驯的调调在眼角扫到一个身影的时候顿了下,两个人的目光在空中交会了一秒后平静移开。

他左脚用劲转了一圈车子的脚踏,人侧了下头又跟没事儿人一样了。

余声接过馒头,转身和外婆离开。

02

羊城是Z省边外的一个小县,左边挨着哈密,右面是敦煌,中间有一片山,将羊城圈在了里头。县里有四个乡,离山最近人口最少的那个镇子就是小凉庄。

镇上只有一所高中,建在了乡里。

余声从小就是在外婆家长大的,五岁的时候随父母回了青海念书。

年少时的她,每次来,都要跑到屋顶上玩。平房上晒着玉米和小麦,阳光从天上掉到她怀里。那时候方杨还没搬家住对面,两个姑娘经常黏在一起,站在高高的屋顶上看遥远的地方鲜花开满山冈。

"我以后会在那儿读高中。"方杨指着北边乡里。

余声当时看着女生目光所及的方向,只觉稀奇又羡慕。

傍晚的院子里,外婆在这时候喊她吃饭,余声收回所想沿着右边楼梯跑了下来。外公将桌子搬到树下,桌上摆上了清粥小菜,还有刚刚买的热馒头。

"多吃点这个。"外婆夹菜到她碗里。

余声正端着碗喝粥,顺手用筷子把菜扒进嘴里嚼着。

饭吃到一半,里屋的座机响了。老太太放下筷子小跑进去接电话,说了一会儿就出来了。余声隐约听到几句就知道是谁,闷头不说话。

老头看了一眼老太太,摇了摇头。

那几天余声没事儿就跟着方杨去学校,方杨做自己的卷子,她在一旁拿着铅笔瞎描,也不怎么和其他人打交道。

有一堂课老师叫方杨回答问题。

女生站起来嘴巴张不开,余声便将答案写到纸上轻轻挪到中间。

当时几乎全班学生都转过头看方杨,视线也会落在她身上,余声将头低了又低。一下课,前排两个姑娘齐刷刷地转过头:"你叫什么名字?"

方杨替她答了话。

另一个问:"你不在我们这儿念书吗?"

余声犹豫片刻摇了一下头。

几人没聊几句,关于她的话题便草草结束。

后来余声没上晚自习先走了,回到镇上的时候,天色还早,她便起了兴致想多溜达会儿,走了一圈到了镇西边的小广场。

几百平方米的地方有一个小卖部,四周安置了很多锻炼器材,老人小孩各占一边,还有两三个二十来岁的女人抱着幼儿拉着家常话,时不时地笑出声。

余声就坐在树下的长椅上往两边看。

月亮爬上梢头的时候,余声回家去了。她前脚刚走,身后有两个少年就从另一边进来,停在乒乓球桌边。广场的路灯照下来,梁叙扫了某个方向一眼。

"看什么呢?"朋友问。

梁叙没吭声,若无其事地弹了弹手里的球。

小凉庄慢慢吹起了晚风,路灯照亮了小路。

余声到家的时候,外婆留了饭,她一边吃着一边看中央台的黄金八点档。老人晚上睡得早,余声慢慢也习惯早睡,就着夜里的风声和虫鸣入眠。

方杨期末考的那两天,余声一直闷在屋顶上画画。

院子里老头躺在摇椅上听着广播,老太太坐在一边纳鞋底,偶尔嘴里念叨几句"声音关小点",然后没一会儿声音又调大了。

小凉庄的日子过得自由快活。

时间到了下午的时候,两个老人会小睡。外婆一般睡不到半个时辰就又醒了,然后进进出出地忙活。余声跟在后头要帮着干，外婆硬是不让。

老人推她去看电视，《西游记》正演到"祸起观音院"。

傍晚那会儿，屋里座机又突兀地响了起来。余声准备去接，中途停了动作。

外婆已经从院子里快步走了进来，电话里也不知道说了什么，外婆偶尔"嗯"一声就挂了。

余声眼睛在电视上，心里却烦躁得很。

外婆出去一会儿后又进来了，两手在围裙上一抹，然后脱下围裙扔到沙发上。老人从立柜垫子下取了点零钱塞兜里，把她从炕上拉了下来。

"跟外婆买菜去。"

余声穿好鞋跟上老太太："咱家没菜了？"

"就剩几个土豆。"老人拉着她的手，一边往外走一边说，"再买些青菜，明儿中午给你们爷孙俩做疙瘩汤。"

小凉庄的街道又宽又长，到处都是铺子。

菜市场里的大婶们都开始收摊了，外婆拉着她一家一家地转，弯腰看看，这个菜不新鲜，那个菜又太老，好不容易有想买的，就问问价钱。

"这放一天都不好了还卖三块？"外婆拿起菜又放下。

余声跟在后面，看着外婆和那老板娘为了几毛钱说来说去。她偏头看这条长街，这时候过来买菜的几乎全是老人。

有一个老太太俯下身去捡摊主丢掉的菜叶，还摇着头说："这不好好的吗？"

最后外婆只买了点小白菜。

回去的路上，余声她们碰见了一脸眉飞色舞的方杨。女生刚考完试没了压力，笑着和外婆打招呼又问余声要不要今晚和自己睡。余声自然想去，看了一眼外婆。

"先吃完饭再过去。"老人说。

方杨嘻嘻一笑，看着她："一会儿我来接你。"

时针指向八点的时候，女生骑着自行车风风火火地过来了，人没进屋直接在外头喊她。外婆装了一小袋橘子让她带着，方杨骑起车来像一阵风。

小凉庄的夜晚悄然而至。

方杨家是开超市的，大人看着店，两个女生没了管束，在房间里闹着玩。女生从桌斗里拿出一个盒子，里头有很多从小就攒起来的邮票、明信片、贴纸和糖纸。

"你还留着这些？"余声欣喜地看来看去。

方杨"啊"了一声，又弯腰在桌子下翻了一通，找出好几瓶五颜六色的指甲油来。余声惊讶地一个个拿起看，这些小巧玲珑的瓶瓶罐罐还像当年她送出去时那样崭新。

"我平时都不涂。"方杨说。

余声笑了一下："知道你喜欢收藏。"

"对了，前几天我妈在后院栽了几株指甲花。"方杨兴奋地说，"再过一个月开了花就可以包指甲了，比买的还好看。"

余声说："我记得要加白矾。"

"早就买好了。"女生嘴角一咧。

夜渐渐深沉，她们玩够了，平躺在床上一边吃着橘子一边聊天。

余声眼皮慢慢开始打架，耳边飘着模糊的"我明年一定要考个好大学，从小凉庄走出去"的声音睡着了。

清晨窗外一阵鸟啼声把她闹醒了。

方杨睡得正沉，余声轻手轻脚地穿衣服下床。厨房里方杨母亲正在炒菜，余声去后院拧开水龙头将就着洗了脸，眼角瞥到前屋小超市里进了个人影。

"婶儿。"她站在院里喊，"有人买东西。"

女人扬声道："余声啊，你先去看看。"

那会儿太阳刚露出一个角，大地安静极了，余声用毛巾擦了擦脸上的水就过去了。小超市和里屋隔着门帘，她掀开帘子，有人扔了瓶饮料和二十块钱到柜台上。

一时没见动静，梁叙摸兜找东西的手一停。

他抬眼看去，顷刻间神色一愣。短暂的几个画面拼凑在一起，他舌尖轻轻碰了碰腮帮，饶有兴味地打量着对方。女生发丝束起扎在脑后，长长的刘海湿湿地搭在左边脸颊上，眼睛清澈得似能渗出水来。

"我……"余声很认真地问，"应该找你多少钱？"

梁叙眼皮懒懒地抬着："十块。"

余声闻言开始在柜子下的钱盒里找钱，没有十块的，她一张一张地数着一块钱，凑齐了十块后递给他。

意外的是男生并没有去接，反而两手插着兜，漫不经心的样子。

"我说十块你就信？"他嗤笑了一声。

余声怔住了。

方杨母亲赶了过来，余声低着头立刻退开，将钱交给女人。梁叙扫了一眼女生，后者眼睛都没抬，转身就走，在方杨母亲说了句"找你十块"的时候背影顿了下。

她没看见梁叙的嘴角噙了一抹笑。

山沟里的太阳徐徐爬了上来，余声在方杨家吃了早饭才回去。

曦光铺满了长长的巷子，偶尔有三五声狗吠和几户人家开门的声音。

外公坐在门口的台阶上卷着旱烟。

路边过去几个拉着架子车并且上了年纪的老头，经过的时候，停了几分钟和外公说了两句话。梧桐上的叶子摇摇晃晃，地面上有灰尘扬起。

余声也从屋里搬了小凳子出来。

没一会儿，外婆提着两大袋子水果蔬菜回来了。余声跑去接了过来，外婆喘着气坐在台阶上，一个劲儿地用手扇着风，余声将东西放房间里端了水出来。

外婆喝了好几口："快要累死我了。"

"谁让你买那么多。"外公轻哼了一声，"多大年龄的人了不知道轻重。"

外婆道："去去去，抽你的烟去。"

隔壁婶子端了一大盆子水出来往门口就是一泼，笑着往这边看，揶揄道："又和大妈吵呢，大爷？"

外婆对着那婶子嫌弃地指了指老头，外公不说话嘿嘿笑了几声，只往嘴里塞旱烟。

"余余啊，"老太太缓过劲儿来，"外婆给你找个差事。"

女孩子云里雾里，歪头问是什么。

"教人画画。"老人笑，"我今早去买菜，那家有个姑娘要学画，这不是你的特长吗？反正暑假也闲着，就怕你闷出病来。"

"老待在家里肯定不行。"外公举着旱烟对着她。

"去。"外婆白了外公一眼，"没你说话的份儿。"

早上八点的阳光和老人的笑容混合在一起，院子里母鸡咯咯叫了几声。

微风吹起老太太耳边的银白发，那眼神里的慈爱一点儿都藏不住，余声在那温柔里笑了又笑。

于是那个下午，外婆说好的女生大驾光临了。

03

余声第一次见到那样的笑容。

小姑娘十三四岁，眼睛一弯，嘴角咧到了耳朵根去。

从见面开始她就一直叫着"余声姐",是个古灵精怪而又自来熟的花季少女。

"你以前学过绘画吗?"余声问。

"美术课老师教过一点儿。"屋顶的小木桌前,梁雨用铅笔未削的一端抵着下巴,两只眼睛水汪汪地看着余声,"算吗?"

余声沉默片刻,将一张白纸推到女生眼前:"你先随便画一个我看看。"

梁雨低下头握着铅笔先画了一横又擦掉重新画,眉头皱得紧紧的。过了大概十来分钟,余声从书里抬眼,女生也画完了。

派大星生气变成了大怪物,挺像那么回事。

"余声姐?"她的语气里夹着期待。

"哪。"余声在纸上画了一条线,"先教你一件事,绘画第一笔很重要,如果你感觉画的角度不对,不要那么快就擦掉,要以它作为对照重新画一条,然后再擦掉它。"她说着做了个示范,"像这样。"

梁雨嘟着小嘴巴恍然点头。

"我听奶奶说你在幼儿园时,画画就很厉害了,真的吗?"

余声:"……"

"那堂课"上了两个多小时,梁雨回去的时候还依依不舍,要走了一张余声这两天拿来练手的素描。余声收拾完桌子下去,房间里没人,电视上是某个频道的热播古装剧。

阴毒的老女人要杀掉如花似玉的美娇娘。

余声在心里也矛盾起来,是不是每次女主遭到追杀都要问个"为什么",然后仇家说一句"那我就让你死个明白",等原因解释清楚了,男主就来了。

院子里有说话声,是隔壁婶子过来借老醋。

外婆正坐在厨房门口择青菜,听不清说了什么,只听到清晰爽朗的笑。

余声从屋里的窗子望过去,只见外公背着手提了一袋旱烟进来了。

两个老人又"吵"了起来。

日头一天一天地变长,那几天梁雨每个下午都过来跟余声学画,一来二去就更熟了。很多时候小姑娘也不见得学得有多专注,倒是喜欢跑到屋里看电视。

"我哥天天拿把破吉他都快被他烦死了。"她声音愤慨道。

余声:"……"

小凉庄的夜晚比白天寂静得多,远处的山总是蒙着一层雾,躲在云里不怎么见人,到了深夜就更孤寂冷清。

那天中午方杨打电话过来要余声明天陪她去学校领通知书，余声便早早睡下了。

她梦见鱼龙混杂的老火车站，母亲在凶她。

余声是被外婆摇醒的，脸上泪痕一大片。老人心疼地"哎哟"了一声，坐在床边给她擦眼泪。外婆的手很粗糙，爬满了纹路，余声轻轻地触摸一下，感觉像锅上的米粒，有一种被风吹过后的干燥和温暖。

"做啥梦了？"老人声音很轻。

余声慢慢摇头，眼眶却越来越湿。

老太太深深地叹息一声，拿过衣服给她穿上。床头柜上昨夜老人点着的蚊香早已经灭了，灰烬一圈一圈地落下。

"起来洗个脸吃饭，一会儿杨杨该来接你了。"

余声"嗯"了声，下床穿鞋。

方杨来的时候，余声已经吃完饭，正端着剩下的粥喂鸡。外婆走过去从她手里接过食碗，笑着催她跟方杨快点出门。

小镇主街道的早晨满是烟火气。

余声坐在方杨的自行车后座上，眼睛盯着路口小吃摊那热锅掀起后腾腾直上的雾气。有人来买了两个热包子又走了，身边的人等得急了一个劲儿地想要先付钱，还有的就坐在铺子里优哉地吃起来，豆腐脑里漂了一层红红的辣椒油。

到了学校，门口的礼品店和油条铺全挤满了人。

"怎么办？余声。"两个人走在校园路上，方杨挽着她的胳膊说，"我有点紧张。"

余声不太会安慰人："没事儿，又不是高考。"

学校里的喇叭放着"好一朵美丽的茉莉花"，方杨上了教学楼，余声在土操场上等。七月微风拂面，随后溜进了一丛花红柳绿中。

时间还长，余声目光锁住了一个方向。

那栋楼看样子年代已经很久了，上次来她没怎么注意。墙角应该是这几天刚堆过来的沙子和水泥，或许是要重修。地下室那一排教室里，有一间亮着灯。

余声站在负一层拐弯的岔口俯视，灰黄的油漆已经从门上脱落。

屋里的几个人闲着在说话。

"李谓这小子怎么还没来？"

说话的男生叫陈坡，因高一入学考试成绩单上"坡"字错打成了"皮"字，而得名"陈皮"。梁叙坐在房间唯一的破烂沙发里，低着头手指拨着琴弦。

"急什么？"他闲闲地道。

过了会儿，教室门被人推开。李谓怀揣着两张成绩单走了进来，陈皮立刻上前抽过来，拿了自己的并将另一张成绩单扔给梁叙。

后者显然不怎么上心，看都不看就塞进了兜里。

李谓一屁股坐沙发上，摸出绿箭扔给身边人一片，梁叙停下调试音色的动作，接过来用牙齿拆掉包装叼嘴里并低下头。

陈皮看着分数沾沾自喜，瞄了一眼那两个人。

"下午涮串去，哥们儿请。"

"你们去吧。"梁叙神色一顿，放下吉他，"我先回了。"说完他起身往外走，陈皮看了眼男生的背影又看看李谓，沙发上的男生无辜地耸耸肩。

梁叙从学校出来直接取了自行车走了，没有逗留。

后面一大群学生陆续离校。

彼时的方杨已经在操场等着了，远远看见余声从某个方向跑了过来。

女生纳闷地看了眼她后面的旧楼，然后等她走近便问："你去哪儿了？"

"去那边转了下。"余声指了指身后一个地方又问女生，"考得怎么样？"

方杨笑眯眯地递过成绩单让她看，自然是不错了。

这会儿已经十点左右，太阳高高地挂在天上。余声和方杨往校门口走着，东门左边有一排长长的优秀学生照片展示栏挡住了视线。

"我们高二的年级第一基本就没变过。"方杨指给她看。

余声仰脖看了一眼，墙上总共有一百名学生。

"我想等你今年高三正式入学了。"方杨一脸惋惜地看着最上方左侧的那张照片，摇摇头说，"第一的位置就该换人了。"

余声开玩笑："倒数第一吧？"

"不不不。"方杨摇摇食指，"我们学校倒数第一的人比正数第一坐得还稳。"

余声："……"

"就校庆那个唱《难得糊涂》的男生，还记得吗？"

余声："……"

那个时候梁叙骑车刚到镇上，不可抑制地一连打了好几个喷嚏。

他揉了揉鼻子，微俯下腰，双脚踩得更快，灰色衬衫都被风吹鼓了起来。

小镇的中午比早晨热闹了些，梁叙到菜市场的时候，母亲沈秀正给人称西红柿。他将车子推回屋里,洗了把脸然后出来给沈秀帮忙,将泡沫箱里剩下的西红柿都捡了出来。

"你路上没见着小雨?"沈秀问。

梁叙说:"谁知道她疯哪儿去了。"

女人从菜堆里找了一个大号袋子,揽了一大袋土豆、西葫芦等时令菜,然后系紧放在一边干净的空地上。

"一会儿小雨回来,你们把这些给她老师送过去。"

梁叙皱了下眉头:"什么老师?"

"小雨不是要学画吗?常在我这儿买菜的老太太有个孙女,人家愿意教还不要钱,咱哪儿能让人白教。"沈秀一面整理着面前的朝天椒一面说,"听说那女孩子拿过很多美术奖,她妈妈是个画家。"

正说着,梁雨从外头玩回来了。

小姑娘一听现在要去余声家,乐得心都飞了过去,拎着地上的一大袋菜就要走,费劲地走一步能歇两分钟。

梁叙从院里骑了自行车直接冲出来,停在女生脚边。

"至于吗?"他鄙视地看了自家妹子一眼。

女生瞪着他:"非常至于。"

梁叙"喊"了声,长臂一伸,很轻松地就将那袋子提了起来。

梁雨立刻坐上后座,将袋子接过来抱着。男生一踩脚踏,朝着梁雨指着的方向骑过去。

路上他第三回经过那家超市,侧头又看。

后座的女生兴奋得不行,催着他骑快点。梁叙蹙眉打消了下去瞄一眼的念头,拐个弯上了斜坡,十分钟就到了那条空旷宽敞的街道。

梁雨一下车就奔进里屋,他将提着的菜放到院子里的桌上。

男生侧头扫了一圈,这里有干净的院落。梧桐树下好乘凉,鸟儿飞来飞去,阳光从纱窗落进里屋,让他从心底觉得宁静。

屋子里老太太在看电视,小姑娘没瞅见余声一脸沮丧,还是很认真地说了送菜过来的事儿。老人推辞不要,梁雨便眼巴巴地向他求救。

"您就拿着吧。"梁叙上前说,"这是我妈的一点心意。"

这对兄妹一个比一个倔,老太太没再拒绝。当时已经快到饭点,老人留他们吃饭,梁叙推托着说家里正忙便拉着梁雨先走了。

梁雨坐在哥哥的车后座上，摇晃着两条腿。回去的时候梁叙骑得慢了些，经过一个路口时，梁雨忽然兴高采烈地喊了句"余声姐"。

他皱眉的工夫，梁雨已经跳下车小跑走了。

一个女孩子安静地站在原地。

梁叙停下车回头去看，妹妹正与她说着什么。女孩侧着身，嘴巴弯起，左脸颊有个很小的酒窝。一分钟后梁雨回来了，女生已经转身进了巷道。

"刚才那女生是谁啊？"路上，他不经意地提了下。

小姑娘一笑："我老师啊。"

遥远的东方山峦层叠，朦胧湿气渐渐被阳光打散。耳边的风一阵接着一阵刮起来，翻来涌去地呼啸了一整条长街。

04

余声和梁雨道别后慢悠悠地往回走。

外婆家院子里的梧桐树有好几枝从墙里伸了出来，光下的阴影错落斑驳，树枝被风吹得左右摇摆，叶子落了一地。

"小雅中午又打电话了。"是外婆的声音。

老头吸了几口旱烟，眯着眼。

"说是今早和余曾把手续办了，余余跟她。"老太太叹了口气，"也不知道这两个人咋想的，过得好好的怎么就离了呢？"

老头把旱烟抽得更凶了。

"他们俩的事儿自个儿折腾去吧。"老头说，"咱把余余管好就行了。"

老太太点了好几下头，兴许是听到脚步声，两位老人对视一眼止了话。

余声慢慢从门外走进来，老太太立刻从板凳上站起。

"怎么这会儿才回来？"外婆一边往厨房走一边问。

余声"嗯"了下："方杨的车链子断了。"

外婆做的是清汤面，余声吃了两小碗就没胃口了，回里屋想去床上躺会儿，听到老太太在院里喊着："余余啊，刚吃完别睡啊！"

她又爬起来跑外婆房里看电视去了。

两个老人坐在院里有一句没一句地聊着。

外公喜欢晒太阳，外婆坐在一边又纳起鞋底。

老头问厨房里买那么多菜干啥，老太太笑了，说是余余的小学生送的。

那个下午沈秀的蔬菜摊生意很好。

梁雨在一旁帮忙，有人问价就递个袋子收个钱。

梁叙从后院地窖里往外搬了好几筐土豆和胡萝卜，外头太阳火得他直冒汗。

"你今天不去学画？"他瞥了梁雨一眼。

"周末余声姐休息。"小姑娘说到一半，侧头看他，"哥你什么时候这么关心我了？"

梁叙没吭声转身回了院子，端过脸盆从桶里直接舀了水出来。男生双手浸在水里，粗暴地将水往脸上抹，反复几回，地面湿了一大片，他洗完脸从院里晾衣服的绳子上扯下毛巾，胡乱一擦又搭上去。

这会儿菜摊已经不怎么忙了，梁叙骑车去了学校。

他最近忙着练琴，除了帮家里的忙，平时都是待在地下室，很多时候就在破沙发上将就一晚。他需要接些私活儿挣点外快，忙起来更是日夜颠倒。

假日的校园格外安静。

梁叙开了教室门，走进去坐在架子鼓前。他们这支乐队只有三个人，除了一些高难度的表演他挑大梁之外，基本上都是他们三人混搭合作。

他也不知道能坚持多久。

空旷的房子里梁叙敲着鼓，打了很久才停下。地下室没有窗户，空气很沉闷。

梁叙起身倒了杯水喝，然后就躺在沙发上，脑子里闪过那个单薄的身影——深夜里十五六岁的女孩子背着书包游荡在西宁的老街道上。

那天是真的倒霉，他去火车站买午夜票钱却不够，正蹲在站台外边想办法。他没有想到十八岁的生日是这样度过的，真是糟心。

正巧陈皮来电话问他什么时候回来，午夜的西宁老站等车的人都是神色焦急的样子。

"真是倒霉。"梁叙啐了一口，"老子钱被偷了。"

陈皮正在那边出主意。

"今晚怕是回不去了。"梁叙皱眉，"我妈那边你先兜着。"

他说着挠了挠鬓角，余光下意识地扫到斜后方一米处站着的那个女孩子。

她穿着白色毛衣和红色格子裙，留着披肩发，目光炯炯地看着他。

就在一个小时前，他在附近的小餐馆吃面。一个女孩从外头进来，仰头看着墙上的菜单。

过了一会儿，他隐约感觉到头顶有片阴影。他一抬头，女孩盯着他的碗看。

梁叙当时愣了，艰难地嚼了几下就咽了下去。

他不耐烦地皱了皱眉头，然后就看见她指着他的碗对老板说："我也要他那样的。"

梁叙："……"

他当时吃完面转身就走了，也没顾上看她。

现在这个女孩又出现在火车站这样盯着他，梁叙挂了电话，转身瞥她一眼，终于找机会说出那句憋在心里的话："看什么看？"

女孩没说话，梁叙懒得理她掉头就走。

四月的天气乍暖还寒，他缩着脖子裹了裹身上的薄外套。身上只剩下三十来块钱，他得找一个地方住一晚再想办法。

那条街道人流稀少，住宿很便宜。

梁叙找到一间小旅店正要进去，发现身后那女孩仍跟着他。他当时烦躁得厉害，脸色很差地看着她。

"跟着我干什么？"

"你要去小凉庄吗？"女孩子好像没害怕的意思，"羊城那个。"

梁叙上下扫了她一番。

"关你什么事儿？"他狠狠道，"别再跟着了啊。"

女生嘴唇抿得很紧，梁叙以为她被吓住了，鼻子轻哼一声进了旅店，老板给了他二楼一个房间的钥匙。

屋里就一张破床和桌子，比外头暖和不到哪儿去。

梁叙进了房间拉开窗帘，楼下的女孩已经不见了。

他正要转头，忽然看见路口有两个男人堵在那儿，挡着一个矮小的身影。一个男人已经伸出手，女孩一个劲儿地往后退。

他暗骂一声，从屋里跑了出去。

听到身后有动静，女孩回过头眼睛亮了下立刻跑到他身边，他伸长胳膊搂住她，能感觉到女孩明显缩了一下。

旁边刚好过去几个路人，那两个男人往他这儿看了一眼就离开了。

梁叙从她身上抽回手。

黑夜里路灯昏黄，光线落在她的白色毛衣上，像是染上了色。

梁叙看了面前的女生一会儿，目光落在她干净的脸颊上。

"你怎么知道小凉庄？"他问。

她眨了一下眼睛:"我外婆家在那儿。"

"坐车去不就成了。"梁叙眼睛漆黑,"老跟着我干什么?"

女孩子低下头,声音很小:"我没钱。"

梁叙:"我也没钱。"

"我知道。"她还低着头,"你在电话里说钱被人偷了。"

梁叙:"……"

那会儿他真的笑也不是,哭也不是,再晃荡下去天就亮了,他也懒得再问,不咸不淡地"嗯"了声,转身就走。女孩子当他默认,小跑着跟在后头进了旅店。她进屋后却站在门边再不往里走了,梁叙觉得好笑。

"现在知道怕了?"他挑眉。

她看着他一声不吭。

梁叙一连在西宁跑了好几天,早累得不行了,直接趴在桌子上将就着睡下,隐约听见身边有轻微的动静,他弯弯嘴睡了过去。

早上太阳从窗口照进来,梁叙醒了。

他伸了个懒腰发现自己身上盖着被子,眼睛在屋里扫了一圈没有人。床铺整整齐齐,没有一点睡过的样子,他寻思着这姑娘该是怕他做啥,所以悄悄走了。

梁叙起身去卫生间解手。

洗漱台上摆好了水杯,牙膏安安静静地躺在牙刷上。

他笑了声,一抬眼就看见镜子上贴着张粉红色的便利贴:请你等我一下。

原来她还没走。

那时候他哪里顾得上一个陌生人,收留她一晚就不错了,还真像狗皮膏药似的让她跟着?他嗓子里哼吐出"幼稚"两字,草草地洗了脸出门退房走了。

地下室里的灯泡晃来晃去,梁叙抹了把脸,胳膊绕到脑后枕着。

三个月前遇见她时,他想着准是哪家姑娘和父母闹脾气离家出走的,过一晚就回家了,他们相忘于江湖。现在想想,故乡重逢这事儿还真不是闹着玩的。

那两天梁叙一直待在地下室练琴,隔日李谓和陈皮也过来了。

他们七月底有一个表演要去羊城,时间上并不宽松。

同样忙碌的梁雨那时也该去上课了。

余声正坐在屋顶一边看书一边等梁雨,小姑娘飞跑着就来了,余声从脚下拿出一本素描书递过去。

梁雨如获至宝，眼睛闪亮："送给我的吗？"

余声笑了一下："嗯。"她今天教的是临摹速写，小姑娘听得极其认真。

外公出门逛去了，外婆去了邻居家聊天。

两个女孩坐在蓝天下。过了会儿，她发现小姑娘的目光偏了下。

"余声姐。"梁雨叫她，眼睛却盯着某处。

她顺着女生的方向看过去，隔壁婶子家电视正开着，看不清是哪个台，却能依稀瞧见屏幕上穿着白色纱衣的女人和一身戎装的男子。

"你有没有觉得古装片好好看？"

余声："……"

后来夕阳西下，梁雨走之前帮她收拾桌子。

余声那会儿正弯腰整理画稿，没注意到身后女生轻呼了声，待转头去看，梁雨从小楼梯上摔了下去。

余声吓得书都掉了，连忙跑下楼去扶梁雨。

"没事儿。"小姑娘挺乐观，"就脚崴了下。"

看她一蹦一蹦的样子自是走不成了，余声不会骑车，便扶着女生一步一步走回了家。小姑娘丝毫没有受伤的意识，一路上说个不停。

那条长街洒了一地落日的余晖。

梁雨家在菜市场最边上，沈秀不在菜摊上，余声扶着小姑娘直接进了屋里头。这里很干净，后头有个栽满树的宽敞院子。

余声搀着梁雨坐上床，女生这时候好像才感觉到疼了，稍微抬一下腿都会"嘶"一声。余声忙掀起梁雨的裤子，见她的膝盖上磨掉了一层皮。

"家里有云南白药吗？"她问。

不知道为什么，说完这句话她隐约听见窗外有人哼笑了一下。

余声没有在意，屋子里外明明就她们两个人，她又低头去看女生的腿。

梁雨摇头："只有红花油。"

女生指了个地方，余声过去拿，然后轻轻一点一点给女生抹上。

"余声姐，你要真是我姐就好了。"

那时候外头天慢慢暗下来，余声安顿好梁雨就准备走了。

女生说等她哥回来，余声婉拒了，从房间里出来往门口走，余光瞥见窗外墙边靠着一个模糊的身影。

她还没走几步，那身影说话了。

"真不认识了?"男生哑着嗓子,声音低沉。

05

房间里的灯光洒出来,融在黑夜里。

余声凝视着站在暗处的少年,他懒散地靠墙站着,两手插兜,抬眼看过来,那目光和她在西宁遇上他的时候一样,不羁随意的动作又叫人讨厌不起来。

"哎。"他朝她出声。

余声看了他一会儿,抿着嘴就是不说话。

"你那天,"梁叙一顿,歪头像逗猫似的对她抬了抬下巴,"回去过?"

余声慢慢咬起下唇,移开视线生硬地"嗯"了声。

"我说……"梁叙本来是想说"你这姑娘还挺较真儿",转念一想,是自己不太厚道,她准是扑了个空心里别扭,于是话到嘴边又改了,"你那会儿干吗去了?"

余声瞥了他一眼。

"你不是钱被偷了嘛。"她说得很认真。

那话里的意思再明显不过,梁叙静静地看着她不知道该说什么。

他在想那天早上她可能回了家,然后兜里揣着钱跑回来找他,却只有敲不开的门和店家的一句"人早走了"。

余声此时显得有些拘谨。

门口这时候传来些不甚清晰的声音,两个人都偏头看过去。

沈秀抱着一箱子菜进来,梁叙走过去接住。

沈秀一边说着让他放厨房去一边看向余声。

"你就是余声吧?"女人笑问。

"阿姨好。"余声羞涩地点了下头,指了指身后的房间说了梁雨崴脚的事,然后又道,"那我先走了。"她说完就出了门。

梁叙从厨房里出来,沈秀已经回了里屋。院里没见着余声,梁叙推了自行车追出去。小长街上女生的身影纤细单薄,她一边走一边踢着脚下的小石头。

他将车骑到她身前停下。

"上来。"梁叙说,"我送你回去。"

余声被他挡着路,看了一眼自行车后座。

"你是梁雨她哥?"她仰头看他。

梁叙笑了下:"不然呢?"

那会儿已经是晚上七八点钟了，附近只有零星几个小摊上亮着灯。街道被风吹得很干净，浓密的草丛里有蛙叫，还有流浪狗沿着街角找食。

梁叙看她迟迟不说话，转了一圈脚踏。

"我不会怎么着。"他解释，"就是还你那天早上一个人情。"

余声闻言目光定了一下。

"不用还。"她认真地说，"是我该谢谢你。"说完她绕过他和他的车走了。

梁叙愣了一下，定睛看了会儿她的背影，自嘲地耸肩掉头骑车回了家。

沈秀正在厨房做饭，他回到屋里。

房间里梁雨正吃着西红柿靠在床头看电视，他毫无形象地往小沙发上一躺，胳膊往脑后一枕，眼睛往电视上扫。

"哥，你认识余声姐啊？"

梁叙吭都没吭一声，视线也没移一下。

"我听说她高三要来咱小凉庄读。"梁雨自顾自地说，"这就让人奇怪了，她放着城里那么好的生活不要，非得来咱这个小地方。"

电视上正演着《我的兄弟姐妹》，忆苦找到了思甜。

晚上不知道什么时候起了风，还挺大的。

余声躺在床上听着外面的声音，心情却格外平静。她关了灯，翻个身睡着了。

第二日六点鸡打鸣余声就醒了，精神抖擞。

外婆正在厨房烧饭，外公一边听着广播一边打扫院子。昨晚的风吹了一地的土，她也拿了扫帚去扫大门口。

清晨的街道空气新鲜，远处有山和炊烟。

"怎么这两天不见杨杨？"吃早饭的时候外婆问。

"她暑假要去县里补课。"余声说，"周末才回来。"

那几天因为梁雨的脚不方便，余声闲着也是闲着，便去那边教女生画画。

很多时候见不着梁叙，她心里能轻松一大半，偶然碰上，她点个头就走。

见她的样子，梁叙也没再说什么。

菜摊很忙的时候，他一般都在，这些日子生意不好不坏，沈秀不让他帮忙。梁叙除了偶尔回趟家其他时间基本都在学校练琴，也不怎么想起余声。

就是她的眼神，总让梁叙有些不自在。

有一天下午他回去得早了点儿，沈秀留了剩饭在锅里。天气挺热，大太阳晒得人睁不开眼睛，他在后院冲了个凉，换了黑色背心和短裤。

余声来的时候就看见他那副模样。

男生大咧咧地蹲在门口的台阶上,手里端着碗,还攥着一小块馒头,正往嘴里扒饭。

她正好与他对视。

梁叙咽下嘴里的饭,筷子指指背后:"梁雨在里头。"

余声抿了抿嘴,从他跟前经过。

房间里小姑娘趴在窗口叫她,余声回了个笑。两个女生说了会儿话,余声开始讲今天的内容。外面的水龙头放着水,落到盆子里噼里啪啦响。

余声从房门看出去。

男生站在后院树下的空地上,舀了一大盆水,胡乱抹了几把脸,将水直接往脚上一冲,然后就往外走,黑色人字拖鞋留了一地的脚印。

没一会儿,就听不见声音了。

"余声姐,这个手我老画不好。"

她的思绪被梁雨的问题拉了回来:"我看看。"

房间里余声正低着头给女生做示范,梁雨看得挺专心。

余声画好抬头,不知道什么缘故,女生皱着眉头捂着肚子。

"怎么了?"余声问,"哪里不舒服?"

"肚子有点疼。"梁雨脸色都不对了,"我中午吃了好几个西红柿,会不会是那个闹的?"

余声说:"我给你倒点热水。"

她起身拿了杯子倒好水正要递过去,忽然瞥见女生的裤子上有点红色的痕迹。她愣了几秒钟,放下水看向梁雨。

"你应该是那个来了。"余声想了下说。

梁雨眼神有些茫然:"哪个?"

小姑娘今年读初二,可能这是她第一次来例假。余声细细斟酌了好几遍要说的话。

"女生每个月都来的那个。"她尽量说得清晰。

梁雨吸了一口气,眨着眼睛看她。

"这是好事。"余声拍了拍女生的肩膀笑了下,"你先坐着别动,我出去给你买卫生巾。"

菜市场附近有个小卖部,她多买了包红糖,回去后见梁雨好像还没反应过来,愣在板凳上。余声将卫生巾拆开递给女生一包，说了几句注意事项。

"先把裤子换了。"她说。

余声从房间里出来，等女生换好才进去。梁雨有些不好意思地抱着换下的裤子去了院子里，余声帮着打了盆水将裤子泡在里头。

"来这个了不能碰凉的。"余声说，"先泡着吧。"

两个人又回了房间，梁雨坐在床上半躺着，肚子上盖着小被子。

余声帮她泡了杯红糖水，女生一点一点地抿，脸上还带了点绯红。

"我以前听同学说过。"女生看着她，"不过不太懂。"

余声笑了笑眼神却随之黯下来，印象里只记得那晚她肚子疼得死去活来，陆雅和余曾忙着事业不怎么回家，她一个人难过得直掉眼泪。

晚风吹过铺满夕阳的巷子，余声一个人走回了家。

外婆正和邻居婶子在门口说话，看见她回来上前拉住她的手，说做了她最爱吃的红烧茄子和糖醋排骨。

晚上一家人在屋里看电视。

"这两天气温又要降了。"外公看着天气预报说。

余声坐在外婆身边，老太太戴着眼镜在做针线活。

"这日头得赶紧下点雨。"外婆说，"庄稼正愁着呢。"

老人年轻那会儿上山下乡，吃了不少苦。虽说后来回城做了干部，可对农村一直有很深的感情，陆雅长到十来岁两个人就回了镇上工作直到退休。

余声喜欢听老人们讲过去的事情。

小凉庄最近确实有股冷空气过来，早晚温差比较大。那天余声睡过午觉后起床去了梁雨家，她出门的时候天气还晴朗，快走到的时候就下起了瓢泼大雨。

余声将书包顶在头上撒腿就跑。

那场雨像往外倒似的，几分钟就把她淋了个透。沈秀正急着收摊子，她便跑过去一块儿帮忙。女人怕她着凉催她回屋里换衣服，梁雨正跛着脚打伞出来。

余声全身上下都湿透了，帆布鞋都被泥水浸透了。

梁雨给她拿了一身自己的衣服和拖鞋让她回房间里换，余声拉上窗帘脱了衣服。内衣也湿了，黏在身上很不舒服，她想脱下来拧一拧。

余声先换上拖鞋和干净裤子，然后将粉色短袖脱了下来，隔着窗帘的缝隙又往外头看了一眼，确定没人来，才两手绕到背后去解暗扣。

这时候房门被人推开，余声动作一顿，梁叙也愣了。

女生一边的肩带已经掉下来,露出酥酥软软的胸,头发湿漉漉的,有水滴沿着脖颈流了进去。他立刻将门合上,慢慢将手从门把上拿下来,然后靠在一边墙上。他有点口干舌燥。

06

房间里一时听不到任何声音,梁叙低着头深深吸了一口气,然后抬起左手轻轻叩了叩门,两秒后门从里面打开。

余声已经换好了衣服。

外头雨下得噼里啪啦,梁叙看了眼面前的女生。

她穿着梁雨的短袖上衣和宽松长裤,更衬得纤瘦,或许是刚淋过雨的缘故,脸颊苍白。他不动声色地别开脸,右手指了指桌子上的物件。

"我拿东西。"他说。

余声垂着眼很轻地"嗯"了一声就走了。

屋子里剩下他一个人,梁叙摸了摸鼻子,莫名地笑了下,从桌子上拿了胶带也出去了。前房屋檐下沈秀和梁雨正将菜换到干净的纸箱里,余声在一旁帮忙。

梁叙走过去将未封底的箱子用胶带黏好。

雨水从地面上溅过来,余声蹲着身子往里移了下。她一直低着头默默地给梁雨递土豆,梁叙扫了她一眼,无声地勾了勾嘴角。

活忙完的时候,雨还在下。

"以前没做过这活吧?"沈秀笑着看向余声。

余声赧然地摇摇头。

这场雨来得气势汹汹,搅乱了所有的事。沈秀推他们回屋里休息,自己去厨房准备零食。梁雨拉着余声坐上床,将遥控器先拿到手里,按到《武林外史》。

"我哥老和我抢电视看。"女生看了一眼刚走进来的梁叙对余声说。

梁叙挑了下眉:"谁让你看这些乱七八糟的。"

"有吗?"梁雨白了他一眼,"余声姐,你说呢?"

梁叙将视线转到她身上,余声目光一直盯着电视。古龙小说里总是有这样的江湖浪子和数不清的爱恨纠缠,好如朱七七追着沈浪满世界跑,白飞飞为情所困。

"我觉得挺好的。"她看了他一眼迅速移开视线。

梁叙拨了下头发没说话,他唯一的妹子朝他吐了吐舌头。

余声僵直着背,眼里全是十九寸电视机。

这时候外头有人和沈秀打招呼，不到半分钟，陈皮出现在门口。

"你怎么来了？"梁叙问。

余声瞥了一眼，来人是之前见过的板寸男。

"当然有事儿找你了。"陈皮眼神从余声身上扫过，"赶紧走，李谓等着呢。"

梁雨问："你们去哪儿？"

"男生的事儿少打听。"梁叙回了句后就和陈皮走了，出门的时候脚步顿了下。

"那女生谁啊？"陈皮问，"有点眼熟。"

梁叙笑了声。

雨水淋在伞上，从边沿滑落下去。街上被水淹没的泥坑一个深过一个，走一步能溅一脚，有水滴打在他的脖颈上。

"一个远房亲戚。"他玩味地说。

房间里的余声终于能松口气，目光轻轻从窗口挪开，落回到电视机上。

沈秀从厨房里端来切好的水果，和她们一起看电视。

雨势渐渐小了，余声准备走了。

她穿回自己的帆布鞋，走前沈秀给她塞了把伞。

余声一手打伞，一手提着装有湿衣服的袋子，沿着街道边往回走，天空落下的细雨，将她的眼睛都浸湿了。

一到家里余声就去洗了澡，小隔间里的花洒和窗外的雨声汇在一起，水流顺着她的头发滑下来，沿着锁骨一路向下经过胸脯落至大腿根然后掉了下去。

余声全身光裸地在镜子跟前站定。

镜子里的女生十六岁半，有大眼睛和双眼皮，身高一米六二，身材纤细，小腿匀称，胸部发育恰到好处。她微微侧了侧身体，静静地看着镜子里的自己，皮肤白皙，文静秀气，像极了陆雅，她很少这样光明正大地去看自己变成少女后的样子。余声慢慢做了个深呼吸，又回到莲蓬头下。

小凉庄的傍晚被风和雨笼罩着。

远方的山混混沌沌看不太清，草木被刮得呼呼响，连狗叫声都没有。闪电过后，随之而来的是一记惊雷。

房间里正看电影的三个男生停了下动作。

"把电视关了。"隔壁屋子李谓妈在喊。

屏幕上正播着《春光乍泄》，刚开个头碟卡住了。

陈皮长叹一声,就势往地毯上一躺,用脚蹬了蹬李谓,让他拿点吃的去。

梁叙直接关了电源,起身坐到床边拿了李谓的吉他弹起来。窗外忽然一道闪电,接着一声惊雷。

屋子里一面墙瞬间亮了一下。

"你说先打雷还是先闪电?"陈皮问弹吉他的人。

梁叙一个眼神都没给他。

陈皮无聊地"唉"了声,拍了下脑门从毯子上坐了起来。

"我就说在哪见过她来着。"

"说谁呢?"李谓端了一小碟瓜子进来。

"梁叙家那个远房亲戚。"陈皮说,"长得还挺乖。"

梁叙停了拨弦的手,挑了挑眉。

窗户半开着,陈皮从碟子里抓起一把瓜子,跷着腿,斜眼看向李谓。

"哪儿见过?"梁叙问。

"咱们地下室啊。"陈皮嗑着瓜子,"就校庆那天。"

窗外风吹雨打,说话声渐渐被雷声淹没在夜里。

余声早吃完晚饭歇着了,外婆从厨房里端了盆和好的面和一碗韭菜馅到房间里包饺子,准备明天的午餐。

外公将桌子放在电视前头。

老头儿在一边擀皮儿,老太太包饺子。余声凑在一边学,也拿了皮往里塞馅儿,却怎么都包得不好看,外公的小广播里《新闻联播》刚刚开始。

雨一连下了两天才停。

七月中旬的日子像走马灯一样一闪而过,余声在周末那天起了个大早要去还梁雨衣服。

小镇七点半的街道有被雨洗过后的痕迹,走哪儿都有潮湿的尘土味道,路两边栽着不知名的小花,那一簇簇红红绿绿的样子,是雨过天晴后的生机蓬勃。有几户人家外头的墙上爬满嫩绿的爬山虎,细看之下还有未干的水滴在上头。

余声在这长长的巷道里走着。

菜市场人声鼎沸,远远就能看见一群人,热闹得像过年前的采购。

清晨的菜碧绿新鲜,沈秀忙着装袋子找零钱。

余声到摊前的时候,有人递给沈秀一百块钱。女人从腰上系着的小包里翻来翻去凑了九十七块七角找了过去,兜里一下子没了零钱。

沈秀左右看了下，对余声招手示意她过来。

"你帮阿姨先看着会儿。"沈秀说完就离开了。

余声连菜叫啥名都认不全，哪儿会帮着看摊子？可那会儿她除了硬着头皮上没别的法子，不时有人经过，看两眼，用手翻几下就走了。

有个中年妇女提着两个大袋子过来了："这苜蓿新鲜不？"

余声耳朵竖了起来："您说什么？"

"苜蓿。"中年妇女重复了一遍，"给我看着来点儿，中午下面用。"

余声眨着眼在菜堆里找"苜蓿"，可压根就不认识。

虽说偶尔听外婆说做苜蓿面，可她只记得那种菜有点像空心菜。

余声的眼神扫到一种觉得就是了，她正弯腰去拿，身后有人比她先伸了手过去。

男生拿的是她目标左边的那一堆。

她定在那儿不敢动，梁叙身上有清爽的肥皂味，他的衣衫擦过她，淡淡的呼吸划过她的鼻翼。余声再转头去看，梁叙已经给那妇女装好袋算了钱。

沈秀换好零钱回来了。

"你去窖里再搬几箱胡萝卜出来。"

女人对梁叙说完又道，"小余你坐屋里去，梁雨那丫头肯定还没起床呢。"

余声点头提着衣服袋子跟在梁叙后头。

"来这么早？"梁叙步子停了一下。

余声慢吞吞地"嗯"了下，又想起那个下午尴尬的一幕。可是身边的这个男生一脸满不在乎的模样，又让她不得不对他的无动于衷感到吃惊。

"我来还梁雨衣服。"她又加了一句。

进了那个小庭院，余声踩着中间的石砖路走到里屋。

梁叙从墙角拿了备用箱又在窗台上拎了手电，直接走向后院，她看见他蹲在树下那片地上用手抬着一个看似很重的方形木板。

余声不受控制地走了过去。

"要我帮忙吗？"她想了下问。

梁叙掀开木板的动作停了下，他仰头看了眼身边的女生。

她有一双无辜的大眼睛，嘴巴很小，穿着款式简单的套头衫和牛仔裤。她好像很喜欢粉色。

"你站旁边。"他说，"一会儿帮我接一下。"

余声重重地点了下头。

梁叙又转回头,手下用了劲儿。木板掀开的那一瞬间,一股混合着泥土味儿的清香扑鼻而来。

余声看了一眼,这个地窖有四五米深,里头有一架小梯子方便上下。

余声站在地面等着。

窖里的梁叙找了会儿,然后用嘴咬着手电,将筐子里的胡萝卜往箱里捡。

几分钟后他抱着装好的箱子踩着梯子一级一级往上走,快到地面的时候,余声憋足了劲儿弯腰将箱子接了过来,抱到怀里的时候却感觉只有二三十斤。

梁叙两手撑在窖口两边,双臂使力,身体前倾上来坐在窖口,一腿弯着踩在地面上,另一条腿还吊在窖里。男生拍了拍手上的土,笑着看了她一眼。

"你以为很重?"他拿下手电。

余声往箱子里看了一眼:"你怎么没装满?"

"我要是装满了。"梁叙说着顿了一下,抬头看她,"怕你累得不长个儿。"

余声:"……"

空荡荡的院子里,大树下一对男女。

阳光慢慢一点一点洒下来,清晨的微风拂过梢头,吹起她耳朵边的碎发,男生笑开来。

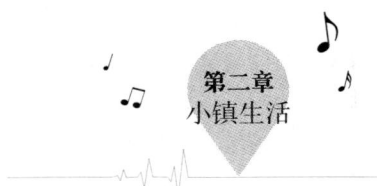

第二章
小镇生活

07

里屋不知是哪部剧的片尾曲忽然响起。

余声在他的注视中腼腆地侧过头,刚好看见正对门的房间里梁雨趴在床上,眼睛盯着电视的方向。空旷的院子里,叶子随风摇曳。

"阿姨说多搬几箱,你快下去装吧。"

余声目光又落回他的脸上,"我帮你接。"

梁叙嘴角还弯着,再次弯腰下了地窖,上上下下忙碌起来。后来他们一共搬了三箱,完事儿的时候,余声还是有些累的。

梁叙直接去了菜摊,她坐在里屋的板凳上休息。

梁雨刚起床在厨房锅里舀了盆热水端出来,看样子脚已经好利索了。

小姑娘将头发浸了进去。

"余声姐,你帮我拿一下洗发露。"梁雨喊,"窗台上那个。"

余声闻言给女孩拿了过去。

一时没了什么事儿,余声从屋里出来。摊子上梁叙正蹲在地上背对着她腾菜筐,沈秀和一个老太太在讨价还价,她过去和女人打了声招呼便走了。

梁叙回头去看,她已经淹没在人群里。

小镇上的叫嚷声络绎不绝,余声穿过来来往往的人流走在街道上。

那天是个周末,她跑去找方杨玩,女生家的小超市人也不少。

她到时,方杨正在厨房刷碗。

"我正要找你你就来了。"女生将洗好的碗放在案板上摆好。

余声坐在锅灶边的小凳子上,捡了柴火在手上玩。

"今天镇上人还挺多的。"她说。

"肯定啊。"方杨说,"明天就十七了。"

经女生一提醒,余声想了起来。小凉庄的集市是每个月中旬七、九那两天,此时赶集的人肯定要比以往多不少，那些摊主前一天就会赶过来占地方。

明天会比今天还要热闹很多。

方杨家的猫在厨房门口徘徊，余声想叫它过来。方杨已经收拾完，将她从凳子上拉起来出了门。

两个人在热闹的街上逛来逛去。

"明天肯定特别挤。"方杨说。

余声的视线在一个个小摊上流连，小玩意儿晃得人眼花缭乱。

方杨拉着她去了一个首饰摊，上头摆满了镯子和耳环。盒子里有各种各样的小皮筋，方形泡沫上插满了银色戒指，还有很多花花绿绿的发卡。

方杨低着头在里头挑。

"余声你觉得哪个好看？"女生指着两个尾戒问她。

余声食指一伸："这个吧。"

她们正说着话，余声感觉肩膀被人拍了一下，一回头，梁雨笑眯眯地歪头叫着"余声姐"。小姑娘身边还有一个女孩子，也跟着叫了声。

集市里人来人往。

梁雨和她说了两句话就拉着同学玩去了，方杨又低下头去挑耳环。

附近卖西瓜的摊子上挂着一个喇叭，喊着"一斤一块八，不甜不要钱啊"。

背后的两元店里一会儿放着流行音乐，一会儿音响里又夹杂几句"买不了吃亏买不了上当"之类的话。

整个小镇都被喧闹包围着。

那时候临近中午，菜市场边上的小吃摊上也挤满了人，拉条、油糕、面皮儿、凉粉，一家紧挨一家，桌子都摆到了沈秀的菜摊跟前。

女人看着摊子顾不上做饭，数着零钱的手腾不出来。

沈秀正低头给人装菜，梁雨这会儿从外头转了回来。小姑娘从厨房摸了个西红柿一边吃一边往外走，摊子上的沈秀回了下头："一会儿和你哥外边吃去。"

"哦。"梁雨动了几下嘴巴，"那我先去找余声姐玩了，刚才还在街上看到她了。"

梁叙从屋檐下走了出来，抹了把刚洗过脸后下巴上的水渍，甩了甩手。阳光晒在他的皮肤上，坚硬结实，黑眸幽深。

"妈，你吃点什么？"梁叙说，"我给你带回来。"

沈秀弯腰忙活着，说了句"你看着买吧"。

梁叙趿拉着鞋钻进了人群，后头沈秀忽地喊了句"别忘了买袋面粉"。

街上人挤人热得他直冒汗。

梁叙买了两份面皮又去熟人店里提了袋面粉就往回走，他个儿高，站在街上目光能看到很远。大人小孩都有，将街道挤得水泄不通。十六来逛集市的一般是镇子附近村庄的人，图个人少。

梁叙四下扫了眼，看这样儿明天也不见得能少几个人。

他一边往回走一边朝两边随意瞅着。

那天一直忙到太阳下山才消停，梁叙在家里冲了个凉水澡换了衣服。

本来他想去学校练琴，结果在门口碰见陈皮，男生手里拿着乒乓球拍拉他去玩几下。于是，他们拐弯去了小广场。

不大不小的地方到处都是乘凉的人。

乒乓球台有两个，李谓已经在那儿占了一个。午后的闷热一直延续到傍晚，天已经不是很亮了。梁叙打了一会儿球觉得无聊，靠在一边看着他们打。

风吹过来还是热的。

梁叙眼角不经意地扫了一下，见右边双杠下站着两个女生，余声倚着一边单杠和人聊着天。

她外头的粉色衣服搭在手上，身上是件吊带短衫。边上的女生三两下跨上双杠，低头好像和她说着什么。

广场的灯忽然亮了，梁叙将手从兜里拿了出来。

"去哪儿？"陈皮看见他转身要走。

梁叙已经走开几步："买瓶水去。"

他径直去了广场角落里的小卖部，买了几瓶水和几袋零食出来，在商店门口站了一会儿，看着双杠那边，她仰着头在笑。

余声正和方杨说着女生之间的话。

"你怎么连个耳洞都没有？"方杨问。

余声摸了摸耳朵："打过又长住了。"

方杨从双杠上俯下身去瞄了一眼，抬起身的时候眼神一顿。

余声看女生的目光怪怪的，也转头去看，梁叙正朝这边走过来。

余声也愣了一下。

"梁雨没和你在一起？"梁叙走近。

男生就像是闲话家常似的，那语气太过自然。

昏黄的灯光下他的脸棱角分明,眼神带点侵略性的"野"味儿。

"下午一起转过。"余声说,"她又走了。"

梁叙漫不经心地"嗯"了声,好像不是很在意她说的结果。

双杠上的方杨有些目瞪口呆,又一副看好戏的样子。

余声不知道接下来该说什么。

男生忽然递过来一个袋子,余声扫了一眼,红色的塑料袋撑得鼓鼓的,里头的东西看不太清。

"什么呀?"她问。

那声音软软的,"呀"字很轻很轻地落了下来。他听过不少女生说话,可没有一个像她那样,明明很平常的语气,却让人耳朵发麻。

"顺道买的。"他仰了仰下巴塞她怀里,"拿去吃吧。"

那动作带着点强势,余声下意识地接过袋子。

梁叙摸了摸鼻子,眼神向两边扫了下,又转到她的脸颊上,清了清嗓子说了句"早点回去"然后转身走了。

余声:"……"

她看了看手里的袋子,又看向走远的人。黑夜衬得他背影高瘦挺拔。

"里头装的都是啥?"方杨忍不住问。

余声打开袋子看了一眼,无声地吸了一口气。

几乎全是小孩吃的零食,虾条、薯片、饼干、口香糖,还有一袋子大白兔奶糖。她抬眼再看过去,远处的男生正打着乒乓球。

长这么大,第一次有人给她买零食吃。

她手里沉甸甸的重量宣示着一种存在感,方杨从双杠上下来,余声张开袋子让女生随便拿,方杨嘿嘿一笑什么也不说拆了包虾条。

两个人出了小广场。

"怎么认识的?"方杨问。

余声简单说了几句,却丝毫未提西宁的事儿,事实上他们除此之外好像也并不是很熟的样子。

这话听在方杨耳里,换来了一声长"啊"。

"原来梁叙就是跟你学画那女生她哥。"方杨说。

街道两边的灌木丛和这夜晚的漆黑交相辉映,长长的路灯直立在街角,将来人的影子由长变短再变长。

十字路口的行人擦肩而过,有的可能认识会停下来打招呼。

余声在灯光下和方杨分了手。

她提了一袋零食回家,外婆和外公在看电视。老太太拍拍炕叫她坐上来,余声爬上去将袋子里的东西都倒了出来。老人们不怎么吃,都进了她嘴里。

后来她回屋睡觉,外婆还叮嘱:"晚上别吃糖。"

余声躺在床上,手里拿着一颗大白兔看来看去。这些东西陆雅从不让她吃,但外婆会说"吃一点没事儿"。

她舒舒服服地闭上眼睛,嘴巴弯了起来。

夜里她糊里糊涂就睡着了,也不记得外婆什么时候进来关的灯。

余声做了个梦,里头有安静的街道、长长的巷子、九拐十八弯的田间小路。

微弱的月光像在床铺上撒了点颜料,黑夜里梁叙睁着眼睛。幽静的院子里送来了风吹过后树叶沙沙作响的声音,梁叙清醒极了。

凌晨四点的时候,他就起来了。外头沈秀已经开始摆摊了,梁叙过去帮忙。

周一的早晨空气干净新鲜,黑漆漆的天色里就连弄出来的动静都清晰无比。集市上一排撑起的红色大伞,伞下的灯泡亮着光,下头坐着摊主,几乎都裹着军大衣。

一个个小吃摊上也冒起了热气。

梁叙搬着菜筐出来进去,四五点的风钻进袖子和脖子。兴许是运动量太大,他出了一身汗。过了会儿等沈秀摆好菜摊,梁叙去街上买了两笼热包子回来。

"这都几点了,还黑成这样。"女人说。

梁叙嘴里嚼着包子,抬头看了看头顶的天空。黑夜的幕布慢慢张开,远方已经有了点清明的兆头。

"天快亮了。"他说。

08

沈秀的菜摊自那天早上起连续两天一直忙碌着。

大多数人每个月就盼着这两天,有的老人喜欢赶集,大清早就骑车赶了几里地过来。或者几个妇女搭个伴从村里一起走来镇上,挑几件衣服买点水果再回去,要是幸运,路上还能搭个熟人的顺风车。

等镇上又恢复以往的宁静的时候,小凉庄的赶集日终于过去。不同的是街道上躺满了塑料袋和各种奇形怪状的东西,这下清洁工又有的忙了。

梁雨下午很早就去了清平街七十九号。

最近小镇相关部门重新统计收发门牌号，余声喜欢这个数字。她坐在屋顶翻出几本素描初学的书，梁雨在一边描摹。

"余声姐？"梁雨忽然停笔。

余声从书里抬头。

"咱什么时候能出去写生啊？"梁雨问完一笑。

"写生？"余声扫了一眼小姑娘手下的画，想了想说，"随时都可以。"

梁雨惊喜地捂住嘴巴。

"现在呢？"

"行是行。"余声看了眼时间，"不过仓促了点。"

十四岁的女生一提起这个事儿来简直精神得不得了，后半句直接就当没听见，什么都顾不上，拉着她就出门。

因为只是单纯的速写，两个人只带了一个大速写本和几支铅笔。

余声也确实想出去走走。

梁雨带她去了镇外一个叫长土坡的地方，余声站在高处远远望去全是绿色的田野。一大片一大片的玉米地被风拂过微弯下腰，小鸟栖息在路边的树上叽叽喳喳。

"这地方漂亮吧。"梁雨说，"第一次还是我哥带我来的。"

余声耳朵动了一下，目光落向远方。

"你要想去哪儿玩就问他。"梁雨又说，"虽然这人学习差，但他可是我们羊城的'活地图'。"

余声问："活地图？"

"可不是一般的地图。"

梁雨脸上有种骄傲的笑意，"他什么地儿都知道。"

余声忍不住笑了出来。

事实上她们并不是很认真地写生，梁雨平时学画也是挺自由的。反正余声一般都在家，小姑娘除了特殊情况也都会来。至于学画期间，梁雨真可谓是个开心果。

她们画着玩着渐渐到了傍晚。

西边那颗红红的太阳慢慢落进了山，晚霞铺满天际，悠长的田间小路上全是零零碎碎的阳光，影子和杂草交缠在一起。

长土坡就在乡镇高中的后边。

两个人回去的时候绕了个大圈，梁雨一时起意，说带她去梁叙的地下室转转。

小姑娘乐不思蜀，余声便也跟着去了。

学校里空无一人，树叶被风吹得到处都是。

地下室那栋楼还是上次余声见到时的样子，旁边的沙子、水泥照旧堆在墙角，上头有被人踩过的痕迹。她们沿着楼梯走下去，便是那个亮着灯的屋子。

梁雨先推开的教室门。

教室里的吉他声、打鼓声逐渐停了下来，梁叙从架子鼓后抬眼。门口穿着格子短袖的女生正拘谨地站在那儿，怀里还抱着速写本。

余声微微弯腰示意。

"你们俩怎么来了？"梁叙问。

"闲着呗。"梁雨挽上余声的胳膊，"你们弹你们的，我们自个儿转。"

李谓和陈皮对视一眼，低头各忙各的。

头顶的白炽灯洒着光芒，三个男生认真起来不像平时那样嬉皮笑脸。

李谓低着头手指轻轻拨动吉他，陈皮插着耳机轻声哼唱，梁叙敲着架子鼓，节奏有点像《李香兰》。

低沉的调子带着伤感。

这是余声第一次如此接近音乐，她坐在沙发上听他们弹唱，那感觉和第一次看他们表演时不太一样，风格上并不拘束。

几个少年就像黄土地上的野草，漫不经心又渴望自由生长。

听了一会儿，余声看了眼手表。

外头估计天都黑了，正是假期路上肯定没什么人。那一片有很长一段路两边都是野地，这会儿走过去也挺瘆人的。

余声和梁雨小声商量了下，小姑娘已经站起来说她们要回了。

"一起走吧。"梁叙从鼓后面站了起来。

李谓和陈皮面面相觑，对这人走这么早很是怀疑。不过他们练了一天也累了，几个人一前一后走出地下室。

月亮已经斜斜悬在东边了。

余声和梁雨走在最前面，三个男生跟在后头。陈皮撞了撞梁叙，眼神里带着不怀好意的笑。

"真是你远房亲戚？"

梁叙觑了陈皮一眼，抬起下巴叫了声梁雨："你和他们俩坐车回去。"

梁雨回过头："那余声姐怎么办？"

"她坐我的自行车。"这话一出,余声后背莫名僵了下。

梁雨还要说话,李谓见势走近拉过女生的胳膊说着"走吧"。

李谓从校门口车棚处取了车,三个人很快就不见身影了。

余声站在梁叙身后看他推着自行车出来。

路边只有一盏昏黄的路灯,她跟在他后头。梁叙在门口停下,跨坐在车上回头向她示意她坐上来。余声看了眼后座,又看向他。

"现在犹豫可晚了。"梁叙笑了下。

余声抿了抿干涩的唇,没有说话。她的欲言又止让梁叙皱了下眉头,西宁那晚她可是胆大得很,这会儿倒连车后座都不敢上了。

"怎么了?"他问。

余声慢吞吞地说:"我不会掉下来吧。"

"想什么呢你。"梁叙抬眉,"我技术有那么差吗?"

余声:"……"

看她那裹足不前的样子,梁叙好笑地看了她一会儿。

"上来吧。"他下巴点了点自行车后座,"我骑慢点。"

余声深深吸了口气,然后抬脚走近。她一手抱着速写本,一手抓着后座,蜗牛似的坐了上去。梁叙一脚点地,回头看她坐好了才踩上脚踏骑了起来。

她紧紧地抓着车后座,他骑得倒真挺稳。

"你以前没骑过自行车?"他一边骑车一边侧了下头。

夜晚的小路格外幽静,野地两边的树木被风吹得哗哗响。中间有一段路没有灯,只有远处小镇路口的一点光芒,微弱暗淡的影子跟着车轮在走,泥土地里有清晰的虫鸣声。

她沉默了下,道:"没有。"

"坐都没坐过?"

余声蚊子似的挤出"不是"两个字,但头一回坐男生自行车后座倒是真的。

从小到大,她去学校都是那条熟悉的线路,从初中到高中,公交四路挤了很多年。或许是那声音刻意压低,梁叙放慢了速度。

"听梁雨说你高三要来这儿读。"

余声闻言"嗯"了下。

"你家不是在西宁吗?放着好好的高级中学不去读跑这儿干吗来了?"

"这儿怎么了?"余声反驳,"我觉得比西宁好。"

梁叙没忍住弯了弯嘴角。

余声低着头看车轮划过小路,眼神不由自主地瞥到他的腿。男生穿着黑色沙滩裤,她不自觉地羞红了脸,头别到一边去。

"哪儿好了?"他问。

余声垂眸想了想,又抬头去看他的侧脸。

"哪儿都好。"她说。

车子往前走着,吱吱呀呀的声音响彻黑夜。风吹过来,余声能闻见他身上一股淡淡的味道和温热的气息。两个人没怎么再说话。

很快就到了镇上。

到她家的几条街道平坦宽敞,路灯明亮。

梁叙能清楚地看见地面上她乖乖低着头的影子,再抬眼看她的脸颊,小小的,嘴巴抿得比贝壳还紧。送她到门口他就走了。

余声在原地站着,盯着他像风一样的背影看了几秒就回屋了。

外婆刚从里头出来说正要出门找她去,女孩子吐吐舌头拉着老太太进了屋。

这时候的小凉庄一片寂静。

梁叙没几分钟就到家了,将自行车停在院子里然后去洗了把脸。地面上的梧桐树影摇摇晃晃,梁叙叹了口气,眼神顿了下。

屋檐下梁雨咬着西红柿站在门口:"余声姐送到家了?"

梁叙"嗯"了声,将盆子里的水往腿脚上一泼,回了自己的房间。

他刚走到房门口,手掀门帘的动作忽然一停,叫住转身回屋的梁雨。

"干吗?"小姑娘问。

"我明天去羊城。"梁叙抬了下眉头,"你去不去?"

梁雨一愣,这人平时去外头几乎从不带她,她就是吵着嚷着求助沈秀也不见他能改变主意。说好听是怕她奔波,说难听点就是嫌麻烦。

"去……啊。"梁雨立刻睁大眼睛。

"那行。"梁叙说,"明儿走那会儿别乱跑找不着人。"

说完他进了屋,梁雨脚步还没动他又探出头来。

"去了忙起来我可能顾不上你。"他停顿了下,才道,"你把余声也叫上。"

然后房门被关上,外头的帘子被那股风带着荡了又荡,最后平静地伸展。

梁叙踢掉拖鞋直接躺床上,枕着胳膊闭上眼睛。

没一会儿他又慢慢睁开眼。

他在镇上生活了这么多年,还头一回听见有人说这儿哪儿都好。这要搁学校里,你随便拉一个人问问,没有哪个不想从这山里走出去。

"还真是单纯。"他笑了一声。

09

在余声少年时代的记忆长河里,数小凉庄的清晨和傍晚最美。

这一天她从早上起来就坐在屋顶吹风,外公搬了张摇椅给她放在上面。

平日里没什么事儿,她就躺在上头凝神看天。

屋子里的槅门敞开着,房檐下外婆坐在缝纫机前忙活。那机器嗒嗒嗒嗒的声音余声一点都不觉得吵,反而内心平静极了。

"余余。"外婆一边用舌尖舔了舔线头往针孔里钻,一边说,"你也出去走走,老待在上头不闷啊。"

她蹬直了腿又伸了个懒腰。

屋顶上风大,余声从上头走了下来。老太太眯着眼找了半天针孔,余声搬了个板凳坐在一边。

"我帮你穿吧,外婆?"

"过去了。"老太太将针线固定好,脚下踩动机子,笑说,"再过几年这活儿就干不了啦。"

里屋熟悉的丁零声响起,余声跑进去接电话。

她刚拿起"喂"了一声,那边女人似乎难以置信地试探着叫了声:"余余?"

她心里下意识地筑了道防火墙,一阵厌恶,想挂电话。

外婆走进来从她手里拿过话筒。

余声立刻起身走出去,老太太叹了口气,将话筒贴在耳边。

不一会儿老人从屋里出来,女孩子坐在台阶上低着头手指在抠水泥地。

"余余啊,"老人坐在她边上,抚摸她的头发,"别生你妈的气,她是为你好。"

地面和她的指尖摩擦着,那"嗞嗞"声像极了陆雅发怒时刺耳的声音,余声每次听见都想逃跑。陆雅不许她随便出去玩,鲜少几次出门,陆雅能打来十几次电话叫她回家,还要证明身边的同学是女生,会在听筒里吼"如果不回来以后都别回来"。虽然那是气话,听在余声耳里却是折磨。

她真的一点都不喜欢陆雅。

陆雅对她是一个老师而不是妈妈的样子,严厉到她这辈子都讨厌教书匠。

她没有自己的时间和朋友，没有一个能聊心事的人，很多时候会难过到在大街上边走边哭。

"我现在不想和她说话。"余声慢慢说。

老太太侧头看见女孩的眼眶湿湿的，无言地"唉"了声。

门口有自行车铃的声音，一老一小都抬眼看出去，梁雨兴奋地将车停好跑了进来。

小姑娘亲切地打着招呼，然后把去羊城的事儿简单说了下。

"这就走吗？"余声心里忽然期待起来。

"我妈中午饭都做好了，咱吃完就走。"梁雨拉着她的胳膊，又看向老太太，"奶奶，余声姐今晚和我睡好不好？"

余声看向外婆。

"那进屋洗个脸换身衣裳。"老人笑说。

街道上的风慢慢变小了，天空是一望无际的蓝，碧空如洗的样子像清澈的山涧小泉。余声心里宽阔极了，刚刚的不高兴一扫而空。

她们到沈秀家的时候，几个男生都在。

梁叙单手提着桌子放在院里，陈皮在一边摆着板凳。

厨房里沈秀喊他们进来端面，李谓一只手一个碗，稳稳当当。

叶子晃起来，梁叙直起身看到她站在屋檐下。

"我……我去拿筷子。"她目光闪了下。

桌子太小，一群人挤不过来。

梁叙端着面坐在边上，在余声眼角能扫到的方向。沈秀温柔地问她味道怎么样，梁雨要和她坐在一起。

余声闷头一条一条地挑着面。

几个人里就她吃得最慢，陈皮和李谓在说下午演出的事。梁雨端着碗去厨房里放辣椒油，沈秀紧跟在后头去拿了葱和蒜。

梁叙吃着面，一会儿就见了底。

"吃得了吗？"他往余声碗里瞥了一眼。

余声正往嘴里塞面条，抿着嘴点了一下头。

几分钟后，桌子上就剩下她和梁雨。门口有打火热车的声音，梁雨端着面出去看。

余声低头想赶紧吃完，冷不防手里的东西易了主。

"吃不下还吃？"梁叙皱着眉。

"阿姨亲手做的。"余声抬头，"剩饭不太礼貌。"

梁叙看着她笑了下："我家不讲究这个。"

外头李谓已经在叫了，余声听了他的话没再坚持。

她洗了手往门外走，看到车子的时候愣了下，那是辆小型三轮汽车，前头只有两个座位，后头是露天的，车身上写着"五征"。

"余声姐，你坐哪儿？"梁雨凑近问。

陈皮正往车里放小凳子，男生一两步就跨上去，然后低头问她们要不要帮忙。梁雨一个"小意思我自己上"的眼神，陈皮缩了肩坐回去。

"要不你坐前头？"梁叙走到她身侧。

余声摇了下头："坐后头行吗？"

"行啊。"梁叙说。

余声模仿着梁雨上去的样子，两手握着车栏杆，一脚抬起踩在轮胎上，然后使力向上直起身子，梁叙帮了她一下，她另一只脚跨过车沿终于上去了。

余声坐在梁雨递过来的小凳子上，看了下头一眼，梁叙已经绕到驾驶座去了。

汽车行驶在去羊城的宽阔大路上，耳边只有风呼呼刮过的声音。

小凉庄到羊城三十米分钟的样子，进了县城之后梁叙开得就慢多了。

副驾驶座上的李谓说："咱今晚完事儿得半夜了吧。"

梁叙说："差不多。"

车后边梁雨和陈皮说了什么，哈哈大笑，余声也忍不住弯了弯嘴角。李谓透过玻璃窗往后看了一会儿，又转回来坐好。

"她是第一次坐三轮吧。"李谓说，"看什么都一脸新鲜。"

梁叙把着方向盘的右手抬起拢了把头发，笑了一下。

"大地方来的千金小姐不懂咱贫苦人民的生活啊。"李谓有感而发了一句，懒懒地往椅背上一靠，"看来我这辈子要努力攒钱了。"

梁叙嗤了一声。

"下辈子投胎做女人。"李谓又补了句，"富家女。"

几分钟后，他们到了羊城的清台街。

梁叙将车停在一家店铺门口，李谓抱着吉他、贝斯从座位上下来。梁雨和陈皮一个接着一个从车上跳了下去，余声脚踩上车沿看了下地面。

梁叙关上车门低头往她这边瞧了一眼。

余声俯身要跳不跳的样子，梁叙勾勾唇向她走了过去，向她伸出左手，余声犹豫了下慢慢将手递给他。男生手掌有茧子，粗糙坚硬却干燥温暖。
　　他握着她的手一使劲儿在她跳下来的时候虚扶了下她的腰，余声颤了一下。
　　那头李谓喊了一下他，两个人闻声过去。
　　梁叙接住男生扔过来的吉他挎在肩上，几人往店铺里走。
　　正门口已经在搭台子了，不过那时候还早，店铺里没什么人。
　　他们一进去就有人迎过来，带他们进了后台，余声和梁雨跟在后头东看西看。
　　今天是那家店铺开张的好日子。
　　后台里有二十来人，看样子都是为这次开台演出做准备的，很多是十七八岁的年轻人，也有一些上了年纪的大叔。
　　过了会儿，梁叙从里头出来，走向她们。
　　"这边六点才开始。"他说，"你们先出去逛逛。"
　　"我带余声姐去逛超市。"梁雨欣喜得就差跳起来了，然后伸出手，"给钱。"
　　梁叙无视那只晃过来的手，从裤兜里掏出一张五十元钞票递到余声手里。
　　她拿着钱怔了一下，抬眼看他，男生眼睛里盛着灯罩打下来的光。
　　"想吃什么就买。"他说，"别跑太远。"
　　梁雨朝着他吐了吐舌头，拉着余声走了。
　　里间陈皮大声叫他，梁叙转身进去。三人围在一起讨论上台的事儿，一人一曲最后合作一曲。
　　身边有人靠近他们，梁叙侧头去看，一个穿着有些暴露的女生朝他们笑了笑。李谓最先反应过来，指着女生惊呼了一声，接着陈皮也认出来了。
　　"丁雪。"李谓问，"你怎么也来了？"
　　女生扬眉："就许你们来？"
　　梁叙看了她一眼，又低下头轻轻拨弄琴弦。女生瞥过去一眼，用脚踢了踢梁叙的板凳，眼角一斜。
　　"哎。"丁雪叫他，"我来了你都不热情点？"
　　梁叙单手盖在弦上，眼皮抬起又垂下："忙着呢。"声音不温不火。
　　那副拒人千里之外的样子，让女生翻了个白眼，轻哼一声，撇着嘴转身走了。李谓和陈皮去看梁叙，这个不知好歹的又埋头摆弄他那吉他。
　　两个女生逛了些时间就回了店铺，那时候天已经暗了下来，里里外外围了不少人，都拥着往前头挤。门口堵实了她俩进不去，索性就站在外头看。

台子上的灯光一盏一盏亮了起来。

第一个节目是民歌，五十来岁的阿姨声调极高。接下来还有杂技表演，真人吞剑时余声倒吸了一口气。她看得正带劲儿，身边的梁雨不见了。

人山人海，前后爆满。

余声仰头四处找，有人从后头挤了进来，在她眼前打了个响指。她定睛看过去，梁叙站在她身边指了指前边梁雨所在的方向。男生穿着黑色短袖，一手插在裤兜里。

"好看吗？"他低头问她。

余声"嗯"了下："那人真把剑吞下去了？"

周围的人说话声、嬉笑声差点掩盖住她的声音，然后一阵掌声响起。

梁叙笑看她，接着一字一顿地指着台子给她解释，余声在听到他说是真的后大气都不敢出。

梁叙忍不住笑了几下。

过了一会儿，该陈皮上台了。男生玩了几个动作耍酷，然后右手从额头拂上去慢慢抬头，不时说几句有意思的话，惹得观众哈哈大笑。

"他那是什么表演？"余声抬头问。

"栋笃笑。"梁叙凑到她耳边说，在看到她疑惑的眼神后解释，"也是一种脱口秀，陈皮就好这口。"

余声"哦"了一下，又仰着脖子往台上瞅。黑暗里只有那几束强烈的投射灯在空中游走，一堆又一堆人拥在一起鼓掌谈笑。

身侧的人用手在她眼前挥了挥。

"你在这儿看别乱跑。"梁叙说，"我一会儿过来找你。"

余声知道他要上去表演了，点了点头。男生说完转身往人群外挤，余声看着身边忽然空下来的位置，又去看他结实的后背。

"哎。"余声踮起脚喊，"你唱的什么歌？"

他被人群裹在里头还没完全出去，风被挡在外头进不来。

七月的夜晚闷热焦躁，梁叙正掀起短袖擦脸，闻声立刻回过头。

"《你像个孩子》。"他大声说。

010

羊城的这条街在这一晚格外耀眼。

舞台的灯光慢慢暗了下来，周围的人忽然极有默契地安静了。

余声看见他背着吉他从幕布后头走出来，站在话筒前。聚光灯打在他身上，他眼睛里仿佛有星星在闪烁。

　　余声聚精会神地看着他抱着吉他自弹自唱。

　　她想起地下室里那些单调简单的乐器，他们随便几下就能玩出这么多新花样。台上的男生嗓音低沉，点着脑袋拨着弦，低垂着眼。

　　几分钟的样子，歌唱完了。

　　余声听见了震耳欲聋的掌声，在掌声里陈皮和李谓走了出来，梁叙去角落里在刚搬上来的架子鼓前坐下，三个人开始合作。他敲了几下架子鼓，接着李谓把着麦先吼出崔健的《一无所有》。

　　人群好像都疯了一样。

　　在那种热烈的气氛里，余声也欢呼雀跃起来。

　　街道上围过来的人越来越多，舞台表演已经进入白热化阶段。

　　店铺老板在他们一曲结束后上台搞了个小活动，一群又一群人往前冲去。

　　余声在推搡之间被挤了出来。

　　"刚才那首歌是李宗盛的吧？"身边有女生谈起。

　　有人回："他唱给林忆莲听的。"

　　她往后退找了个空空荡荡的地方站着，目光落向那黑压压的人群。

　　夜晚清凉的风没了阻碍从两边吹过来，余声眼神一偏，看见一个上了年纪的老婆婆端着一个破了一块的小碗拉着路人的袖子说着什么话。

　　那个路人扯开自己的衣裳挥了挥手。

　　老婆婆佝偻着腰走开，店铺门口的光芒之外昏昏暗暗，余声不由自主地抬脚走过去，轻轻拉了拉老婆婆的衣服，将兜里的所有零钱给了她。

　　几米开外的街上，梁叙一动不动地站在那儿，静静凝视着前头的女孩子。

　　余声穿着浅粉条纹短袖和直筒牛仔裤，头发软软地束在后头，有着干干净净的眼神和藏不住的善良心地。

　　台上的声音渐渐变得模糊起来。

　　"余声。"他声音提高了一些。

　　女孩子听到自己的名字回过头，梁叙朝着她走了过来，看了一眼已走开的老婆婆，目光又落回她身上。

　　"走吧。"他说，"去吃饭。"

　　他们吼了一晚上，现在是时候犒劳自己一顿，梁叙带她过去的时候陈皮他们已经等在那儿了。梁雨远远就对她招手，余声看了眼那馆子的招牌。

他们五个人坐在空调前面那一桌。

余声跟在他们后头学着样儿，等那几人调好油碗坐回去才上前。她站在那一排调料前挨个往碗里舀，梁叙也拿了个空碗站在一边。

"你不会没吃过自助餐吧？"他看着她笨拙的样子道。

余声看了眼碗里杂七杂八的一堆调料，轻轻抿着嘴看他。陆雅说那些东西不干净，几乎从不让她吃。

梁叙用自己的碗给她调调料，问一句"这个能吃吗"，然后放一样。

她又跟着他去取菜，玻璃柜里有五颜六色的丸子和各式各样的香肠。

余声眼花缭乱，手上拿着夹子不知道要拿哪个。她侧头去看他的盘子，上头堆满了羊肉卷。

旁边过来几个小孩拿了很多喝的。

"饮料不要钱吗？"她歪头问。

梁叙笑了声，伸手给她也拿了一瓶。

回到桌上的时候，那三人已经开吃了。余声坐在梁叙对面，将盘子里的东西一个一个往里头放。小火锅都快溢出来了，梁叙从她锅里捞出几样塞到自己那锅。

"别放太多。"他说，"熟不快。"

余声看了他一眼，然后乖乖地盯着锅。

小店里有很多人，气氛好得不像话。陈皮起身拿了几瓶灌装可乐过来，梁叙拎着一瓶揭开盖儿，那盖子掉在地上骨碌碌滚了一圈才停下来。

门口又进来几个女生。

"你们在这儿啊。"丁雪最先走过来，"就说后台不见人。"

李谓和陈皮跟女生打了声招呼，丁雪她们在隔壁桌坐了下来。

梁叙正仰头喝了半瓶可乐，一抬眼便看见丁雪递了空杯子过来。

"给我也倒一杯。"丁雪说。

梁叙看过去一眼，接过杯子倒满。

陈皮也递了杯子过来，梁雨嘟囔："哼，我们也要。"

余声正全神贯注地看着自己的锅，拿起筷子在里头搅了搅，想捞起看一看熟没熟。

梁叙倒好可乐递回给丁雪，目光却在余声的脸上。

"再等会儿。"他说。

余声"哦"了下，收回筷子又放在碗上。

陈皮往这边瞥了一眼，坏笑了下。男生看见丁雪的目光落在余声身上，那眼神里有疑惑也有点嫉妒。而后者好像发现有人在看她，偏过脑袋点了下头又转了回去。

梁叙的胳膊被人戳了下，陈皮以眼神示意。

"边儿去。"梁叙拧了下眉。

那一顿他们吃了一个多小时，几个男生有一搭没一搭地边喝可乐边扯谈。

梁叙热得将短袖掀到肩膀，丁雪时不时凑过来插几句话。余声和梁雨一直在闷头吃，完事儿已经是深夜了。

梁叙先去拿车，他们慢悠悠地往前走。

那时候店铺外已经散了场，街道冷冷清清。风擦着地面往脚腕上吹，梁雨蹭着余声的胳膊，精神焕发。身后几个人站在店门口，往他们这儿看。

"丁雪，她不会是梁叙新交的女朋友吧？"

被问的人目光一敛："看样子应该还没追到手。"

夜深人静里三轮汽车行驶在羊城公路上，两边的树木一闪而过。

余声仍然坐在车后吹晚风，车子有些颠簸。梁雨拉着陈皮讲鬼故事，周围黑漆漆的林子从前往后退。

李谓吃得太饱，靠着椅背半睡半醒。

梁叙打着远光灯，听见车后头梁雨的尖叫声回头，两个女生挨得紧紧的，又害怕还想听。他笑着又转回来，一只手搭在窗外，吹着口哨将车开往前头又一方沉沉黑暗里。

到小凉庄已经近十二点了。

沈秀披着衣服出来给他们开铁门，那两个男生各回各家。梁雨和余声一前一后洗了澡，余声洗完换了身梁雨的吊带睡裙，出来的时候梁叙光着膀子在院里冲凉。

她看了几眼转身回了房间。

梁叙将毛巾搭在脖子上，笑着看她急若流星的背影。那晚到了后半夜，窗外大雨滂沱，噼里啪啦响。他下床去关窗户，顺便去了趟后院茅房。

雨水打着梧桐树叶，风像是在嘶吼。

梁叙打开后院屋檐下的灯，顶着雨快步站在厕所边上，完事儿又迅速拉上裤链就往回跑。他还没踏出几步就看见余声打着伞小跑过来，两个人目光相对。

余声视线下滑到他的裤裆上。

梁叙上身光裸着，胸膛上沾满了水，裤子耷拉在腰部还没完全提上去。

他瞬间将皮带扣上。

"路滑你慢点。"梁叙咳了一声，就要侧身走开。

余声急急地"哎"了一声叫住他。

"你能不能等我一下。"她眼睛很亮。

梁叙顿了下，走到她边上顺手接过伞，送她到茅房后退在外面等，眼角扫到她刻意藏在右手里的卫生巾。

半夜里除了风雨一点声音都没有。

余声的肚子是忽然疼起来的，这一天她乐得彻底就忘了这茬。

她晚上听陈皮的鬼故事不敢下床，梁雨睡得太熟又叫不醒。正好外头有人开了灯，她赶紧起身跑出来。

这会儿听不见外头有动静，她慢慢出声："梁……叙？"

男生闻言愣了下。雨水滴在伞上，梁叙握着伞把的手微抬，抖了抖伞向前走了几步。

"我在这儿。"他说。

过了会儿，余声出来了。他立刻将伞罩在她头顶，两个人沿着小路往檐下走。梁叙看了看她不太正常的脸色，心下明了："肚子疼？"

余声不好意思地"嗯"了下。

到屋檐下，梁叙收了伞斜靠在墙上。余声正要回房里，他叫住她，利落地从自己房间拿了件外套给她，又去厨房倒了杯热水出来。

"喝下会舒服点。"他说。

余声双手握着杯子外壁，心里流淌过丝丝暖意。

雨水从房檐上落下来，往下砸出一个个小水坑，院子里很快淹了一层水，梁叙靠在墙边低头看着她，这个夜晚令人心平气和。

后来两个人重新回房间睡下。

外头吹着冷风，下着瓢泼大雨，余声慢慢睡着了。

第二天六点多她还闭着眼，梁雨去上小号。小姑娘刚从房间出来，就看见梁叙从外边回来。

"这么早你干吗去了？"

梁叙不答反问："余声没醒？"

小姑娘摇摇头，想起什么，从兜里掏出几十块零钱递了过去，说："我买了个冰棍，余声姐什么都不要。"

梁叙想起昨夜余声给那个老婆婆塞钱的情景。

清晨的雨细如棉丝，软软地落了一地。

011

那一天沈秀没在摊上，而是和几个镇上的妇女一起到某个村庄逛庙会拜菩萨去了。余声醒来的时候，梁雨已经在睡回笼觉了。

余声换好衣服出去，见梁叙蹲在大门口。

他听到脚步声回头去看，余声已经走了过来。街道上人不是很多，来摊子上买菜的也挺少。梁叙从地上站起来，看着她。

"不多睡会儿？"他问。

余声"嗯嗯"两下摇头："我回家了。"

这时候菜摊上过来一个老太太。

"你先过去看看。"他仰仰下巴，"我进去拿个东西。"

梁叙说完已经进了屋，余声担心出糗磨磨蹭蹭地走到菜摊跟前。

老太太拿起一把青菜直接放在秤上，手摸着西红柿："这个多少钱一斤？"

"两块八。"是梁叙的声音。

余声侧头看过去，他手里提着一个袋子。等老太太走后梁叙将手里的东西递给她，余声还没低头看，他的声音就传了过来。

"肚子现在还疼吗？"

"……"

余声眼神躲闪了下，不自然地挠了挠脸颊，小声说了"谢谢"就往回走，也没回头再看，路过前头菜摊的时候，脚步停了下来。

一个男人拎起土豆就往女人身上砸。

两边没有人过来劝，她看见女人低着头没吭声，一直往摊子里头退。

余声走出几步彻底停了下来，这一幕让她惊呆了。一两分钟之后，对面食品铺有人过来劝说。那女人唯唯诺诺，看着可怜得很。

余声忽然想起三个月前的那个晚上，她照常放学回家。手还没按响门铃，就听见里头陆雅和余曾在吵架。他们最近很容易就吵起来，陆雅动不动就说离婚，有一次余曾声音也吼高了，余声差点吓到。

她一点都受不了那种日子。

那晚她实在不想进门,一个人在街上晃悠到了火车站。

她是想坐车去找外婆的,可是到地方才发现兜里没什么钱,在售票厅遇见说去小凉庄的人,她整个人好像都活了过来。

男人打女人的动作终于停了。

"怎么站这儿?"梁叙问。

他忽然出现在身边,余声吓了一跳。她回头去看那个被打的女人,女人正一言不发地拾地上的菜,余声直直地瞪着边上那个光裸着上身的肥胖男人。

她嘴里咕哝了几个字,他没听清。

"你说什么?"他探头。

"天下乌鸦一般黑,天下男人一样坏。"

梁叙:"……"

她说那句话没过什么脑子,等意识过来的时候发现男生的表情有点怪。余声讪讪地扯了扯嘴角,提了提袋子,眼睛配合地弯了下。

"我先走了。"她说。

梁叙眯着眼看她走远,才慢慢笑着往回走。

后来的一段时间梁雨继续跟着余声学画,两个人偶尔也会去学校找他,不过待一会儿就走了。

八月的某个下午,他在地下室练琴。

陈皮从家里过来,刚进门就喝了一大瓶水。

外头的天实在闷热,自那夜暴风雨过后,小凉庄已经有些日子没下雨了。负一层连窗户都没有,气温更是高得不像话。

"这么热你也能待住。"陈皮说。

梁叙戴着耳机低声轻哼,沉迷在自己的世界里。陈皮一头栽进沙发里,也不知道在想什么。过了会儿,他脱了一只鞋差点扔到梁叙的吉他上。

"有病吧?"梁叙拧眉。

"有啊。"陈皮却嘿嘿一笑,"无聊晚期患者。"

"没事儿找李谓去。"梁叙一脚将他的鞋踢到门口,又低下头,"我没工夫治你。"

陈皮看着自己可怜的鞋,唉声叹气地站起来,耷拉着肩膀用一只脚跳到门口踢踏上鞋,无奈地看了梁叙一眼后出门了。

一分钟后,门又被推开了。

梁叙停止弹唱，不耐烦地看了眼门口。他以为又是陈皮，嘴里骂了声。

就在那门慢慢被推开的时候，一个脑袋探了进来。

"你他妈……"他硬生生卡住了话。

余声愣愣地站在门口看着他。

"我说陈皮呢。"他解释完立刻拐了话，"你怎么来了？"

"我去长土坡转转，顺道就过来了。"余声关上门走进来，向四周扫了一圈，"你不热吗？"

梁叙将吉他搁一边："还凑合。"

她"哦"了声，梁叙不知怎么扯了下嘴角。

这些天他不怎么常见她，一个原因是沈秀的摊子忙起来了，另一个是他最近在准备下个月 H&B 唱片公司比赛的参赛 Demo。

"你一个人上的坡？"他一边问一边揉了把脸。

余声点着头，目光落在他的吉他上。

"以后别自己过去。"梁叙低声道，"那边玉米长得比你还高，万一冒出个什么人来你跑都跑不掉。"

余声低声说了一句："知道了。"

"你知道什么了？"梁叙笑了声。

余声抬头看了他一眼，仿佛在特别专注地思考这个问题。梁叙见状也不逗她了，目光瞥到她的眉头轻轻蹙起，他舌头在嘴里搅了一下，清了下嗓子。

"干吗这么看我？"他问。

余声顿了一会儿："你抽烟吗？"

梁叙沉默了。

余声问完就觉得有点尴尬。她只是忽然想起余曾抽烟时也喜欢舌头顶腮这个动作便问了出来，问得也有些莫名其妙。梁叙还没吭声，她又干干地笑了笑。

"好像男的都喜欢抽烟。"

梁叙说得模棱两可："好像女的都喜欢高跟鞋。"

余声认真地摇头："我不喜欢。"

"不是你不喜欢。"梁叙看着她的眸子一深，余光扫了眼她的胸，"是你还小。"

余声垂下眼睛好像陷入了沉思，梁叙笑了下。

后来她要离开，梁叙也跟着回去了，回镇上的那条路四下无人，她坐在他的自行车后头，看着视线前方的夕阳慢慢落下山头。

"你还不会骑车过几天开学了怎么办?"他问。

一个暑假完全能学会,是她一直往后拖,就到了现在。前几天外婆又说给她买辆自行车来着,余声想到这儿叹了口气,话到嘴边又刹住。

"不就是学个车。"梁叙骑着车回头看了她一眼,"至于愁成这样?"

余声咬着嘴巴没说话。

"要不要我帮忙?"梁叙笑,"给你个友情价。"

余声淡淡地翻了个白眼:"我有人教。"

几天之后的一个下午,外公骑了辆漂亮崭新的橘黄色自行车回来。她当时坐在院子里,一路半走半滑将车推到了和方杨事先约好的长土坡。

玉米地一片汪洋似的。

余声将车靠在一棵树边,然后在草地上坐下。天气挺凉快,风一阵一阵吹过脚下,眼前是无边无际的庄稼地,身后有大树可以乘凉。

"不是让你别一个人来吗?"头顶忽然传来一个声音。

余声噌地从地上起来仰头去看,男生悠闲地躺在树叉口,两只脚搭到一块儿,短袖揭到胸膛上。

"你怎么在这儿?"她问。

梁叙懒懒"嗯"了一声,将头侧到七点方向自上而下看她。女生穿着短袖短裤,两条腿纤细笔直,白得跟雪似的。

他坐起身从树上跳了下来。

余声还呆呆地望着他,全然不知道这人要做什么。梁叙将她的自行车拎到小路上,顺手将嘴角咬着的茅草丢掉,然后拍了拍车座示意她过来。

"友情价?"她无辜地眨了眨眼睛。

梁叙看了她一会儿慢慢笑了。

田野的风从四面八方吹过来,小路上两个人的身影时而分开时而交缠。

他在后面把着车后座,她小心翼翼地踩着脚踏说:"你别放手啊。"

两边的玉米墙被风撩过后像波涛似的滚过来。

寂静悠远的小路上,一对少年少女被淹没在阳光下。

在梁叙的把扶下,她没有摔倒过一次,也没有想象的那么难学,更不是方杨嘴里说的"提前准备好跌打药酒"的样子。

后来两人回去时已经是晚霞当空了。

余声推着车站在门口,眼神定定地看着停在路边的黑色汽车。

她没进屋，直接将车和自己藏在前头拐弯的巷子里，当时梁叙已经走远了一段，手插兜里的时候有东西掉地上。他俯身去捡，看到了巷口有些僵住的女孩子。

　　外婆家有人出来了。

　　余声模模糊糊地听到说话声，过了一会儿有关车门和倒车的声音，然后她就看见那辆车从她身边开了过去，驾驶座上的余曾有一丝疲倦，三十九岁的男人看起来沧桑极了。

　　等那车走远，她才回去。

　　外婆已经弄好清粥小菜，饭桌上老太太欲言又止。

　　余声咬着馒头一直低着头不吭气，简单吃了几口就回房间了，将自己蒙在被子里。

　　房门被人轻轻推开，余声知道是外婆进来了。老人走路脚步声特别轻，好像怕吵到她似的。余声感觉到外婆坐在床边，手放在她头顶的被子上。

　　"余余啊。"老人轻声问，"再吃点？"

　　她闷声摇了摇头，被子也跟着动了动。

　　"要听外婆的话。"老人说，"啊。"

　　或许三十秒都不到吧，余声掀开被子从床上爬了起来。

　　外婆去厨房洗锅，她坐在灶台下喝完稀饭。院子里的树叶轻轻地晃，余声站在门口抬头看天。

　　夜晚只有几颗星闪耀。

　　她视线落在傍晚余曾开车离开的方向，那边街道宽阔。

　　余声知道男人这次来是给她办后天的入学手续的，也能想到他等着见她一面，可是自己终究没有他的研究项目重要。

　　天一暗，男人就没了耐心。

　　余声在路边站了很长一段时间，直到屋里外婆喊她。

　　身后这时候有汽车的声音传过来，余声的目光跟着它由近至远，然后向看不见底的黑夜里驶去。

第三章
青春和荷尔蒙

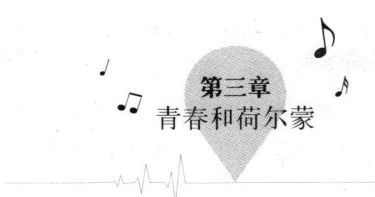

012

小凉庄的高中到现在已经有几十年的历史，六幢三层的旧楼容纳了乡里乡外的几千个学生。余声第一次作为其中一员站在学校门口，心中一阵欢喜。

有人推过来一个摆满文具的摊子，四周立刻围上去几个女生，站在那儿挑来挑去，一边拿着漂亮的笔记本翻来翻去，一边摸着修正液，嘴里还嚷嚷："老板，橡皮多少钱？"

方杨停好自行车走了过来。

学校对面有几户人家院子很宽敞，做着停车收费的买卖。

余声骑车还不是很溜，暂时由方杨带着。女生一大早就过来叫她去报名，通往学校的那条山野马路上挤满了学生。

两个人先去学校通知栏看分班名单，随后方杨又带她去找教室，两个人不在一个班。余声到文二的时候，教室门口被堵得严严实实。从窗户看进去，讲台上坐了一个老师在填写发票，有学生交钱过去。

余声也跟在后头排起队来。

一切流程走完后已经是日上三竿，方杨为那天学车放余声鸽子特意赔罪要请她吃麻辣烫。两个人站在小吃摊前，一人拿了几串，大太阳下直冒汗也心甘情愿。

方杨先吃完去推车，余声过了会儿去路口等。

"余声。"是陈皮，男生说话间已经走过来，"报完名了？"

余声"嗯"了声，扫了一下没见到其他人。

"你们没一起啊？"她问。

"是说梁叙吧。"陈皮一笑，"他昨晚就不知道去哪儿了，我正要找他，你去不去？"

余声摇了摇头："我准备回去了。"

男生没再说什么，打完招呼就走了。

余声看着陈皮走远，方杨已经在叫她了，余声赶紧走过去。

太阳火辣辣的，空气里全是汗味儿。

陈皮一边用手扇着风一边对柜台后的人说："开两个小时。"然后拿着票找梁叙的人影儿。这人坐在窗户前头戴着耳机，脸上没有一丝熬过夜的样子。

电脑跟前放了一瓶矿泉水。

陈皮坐在他身边拿过水喝了几口，然后凑过去看他的电脑屏幕。

梁叙下载了一个音乐调频软件，从昨晚开始一直在调音修改。

"完成得怎么样了？"

梁叙揉了揉眉心，从头上扯下耳机疲惫地靠在椅子上。这里热烘烘的，像蒸锅似的，窗户罩着帘子，一拉开光全投在电脑上，什么都看不清。

"马马虎虎。"他瞥了陈皮一眼，"名报了？"

"那还用说？"陈皮拉过他的电脑耳机戴头上听了一段他做的小样，然后拿下来，"这调子很棒啊，有点那什么山野村夫的味道。"

梁叙冷眼看过去："老子做的是摇滚。"

陈皮自然是开玩笑，印象里梁叙对音乐有着某种执着的追求，李谓和自己仅仅是爱好，可这人不一样，他是打心眼里喜欢干这事儿。

不过读了高三，估计就没多少时间了。

新学年的第一个早晨，校长就进行了长达四十分钟的讲话。六点半的操场弥漫着一层薄薄的雾气，空气干净新鲜。

余声他们班在最后一排。

她个子不算高挑，被安排在中间位置，身边是几个正在悄悄聊天的女生。余声抬头看着国旗方向，旗杆傲然挺立，国旗在上空飘扬。

早会结束的时候天已经完全亮了。

所有学生几乎是在一瞬间散开的，然后各自找地方读书或者回教室。理科班在最前头的两排，梁叙个儿高站在最后，一回头就看见正往教学楼方向走的女孩子。

余声感觉肩膀被人拍了一下，回过头。

"分在几班？"他问得随意，一只手插在裤兜里。

"（2）班。"她说，"你在哪个班？"

"（17）班。"梁叙下巴点了点正前方的教室，又侧眸看她，"新班级还习惯吗？"

余声"嗯"了下。

"要是有什么事儿随时过来找我。"他说,"教室不在就来地下室。"那幢旧楼至今没有翻修,楼下负一层是学校里搞文艺活动的地方。

梁叙拿了其中一个教室的钥匙,这里也算是他们的练习基地。

"赴汤蹈火也行?"她歪头问。

梁叙抬眉:"行啊。"

那会儿他们站在教学楼下,有穿堂风吹过来。或许是距离他的班级教室太近,三三两两的学生从他们身边经过,和他打招呼,余声忙将落在他脸上的目光移开。

两个人分开后,她回了教室看书。

文科(2)班大部分学生未有变动,只有几个是从外班转过来的。

余声几乎不怎么说话,不是做英语题就是看人文历史。刚开始周围人都以为这姑娘腼腆,后来才发现她的话是真的少得可怜。

一个阴天的下午,余声去教室外头转。

操场上,人一群一群的,玩什么的都有。这里没有漂亮的塑胶跑道和宏伟的建筑,余声却感觉分外亲切和舒坦。

下晚自习后,一群人蜂拥而出。

方杨去车棚找了很久才寻着自己的车,余声想试试让女生坐在自行车后座上。方杨鄙视地看了她一眼,那意思大概可翻译为"不是金刚钻,别揽瓷器活"。

身边的人一个一个超过她们,两边黑黢黢的野地都撒起欢来,叶子抖个不停。

方杨骑到一半,脚下用劲蹬了一下,链子忽然掉了。

余声从后座上跳下来察看,方杨弄得手都黑了,倒腾了十来分钟仍是没修好。

余声撸起袖子正要上手试,身边有几个人停下了自行车。有一个人将车挪到路边停好,朝她走近。

"怎么回事儿?"梁叙问。

方杨立刻起身退到边上,余声简单解释了下。

"能弄好吗?"她又问。

他看了她一眼,似笑非笑地提起裤子蹲了下去。

一旁的李谓和陈皮交换了个眼神,先走一步。

余声弯着腰看他一手挑起链子一手转着车轮,背影宽厚,像堵挡着风的墙壁。

"链子有点干,回头找个地儿抹点汽油就行。"梁叙对方杨说完又看向余声,"你还是坐我的车吧。"

方杨头也没回就蹬上车骑远了,身边有人经过带过来一阵风,嬉闹的声音一波接一波。男生耍酷，双手插在兜里，双脚控制着车子的方向，嘴里还哼着刘德华的《忘情水》。

"怎么不骑自己那辆？"路上，他问。

"下周吧。"她说，"我还不太习惯。"

空气里有了一阵短暂的沉默，白色月光洒在马路上。梁叙将自行车停在她家那条街道的第一个路口，余声下车的时候没站稳脚，他伸手去扶，她刚好又侧身，梁叙的手正好滑过她的胸口。从她的角度看，倒像是他故意的。

"……"

余声看他，"你摸我干什么？"

梁叙抬了抬眼皮。

路灯从上而下打过来，照着他单薄的唇。这时候不知道从哪儿跑过来一只猫，余声一时没反应过来被吓到了，人往他身边跳了几下，双手揪着他的胳膊。

"咱俩谁摸谁呢？"梁叙问。

他的目光从她纤细的手指落到那张白玉无瑕的脸颊上，余声怔了一下立刻缩回手，不自然地往两边张望。梁叙促狭一笑，偏头去挡她的视线。

余声："我回家了。"

那天过后连续几日两个人都没有再见过面，星期六下午的两节课过后他们就放假了。小镇上的学校没有那么严格，师资力量也非常一般，对于那些不务正业的学生，老师们基本上是睁只眼闭只眼，随他们去了。

梁叙正在地下室沙发上躺着。他脑海里在想那个制作的Demo，过几天就报名截止了，可不知道哪里出了毛病，他总觉得旋律听起来有些不舒服。

教室里没开灯，他耳边的一切都被放大。

梁叙沉吟片刻，从沙发上坐起来出了门。校园里全是往外走的学生，余声正背着书包一个人走着，身边也没有人一起。

他是在校门口撞见她的。

那种低着头什么也不在乎的模样好像让他又看到那晚西宁街道上的她的样子，他正要出声喊，有几个女生走到余声身边，似乎是要和她打招呼。

这姑娘愣愣地挤出个僵硬的笑。

梁叙看着她有些想笑，一看就知道她没怎么和人打过交道，不过除了性格上有些天真沉闷需要敲打敲打之外，至少某些时候还是有点孤勇的。

等那几个女生走后，他走了过去。

"怎么不见你那个朋友？"梁叙问。

余声看到他挺惊讶，瞬间又恢复平静。两个人站在一辆冷饮车旁边，那车被大红伞罩着，有阴影投射到地面上，穿过她的头发。

"她有事先走了。"

事实上方杨已经决定从下周开始住校了，女生觉得晚自习回家会浪费学习时间。对于这点，余声不好阻拦。

"那你怎么回去？"他问。

余声说："走路啊。"

她指了指右边那条长长的马路，又回头看他。其实步行用不了半个小时就到家了，余声是喜欢行走在夕阳下的田野上那种感觉的。

"这会儿天还热，你这么回去行吗？"梁叙低头看她，眸子里闪过一丝光芒，"我现在要去机房忙个事儿，估计不到一个小时就完了，你等我一块儿走？"

余声看了他一会儿，重重地点了一下脑袋。

013

这是余声第一次来机房，跟在他后头上了楼。

或许是天气闷热的缘故，里头有种怪味道。梁叙要了两台机子，带她去了自己常待的位置，她一路上东张西望，惹得梁叙直笑。

"坐这儿吧。"他弯腰给她按了主机箱的电源键，然后打开电脑，输入账号密码后将那张开了一个小时的票子扔到一边，"你自己随便玩。"

余声盯着电脑屏幕一动不动。

机房里的烟味儿比较重，有的男生甚至直接光着膀子。

余声侧头看了梁叙一眼，他将一个U盘插到电脑机箱上，正准备戴上耳机，动作忽然停了下来。

"没事儿吧？"他注意到她的目光。

余声摇了摇头没说话。

梁叙又转回头忙自己的事情，将那个小样反复听了好几遍仍找不到切入点。背后的窗户里吹进来一丝凉风，梁叙的烦躁少了些许。

他偏头看看余声，女孩正趴在桌上。

"怎么不玩？"梁叙扯下耳机，低着脑袋俯身凑近凝视着她的脸，"是不是有点闷？"

余声从胳膊里抬眼:"我不知道玩什么。"

四周有敲击键盘和点击鼠标的声音,前头两个女生在看视频,一个戴着耳机笑出声来。右边角落里有人在打电话,脾气很不好的样子。

"QQ游戏玩过吗?"梁叙看着她,"女生好像都喜欢那个。"

见她一脸懵懂的表情,梁叙心里有了底。他将自己的椅子往她跟前挪了下,拉过她那台电脑的键盘,余声的目光却落在挨着右边过道的那个女生的电脑上。

"我想玩那个。"她给梁叙一指。

男生眼睛一抬看过去然后渐渐转回来看了余声一会儿。

"那是QQ农场。"他说完又问,"你不知道?"

余声慢慢地说:"我没有QQ。"

她刚说完这句话,旁边有几个人看了过来。梁叙一句话没说开始在键盘上敲来敲去,余声只看见屏幕上的对话框幻影移形。

他给她申请了一个七位数的号。

"QQ号和密码要记熟知道吗?"他说。

余声盯着那几个数字,想来想去还是记在本子上比较稳妥。

梁叙又讲了一些好友添加和几个简单设置,以自己的QQ号为例做了个示范。

"你为什么要叫'一个烂人'?"她问。

梁叙:"……"

QQ农场打开的时候,余声立刻凑上去。

梁叙一一给她讲了买种子施肥养狗盖房子偷菜,她听得全神贯注。机房里的人来来去去,估计只有他们这边比较独树一帜。

有背景音乐忽然冒了出来,那一瞬间梁叙灵光一闪,知道自己的Demo里缺什么了。等余声开始上手试,梁叙立刻回到自己座位搜索类似风格的音乐资料。

他要给这个Demo加上一点儿后摇。

外头的太阳一点一点落了下去,机房里这会儿格外安静。梁叙忙完听到身边的女孩子莫名地叹了一口气。

一个小时的上网时间到了。

"怎么?"梁叙笑看她,"还玩上瘾了?"

"还差最后一点。"余声认真地说,"就能把你的菜偷完了。"

梁叙:"……"

紧接着他的电脑也恢复初始屏,时间也不早了,从机房里出来后,余声做了个深呼吸,还是外边的空气新鲜。梁叙去拿车,余声站在门口等他。

路上过去一个近两米高的男生,令余声惊为天人。

梁叙直接从屋里将车子骑出来停在她身边,余声还盯着那个大高个儿看。他顺着她的目光看过去然后转回来,女生白皙的脸颊在夕阳下像是抹了红晕似的。

"有那么好看吗?"他打趣。

余声:"他长得可真高。"

"高吗?"梁叙挑眉,"不都一米多?"

余声:"……"

回去的路上他骑着车吹着口哨,十来分钟就到了她家门口。

余声看着他走远才进屋,外公正端着小碗给鸡喂食,院落里的树叶簌簌作响。

晚上一家人在房间看电视。

深夜静悄悄的,屋子外头蟋蟀蹦来蹦去。余声看了一会儿就回自己屋了,她躺在床上却了无睡意,从头顶的小袋里掏了颗大白兔含在嘴里,嚼着嚼着就睡着了。

第二天公鸡还没打鸣,余声就爬了起来。

厨房里外公正拉着风箱烧饭,外婆去了隔壁婶子家借盐巴。大路上没什么人,空空荡荡的。远处的山还埋在云雾里,空气干净极了。

这会儿梁叙还在地下室没醒。

他昨天送完余声,回了趟家又来学校了,连夜将那小段后摇做了出来。

凌晨两三点,他躺在沙发上像摊烂泥似的,那沙发虽然破烂,却可以折叠起来,梁叙一个人睡在上头倒也宽敞。

周末他一直待在学校,星期天下午晚自习前回了一趟家。

沈秀早早就收了摊去隔壁打麻将,他冲了个凉水澡换了身衣服准备回校,梁雨从外头玩回来叫住他,从书包里拿出个巴掌大的小瓶子让他捎给余声。

"里头装的什么?"梁叙接过扫了一眼。

"薰衣草啊。"梁雨头一仰,"安神的。"

"她睡眠不好?"

"不是啊。"梁雨说,"余声姐不是升高三了嘛,压力肯定很大,带这个在身上没事儿闻闻会很舒服的。"

女生说完好像意识到什么,嘿嘿一笑,"哥你就算了,用不用反正都一样。"

梁叙有气无力地看了自个儿妹妹一眼,骑上自行车直直地从院子里冲了出去。

他到学校的时候预备铃刚响,刚踏进教室坐下,老师就抱了一沓模拟题让发下来做,没一分钟他的桌子上就铺满了卷子。

陈皮从前头转过来敲了敲他的桌子。

"哎，丁雪刚才来找过你。"男生说。

梁叙眼皮都没抬，将卷子胡乱塞到桌斗里，趴桌上就睡。

这一眯眼就是一个自习，他那晚不回家直接去了地下室，等想起那瓶薰衣草的事儿已经是第二天中午了，当时他刚在校外头的馆子里吃完面。

他回学校路过小卖部买了几包零食。

然后在第一节后的课间十分钟里梁叙拎着袋子前往文科（2）班，还没上楼就碰见迎面而来的丁雪。

"你去哪儿啊？"女生瞄了一眼他手里的东西，"给她拿的吧。"

"咱俩早完了。"梁叙淡淡地说，"你再这样就没意思了吧，丁雪？"

他最后那两个字是咬着牙说的，说完绕过女生就走。

楼梯边人来人往地看过来，丁雪脸色很难看地站在那儿。

这些日子以来他对自己爱搭不理的，女生难免会被刺激到。

"梁叙。"她大声叫了他的名字。

楼道里男女吵闹追逐，梁叙站定在余声的教室门口，往里看了一眼那个正低着头看书的女孩子。他没进去只是叫住刚从里头出来的同学让人帮忙带给她，话说完转过身走远了。

预备铃慢悠悠地响了起来。

余声刚放下笔抬头，便有人将东西放在她桌上说有人给的。她愣了一下，站起来就往外走。

楼梯口的学生两三步奔上楼往各自教室跑，余声趴在栏杆上看到了他的背影。

男生穿过大厅，转个弯就不见了。

整幢教学楼彻底安静下来，余声回到教室，将那一袋子零食塞到桌子下，在老师讲课的空当眼睛往窗外扫，整个人都鲜活起来。

那个月的农历初九下起了雨。

小凉庄一连好几日被裹在雨雾里，这场雨停了又下，下了又停，总是不能撒干净。自那天开始，余声已经有些日子没见到他了。

第三周的升旗因为下雨也取消了。

最近天空总阴沉着，还是傍晚天就已经黑透。

余声去了小操场上厕所，回来的时候目光落向那幢旧楼上，于是临时改道，半路上雨点又开始往下掉。

她跑到楼下跺了跺脚上的泥水。

负一层一点声音都没有，余声沿着楼梯下到地下室。那里头黑漆漆的，没有人在，她站定看了一下又上去了。

天上的雨一瞬间的工夫就变大了，电闪雷鸣接踵而来。

地面上的水淹了几厘米高。

余声坐在檐下的第一级台阶上，将下巴埋进搭在腿上的胳膊里。

旧楼上有几个被改成教师房间的教室亮着灯，和路灯一起映在水面上，朦胧的水汽在光下弥散不开。

过了一会儿，她听见有脚步声由远至近。

"余声？"男生的声音里透着吃惊。

她仰起头看过去，梁叙微弯着腰站在一米开外，整个人都被淋透了，裤子挽在腿弯，雨水从头发上往下淌。

男生身后有一整幢教学楼灯火通明，隔着瓢泼大雨看上去遥远而又模糊。

014

梁叙利落地甩了下头发，在她身边坐下。

余声看着他撩起短袖就是一拧，水哗啦啦往下掉，接着他又抹了把脸，一手搭在膝盖上。

"这么大雨坐这儿不冷吗？"

天空上划过一道闪电，台阶瞬间被照亮了一下，梁叙抬眸去看她的脸。

余声摇了摇头："我喜欢下雨。"

此时此刻，寂静的楼檐和走廊里只有他们俩的说话声。

雨帘将他们隔离在这儿，校园像是被蒙上一层破了口的幽暗湿布，有水汽一个劲儿地往里钻。

"也喜欢打雷闪电。"她又道。

梁叙看了她一会儿："还真没见过哪个女生喜欢这个的。"

漆黑的夜空又横劈过一道闪电。

"你还没问我过来找你干什么。"余声歪着头。

梁叙抬眉："谈人生，谈理想？"

余声忍不住笑了。

雨下着下着往里头使劲地溅，两个人在楼梯上坐了一会儿没说几句话就回了地下室。余声坐在沙发上略显无聊，梁叙从一边的桌子下拿出一个圆盘似的东西。

"玩过吗？"他坐在沙发另一边。

余声从他手里接过东西一看，是一副跳棋。

她当时低着头，领子稍微开了点，梁叙一眼就能瞥见她锁骨下的胸口之上那片白腻，甚至能闻见她身上的淡淡奶香味。

"梁雨以前拿过来玩忘在这儿的。"他不自然地别开脸转移话题，掀开盖子将弹珠一个一个往上摆，"你选哪个颜色？"

"红的。"她说。

他刻意退让，余声赢得直乐。

距离晚自习还有十分钟的时候，余声不能再逗留下去。外头的雨慢慢变小，梁叙将门背后的长把雨伞拿来给她。

小凉庄的那个晚上，雨下了一整夜。

第二天罕见地出了太阳，早上第一节课刚下就听见过道很多人起哄说有彩虹，大家都跑出去看。有教师带头，余声也跟在后头溜去栏杆边。

五颜六色的彩虹横挂天际。

梁叙一只手掌撑着脑袋支在桌子上，一只手不停地转着笔，眼睛直直地落在某个方向。教室里的人都趴在外边看热闹，里头没剩下几个。

"你怎么不看啊？"陈皮从窗口探进来一个脑袋。

梁叙扫了男生一眼："哪儿凉快哪儿待着去。"

"啧啧。"陈皮往他乱七八糟的课桌上瞄了一眼，晃了晃脑袋，"我还以为你转性要考清华呢。"

梁叙直接扔了一本书过去。

窗子边的陈皮立刻闪远，梁叙俯身躺在长凳子上，从桌上又摸了本书盖在脸上。第二节课铃声响过好一会儿，他才慢悠悠地坐直身子。

外头的太阳渐渐从东北往东南爬。

到下午的时候，日头有些毒了。自习课上闷得人无聊，梁叙踢开凳子去了地下室，里头还有昨晚的潮气，他拿过吉他慢慢拨起弦来。

晚自习前，李谓和陈皮过来这儿找他。

几人去了学校食堂吃炒面，头顶的风扇呼啦啦吹着也不解热。梁叙坐在板凳上,屈起腿一只脚踩在上头,裤子掀到膝盖,右手用筷子夹起面吃起来。

她端着碗粥站在十几米外,犹豫再三重新找了地方坐下。

李谓正和陈皮开玩笑,眼角瞥到那个身影,胳膊肘撞了撞梁叙,眼神示意某个方向。

"那不是余声吗?"陈皮也看到了。

女孩子背对着他们仨坐着,穿着浅粉色条纹外套。

梁叙将嘴巴里的面条嚼干净端上碗走了过去,在她对面坐了下来。

余声从粥里抬头,眨了几下眼睛。

"怎么一个人?"他说着捞起面吃起来。

她"嗯"了声:"习惯了。"

"以前也这样?"

梁叙咬着面,皱了皱眉头,"我指的是你在西宁读书那会儿。"

余声低下头轻轻用勺子搅拌着稀饭,沉默了片刻又抬起头看他。

"一个人挺好的。"她说,"不用没话找话。"

四周到处是说说笑笑的声音,有人隔很远叫另一个人的名字。梁叙盯着她看了片刻,在她又低下头的时候倒转筷子敲了敲她的碗。

"这样可不行。"他说,"会闷出病来的。"

两人正说着话,桌子边过来几个她不认识的男生和梁叙打招呼。有人眼神有意无意地扫向余声,暧昧地笑着拍了拍梁叙的肩膀然后走了。

一顿饭很快吃完,食堂里人已经不多了。

他们一起往外走的时候,梁叙在门口买了两瓶水递给她一瓶,自己拧开一口气喝了一大半。到教学楼下,两人分开,一个往里一个往上。

余声刚上到二楼,就看见丁雪站在那儿。

两个人虽然有过一面之缘,却从未说过一句话。

丁雪的目光从她身上扫过,余声礼貌地轻轻颔首继续爬楼,回到教室从书包里掏出真题开始做。桌斗里的薰衣草味儿淡淡地溢出来泼洒在鼻间,风从窗户外头溜进来吹起她的卷子一角。

余声忙摊手去抚平它,一抬眼就看见玻璃上不知是谁玩着镜子或者用铁文具盒投射过来的光。

同桌正背靠着桌子和后排聊天。

她们说着近来正热播的古装剧,一个问里头的主题曲叫什么名字。

余声默默地戴上耳机听着吴彤和陈琳唱《卷睫盼》,好像只要听歌,闭上眼睛都能想象到剧里的画面辗转。

小龙女一哭,天就下雨了。

晚上余声回到家里,外婆给她留着稀粥、馒头和热菜。

老太太正在屋子里熨衣服,问外公今天是农历多少。老头走去日历面前,看了半天琢磨着不对头,然后发现早上忘记撕昨天那张,差点弄错日子。

再有一周就该放十·一假了。

院子里好像又起了风,梧桐树叶到第二天早上外公去打扫时,准是又掉一地。家鸡和栖在树上的鸟应该也睡了,夜晚静悄悄的,只剩下万家灯火。

小镇的街道上有着模糊的光线。

沈秀和梁雨正在房间里看电视,给梁叙下了面在锅里热着。男生回来后操起筷子端进屋子吃干净抹了嘴,听见沈秀和他说这几天老家有客收梨的事儿。

"这我知道。"梁叙说,"到时候我叫上几个人就弄了。"

"多叫几个,别让你爷做重活。"

每年的这时候,青草坪的梨子就该熟了。菜摊上的沈秀离不开,都是梁叙从头到尾揽事儿。前两年爷爷身体还好能使上劲儿,现在是越来越力不从心了。

梁雨从电视上转开注意力:"我也回吗?"

"你说呢。"梁叙凉凉地动了动嘴。

小姑娘叹了口气,那两天不脱层皮才怪。

夜深,梁叙去院里洗了把脸冲了冲脚,又弯下腰将嘴对着龙头接水漱了漱口,才回房间躺下。他枕着胳膊目光落在墙上的热辣女郎海报上,脑子却不知道跑去哪里。

那两日天气一直放晴,学校里也因为嗅到假日的气息逐渐热闹起来。上午第二节课后有长达二十分钟的休息时间,方杨从隔壁班过来拉着余声去了操场。

操场上围了一圈又一圈人在看男生跳街舞。

方杨高三住校之后,偶尔也会过来找她。虽然两个人都在一层楼,但见面的机会实在没多少。女生忙着复习,连晚饭都是一下课就冲去食堂买好,然后找个地方边吃边背书,和余声的习惯简直天地之别。

余声觉得没意思先转身走了,刚从人群里出来就看见好像是从旧楼方向过来的梁叙,男生穿着短袖长裤,一边走一边打着哈欠。

余声见他那样子笑了一下，嘴角还没弯成一个弧度，他的视线就落了过来。

"站那儿干什么？"他已经走近。

余声指了指操场："那边有街舞看。"

"好看吗？"他又打了个哈欠。

"还行。"余声盯着他头顶那一撮翘起的头发，"你这是刚睡醒？"

听她这么问，梁叙目光顿了一下。他刚刚在地下室睡了一觉梦见她了，再见竟有些不自在。余声还在盯着他看，梁叙瞬间移开视线虚咳了下。

她理解为这人是不好意思了。

"赶紧回教室。"他说，"快上课了。"

余声低头看了眼手表，确实就剩下两分钟了。她惊呼一声转身就走，梁叙摸了摸鼻子抬眼看着她的身影笑了笑。

他慢悠悠地迈出步子，她忽然又回过头来。

"你的伞还在我那儿呢。"她喊。

梁叙扬声道："先放着吧。"

校园里的学生都开始往教室里跑，在两个人之间穿来插去。

他身后路两边两棵银杏树的叶子摇来摇去，羽毛似的慢慢落在地上。

聒噪刺耳的预备铃这时候响了起来。

015

梁叙看着她走远后踩着铃声回了教室。

自习课上几乎没人看书，都凑在一起说闲话。声音是在班主任进来的时候瞬间停止的，所有人大气都不敢出，假装认真翻书。

陈皮一听说下周有竞赛就蔫儿了，趴在桌子上像一条死鱼似的，在老师走后身体直接下滑，头歪倒在后面梁叙的桌子上，眼神斜斜地转了过去。

"你怎么能这么淡定？"陈皮气息奄奄。

梁叙抬了下眼皮，从裤兜里掏出一个小型 MP4。

这是他去年在一个二手店里低价买来的，无聊的时候可以打打游戏看看片儿。

他插上耳机听歌直接将陈皮隔离。

被晾在一边的男生顿时木了脸，随后抬起头转过去往他屏幕上瞅。

梁叙一个人坐在后门口倒数第一排，陈皮直接从桌下钻过去坐他旁边。

"给我说说。"陈皮低声像做贼似的，"你昨晚去机房下了多少？"

梁叙懒散一笑:"多了去了。"

那个年纪的他们,除了逃课上网,还有初恋和荷尔蒙,一个个怀揣着赚很多钱的远大理想和改造世界的伟大冲动,然后在微风拂过的日子里眼睛瞄着女生裙摆,暗暗地要表白。

小凉庄的气温最近又开始回升了。

假期前的最后一个周末,方杨忙着考前复习,之前和余声商量好去羊城的事儿泡汤了。星期天的下午,余声在看电视。

徐峥饰演的老猪和小龙女正闹别扭。

院子里外婆喊她一起出门买菜,余声关了电视就往外跑。菜市街还是老样子,爬满夕阳的街道上有老人和小孩。

沈秀远远就看见了她们。

"婶儿要啥菜?"女人已经从摊子里出来,对外婆说,"我给您装。"

外婆笑着问:"最近摊子咋样?"

两人站在边上说了会儿话,余声在一旁无聊得很。

沈秀从屋里喊梁雨出来陪她玩,小姑娘带她进院子里拿出自己的画本给她看。余声四下望了几眼,没有其他人。

"你哥不在啊。"她用的是陈述句。

梁雨"嗯"了一声:"他去羊城了。"

小姑娘翻出自己画得最好看的那张,是女生们堆在一起弄黑板报的素描。

余声收回视线认真地看了一下给了几点建议,小姑娘一一记在了笔记本上。

余声忽然想起陆雅。

小时候她也是这样子,每次画完都会紧张地等着陆雅发话。

最狠的一次是她花了一天时间作的画被女人批评得一无是处,还撕个干净,而这些余曾从来没有问过。

"余声姐?"梁雨侧头看她。

小姑娘的大眼睛扑闪着,余声从回忆中抽离出来,看了一下门口,估计外婆和沈秀该说完话了,起身准备离开。

梁雨和她一起出门,一副唉声叹气的样子。

"怎么了?"余声忍不住问。

"下周就没有今天这么舒服了。"梁雨耷拉着脑袋,"我爷爷家的梨子该收了,我哥和我都得回去帮忙,一定会又累又晒。"说完她仰头无力地长叹了一下。

门口菜摊上沈秀装了一大袋子菜给外婆。

"每年都就我一个女生。"梁雨补了句,"全是大娘。"

余声笑了一下,她大概知道梁雨嘴里说的收梨是怎么一回事儿。一抬头看见小姑娘垂着头,小眼神往她身上瞥,好像在期待什么。

"要不我陪你去?"她说。

梁雨尖叫了一声:"真的吗?"

沈秀听见这话瞪了一眼不知分寸的梁雨,外婆看了一眼自家孙女,然后拉着女人的手说了句:"没事儿。"

小姑娘才不管大人那些心思,挽着余声不松手。

于是这事儿就这么定下了。

漆黑的幕布渐渐将小凉庄笼罩起来,西边仅有的一点微光也慢慢消失了。长街上路灯一盏盏亮起,一直延伸到通往羊城的那条马路。

县里比起小镇热闹多了。

一家家铺子点着光招揽客人,宽阔的广场上一排女人,街道边全是出来玩的男生女生,还有一个个卖着烤串躲着城管的小贩,摊贩身后就是县里最富丽堂皇的宫廷KTV。

包厢里的梁叙靠在沙发上。今儿是他一哥们儿的生日,男生请了好几个人过来捧场,有一半以上带了女朋友。陈皮坐在他边上嗑着瓜子,看着那群人卿卿我我。

"李谓没来简直太聪明了。"陈皮说,"不用遭这罪。"

梁叙勾了勾嘴角。

边上有人起哄让他来首"嗨"歌,梁叙以嗓子不适为由推给了陈皮。后者上位一首接着一首,顺便送了一场"栋笃笑"。

梁叙看到一半出去透风,外头还是灯红酒绿的样子。

几个女生从他身边经过说要去打耳洞。

梁叙在原地站了几分钟,然后进了旁边的饰品店。

他在里头辗转好一会儿,买了一条项链出来,装在一个粉色的方形盒子里塞回兜里。

后来他们一群人玩了个通宵。

几个男生凑在一起打牌,梁叙两手搓着麻将,看了一眼周边的三个男生,身旁各坐了一个女生,都快倒在他们身上了。

他眯着眼睛不知道在想什么,牙尖轻轻咬着,像是在缓解某种刺痛。

就这样打到凌晨四五点,一群人才慢慢消停,他和陈皮趁着天还没亮打车回了学校,刚好赶上周一的升旗仪式。

他站在班里最末位,眼睛往后头那一排的文科(2)班瞅了几眼,还没找到她,早操就解散了。黑压压的人群拥了过来,梁叙直接去了她的教室。

几乎大部分人都去早读了。

余声掏出英语课本,刚翻到单词部分就感觉身边坐下一个人,熟悉的感觉促使她慢慢转过头去看。

"你怎么来了?"她眼底生出一丝惊喜。

"路过上来转转。"梁叙一脸淡定地撒着谎,向四周看了一圈又看回来,"新环境还习惯吗?"

余声"嗯"了下:"挺好的。"

她的眼睛里有着九分认真和坦诚,好像不管他说什么都是这样子。梁叙摸了摸裤兜里的盒子,想起自己要办的正事儿。

"你……"

"喔,对了。"余声截住他的一半话,"梁雨说后天咱们考完试就回你爷爷家是吗?"

梁叙掏盒子的动作一顿,半天才反应过来。

"你也去?"他抬眉。

教室外的走廊里有学生走来走去背着《梦游天姥吟留别》,教室里几个人一起发出爽朗的笑。有人进来了,又有人出去。

余声点了下脑袋:"有问题吗?"

梁叙要笑不笑地看着她天真的样子,这姑娘好像是真不知道那活儿有多累人似的,没见过谁一个劲儿地往庄稼地里跑,倒真应了李谓那句"城里来的看什么都新鲜"。

"大小姐。"梁叙促狭地看着她,敲敲桌子,"说说吧,你去了能干啥?"

"摘梨啊。"余声不假思索道。

梁叙没忍住闷声笑起来,这听在余声耳里却有种嘲讽的感觉。她不满地白了他一眼,有意无意地将自己的书重重地翻了一页,不理他。

"哎。"梁叙压低头探眸看她,"真生气了?"

"没有。"余声视线都没动一下,"我要读书了。"

梁叙挑眉:"读什么书啊?我看看。"

他目光扫过来，余声心底冒出一个点子。

她从桌上的一摞书里抽出个草稿本，又拿过笔低头写起来。

梁叙不知道她搞什么名堂，下一秒就看见她把本子推了过来，上头是一长串英文。

"这个单词。"余声问，"你看看什么意思。"

梁叙："……"

这会儿余声的同桌从外头回来了，梁叙没办成事儿又被戏弄了一把，临走前接过余声还过来的伞，一肚子气却又无奈地走了，而女生凝视着纸上那个glamorous（有独特魅力的）悄悄莞尔。

梁叙走下楼梯，每一步都很重。

他两手插在兜里，那盒子都快被他焐热了。想起刚刚她明眸浅笑撒娇软语的种种，梁叙嗓子里发出一声笑。

他回头又看了一眼楼上，再转回来看见丁雪站在他下头的台阶上，随即渐渐收了笑。

"那天……"丁雪咬着唇，"对不起。"

梁叙直接从女生身边走了过去。

那一瞬的擦肩和冷漠对于从来都骄傲的丁雪来说，就像一声霹雳，犹豫了这么久才鼓起勇气向他道歉，却只换来这样一个结果，丁雪又转过身跑过去挡在他面前。

"梁叙。"她的声音里有示弱和乞求。

男生沉默了下，看了丁雪一眼，凉凉地道："还有完没完了？"

梁叙说完撤走目光，利落地绕开女生，几步就下楼走远了。他没回教室，径直去了地下室补觉，昨晚通宵，他实在没什么心情听课。

又过了几天，学校在周四提前放学。因为要为明后两天的竞赛做考场准备，还不到五点半校园就清场了。

梁叙当时在地下室敲着鼓自个儿"嗨"，一点心思都没在考试上头。

直到考完最后一门，他好像才回到世界。

那会儿距离打铃还有大半小时，梁叙早早就交了卷子从教室里出来，然后沿着走廊一间教室一间教室地转，终于在某个班里看到了余声。

她低头在认真地答卷，脸上是冷静和自信。

梁叙偷偷靠在教室外的墙上，时不时地往里头瞄一眼，然后又收回目光低头或远眺，他要给这条项链挑一个好日子。

016

余声从教室里走出来，就对上梁叙的视线。

男生侧靠在墙上，目光在她脸上游移。距离考试结束还有十五分钟的时间，两个人的身影在安静的楼道里显得格外引人注目。

"走吧。"梁叙轻声道。

他们保持沉默地下楼，一直到空旷的地方才打开话匣子。校园里安安静静的林荫道上没几个学生，即使早就做完了题目，似乎都在等着考试结束的铃声。

余声问："一会儿回去就走吗？"

"已经和收梨那边的说好了。"梁叙说，"明早怕来不及。" 回去的路上，他骑车总是和她的自行车在一条直线上。

余声要先回家和外婆说一声，顺便拿两件换洗衣裳，梁叙也跟着她去了。

"你现在都是一个人来回？"他问。

余声"嗯"了一下。

从开学到现在已经近一个月，梁叙一周也就回去两三次，几乎很少在路上碰见她。学校虽然不算大但要遇见也是件不容易的事。

"没事儿多出来走走，别总闷在教室里。"他说。

"梁叙。"余声看了他一眼，"我的菜好像这两天就快熟了。"

"什么菜？"梁叙问完立刻反应过来，前头刚好到去她家的巷道，等两人的车子拐进去，他好笑地说，"你那上面好友就我一个，又没人偷。"说完目光意味深长起来又补了句，"回头带你去。"

家门口外公的广播开得震天响。

余声怕梁叙等急了，将自行车推回院子里就跑去收拾书包。

外婆给她装了点水果和零花钱，送她出去的时候，梁叙和外公正聊得火热。

梁叙和两个老人打了声招呼就载着余声走了，老太太看着他们人影不见了才移开视线。外公闲得慌，又点了早烟抽上，嘴里还笑着咕哝"这小子"。

屋里陆雅又来了电话。外婆急急忙忙地跑过去接，女人在那边问了几句余声的学习，又让老太太叮嘱女孩子别荒废了学画。外婆简单地应了几句。

到他家时时间已经五点半了，梁雨已经在菜摊边上等着。两个女生站在外边，看着梁叙将三轮汽车从院子里慢慢倒出来，然后她们直接坐到了车厢里。

夕阳远远吊在空中的白云下头,红彤彤的,染红了菜市街的天。

车子还没开起来,余声都能感觉到有风吹近。

沈秀从屋里洗了一堆西红柿给她们带上,又过去和梁叙说了两句。

"别让人家姑娘做重活。"沈秀道。

梁叙笑了一下:"我知道。"

两三分钟后,他将车开出菜市街,绕到小凉庄的主街道上然后一路向西。马路两边的居民房逐渐退去,变成了一望无际的田野。

忽然空旷起来的视野让余声心情大好。

她和梁雨一人一个耳机听着音乐,吹着车子兜起来的风。梁叙开得时而快时而慢,把着方向盘,希望这条去青草坪的路能更长更远一些。

那是个住着一千来户人家的小村庄。

梁叙将车开进村后,余声就开始四下张望了。有一群男女老少挤在一个门口打麻将,某个路口站了几个说闲话的中年妇女,远处有个庄稼汉拉着架子车停在路边和人点起烟磨嘴皮子,洗完衣服的女人端起盆子就往大街上泼水。

这大概就是烟火气儿的样子吧。

三轮汽车慢慢停在一扇红色铁门跟前,门口坐着一个和外公一样喜欢抽旱烟的老汉。梁雨从车上跳下去就喊"爷爷",余声在后头跟着喊。

"吃了吗你们几个?"老汉站起来问。

"还没呢。"梁叙走进来说,"您吃啥我去买。"想起这老头平时嘴也馋,又说,"街口那家豆腐脑?"

老汉嘿嘿一笑。

"我和余声姐去买吧。"梁雨有着小盘算,自告奋勇道。

村里这条街又直又长,要经过好几个路口。

余声一边走一边看,目光根本就收不回来。两个人提了几碗豆腐脑往回走,梁雨在村口的商店买了几包零食吃得停不下来,解决掉一包随手就往地上一扔。

走出几步,余声回头看了一眼。

有个男生将梁雨丢的塑料包装袋拾了起来,然后丢到一个小垃圾堆里。

男生和她们差不多大,看着呆头呆脑的,可总觉得哪里不对劲儿似的。

晚上梁叙和爷爷说着第二天收梨的事。

余声和梁雨在房间里看电视,节目不是抱着炸药包往鬼子坦克下钻的抗战剧就是你侬我侬的民国苦情戏。好不容易换到一个类似颁奖典礼的节目,余声怀疑男主持人根本听不懂左边搭档一口流利的粤语。

村庄里一片静谧。

余声从屋里出去,站在门外,仰头就是漫天繁星。狭长的街上一个人都没有,个个都在自家守着老婆孩子热炕头。

听到脚步声时她转过身去。

"怎么出来了。"梁叙问,"电视不好看?"

余声微微摇了摇头:"你和爷爷说完了?"

"嗯。"梁叙说,"明早直接去地里装箱。"他已经走到她跟前,身上有刚刚洗过脸的肥皂水味儿,"你来没带洗漱的东西?"

余声压根把这事儿忘得一干二净。

那会儿已经是晚上九点多了,反正她也睡不着就跟着他去了村头的小商店买牙刷。走到一半路的时候,她看见有一家门开得大大的,一个四十来岁的男人坐在房檐下就着昏黄的灯光低着头做活。

好像是在编梁叙家那种装蔬菜的木筐子。

"那人手好巧啊。"她看得很认真。

梁叙也看过去:"我四五岁那会儿他就干这个了。"

男人将编到一半的筐子夹在腿间,两只手变换着动作将藤条折弯,一圈一圈,从下往上,从里往外。好像感觉到有人看他,男人抬头笑得憨憨的,"啊"了几声和梁叙打招呼。

梁叙伸出手摇了两三下。

"他不会说话?"余声吃惊地小声问。

"好像是十几岁去外头打工被人割了舌头,然后就回来了。"梁叙声音有些低沉,"走吧。"

从小卖部回来,余声洗洗就去睡了。

她和梁雨住在后院的房子里,小姑娘在炕上翻来覆去,说一回老家就想起去世的奶奶了。余声不知道怎么安慰,只是轻轻地给女生披紧被子。

半夜里余声被外头窸窸窣窣的动静吵醒了。

她揉着蒙眬的双眼推开门出去看,几个男人将箱子和泡沫网从停在门外的大卡车里往前房檐下搬,已经堆了很高的几摞。

梁叙两手支在胯间喘气,侧眸看见了她。

"这才两点。"隔着十来米的小院,他低喊,"快去睡觉。"

余声似醒非醒地又回了房里。

第二天她起来的时候天已经大亮，家里就剩下她和梁雨。厨房里有早就准备好的包子和稀粥，两人飞快地吃完就往地头赶。

那片梨子地足足有七亩。

她们到的时候地里已经有好多人在忙活了，摘梨的摘梨，抬筐的抬筐，装箱的装箱，形成一条长长的流水线。除了她们两个女生，都是大娘和男的，李谓和陈皮应该也是早上才过来的。

余声跟在梁雨后头照葫芦画瓢。

她也从地里拿了一个小筐子，然后找了一棵比较稀疏的梨树摘。

梁叙将几个大妈手里摘满的筐子抬到推车上，推到地头放在装箱的妇女边，又换了空筐放上去往地里推，他眼角轻轻一扫就看见了边上的女孩子。

明明才是早晨八点的样子，太阳就已经爬得那么高了。梁叙用搭在脖子上的毛巾擦了擦脸，然后走到她身侧。

"做得还不错。"他由衷地说。

余声仰了下头，又摘了一个下来。

"那天我说认真的，我真会摘。"余声知道梨子并不能直接就从树枝上拽下来，而是要先往上一顶拧个弯连头一起拔下来，"电视上见过的。"

梁叙错开她的目光笑了一下。

一大群人在地里钻来钻去，有的大妈够不着高处的梨子直接上树，三十多摄氏度的高温下，热火朝天。

余声摘了会儿，休息时站在地头看大妈们将梨子用分级板丈量好六零七零或八零的梨子，然后放在各自大小的筐里。

远处的陈皮和李谓抬着筐子往外走，经过梁叙身边的时候，看见他目光一直盯着地头那姑娘。

陈皮"嘿"了一声笑起来，梁叙一个梨子扔到男生怀里去。后来一直忙到下午天快暗下来，大伙才各自散了。

梁叙他们在地头搭起了个木棚。

当时地里的人都快走光了，余声不是很饿，打算先看着梨等他们吃完再过来换她。有风从两头吹过来，梨树被摇得婆娑作响。

傍晚的天空下，夕阳慢慢褪了色。

余声正坐在棚下休息，梁叙刚送走几个兄弟，回来路上在地头解了个手，提上裤子抖了抖。

进棚里的时候他顺手摘了两个梨。

"尝尝。"他丢给她一个,"比外头卖的甜多了。"

余声握着怀里的梨,半天没下嘴,抬眼看他吃得正起劲,几大口梨就下了肚。梁叙诧异她的眼神,低眸看了看那一口未动的梨子。

"怎么不吃?"他问。

余声:"你刚才没洗手。"

梁叙刚咬下的那块梨在嘴里滚了又滚。

过了会儿,余声慢慢皱起眉头。今儿下午她喝了不少水,现在有点羡慕男生可以随便找个地儿解决了。

她眼睛往边上溜了好几圈。

"找什么呢?"梁叙问。

他这会儿正优哉地躺在钢丝床上,两只脚交叉搭在床沿,胳膊枕在脑后,视线落在她脸上,有些怡然自得的样子。

余声咬着唇慢慢说:"我想上厕所。"

她只坐了床边上一个角,此时侧着身子和他对视,一个上一个下,从他的角度看,她有些楚楚动人的感觉。

"余声。"他勾起笑,"这你得学我。"

她没听懂他话里的意思,眼神里画了个问号。棚子上盖着用很大的编织袋做的篷布,风吹过来哗啦啦响。

"肥水不流外人田知道吗?"他一本正经地说。

第四章
他的温柔

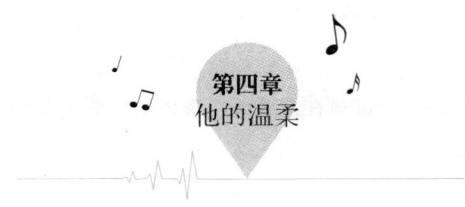

017

他那句话一说出口余声就有一点脸红了,事实上或许是天气闷热的缘故。

梁叙从钢丝床上站起来,在她赧然的脸庞前打了个响指。

"跟我来。"他笑说。

余声看着他走在前头拨开树枝等她,这才抬脚跟上去。他们从地头穿过梨子园,走了好几十步远到了一片荒草地,那里四处长着高高的杂草。

梁叙在一簇密丛外给她放哨。

空旷的野地里风拂草动,叶子直摇,有着干干的土地味道。

天空蓝得像染过色的布,万里无云的样子让人想起风吹草低见牛羊。头顶有小鸟叫着飞过去,还有他在吹口哨,细听是猪八戒背媳妇那一段。

余声:"……"

完事儿后两个人原路返回,没一会儿陈皮他们就回来了。

梁雨拉着李谓不停地嚷嚷着"然后呢",好像是男生一路上在讲故事。梁叙叫着余声一起回了。

约莫两分钟后,余声发现不太对劲。

"这好像不是我们来时走的路?"她问。

梁叙"嗯"了一声:"这条近。"

他们沿着大路上了一条左边是水渠的小路,小路右边是看不到尽头的荒原。路上长着许多矮小的野草,被来往的人踩得扁平,像铺了一层绿色毯子似的。

渠里也长满了草,一滴水都见不着。

余声走在他右边,探出脖子东张西望。她今天穿着白色短袖配及膝牛仔裤,干净清爽。梁叙目光一直随着她移动,余声却忽然停了下来。

"那是什么呀?"她盯着某个方向。

梁叙轻轻抬眼一看:"坟地。"

她好奇地又往那边瞧了一眼，有几处堆得高高的土坟上还插着被风吹雨打过的塑料花，被风吹得一摇一摇，余声当下就缩了下肩膀步子小退。

"就你这小胆儿。"梁叙虽在笑话她，身体却自觉地换到她右侧挡着那处瘆人的地方，"走我这边。"

余声抿紧嘴巴不吭声了。

他们去了村头一个包子铺吃了晚饭才回家，爷爷出去串门了。

梁叙打开屋里的DVD给她放《举起手来》，潘大叔的O形腿变成了八字腿。

梁雨趁着天未黑也跑了回来。

两个姑娘一边看一边笑，梁叙买了一堆小吃给她们，然后拎着吃的喝的去了梨子地，临走又从柜里翻出两件旧军大衣。

李谓和陈皮陪着他一起看梨。

棚下拉了一个灯泡，三个男生打着扑克吃吃喝喝，有聊不完的话。地里安安静静的，只有他们的哄笑声，不时夹杂几声虫鸣。

梁叙洗牌，一人接着一人摸。

他大咧咧地坐在床上，眯眼看着自己手里的牌，灯光下的身影摇曳在土地上，衬得这夜晚清冷极了。

"我说你和余声现在什么关系啊？"陈皮忽然问。

"就是。"李谓摸起一张牌，看了他一眼，"好上了？"

梁叙整理着自己手里的牌，打算去摸下一张。手还没挨到牌上，陈皮已经一手盖住要他先老实交代。梁叙慢悠悠地勾了勾嘴角，笑得开心。

"想知道？"他抬眉，"叫声爷来听听？"

李谓一张牌丢过去，梁叙笑而不语。

深夜悄无声息，半夜地里零下的温度冷得要人命。三个人披着军大衣窝在三轮汽车里，将就着到天明。

那两天一群人都忙得能脱层皮。

这些人除了自家的兄弟几乎都是外村雇来的，一天五十块的工钱，从早干到晚。天气太热活又辛苦，还好妇女们能说说话打发时间。

后来梨子装车已经是四号早上了。

收梨客开着一辆很长很长的大卡车，梁叙他们将一箱箱梨搬上去，没一会儿地里就干净了，一眼望过去全是叶子。

当时余声正和梁雨坐在地中间。

其他人陆陆续续地回去了，陈皮和李谓有事，前一天下午就走了。

这会儿梁叙在和那边的人说话，她们这儿听不清楚。余声站起身拍拍裤子上的土就要过去，有一个穿着T恤和热辣短裤的女生不知从哪儿跑去了他身边。

两个人说了很长一段时间。

从余声的方向看过去他好像也在笑，还拿了一个梨子给短发女生，彼此很熟似的。余声默不作声，又把脑袋转回去，坐到地上和梁雨休息。

半个多小时后，他们三人回了家。

余声在简陋的浴室里洗了个澡换了身干净衣服，收拾书包的时候却发现里头有个粉色盒子，奇怪地拿出来看了一眼，皱起眉头。

屋外梁叙在喊她吃饭。

余声直接将项链塞到自己衣兜里就出去了，她的头发还湿着，搭在脖子上凉凉的。他也换了干净的短袖和中裤，脚下趿拉着人字拖。

"带你吃席去不去？"他站在院子里问她。

余声："什么席？"

"去了就知道了。"他三缄其口。

已经十一二点了，家里好像没人。梁叙锁了大门带她往街里头走，一路上他问候了好几个端着碗蹲在门口吃饭的大爷大婶。

"梁雨呢？"她问。

"不用管她。"他说，"野得跟个男生一样。"

那个地方从他家出发得走十来分钟，过了两条街道才到。隔着老远就能看见有一户门口搭着一个台子，拉着红色横幅的墙上贴着五颜六色摆成心形的气球。

像是有人在办喜事儿。

他们走到门口，余声就听见有人叫梁叙。女生从屋里头边往外跑边朝这边招手，早晨她见过的装束变成了一条白色裙子。

"还以为你不来了。"短发女生走近，喘了喘。

"怎么会。"梁叙笑了一声，"您早上亲自过来请我能不来嘛。"

余声沉默地站在他身侧，眼睛滴溜溜地往边上转，听见女生笑着说他还算识相。他们跟在女生后头坐上席，梁雨早就已经在那儿了。

里头院子少说摆了有十七八桌。

他们来得有些晚了，婚礼已经到敬酒这块。新娘穿着大红色旗袍站在一堆长辈跟前,和新郎一个一个敬酒。

外头台子上的大音响放着喜庆的歌曲,听得人热血沸腾。

女生和梁叙又说了几句才离开。

余声坐在板凳上看着这些画面,热闹得让人发狂。一家有人结婚,几乎有半个村的人前来祝贺。他们开开心心地挤成一团,喝饮料吃喜糖调侃新人。

"喝可乐还是橙汁?"梁叙低声问她。

余声说:"可乐。"

他们这一桌老人、小孩、青少年都有,有一个青年好像和他认识,梁叙一边给她倒可乐一边和那人聊天。她听着他们说话,目光移向一个方向顿住。

是前两天晚上见到的怪怪的男生。

少年坐在一群老人桌上,低着头吃得满手都是油,她看得特别纳闷,甚至都忘了自己筷子上还夹着菜。有人叫了个她没听清的名字,少年抬头嘻嘻笑了一下又开吃,言行举止看起来像个小孩。

梁叙一直在给她碗里夹菜,注意到她的视线也没说话。直到两个人吃完起身离席,余声扯了扯他的袖子。

"他多大了?"她问。

"二十二。"梁叙拉着她往门外走,"智商大概六岁。"

余声蒙了一下。

"前两年走丢过,我们都以为找不到了。"梁叙笑了下,"谁知道一年前他忽然又回来了。"

头顶的太阳忽然变暗躲到云层里,凉风吹了几缕过来。有老人骑着电动车过来,梁叙扯过她的胳膊后退到一边。余声抬头去看他,有光洒在他的右脸上。

席上的乐声慢慢越来越远。

梁叙跟她讲他们村几十年前出过一个打鬼子的硬汉,在历史上都赫赫有名。她的思绪却不知飘向了哪里,忽然觉得这个村庄异常善良和温柔。

"我们什么时候回镇上?"她问。

梁叙话音一停:"你想回了?"

"不是。"她抬头看他,"我还没好好转过呢。"

梁叙:"……"

他们沿着街道慢慢地走回了家,路上小孩拿着冰棍满地跑。梁叙在想要怎么带她转才有意思,或许是从小在这里就习以为常,他并不觉得一个村落有什么玩头。

回到家他就去书包里翻项链，里头什么都没有，梁叙整个人都不好了。

门口余声还在等他带自己去转，梁叙先将这事儿撂下，在院里用水龙头冲了把脸就出去了，却碰见梁雨气喘吁吁地跑回来。

"哥。"小姑娘咽了口唾沫，"镜子姐找你呢。"

梁叙看了余声一眼。

"什么事儿？"他问。

"我也不知道。"梁雨"哎呀"了一下，"你赶紧过去。"

梁叙想着早去早回，让她们先在家待着。他过去才知道原来是要送娘家客回去，车子、人手都不够，等到他再回到青草坪已经是夕阳西下。

家里只有梁雨一个人。

此时余声刚转到后街，准备拐弯往回走，和出门的人擦肩而过。她进屋后看到他的衣服丢在桌上，甚至嗅到了一股熟悉的汗味儿。

"你哥回来了？"她问梁雨。

"好像又出去了。"小姑娘看电视认真得连视线都没移开，"我没注意。"

余声向门口看了一眼，走了出去。

步子还没迈开来，她就听见外头有人说话。

她探身瞧过去，马路上两个人面对面站着，梁雨嘴里的"镜子姐"看着对面的人，而梁叙漫不经心地将头偏向另一侧。

"明天早上我就走了。"女生说。

梁叙错开目光："嗯。"

他们看似熟识又陌生，余声慢慢收回视线。

梁叙没多久就进来了，不知道后来他们说了什么，他的脸色不太好。余声什么也没说，静静地盯着电视机屏幕，过了一会儿他接了个电话又出去了。

那个晚上梁叙没有睡着。躺在床上想起下午的时候许镜有意无意说出的那句"听说那姑娘家境很不错啊"，烦躁极了。他的目光缓缓落向漆黑的窗外，良久没有移开。

第二天中午他们便回了小凉庄。

当天下午沈秀要给几个小饭馆送菜，梁叙刚到家还没歇就揽上差事去了。

梁雨抱怨自己的双眼皮今天变成了单的，余声坐了会儿就走了。

家里外公正在屋顶晒玉米，老太太一边绣花一边问余声去青草坪玩得好不好。

放假后的学校又恢复往日的平静。余声第二日一到教室就看见桌子上铺满了批改完的试卷,成绩单从全班传了个遍到她手里,几乎所有人的目光都汇聚过来。

余声看了一眼就翻开了书。

早上两节课一下有二十分钟的休息时间,梁叙从理科楼过来找同学,犹豫片刻之后顺便去看了她一眼。余声的同桌识时务地跑远,梁叙坐在她边上撑着脑袋扫了一眼她桌上贴的课程表。

"你们后两节作文?"他问。

余声"嗯"了下,皱了皱眉头似乎在想什么。

"你什么时候带我收菜?"她问。

梁叙哭笑不得,趁机说道:"收菜?成啊!"说罢他挑了挑眉头,"不过你晚上一个人走,能行吗?反正我也顺路干脆一起算了。"

余声:"……"

"听到没有?"他强调。

余声:"哦。"

梁叙握拳抵住嘴咳了一下,立刻转移话题。

"这次考得怎么样?"

余声想了一秒:"还行。"

直到那天晚自习结束她跑来地下室等他一起走,梁叙才知她早晨嘴里说的"还行"到底是个什么程度。当时陈皮和李谓比他过来得早,好像刚说完什么比赛的事儿让他别放心上。

余声刚推门进来李谓就转开眼神。

"咱校第一的位子换人了你知道吗?"陈皮拉着梁叙热火朝天地换了话题,"好像是哪个女生,分很高啊。"

李谓:"余声。"

"听说超了理科第一好几十分。"陈皮还在津津乐道。

李谓:"余声。"

余声还站在门口没进来,梁叙背对着她听陈皮唠叨得耳朵都腻了,没听见李谓说什么,陈皮却忽然朝身后的李谓皱眉。

"我和梁叙说话呢,你老提余声干什么?"

"你说的那个'超了理科第一好几十分的女生',"李谓平静地叙述到一半,指了指门口的方向,"是余声。"

两个人:"……"

陈皮无比震惊地慢慢将脑袋转向门口,余声微笑着和他们点头。梁叙无声地摸了摸鼻子,从沙发上捡起外套拉着她上了一楼,后头的男生早已经石化。

到了楼外,梁叙放开她的手,垂眸看了她一眼移开目光,身边的女孩子乖巧得像什么都没发生一样。两人走出有一段路,他还一直沉默着。

校园的林荫道上人早走光了,校门口的小吃摊上围着三三两两的学生。

"你怎么不说话?"她微仰头看他。

梁叙轻声"嗯"了一下。

"和你走在一起压力有点大。"片刻后,他玩味道。

余声瞬间会意地抿嘴笑了起来。

小凉庄的夜晚变得比以往长了,余声每天清晨从家里出来,他已经早早地等在巷口。到了晚上他会来教室等她,很多时候都是她去地下室找他一起走。

一路上他会开玩笑逗她,车头会故意歪歪扭扭吓得她揪着他的衣服不敢放,梁叙则哈哈大笑。

018

小凉庄像一列火车慢慢驶入冬季。

梁叙十二月在羊城有场演出,他待在地下室的时间越来越多。冷冰冰的地下室里他穿着T恤弹吉他,着了魔似的能弹上一遍又一遍。

那天下午他正趴在课桌上睡觉,不知是谁从后门出去带了风进来,梁叙被冻醒了。陈皮坐在他前头也没好多少,一气之下将后头不用的桌子挡在门后。

"你堵着人怎么进?"梁叙问得不咸不淡。

"你心地好。"陈皮说,"我可受不了。"

梁叙因那句"心地好"哂了一下,重重地搓了把脸从桌斗里翻出几套物理卷,还没做几个题就打起了哈欠。

"我说,还没表白呢?"陈皮问。

梁叙眼皮动了一下。

上次他想好要送她项链却弄丢了,后来虽有意说却总找不着合适的机会,还是太怂了,更何况这姑娘太单纯认真,他又怕伤了她。

"我知道她爸是个教授。"陈皮竖起大拇指,"人可是国家级的这个。"

梁叙看了陈皮一眼:"你从哪儿听来的?"

"上周去偷请假条校长亲自说的,那低声下气的巴结样儿你是没见。"陈皮来劲儿了，又道，"她可是微服私访的宰相千金，你要是做了他们家的乘龙快婿，那下辈子就不用愁了。"

"滚一边儿去。"梁叙截住陈皮的话。

他脸上盖着书躺在长凳上，过了会儿又去了地下室。最近天气持续降温，直到十一月底的周六才有了回升的兆头。

他好几次去她的教室，余声总在低头看书。

梁叙很少见她和班里人说话，一个人闷在座位上动也不动，跟个雕像似的。有时候路上遇见同学和她打招呼，她还是腼腆地笑笑也不吭声。

那天放学，梁叙过来教室找她。

因是周六下午，等校园里的人都走得差不多了余声才开始收拾书包。本来她是想去地下室等他，没想到他先来了，梁叙拿过她的书包和她一起下楼。

"我们去哪儿？"他们不是去校门的方向。

"操场。"梁叙说，"陈皮他们约我打球。"

外头天气不是很冷，余声怕凉穿着厚厚的毛衣，整个脖子缩在围巾里。操场上的学生还挺多，一个个穿着T恤短袖乱跑。

"打篮球？"她问。

梁叙笑了："一会儿让你见识一下。"

他们打了近半个多小时，后面越来越激烈。她见过他打乒乓球的样子，似乎只要不是学习就没有他不会的东西。

中场休息的时候他到她身边，余声递了瓶水给他。

梁叙仰头喝了一半慢慢拧紧瓶盖。

"以后别老没事儿坐凳子上。"他抬眼看她，"知道吗？"

余声眨眨眼："啊？"

"要劳逸结合。"他说。

余声笑了笑："我知道。"

这下换梁叙笑了。

"你知道什么？"他低声问。

余声抬眉"啊"了一声。

梁叙又道："算了。"

回去的时候天已经黑了，梁叙看她进了屋子才骑车离开。家里沈秀进进出出地忙活着，梁雨躺在床上像是睡着了，洗了把脸回了自己的房间。

半夜梁雨发起高烧,梦话说个不停。

沈秀叫醒他背着梁雨去了镇上卫生所,叫了半天大夫家的门,沈秀都快急出病来了。梁雨挂上水已经是凌晨三点半,一家人才算折腾完。

医生说是水痘,要特别注意卫生。

这个病当时并不少见,发作起来奇痒难耐。开始的时候梁雨只是胳膊上冒几个泡,到后来就蔓延到脸上,不能挠不能抠要不然会留疤。

对女生而言,这简直是要命。

余声是在一周后知道这事儿的,那是个星期天。

她和外婆去买菜时听沈秀说的,她当天下午就去了卫生所看梁雨。

小姑娘已经打了N个吊瓶,余声坐在边上陪她说话,然后两人一起回家。沈秀做了很多菜,不停地叮嘱梁雨注意这个当心那个。

余声一边吃着一边想起陆雅。

梁雨的右边脸颊红色水泡还挺多,能看出挠过的样子。

有一个泡好像快要爆开,有水流出来。余声感觉会流在碗里,用手去接了下。

"小心传染。"沈秀立刻说,"阿姨拿纸去。"

余声收回手,指腹还黏黏的。

她陪梁雨待了一整个下午,到天黑也不见梁叙从学校回来。

第二天下午去食堂吃饭遇见他,她才知道他最近接了活儿,天天忙着做准备。

两个人找了桌子坐下。

"我昨天去你家了。"她说,"梁雨怎么会出水痘?"

梁叙喝了一大口粥:"应该是同学传染的。"

他们这边正说话,对面餐桌坐下几个人。余声没怎么注意,却听见了丁雪的声音。梁叙跟没看见似的,直到吃完两个人走远。

"你刚才怎么都不打一下招呼?"她问。

梁叙慢悠悠地看了她一会儿。

"不熟。"他说,"懒得理。"

余声:"……"

学校的考勤最近似乎紧了起来,高三请假都不太容易批。梁叙去羊城那天是周四,临走前他去她的教室找她说了今晚有演出让她自己回家。

或许是天凉,女孩脸蛋红红的。

他当时没太注意,晚上演出完回家过了一夜,第二天早上到学校的时候陈皮叫住他，说余声今天没来学校。

"没来？"梁叙皱眉。

"我早上过去溜达看见她桌子上那叫一个干净。"

梁叙沉吟了会儿。

"你去那儿干什么？"他抬眼。

陈皮"啧"了一下："替你打探军情不行吗。万一有谁先下手为强你就哭吧。"

梁叙用舌头顶了下腮帮子。

后来上课他实在没什么心思，等到放学后，骑了李谓的自行车回到了镇上。从卫生所路过的时候他刻意停下探了下头，余声果然在里头打吊瓶。

外婆坐在她身边说话。

她低着头好像不是很开心，靠坐在病床边的墙上压根就没张过嘴。梁叙站在诊所外头时不时地看一眼，等外婆出来了他才进去，端了把椅子搁她边上一坐。

余声以为是外婆，抬眼一看到他眼眶立刻红了。四周有两个妇女说着闲话，一个母亲抱着小孩坐在医生跟前，老大夫问女人最近都给孩子吃了什么。

一片嘈杂，都没能盖住他的声音。

"哭了？"他嗓音压得还特低。

余声的嘴巴抿得像贝壳一样紧，梁叙眼睛扫到她起了疹子的手背，想去碰被她躲开。

"传染。"她低呼。

梁叙笑笑："我皮糙肉厚的会怕这个？"

余声低了低头又抬起来看他。

"你怎么来了？"她问。

梁叙愣了一下："路过。"

"不上课吗？"

"有用吗？"梁叙偏过头去躲开她的目光又去看她，"那有什么好上的。"

余声"喊"了声又低下头。

梁叙轻轻叹了一口气："梁雨已经差不多好了，就两周的事儿。"说完看到她亮晶晶的眼睛又补了句，"忍忍就过去了。"

余声抬眼慢慢问："会留疤吗？"

"你别挠就行。"梁叙说，"再痒也得忍着。"

余声轻轻"嗯"了下。

"你哭，"梁叙探头低声问，"是为这个？"

余声看了他一眼，然后摇了摇头。

昨晚她发高烧，把外婆吓得魂都没了，连夜和外公送她过来。她只是忽然鼻子就酸了，两个老人加起来一百五十岁为她跑来跑去。

"昨晚演出好吗？"她扯开话题。

梁叙说："还不错。"

或许是因为身边的人太过温柔，余声的心情已经好了太多。

她看着眼前这个除了外婆、外公之外唯一对她好的人，忘记了作为妈妈的陆雅不在身边的难过，即使自己一点都不想理她。

"我会一直支持你的。"她的声音柔软而坚定。

019

她说这话的时候目光依旧清澈，好像并未深思熟虑只是很自然地脱口而出。梁叙的眸子骤然深沉起来，做了个被她逗笑的样子侧过脸去。

余声歪着头在他面前打响指。

只是她的手法太烂了，连声音都听不到。梁叙笑得肩膀直颤，余声白他一眼不理他了。

见她垂下脸颊不说话了，梁叙低头去看她。

"我教你。"他说，"友情价。"

余声抬眼瞪他，梁叙的笑容更大了。

诊所里有小孩不愿意打针，钻在母亲怀里哭了起来，旁边看病的老婆婆凑到跟前弯腰去哄，从自个儿手帕里翻出几颗糖。

外婆这会儿差不多该回来了。

梁叙陪了她几分钟就骑车走了，又翻墙回了学校。语文课上班主任说了几句关于元旦晚会的事儿，派遣他做整个节目的总负责人。

那段时间旧楼负一层快被挤爆了。

一排排小教室里全是排练的学生，音响的声音隔着墙都能听见。梁叙和陈皮天天待在地下室，隔壁班的李谓升入高三后便开始独来独往不再参与了。

冬至就这样悄悄地过去。

余声因为生病请了假，她的体质较差，养了很久。水痘冒得最严重那几天，她几乎连人都不见，吊瓶打了近十日就开始养在家里，喝药抹药活成了个药罐子。

厨房里拉风箱的声音呼啸不止。

两个老人一边忙活一边说着体己话,余声从屋子里出来的时候恰好听到他们说起陆雅。女人国内外到处跑忙着自己的画展,三十六七岁,活得有声有色。

"她当初要不那么倔,也不会和余曾走到这步。"外婆"唉"了一声,"现在忙得连孩子都顾不上了。"

外公往火里添了些柴,将烟嘴对着小火点燃。

"行了。"老头说,"别让余余听见。"

余声抬起的脚又缩了回去,她坐在屋檐下的板凳上,院子里的梧桐光秃秃的,一片叶子都找不着了。

"去。"外婆说,"叫余余吃饭。"

外公从灶火旁站起来,抽着旱烟出来了。

到了下午,余声抹了药坐在房间里看电视。门口有人和外婆说话,她从窗子看出去。梁叙拎了一大袋子蔬菜过来,没一会儿就进来屋里。

她立刻将下巴塞进红色围脖里。

"脸都藏不见了。"他靠在炕边,"抬起来我瞅瞅。"

她一声不吭地慢慢将头摇了又摇。

"真不让我看?"他的身体缓缓后倾。

余声抬眼在他那张玩味的脸上停了半晌,外婆这时候从外头进了屋。老太太招呼梁叙坐,问了几句沈秀的事,然后让他们年轻人聊,自己出去串门子。

老人一走,梁叙就上了炕,半坐在边沿,和她一起看电视。片头曲唱完,纪晓岚和小月智斗和珅。余声看得认真,猝不及防被他轻轻扯了下围脖。

女孩脸颊上有好几个水泡。

因为上了药,看着像是抹了一层白色石灰在上头。余声咬着唇又将头埋下去,羞赧得不敢和他对视。

"是不是特别丑?"她低声问。

"嗯。"他凑近她,"比梁雨那会儿好看多了。"

余声抬头:"小心我告诉梁雨你说她坏话。"

梁叙定神看了她好几秒,笑了一下又坐好。电话不合时宜地响了起来,余声先是一愣,接着在他的示意下慢慢下床接起。

法国那边还是黑夜,一天的画展刚结束。

陆雅在电话里说了很多,余声一句也没听进去。如果不是他在屋里,余声早就挂电话了。几分钟后陆雅有来电进来,余声如释重负,只是眼泪忽然就掉了下来。

一通不到五分钟的电话,陆雅仅仅用了一个喷嚏的时间问了下她的病,其他时间说的都是绘画和学习,这么多年一直这样。

梁叙看到她坐在沙发上一动不动,走到她身边蹲下。

她眼眶里有泪水在打转。

他紧紧地蹙起眉头:"怎么了?"

"我头疼。"有眼泪流了下来。

"别哭了。"梁叙迟疑了下,抬手去擦她的眼角,"我带你出去走走?"

余声嗓音颤抖地"嗯"了一下。

外头冷极了,她穿着白色羽绒服坐在他的车后座上。梁叙的后背给她挡了不少风,余声将脸埋得很深。

那次离家出走后,陆雅才同意她来这儿。

女人或许是吓坏了,可那时候余声的确满心的欢喜和解脱。她哪怕是嗅着小凉庄的空气都觉得无比新鲜,像脱离了笼子的鸟。

镇子闲话多,梁叙多少知道。

"和我说说你的以前。"他侧了侧脸,"嗯?"

她沉默了好一会儿,然后断断续续地讲起自己这十六年的生活,上学放学去补课班练习绘画,就好像一个上了发条的机器,除了按部就班她什么都不懂。

梁叙一直骑到了长土坡。

小路两边一片望不到边的光秃野地,冬天的风吹上去凛冽刺骨,看上去像荒凉的沙漠。他们在那里坐了一个下午。

"梁叙啊。"她又怕他误会自己的抱怨,自责道,"我是不是不太懂事?"

陆雅的严厉让她喘不过气,可没有陆雅她就不是现在的余声。更何况现在陆雅和余曾刚离婚,那痛苦和艰难不比她渴望自由的心少。

"你才十六岁要那么懂事干什么。"梁叙看了她一眼,"长大自然就懂了。"

没头没尾的一句话,余声没想过他会明白。身边只有他的呼吸和风吹过草地的声音,天气晴朗前路有光,或许只是一刹那,她觉得世界漂亮通透极了。

"什么是长大?"她问。

"长大?"梁叙平静地看着远方的原野,嗤笑了一声,"长大就是有一天你遇到天大的事儿也能把它当个屁给放了。"

他说完低头去看她,余声将下巴抵在膝盖上。

那是小凉庄一个难得的晴天,有飞机飞远。他们开始沉默起来,风轻云淡的日子里徐徐而行,不问前程。
　　天色暗下来的时候,梁叙送她回去后,从镇上拐去了学校,即使是周末,排练的学生依然都在,个个跟打了鸡血似的。
　　陈皮一看见他进来就停下贝斯弹唱。
　　"看过余声了?"陈皮问。
　　梁叙"嗯"了声,坐在沙发上。
　　他心情看起来不怎么样,陈皮没再问,跑去隔壁看几个跳舞的姑娘扭腰摆臀。梁叙坐在架子鼓前,铆足了劲儿敲得震天响。
　　很快就到了表演的日子。元旦的前一天余声回到了学校,方杨特意跑过来看她。余声已经好得差不多了,除了还留有渐渐消退的印迹。
　　两个人中午去了地下室看热闹。
　　余声还没进去就被方杨拉去最里头那一排教室看男女混合街舞,他们穿着单薄的衣衫跳得很起劲,外头围了一圈人在看,丁雪是女生领舞。
　　过了会儿,他们都散了。
　　余声看见丁雪去了梁叙那边,大冷的天女生穿着却很暴露。
　　方杨拉着余声去了另外一个教室,一群人却被推到门外。余声目光飘向身侧,从半闭半开的门缝里看见那两个人相对而立。
　　"这下没的看了。"方杨摊手。
　　余声正要说话,丁雪从他那里走了出来。
　　"哎。"方杨也看见了,推了推余声的胳膊,"我听说他们俩好过,不会又复合了吧?"
　　余声脑袋"嗡"了一下没再说话。
　　那天她后来一直待在教室,晚上还是方杨过来拉她去看比赛。
　　学校对考学抓得一般,却很上心这些闲杂事儿,阶梯教室已经坐满了人。
　　节目一个个开始上了。
　　舞台上音乐节奏分明,最受欢迎的莫过于那场男女街舞。
　　余声看着舞台上的丁雪帅气地推开眼前的男生,在自己的地盘张扬跋扈。
　　直到看见他从幕布后头走出来。
　　余声的眼睛盯着他一直到弹唱结束,从始至终都是他一个人。那时候她好像就明白,小凉庄这个地方是困不住他的。

那种野性和疯狂，是大浪淘沙。

他的声音像极了苍茫大地上的狂风骤雨，干干净净又狂野有力。和缠绵的情歌相比，他太适合这个了。

梁叙抱着吉他仰头喊时，余声可以感觉到他的力量和热爱。

他在舞台下的角落里看到了她。

表演一结束他就过去找她，却看见她转身拉上方杨走了。

梁叙看着她的背影皱了下眉头，半晌反方向回了地下室。

那一年的第一场雪声势浩大。

远方的山岭将小凉庄包在里头，大地和天空都是冰凉的白色，遥远的地平线也渐渐变得模糊，视线所及只有胖鸟飞过。外公扫着门前厚厚的雪，梧桐树干都被压弯了。老头将手里的笤帚放在一边，从房檐下找了细绳和棍子将树干支了起来。

小镇街道上来往的车都带着防滑链。

往北直上学校的那条路，大雪铺了一层又一层，脚踩上去发出咯吱咯吱的声音。老师们开完会就回了教室，向大家宣布期末考试前后的各项注意事宜。

考试那两天罕见地冷。

或许是阳光出来的缘故，雪一边下一边融。学校里一片寂静，各个考场刚发下卷子。校门口一辆黑色汽车驶了过来，从驾驶座上下来一个男人，二十五六岁的模样，一身铁灰色西装。

男人先去了校长办公室，过了近一个小时才从里面出来。当时余声已经早早地答完卷子，收拾了笔袋起身向地下室走去。

"余声。"她到楼梯口时被一个声音叫住。

她停下步子抬起头去看声源的方向，男人笔直地站在三步远的地方。

余声对他有些模糊的印象，好像是余曾研究院的学生。

记得有一两次她跑去研究所找余曾，在实验室里见到过他。

"我们下去说。"张魏然看她，"可以吗？"

因着余曾的关系，余声不想搭理。可偏偏这人态度那么好，基于长期以来礼貌克己的性子，她先一步下了楼。

"老师说你来这边读书。"两个人走在操场上，张魏然说，"我手头有个项目刚好路过这里，顺便过来看看。"

余声默了下："余曾让你来的？"

"是。"张魏然眼角轻轻抬了抬。

操场上两个人的身影格外瞩目,梁叙也从考场出来了,习惯性地去了地下室,眼角扫到某处,突然一愣。

身后陈皮也跟出来,胳膊搭在他肩上。

"余声旁边那人谁啊?"陈皮问。

梁叙没说话,眼睛慢慢眯了起来。

那两个人忽然停下了,陈皮奔着看热闹的心思溜了过去。在看到男人递给余声手里的红色锦盒时,呼吸都只进不出了,转身又蹿回梁叙身边。

"乖乖。"陈皮说,"那表盒都值个几千块吧。"

梁叙默不作声地吸了口气,掉头走了。

这段日子她又开始和方杨一起回家,很奇怪地开始疏远他,梁叙觉得心里烦就叫了陈皮他们出去玩。

那天他们一直闹腾到天黑才回去。

李谓说以后要做个医生,惹得陈皮笑话他一晚。

后来李谓先走了,梁叙和陈皮去了机房。

"怎么了你。"陈皮问,"余声?"

梁叙抬了下眼皮小声骂了一句。

"你这战线也拉得够长了。"陈皮勾笑,"再不表白真成人家的了。"

梁叙眉心形成一个川字:"滚。"

外头的积雪已经近半尺厚,侧耳细听还有簌簌作响的声音。

余声睡了又醒,将被子盖得只露个脑袋,然后拿过笔和纸画起来,第二天都被外婆收走放桌上了。她吃了早饭出去溜达,不知道怎么就走去了菜市场。

沈秀在菜摊边闲坐着,看见她就眉开眼笑地问她吃饭了没。

她们说了几句余声才知道他昨晚没有回来。

街头有大婶推着小吃车走过。

余声原路往回走,碰见迎面而来的陈皮,后者看着她笑得不怀好意。

余声打了招呼就走却被陈皮叫住,问她是不是找梁叙,随后指了指学校的方向。

"他在机房。"陈皮故意道,"睡着呢。"

余声一愣:"睡觉?"

"可不是。"陈皮摇了摇头,"谁知道他怎么跑那儿睡去了。"

余声心底疑惑，等陈皮走远才回过神。她掉头去了学校那边，刚进机房就看见了梁叙。他靠在椅背上，两只脚搭在桌上闭着眼睛。

余声看了他一会儿坐在旁边，掰过他的电脑玩起来。

梁叙醒来的时候看见她怔了一下，话都说不利索了。

"你怎么在这儿？"他问。

余声淡淡地"哦"了下："路过上来看一下。"

"看一下？"梁叙说罢笑了，认真地看了她几眼，"真的假的？"

这是他们这一段日子以来的第一次对话，好像什么都没有发生过一样。

余声没有回答他，QQ有消息过来，她低头去敲键盘。

"和谁聊呢？"他搓了搓脸。

"不认识。"

梁叙起身坐好，刚凑近一点余声就闻到一股汗味儿。她嫌弃地"嗯"了声，错开他两寸。他挑眉笑了一声，目光又落在屏幕上。

余声和陌生人聊得正起劲。

两人因为一个话题聊得很开心，就差相互加好友了。梁叙在一旁索然无味，抬起头四处看了看，然后大咧咧地往椅子上一靠，盯着余声的电脑陷入沉思。

"哎。"余声看他，"你说这人男的女的？"

"女的。"

余声惊讶："你怎么知道？"

"男的没这么磨叽。"

她还在思考他的话，梁叙已经起身关了电脑拉她站起来往外走。余声在他背后做鬼脸，梁叙嘴角带笑。

门口两人遇见了一个他的朋友。

余声先下楼，梁叙讶异她的自觉，这边朋友瞥了眼余声开始打趣梁叙。

"喜欢？"

梁叙笑了下，没说话。

他寒暄了几句下去找她，目光里的女孩子正站在一对吵架的男女面前。

梁叙摸了摸鼻子走过去，她看得正起劲，他拉过她就走。那对男女好像是因为生日的事撕破了脸皮，她看得还挺认真不想走。

"等会儿。"她挣脱开他的手。

梁叙将脸转向一侧，舔了舔唇又转回来，握拳对着嘴咳了几下，俯身在她耳边说了几个字,然后在她愣怔的时候拉着她走开。

她的脸顿时热了起来。

马路边上有小孩在滑雪,光秃秃的树木银装素裹。有一辆车从后头开过去,她抬头看他的侧脸,脑海里全是那句"再不走我就亲你了"。

020

那天雪消地滑,他们一路走了回去。

因着昨晚在机房熬夜,梁叙刚到家就犯困,回自己房间睡觉了。迷迷糊糊之间他只觉得有人推开门进来,然后又出去了。

很久之后,又有人进来了。

"还睡着呢。"陈皮将自己扔他床上,"赶紧起,李谓叫打牌。"

梁叙半睁开眼睛伸了个懒腰,然后下床将皮带重新扣上。陈皮盯着他墙上贴的金发女郎和重金属海报乐了,玩笑着说怎么会喜欢余声这型。

"你懂什么。"梁叙骂道。

陈皮嘿嘿笑。

"你懂?"陈皮调侃,"有本事先追到手再说。"

梁叙低声骂了句,然后出去洗了把脸,两个人一起去了李谓家,加上李谓他爸,四个人凑了一桌麻将。

外头的雪不知道什么时候又下了起来,点着煤炉的屋子温暖安宁。

四十岁的男人一面摆牌一面讲经布道。

陈皮只顾着赢钱,梁叙一直在输,两人都是左耳朵进右耳朵出。

后来打了一圈又一圈,李谓将他爸的话凝结成一句周星驰的经典名言:如果做人没有梦想,那和咸鱼有什么分别。

后来梁叙被沈秀一通电话叫了回去,说是要给羊城一个酒店送菜。他开着三轮汽车赶了过去,到地方的时候天色已经暗下来,风雪乱吹。

他帮着卸菜搬去后厨。

掌勺的胖子和沈秀是老相识,一斤多给了一毛钱。

梁叙算好账后告辞,经过酒店大厅的时候看到一个熟悉的身影。许镜穿着黑色通勤装,正对一个三十来岁的男人点头哈腰。

等那男的离开,梁叙走了过去。

"许叔知道你在这里吗?"他问。

许镜轻轻摇头:"过年找个活儿不容易,你别说漏嘴了。"

梁叙"嗯"了一声,余光扫了一眼她瑟瑟发抖的腿,什么也没说,趁着时间还不算太晚先走了。

他开着车行驶在回去的公路上,前方的路一片黑暗,只有雨雪纷飞。

雪在路上变大了,到家已经是九点半。陈皮在他家和梁雨玩五子棋,一个比一个犟,指着对方说悔棋。他把钱给了沈秀,半坐在床边按着遥控器看足球。

"李叔挺看好你。"陈皮一边下一边说,"刚才你一走他就说了,你这小子绝非池中之物。"

梁叙淡笑了一声。

"我说你想过以后去哪儿混吗?"

陈皮的话是有道理的,就他那成绩只能上技校。

梁叙目光盯着电视半天没动,7号守门员在上场三十八分钟后第一次截住了球。

"再说吧。"梁叙淡淡道。

日子慢慢地逼近年三十,小镇也开始有了年味儿。农历二十五那一天,余声收到了陆雅从国外寄回来的新年礼物,除了画册还有一部诺基亚手机。

她没拆封直接塞进柜子里。

房间里外婆和余曾在打电话,余声溜达去了门口。地面上被泼了水的地方结了一层冰,来往的行人走在上头磨了一点黑泥。

方杨过来找她去逛集市。

小镇的街道上有卖鞭炮和喜糖的,有批发花生瓜子的,还有六七十岁的老人现场写对联。再往里走就到了菜市场那条街,猪肉一斤十几块。

她晃悠到他家门口,停了会儿又走了。

那一年的三十小凉庄的一户有钱人家放了一晚上的烟火,陆雅和余曾纷纷打电话过来问候两位老人。或许是因为新年的关系,余声和他们也能说几句话了。

只是陆雅提起画作,她开始选择性地忽视。说起这个法子,是外婆教她的。陆雅的性子外婆是知道的,余声也有几分随母亲。她每每不想理会的时候,外婆总叮咛:"她说什么你应就是了。"

小镇的夜晚热闹得不像样子。

家家户户都打开电视看起春晚,中央一套的周涛和朱军搭档默契,又是一年的《难忘今宵》。沈秀正在织毛衣,桌上的座机响了一下。

女人放下毛衣去接电话,好几分钟里那头一直没有人吭声。
"说话呀你。"沈秀忽然有些情绪失控。
梁叙当时端着一盘瓜子正站在门口,屋里母亲已经泣不成声地骂起来。
他原地站了一会儿,听见母亲一直"喂喂喂"。
烟花声还在这片黑夜里炸响,梁叙将盘子放去窗台,一手插着裤兜走出了门。
他印象里梁兵离开他们时他才十岁,家里和这个男人有关的照片都被沈秀收了起来。他只记得那天沈秀带他去羊城监狱大门口探望父亲,男人好像一下子老了二十岁。
四年后出狱,他却再也没有回来。
黑沉的夜里只有远处昏黄的灯光微微闪亮,梁叙一个人待了会儿,然后动身向李谓家走去。

日子到了大年初四积雪便融化了。
那天阳光还不错,梁叙要送爷爷回青草坪。
自从奶奶去世,每年的这几天沈秀都会让他接爷爷来镇上过年。老人已经习惯清静,老想着要回去和乡下的老兄弟坐会儿。
到村庄是个艳阳天的下午。
梁叙在门房里坐了一会儿准备走,许镜从外头进来了。女生提着大包小包好像要出远门的样子,一问之下才知道她要他送自己去羊城。
"我爸还以为我去学校。"爷爷去了外边后许镜自嘲。
"酒店那地方人多眼杂。"梁叙说,"还是别去了。"
"你这算是关心我?"
梁叙淡淡地看了她一眼又移开视线瞟向门外,许镜却暗暗笑了。她顺着他的视线看出去,对面的土墙院里有干枯的树枝伸了出来。
"哎。"许镜问,"你和那女孩在一起了?"
梁叙将目光收回来:"不该问的别问。"
两个人没再多说话,许镜咀嚼着那几个字,直到坐上他的车。不知道她打哪儿知道他参加Demo比赛,路上问起,梁叙眼神凉了一下。
"现在没有关系根本办不成事儿。"许镜说,"你想过以后怎么走吗?"
"到了。"他打断她。
许镜闻言看了眼窗外,没再强求他的答案。她提着行李下了车,还没站稳梁叙就将车子开走了。女生慢慢眯起眼,嘴里嘀咕了句"臭小子"。

梁叙从后视镜看到有男人走近许镜。

他踩了下油门从那条街道开远了,羊城慢慢地消失在视野里。回到镇上沈秀已经开始收摊,他将车停好下来。

"怎么回来这么晚?"女人问。

"嗯。"他过去帮忙装箱,"碰见许镜顺路捎了她一程。"

摊子上一完事儿,梁叙就回屋睡大觉了。傍晚天还没黑透他就又醒过来,耷拉着裤子去撒尿,忽然想起余声了,然后坐在台阶上发呆。

梁雨哼着歌蹦蹦跳跳地从外头回来,小姑娘胳膊一甩一甩的,他看到了那手腕上的一个物件。

"那表你哪来的?"梁叙抬了抬下巴。

梁雨在原地站住:"余声姐给的。"说完她又怕他不信似的,道,"年前她就给我了。"

梁叙的眸子里闪过一丝光,随即笑了下。

那个年还没有过完,他们便在初七的下午去了学校上晚自习。

有时候教室里前后桌闲聊,陈皮总会很吃惊地以一副"你这是要考清华啊"的表情看着他。梁叙一般是闲淡笑之,或者直接给上一脚。

竞赛和模拟一轮接着一轮。

那些日子他们都平静地复习,梁叙只是在学校偶尔碰见余声或者食堂里遇上一起吃个饭。她的所有精力都花在功课上,开始和朋友一起上下学,每次考试都全校第一,让他汗颜。

四月刚到,小凉庄的春雨就到了。

镇上的一条条街道都被水淹到了门口,房檐底下都被雨水砸了一个小坑。厨房里沈秀已经烧好热水正在下面条,梁叙在屋子里睡醒,踢踏着拖鞋就出来了。

他直接从水里两三脚踩了过去。

"这雨可下得真是时候。"沈秀做好面条递给他,"要是能多下几天就不用你爷爷浇地了。"

梁叙倒了点蒜水和辣椒在碗里,然后将面条搅拌了几下捞起就一大口。他端着碗蹲在灶头,盯着蓝色纱窗外头的雨看了一会儿。

"没下够的话我到时候回去一趟就行了。"他说。

"就要高考了。"沈秀喝了点面汤,"你不上学了?"

乡镇高中的三年级学生现在已经有些乱套，不想来学校的大都已经做好了出去打工的准备，老师也是睁一只眼闭一只眼。一个七八线小城里的偏远镇子，教学水平不可能有多一流。即使有恨铁不成钢的老师，可十七八岁的孩子们野惯了，不爱念书，以为跑出去就能闯出名堂的比比皆是。

"妈。"梁叙抬眉，"你觉得我这样能考上大学吗？"

沈秀将面条都铺在案板上晾了起来，然后用一张干净的抹布盖在上头。女人开始一点一点擦洗锅头，然后将刷子轻轻甩干挂在灶火高处的绳子上。

"这事儿得你自己来。"沈秀扯下围裙，一边往外走一边说，"我出去一下，等会儿梁雨回来你让她自己弄着吃。"

等女人走了，梁叙将碗放在地上，沉默了半晌，然后从灶台边摸出火柴点燃了一堆柴火扔进灶台里。

那火光一簇一簇往上蹿，梁叙盯着那光看了一会儿便出去了。

学校高三班现在全是自习课。

那场雨过去之后大地万物复苏，庄稼疯狂生长。

教室沸腾得就跟菜市场似的，乱哄哄一片，当时梁叙待得实在无聊，踢开凳子起身就要走。他弯腰从桌斗里掏出外套提在手里，黑色书包单肩背在后头。一只腿刚跨到凳子另一边，陈皮喊住问他干啥。

梁叙叹了口气低语："找她。"

文科班里女生比较多，相对来说还算安静。梁叙从后门走过去后她同桌自动腾出位置，余声被他的忽然驾到弄得不知所措。

"你做你的。"他说，"我今天没事儿等你一起走。"

余声："……"

没一会儿，他就趴桌上睡着了。

窗外的太阳慢慢地移了进来，她脑袋一偏就看见他歪倒在边上，一张脸棱角分明，平时笑起来懒洋洋的样子褪了个干净。搭在桌上的胳膊落在空处，手里还转着她的笔。

上次他那句"再不走我就亲你了"惹得她好几个夜晚没睡好，后来两个人又朋友似的相处起来，时而陌生时而亲密，弄得她不知道怎么办。

余声慢慢叹了一口气，视线落在他的眼睛上。

"看一分钟一块钱。"他忽然说话。

他尾音刚一落，下课铃声响起。

梁叙从桌上抬起头伸了个懒腰，然后一手放在耳下左右动了两下脖子。他眼角扫了下身边眉清目秀的女生，慵懒地往后面桌子上一靠。

"看都不能看了。"余声强装硬气，"还要钱。"

梁叙摸了摸鼻子笑了声。

"大小姐。"他扬唇，"我可是咱小凉庄劳动人民大队光荣的工薪阶层，搁平时你呼之即来挥之即去，我的表现还不错是不是。"梁叙说完凑近她，"你说该不该要？"

"什么是劳动人民大队，"余声听得迷糊，"光荣的工薪阶层？"

梁叙："民工。"

余声"扑哧"一声乐了，笑完去看他一脸气定神闲的样子，外头的阳光好得不像话，是诗人嘴里"千江有水千江月，万里无云万里天"的好光景。

那天他们一直待到晚自习结束。

他们走的时候楼梯上已经没几个人，高三楼的一排排教室却仍亮着灯。

他们刚下到一楼就遇见方杨，两个女生退到边上说了一会儿话。

梁叙站在几米外等她。

身后有声音模模糊糊地传过来，他抬眼看过去，留着红毛的男生搂着丁雪的腰嬉皮笑脸。

"他就是梁叙？"红毛哼了声，"他爸是抢劫犯那个？"

风吹得地面太干净，梁叙看着有些恼火。墙边余声跑了过来，梁叙低了一下头，然后目光落在她的脸上。

"我突然想起，有点事要处理。"梁叙说，"你们先走吧。"

余声只觉得有点奇怪，但又说不出哪里奇怪，只好失落地"哦"了声就离开了。等她们走远，梁叙往前面那对男女看了眼，然后懒懒地"喂"了一声。

前面那两个人停了下来。

丁雪先转过来，看见梁叙的时候愣了下。接着红毛也转过来，脸色一白，压根没有刚才的霸道气势。

"别再让我看见你。"梁叙慢慢往前走了几步，挺直背咬着牙，眼睛带着嗜血的恨意。

梁叙慢慢看向丁雪，眯了下眼，然后转身走了，校园里的路灯照在他的身影上，像一只孤独的野兽。

第五章
我喜欢你

021

那个夜里小凉庄吹了一晚的大风。

梁叙靠在床头锁着眉听着马路上的狗吠，眼睛盯着天花板许久。

墙上金属乐队的海报已经开始泛黄，他的梦想，就像雨夜里微弱的烛火一样，模糊在这朦胧乌黑的夜色里。

屋子外头有重型机车开过，发动机的声音在这寂静的夜里很是刺耳。

那声音好像将他唤醒了，他重重地做了个深呼吸，然后扯过枕头罩盖在头上渐渐闭上眼睛。

学校里的学习气氛分为散漫和紧张两种状态。

理科楼有大半教室每天乱得如一口热锅。梁叙真心觉得自己对学习无法投入，所以在认真装模作样一段时日之后又掉回了原来的坑。

那天他又窝在地下室。

"你这三天打鱼两天晒网的可不行啊。"李谓决心要考"985"，一个人在那复习有段时间了，"就剩两个月了知道吗？"

梁叙躺在沙发上跟摊泥差不多。

"用得着你说。"他将枕在脑后的手抽出来搓了搓脸，一点一点地睁开眼睛，"我就是知道自己不是那块料，提前悬崖勒马。"

"然后呢。"李谓"嗯"了一声，"出去打工上个烂技校？"

梁叙这下沉默了。

"别告诉我你要玩音乐。"李谓的表情有些不屑，语气里却多了些劝慰和真诚，"那玩意儿对咱来说是个奢侈品，不是谁都玩得起的。"

梁叙凝视着头顶的天花板。

"你别嫌我世故。"李谓说，"看看我爸就知道了。"

年轻的时候李叔也曾意气风发要为了艺术献身，后来却灰头土脸地跑回来继续做农民,即使嘴上说起来一套一套的。

梁叙嗤笑:"有这么说亲爹的吗?"

两个男生因一个话题说了很久,停在某一个点上又戛然而止,接着便各自忙各自的。梁叙不好打扰李谓,出门右拐去了地下室。

高考前梁叙彻底歇了。

他很少再去教室,一般窝在地下室里。日子一眨眼便到了五月底,学校已经在安排毕业事宜。高考前的假期有近两周,离校前的那一天学校里到处是从楼上往下飞的书本碎片。

梁叙当时正在地下室睡觉,陈皮推门进来了。

"还睡着呢。"陈皮走近踢了踢他的腿,"外头都疯了。"

梁叙没动静,半晌缓缓掀开眼皮。

"关我什么事。"他懒懒道。

"都拍毕业照呢。"陈皮说,"你不和余声拍一张?"

闻言梁叙又慢慢闭上眼睛,过了会儿只听见陈皮叹息一声离开了,然后才又睁开。这一年过得太快了,尤其是高三下学期。她心底虽然逆反但总归还是听父母的话奋斗着前程,梁叙不敢去扯她的后腿又怕话说出口收不回来,朋友都没的做。

她什么都认真,他不敢开这个口。

过了会儿梁叙还是出去了,在学校里转了一圈。

操场上乱哄哄的,全是人,他没找到她便去了她的教室。这么好的日子她还坐在那儿看书,梁叙叹了口气走过去。

"怎么不出去?"他问。

见到是他,余声一笑又敛了嘴角。

"没什么意思。"她垂下眸子,"我和他们也不熟。"

梁叙在她身边坐下。

"就你这性子。"他嘲笑道,"能熟才怪。"

余声白了他一眼,梁叙偏头笑了。

他们现在相处得这么自然,没人先开口说前程。

她会离开这个镇子回到自己原来的位置上,而他也会为摇滚奉献自己的热情。每当想到这些梁叙便停下追赶的脚步,然而他那天还是问出口了。

"你要考哪个大学?"他问。

余声不答反问:"你呢?"

"我？"他像听见笑话似的笑了一下,"考不考得上还两说。"

"那会去哪儿？"

梁叙看了一眼窗外又看她。

"北京吧。"他轻声说。

余声低头不知道在想什么没有说话,这个气氛实在不怎么好。

梁叙看了眼身边低着头安静的女孩子,清了下嗓子转移话题。

"你户籍在青海是不是得回那儿高考？"他问。

余声点了下头。

"应该过两天就走。"她说。

梁叙皱眉："回那么早干什么？"

"复习看书。"她抬头扑闪着睫毛看他,想起陆雅已经回国了便道,"我妈会来接我的。"

梁叙沉默半天,咬了下牙。

"明天没事儿吧。"他慢慢看着她的眼睛说,"青草坪有集去吗？"

余声想起几个月前他带她去那里摘梨子,即使坐着最廉价的车都觉得无比拉风。她总觉得他距离自己有时近有时远,现在恰逢离别,再见不知又是何时。

022

第二天她早早就起来梳妆打扮了。

梁叙还没有来,她换了几件裙子才算满意。

余声看着梳妆镜里的自己,想到余曾以前说过大学之前谈恋爱都不太靠谱便笑了。他们毕业了要奔向未来,前途无量不是吗？

十来分钟后听见门外有车喇叭响,余声便知是他来了。她和外婆说了声就从家里撒欢地跑出来,他已经打开车门等她上来。

看见她的裙摆被风扬起梁叙敛眉笑了下,打开音乐放了首郑钧的《私奔》。

车子开了起来,余声趴在窗户上看外面。

"这地方可真漂亮。"她感叹。

早就习惯了她这样子,梁叙扯了下嘴角将车子开得更快了。

歌声从四面漏风的车里跑出来,车里的男女时而说两句话就各自偏头笑。

两人到青草坪的时候集市已经很热闹了。

那些人的手里兜着瓜果蔬菜,来来往往穿梭行走在村庄的街道上,水渠北边有个二十来平方米的小庙，里头坐满了诵经拜菩萨的老婆婆。

有汉子像是刚从地里干完活，肩上扛着锄头被人拦住站在边上说起了话。

好像也有远道而来互相认识的人，彼此问候。

他们下了车往前走。

"那是什么？"余声指着前方。

有一大片人围成一圈看中间那人说得热火，大概是在推销什么灵丹妙药。

余声看那人说得神乎其神，扯着他过去看还想要买。

"都是骗人的。"他拉着她走开了。

"你看好多人都买了。"余声执拗，"我觉得说得真的挺对的。"

两边的小摊一个紧挨着一个连缝隙都没有，四周人的吆喝吵闹声一阵高过一阵。梁叙将她带着从摊子后面走，余声一步三回头。

"今天我得给你科普一下。"梁叙边走边说，没一会儿就到了年轻人玩的地盘，他说到最后一点，"有些话你得择着听。"

余声的眼睛盯着跟前的套圈圈和抓阄，梁叙揉了下她的头发，"听到没有？"

那个动作让她一愣，慢吞吞地"嗯"了声。

余声不知道这些玩的方面梁叙是行家，他买十个圈能中九个，后来买了十几块钱的圈儿，余声指着哪个娃娃他就套哪个，套中一个她就乐得直蹦跶，最后抱了个满怀。

他带她从街头玩到街尾。

夕阳西下的时候很多摊主慢慢开始散了，余声抱着维尼熊走在他身边，梁叙右手拎了一袋子娃娃。她看着前方的街道，好似想起什么侧头看他。

"现在梨子能吃吗？"她问。

闻言梁叙笑了一下。

"这才什么时候。"梁叙促狭道，"我说大小姐你书读哪儿去了，秋天是丰收的季节不知道吗？"

余声吐了吐舌头，害羞地说忘了。

"不过……"梁叙顿了下，"带你去看看也行。"

他们沿着水渠边的小路向梨子地走去，路越来越窄，一个人都没有。

梁叙远远地指给她看前方那一片粉红粉红的梨花，余声顺着他指的方向看过去，目光都静了。

"这地方的人都靠那个养活。"他和她说，"别小看这个。"

她慢慢抬头去看他。

"里头的门道大了去了。"他的声音低而沉，余声平静地凝视着他。

脚下是溜过来的风，晚霞慢慢地沉在地平线下。

那条小路长极了，怎么都走不完。她低着头看地面，目光往他身上扫了下，似是下了某种决心，眼神定定地落在他的侧脸上。

"梁叙啊。"她叫他。

他下意识地"嗯"了下，视线还落在梨花上。

"你觉得我怎么样？"余声歪头。

她的声音轻轻的、柔柔的，有着试探的意味。

梁叙插在兜里的手一紧，他停住步子慢慢回过头，好像要把她看进眼里一样，然后微偏过头笑了一下又转回来。

"挺好的。"他说。

"怎么好？"

梁叙舌尖拱了下左脸颊："你说呢？"他反问。

余声努努嘴又低下头去踢脚下的小石子："我怎么知道。"她轻道。

梁叙笑了。

他侧眸看了眼远方的田野然后用垂下的左手不动声色地握上她的手，那一瞬间好像晚风都停了下来。

余声慢慢地红了脸颊由他拉着手，向那片梨花走去。

023

他们忘掉了所有的不安和动荡。

"喜欢梨花吗？"他低声问。

"我要说不喜欢呢？"她罕见地顽皮。

田野上又一阵风吹起叶子，有一些不知名的花在摇曳。远处渠边的石榴树弯起了腰，蒲公英满天飞，满地都是青草絮。

梁叙停下来，认真地低下头去看她。

"你试试看。"他说。

他漆黑的目光里盛着挑逗和蠢蠢欲动，身上的汗味儿渐渐随风而逝。

余声视线慢慢往下移，他的喉结轻轻动了下，她一羞急忙将目光别开。

梁叙垂下眼，无声地笑大了。

天色慢慢地暗了下来，余声乖乖地由他拉着手往回走。

路边干涸的水渠里有亮盈盈的微光，她挣脱开他的手好奇地蹲在草丛边往渠里瞄。

"那是什么？"她问。

梁叙眼角扫过去："萤火虫。"

那是余声第一次见到萤火虫，梁叙看她一脸欣喜，直接跳进渠里捉了一只萤火虫。

"小心点，它咬人。"

不说还好，一说余声吓了一大跳，梁叙刚放进她手心的那只被她甩了出去。余声原地蹦跶了好几下，梁叙都被她逗笑了。

萤火虫不知道已经飞去哪里。

他走过去又拉起她的手，两个人沿着那条羊肠小路慢慢地走了回去。他的手很大很温暖，可以将她小小的手整只握在手里。

好像就是这样确认关系了。

没有想到竟然会这么简单，折腾了几个月到头来就这么在一起了，着实让人感慨。回去的路上她问他的以后，梁叙做了个弹吉他的摇滚动作。

"以后你会有自己的乐队吗？"她仰头看他。

许久之后他说："会的。"

余声顿了好一会儿，和他说起要不要事先给乐队起个名字。

梁叙笑着凝视她的眼睛，看样子她比他还要急切和渴望。余声沉默了下，然后对他一笑。

"想好了。"梁叙问，"叫什么名儿？"

她说："小恒星。"

傍晚的夕阳拉扯着两个身影越来越暗淡，他们有一句没一句地说着话到了家门口。爷爷抽着旱烟蹲在门口，看见两人笑了。

后来两人回去镇子已是六点多了。

余声躺在床上仰头看天花板思念着他手掌的温度，然后甜甜地睡去。或许是知道离别将至，翌日一早他就打电话过来叫她出去玩。

他带她去了小凉庄最大的荒原和田野。

那一天是她离开前的最后一天，风吹麦浪有花草香。

他说起考完试可能会去北京打工，余声乖乖地听他说着也不插嘴。

他们走着走着就到了学校,他带她去了地下室。

"考完就走吗?"她问。

梁叙揉着她的手,沉默了一会儿。

"还不确定。"他说,"等我安顿好给你打电话。"

余声轻轻"嗯"了一下。

她的目光落在角落里他的吉他上,半晌不曾移开视线,然后几不可闻地叹了一口气,嘴里小声嘀咕:"长大真是一点都不好。"

梁叙别开脸笑了:"要不要听我唱歌?"

"好啊。"她弯起嘴巴。

梁叙拉着她在沙发上坐下,拿过吉他坐在旁边的椅子上。

他先做了一系列击弦勾弦扫弦的动作,然后拨起弦慢慢弹唱起来。

不是嘶吼,不是冲破胸膛的呐喊。

余声双臂撑着沙发坐着,他一会儿低头看吉他一会儿抬眸看她。

那个样子和他七月去羊城时的表演很像,她静静地听着他唱"一个男人和一颗热切的心"。

"这歌叫什么?"一曲唱完,她问。

"《别怕我伤心》。"他说,"张信哲的。"

房顶的灯光还是昏暗,梁叙看着她在光下的脸。

那时候他不知天高地厚,仅仅是凝视着她那双单纯认真干干净净的眼睛,一颗心早就稀巴烂。

第六章
阳光下的变故

024

后来余声回忆起他们在小凉庄的那些日子,眼眶总是噙满泪水,想起梁叙和她说话的样子,心里一阵阵酸涩难受。

他们再也不能像以前那样了。

离开的前一天他还在给她唱歌,未曾料想她前脚刚走他就出事了。他们之间像是横亘了一条山河,很难再有重逢的一天。

那一年的六月六日全城高考。

余声考完最后一门的那个下午青海下了一场大雨,当时陆雅开着车停在校门口等她。她刚钻进车里就听见陆雅说起国外的绘画公开课,她的第一反应就是想起梁叙。

"必须去吗?"她问。

"这一年你在小凉庄也折腾够了,该收心了。"陆雅关心之外冷静地说,"我已经和加拿大的学校联系过——"

她还没说完就被余声打断:"我不去。"

陆雅皱眉,将车子停了下来。

"你说什么?"

"我不出国念书。"余声道,"我要去北京。"

"你知道我——"

"爸爸不是经常去北京出差吗?"余声又打断道,"我想去那儿。"

这下陆雅不说话了,半晌将车子重新开起来。

"再说吧。"陆雅最后说,"先把课程读完。"

余声听完将头偏向窗外,心神不定地咬着下唇。

那天晚上大雨下个不停,好像有什么不好的事情要发生似的。余声给梁叙打电话一直没人接,而她第二天便随陆雅登了机。

他们之间一切都发生得太快，连最后的告别都没有。

余声是在一个月后从加拿大回来才知道梁叙出了事，当时他已经被定刑是故意伤人，就等着法院宣判了。

突如其来的事故让余声蒙了，她不知道怎么办，去问陈皮他服刑的地方。

"他不会见你的。"陈皮说。

后来她把自己关在房里不出来。

余声想起以前跟着他跑去青草坪，她不认得那些杂草一个个问他。门口外婆敲门叫她吃点饭，余声戴上耳机闭上眼睛做起了在羊城时他扯着嗓子吼的梦。

那天的傍晚余声去了趟他家。她站在远处看到沈秀脸上的皱纹比她离开之前更深，人也更憔悴了，月亮已经爬上梢头往下打量着。她一步一步走过去，帮着沈秀将西红柿装进纸箱。

沈秀客气地问："什么时候回来的？"

"昨天下午。"余声说。

沈秀点了下头没再说话又干起活来。

余声心里难受问不出来，告别后沿着菜市场那条街走回了外婆家。她不知道他到底发生了什么事情，明明说好的去北京怎么到最后变成这样。

夜晚依旧如此宁静，像一潭死水。

余声走后沈秀就收了摊子，简单弄了饭，吃完回了房里。当时女人坐在床边织着男式毛衣，偶尔抬头看一眼晚间的法制新闻。大半夜一家人都睡不着觉，梁雨从被窝里钻出来坐在沈秀身旁，那新闻看着看着鼻子就酸了。

"妈。"梁雨问，"你说哥会怎么样？"

沈秀闻声停了几秒，接着又打起毛衣来。家门口好像有流浪狗在叫，屋檐上夜猫刚窜过去。

幽长的小镇街道寂寞萧条，月光慢慢拉开距离，落在了这个遥远的地方。

"前路是黑的。"沈秀垂眼，轻声道，"谁知道呢。"

025

八月中旬法院宣判便下来了。

没有人愿意冒险替梁叙做辩护，程序走得简单且快。

本来就是他出手在先，无诉可上，再加上对方财大气粗有意让他付出代价，这场祸事他是扛定了，总共支付医疗费用四万，判刑两年。

本月十九日正式施行。

从看守所转去监狱的第二个星期天陈皮托关系去了临江探视，梁叙穿着囚服从里面出来，他剃光了头，鼻翼坚挺，一脸淡漠从容，惹得陈皮讶异，提及余声时他们短暂沉默了下。

玻璃墙里的人面容不像个十八岁的少年。

梁叙一直低垂着眼睛。

"镜子姐退学了。"陈皮憋了太多天的话终于问出来了，"那天到底发生了什么事？"

梁叙一直低垂着脑袋，目光平静得没有一丝波澜，好像那是一件无关紧要的事情。那个瞬间他只是想起了父亲，当年奶奶没钱治病，梁兵不知是鼓起多大的勇气持枪绑架抢银行。

"别问了。"他说。

陈皮一边叹气一边点头，开玩笑地安慰说："时间过得快着呢，婶子那边别担心。"他也知道梁叙在里头也是一天一天艰难地数着过的。

监狱外头爬山虎疯狂地堆满了整面墙壁。

那个时候余声已经去大学报到了，她一个人领了军训服，铺了被子，走完了所有流程，然后累得瘫倒在床上。

方杨打电话过来让她买好防晒霜，余声听着听着便睡着了。

刚开始那段日子她是真不习惯。

无论是小事或者大事都有些力不从心，每天独自找教室去食堂打饭闷头在图书馆和画室，不过一个人久了也就喜欢上了这种时光。只是偶尔出神，至于想什么她不愿承认。

北京最近天又阴了下来。

可能是经期来临的缘故，余声近日有些没劲头，连续两天除了上课就是趴在床上睡觉，整个人瘦了一圈。白天的宿舍没有人在，余声去超市买红糖，兜里没带够零钱，于是空着手回去了。

晚上肚子疼得她翻来覆去，眼泪哗哗地往下流，她硬是忍着一声没吭。

第二天醒来眼睛红肿无人询问，好像没事儿人一样照旧去上课。她什么社团也不参加，什么事情也不响应。

有几回室友找她出去玩，余声以各种理由回拒之后就很少有人再叫她一起，天马行空独来独往的日子司空见惯。

方杨劝她多融入集体,她听不进去,心里却在想以前他说过的"闷出病来怎么办"。

"你要不要来我的学校?"一天方杨这样问她。

"不去。"余声正坐在图书馆看书打发时间,"懒得动。"

后来她熬不过方杨的各种低声下气软硬兼施还是去了,食堂里两个人打了一桌子菜。方杨又带她去了自己宿舍,八个人的空间里声音比蚊子还小。

"你床上怎么这么多书?"余声随手翻了一本。

"这个是四级真题,这个是会计基础,这个是考研数学。"方杨得意一笑,"我从一学姐那里买来的,九成新,便宜好几十块呢。"

"你才大一就准备考研究生了?"

"确切地说,"方杨道,"从高中开始我就决定了。"

两个人的对话被两边床铺上的女生听了去,有几道眼神纷纷投射过来,余声后知后觉地发现这些书和方杨的本专业毫无关系。

"还是跨专业?"

"不然呢,高考分数不够没喜欢的可选。"方杨将她手里的书一本一本收起来,"走吧,带你出去转转。"

似乎听见方杨说话或者两个人待在一起时,余声才能感觉到小凉庄的余温,那是一种舒服到心坎里并且平静心安的感觉,温暖而惬意。

方杨偶尔也会过来找她玩。

十·一过后的一天她刚去公交站送走方杨,回来路上被一辆黑色卡宴拦在了学校门口。许久未见的张魏然从车上下来,余声吃惊地看着面前的人。

两个人去对面餐厅坐了一小会儿。

"我一直以为你会出国读书。"张魏然抿了口茶,"前几天从老师那里才知道你考到了北京。"

余声淡淡地"嗯"了一声。

"读的国画?"

余声说:"建筑艺术。"

"我还以为你会……"张魏然迟疑了一下。

"那是我妈喜欢的。"余声打断,"不是我喜欢的。"

她说得过于冷静,这让张魏然有些惊到。

其实余声自己也惊到了,当初因为这件事她差点和陆雅吵起来。

那是她第一次和陆雅发生正面冲突,把要来北京说得那么坚持决绝。

陆雅第一次领会到这个女儿强烈的反击力,因为她多么像年轻时候的自己。

反反复复想了一夜,陆雅妥协了,她甚至开始反思自己的错误,因为那晚余声破天荒地给余曾打了个电话。

余声只记得父母说了近一个小时,等陆雅从卧室出来的时候,余声几乎要泪流满面了。

她低头端起杯子将茶水一饮而尽。

餐厅里安静极了,两个人之间的气氛凝结了十几秒。

余声看了张魏然一眼,站起来礼貌地轻轻颔首。好像就是那一刹那,张魏然看见了第二个果断坚毅的陆雅。

"我一会儿还有课。"她说完就走了。

张魏然看着她远去的背影笑着摇了摇头,然后又自己坐了会儿才驱车走了。车水马龙的北京城像海流似的将他淹没,瞬间便不见踪影。

等进了校门,余声才回头去看。

身边不断有一对对男女擦肩而过,她眼睛莫名地湿了起来。

模糊的视线里她想起了小凉庄的菜市场和青草坪的集市,然后一边擦着脸一边往回走去。

第七章
相爱和重逢

026

余声是在大二和室友熟悉的。

说起来也不算有多熟悉,但是相比第一年她封闭自己,不和外界交谈的样子已然好了太多。

宿舍里的女孩子话题比较杂乱无章却句句八卦,除了某个系的俊男美女无非就是穿衣打扮。

那时候她的QQ已经玩得很溜了。

室友里有两个喜欢玩游戏经常带着她一起偷菜,也有一个专门挑十二点公寓楼熄灯之时拉她陪着看恐怖电影。

每个晚上睡下她总会戴着耳机听歌,然后将声音放到很大很大。

有一次被隔壁床好奇地扯去听。

"真没看出来啊余声。"头发披到臀部的女孩叫陈天阳,是宿舍里最活泼情感也最丰富的,属于那种今天甩了别人明天又能开始新恋情的奔放女,"你竟然还喜欢摇滚。"

余声总是轻轻一笑,不置可否。

那段时间真的是特别忙,余声每天上完课都会累惨。但她仍是去图书馆待到深夜,然后听着歌沿着校园的路往回走,路边的树被风摇晃,像极了小凉庄院子里的样子。

宿舍里也偶尔安静偶尔热闹。

每个星期天的晚上陆雅的电话总会如期而至,比闹钟还准时,余声虽说赢了一局却也不敢怠慢,仍是规规矩矩地听着训话,上一句说着学习下一句说着生活一一交代事无巨细。

"你妈对你可真严格。"一晚陈天阳在她挂断电话后说,"我妈三个月都不见得能给我打一回电话。"

余声已经习以为常："你妈真好。"

"你应该找个时间好好和你妈聊聊。"另一个室友也凑过来，"这样也太没有自由了。"

"聊聊"真是个不错的建议，可这么多年都是这样过来的。陆雅难得认输一次算是余声捡了个大便宜，但这并不代表真的就天高任鸟飞了。

陆雅说："你不听我的以后就别后悔。"

每每记起这句，余声的心情总是很复杂，她不明白做自己喜欢的事情为什么要后悔。大二上学期的年底她回了趟小凉庄，也是那次才知道梁叙出事的缘由。

他为了别的女孩打伤了人，怪不得陈皮他们都瞒着她。

那么大点儿地方哪有不透风的墙，你一句我一句事情便都明朗了。

春节一过她就坐上回北京的火车，临行前五分钟对面坐下一个四十来岁的男人，穿着宽大的粗布衣裳，蓄着大胡子，背着把破吉他。

后半夜她睡一觉醒来男人闭着眼。

火车行驶在铁轨上，窗外的黑夜和周边的呼吸声融为一体，安静极了。

左边的座位上有女生靠着身旁的男孩睡着了，她又把视线慢慢收回来。

余声看着那把吉他忽然就开始流眼泪。

她眼眶里泛着泪水，颤抖着嘴角尽量不出声，就是眼泪一直流个不停。

男人或许是被她抽泣的声音吵醒了，余声擦了擦眼泪盯着吉他就是移不开视线。对面递过来一包已经揉得有些皱的纸巾。

"丫头。"大胡子说，"擦擦吧。"

余声抽着鼻子，眼睛一酸，点头含混不清地说"谢谢"，她低着头斜靠在窗边，没再说话，眼泪下来了再用手抹掉。

到北京的时候方杨过来接她去了自己的租屋，有朋友在身边至少心底是个慰藉。晚上方杨兼职回来，两个人看着外头的烟花想着各自的心事。

"回去也不多待几天。"方杨说，"我想还没时间呢。"

余声看了看北京的夜色："想你了呗。"

方杨笑了笑，然后也看向窗外沉默了片刻。

"我有个事儿想告诉你。"

"什么？"

眼睛盯着外头脑袋也没转过来，方杨揿酌思考了半天也不见开口。

余声偏头看过来，目光探问，方杨看了她好一会儿才启唇。

"前几天打电话听我妈说……"方杨顿了顿,"梁叙他——"

余声把话一拦:"我知道。"

看着方杨诧异的样子余声笑了,又朝窗外看出去。

远方刚消失的烟花这会儿又燃放起来,方杨忍不住问她:"那你怎么……"

余声眨巴了下眼,语气平淡而坚定。

"我等他。"她说。

027

后来她想生活应该是这样,东边日出西边雨。早上醒来你去院子逗猫狗,可能天上掉馅饼也可能是鸟屎。

一辈子要那么久那么远,总要经历些事儿才明白人生道阻且长。

那一学年结束的时候,余声剪了短发。

宿舍里好像流行起穿高跟鞋,除了她其余人都跟着陈天阳买了一双。余声不喜欢也不习惯,坚持着自己的短袖牛仔裤还有帆布鞋。

放假那天她正在宿舍收拾东西。

可能是受了方杨的影响,余声自己找了个建筑公司做实习生,当天就要去那边报到。宿舍门被人猛地推开,陈天阳哭哭啼啼跑了进来。

余声关心地问了句怎么回事。

"以前女的跟我抢男朋友就算了。"陈天阳一边哭诉一边还发着脾气,"现在男的也跟我抢。"

余声:"……"

宿舍里多了有趣的事情,余声天天听着也觉得日子过得快了。

她实习的那两个月每天跟着前辈跑工地,晚上坐末班车回来,留校的学生不多,一到夜里安静得跟荒山野岭似的。

倒是有一回她在大巴上遇见了许镜。

余声犹豫着该不该打招呼,许镜在下一站却下车走了。她从车窗看向外头,那个瘦弱的身影直直地进了某个夜校。她那会儿不太愿意去探索他们之间的事情,只是单纯地想起梁叙大概该出来了。

那一年北京的炎热堪比世界火炉苏丹。

作为实习生的余声也终于体会到没有陆雅庇护下的生活,几乎所有的苦活累活都是她在干，涉及专业方面的事少之又少，跟个费力不讨好的跑腿没两样，每逢周末就累得连床都下不来。

室友陈天阳跟她也差不多，天天跑兼职推销化妆品，不到一个月劣质高跟鞋磨坏了两双。八月初北京的气温才慢慢降下来，两个人都瘦了好大一圈。

宿舍里的空调二十六七摄氏度。

余声睡得迷迷糊糊的，听见陈天阳在和谁打电话，接着又是窸窸窣窣紧连开门的一阵动静。过了一会儿门又被人推开，余声挣扎着朝床下看了一眼。

"给你带了盒饭。"陈天阳说，"咱们都睡多久了。"

余声慢慢从床上爬起来抱着被子，接过女生递过来的筷子和饭盒。两个人都盘着腿靠着墙坐在床上一边吃一边聊，傍晚的光芒落在了阳台地面上。

"我刚刚下楼去拿外卖。"陈天阳声音夹杂着一丝兴奋，"外卖小哥长得还不错。"

余声正吃着笑了一下。

"以后要常去他家买。"陈天阳说。

"你不是有男朋友吗？"

余声记得前几天从外头回来，还看见他们在宿舍楼门前卿卿我我难分难舍，这才多久工夫，这姑娘就喜新厌旧，另择新欢。

"有男朋友怎么了。"陈天阳说，"又不妨碍我看帅哥。"

余声："……"

暑假的宿舍里就剩下她们留校不回，此时此刻整栋楼都是寂静的。余声将目光落在窗户外，没有衣服挡着光的阳台开阔温柔，像有人轻轻拍着你入睡。

她看着那光恍惚起来，想起小凉庄的学校地下室，以往太阳很好的时候也会有很漂亮的光落在楼梯上。身边陈天阳叫了她一声，余声才渐渐从回忆里惊醒。

日子到中旬的时候，建筑公司的实习临近结束。

陈天阳最近接了一个酒店服务员的兼职，那天刚好余声休息，就叫上她去帮忙凑数。酒店有人举行婚礼忙不过来，临时服务员两个小时五十块。

她站在酒席最外边的门口位置。

因为是第一次做这种事，她什么都不懂，只是愣愣地站在一边端茶倒水。

男服务员端着菜上来她一盘一盘地摆在桌子上，这种陌生的体验让她欣喜。

前方舞台上司仪说着俗气的笑话。

余声正低头帮来客添茶，耳朵里传来熟悉的声音。她当时愣住一秒，再抬眼便看见陈皮动作浮夸地说着搞怪的"栋笃笑"。

男生仍旧青春年少,还是当年那个和她说要来北京闯天下的人。

婚宴结束后他们撤席打扫卫生。

余声换下酒店服装和陈天阳一起往外走,早已经等在路边的陈皮看了过来。陈天阳聪明地先走一步,街道上的公交车一辆接着一辆过去。

"你怎么还做这个?"陈皮走近。

"反正闲着。"余声说,"你不也是吗?"

陈皮笑了笑不知道该说什么,面前的大小姐好似脱胎换骨一样。两个人距离高考到现在已经两年未见,明里暗里也打探到她的消息,却一直没去打扰她。

"你知道——"

"不想知道。"

陈皮话还没说完被她迅速一截,余声将视线偏到一侧,开始沉默。她那语气里多少有些赌气的味道,陈皮大概知道那是梁叙出事后自己竭力隐瞒所引起的。

两个人简单说了几句便道别了。

陈皮看着余声远去的身影叹了长长的一口气,喉咙里卡住了那句"今天刚好是那浑蛋出狱的日子"。

北京城的下午闷热异常,陈皮沿着大马路慢慢往学校的方向走去。

028

路上风云突变,飘起了细雨。

当时余声坐在回校的公交车上,车上人多拥挤,闷得她实在难受,到了下一站便下车步行。雨水很快打湿长街落在鞋里,余声跑去站牌下躲雨。

雨滴顺着头顶的塑料棚淌了下来。

汽车呼啸而过,溅起一摊水,几十米外看不清道路方向。

余声看着落在马路上然后消失的雨水,远处有婆婆抱着孙子低头往前走,还有骑着自行车的男女顶着风雨前行。

马路边的天桥下,有人在拉手风琴。

男人中年模样,穿着皮夹克和高帮鞋。旁边围了几个年轻学生,余声也慢慢走过去。她看见了男人手腕上的表,停在某一刻已经不走了。

风雨里的歌声衬得这夜晚更凄凉,听完一曲她便转身走了。

那晚回去后余声就晕乎乎地睡了过去,半夜里说起胡话被陈天阳摇醒,额头烫得跟个火盆似的。

　　暴雨倾盆下到凌晨两三点，她躺在校医院病床上打吊瓶。病房外的楼道黑漆漆的没有光亮，大雨将这大地捅个窟窿一样噼里啪啦地往下砸。

　　余声靠坐着墙看帘子未拉的窗子。

　　"你睡吧，余声。"陈天阳坐在旁边空荡荡的床上，指着刚打上的吊瓶说，"我给你看着。"

　　她晕乎乎地想说头疼却没说出口。

　　"睡不着。"余声说。

　　"那我陪你说会儿话？"陈天阳想起什么似的，然后又道，"那天婚宴上那个男生是谁啊？"看着余声的眼睛陈天阳若有所思，"不像是你男朋友。"

　　余声笑了一下："高中同学。"

　　"他挺有趣，像香港的一个明星叫什么来着？"

　　余声："黄子华。"

　　不知道以后会不会变，至少现在"栋笃笑"是陈皮的梦想。

　　说起来有这个喜好的人不算少数，一直沉迷其中的却不多。很多街头艺人对着空无一人的台下大笑着把自己逗乐引人围观，有艰辛自嘲也有讽刺落寞。

　　"怪不得觉得熟悉。"陈天阳低喃，"黄子华拍的《栋笃神探》倒是挺好看的。"

　　余声无奈地弯了弯嘴角。

　　后半夜她一直昏昏沉沉，也不知怎么就睡着了。

　　第二天清晨醒来手背上的针已经拔掉，陈天阳将写着"我还有兼职先走了"的便利贴黏在给她倒好水的一次性水杯上。

　　余声揭过便利贴看了一眼又一眼。

　　那会儿大概是早晨七点，余声已经退烧打算去吃早餐。她刚出校医院便想起今天还要去建筑公司做实习结束的简单交接，于是顶着空空如也的胃去赶公交。

　　公司在 CBD 四楼，不算很大，没什么名气。

　　正是因为看中这个余声才递了简历跑来苦哈哈地实习，交接手续走得很快，余声打印了几张走形式的报告，又将这段时间以来跑工地做的数据记录用 U 盘传给小组长，完事儿的时候已经十点半了。

　　她收拾好东西背着书包往电梯口走。

　　可能是饿着肚子的关系，她没什么精气神，一直低着头往前挪。她没有注意到前方有人脚步停下看过来，一直等到那人出声叫她的名字，她才病恹恹地抬起头。

张魏然三步并作两步走过来:"你在这干什么?"

余声的脸看起来有些苍白,这让男人下意识地皱了下眉头。

楼层上有好几家小公司,他们站的位置有些显眼,有人认出那是铁路工程设计师张魏然。

"没干什么。"余声有点烦,绕过他去等电梯。

张魏然顿了下跟上去站在她旁边,侧头看了眼旁边的女孩子。上次见她还是去年,二月他跟着余曾出差,一直辗转在外,忙得没时间联系她。

"怎么说我也算是你的……前辈。"张魏然看着电梯门里反光的身影笑了笑,"咱们不至于无话可说吧。"

余声无意反驳:"我又不是余曾的学生。"

张魏然看着她低着头的样子又笑了下。

"八月底老师来北京开会。"张魏然说,"到时候我接你一起过去。"

余声淡淡地翻了一下白眼:"我才不去。"

"OK。"张魏然仰仰下巴,"电梯来了。"

余声头都没抬一下走了进去。

大厦外头车流拥挤,熙熙攘攘,余声烦躁地看了一眼头顶火辣辣的太阳。

张魏然将就着她的小步子走在一旁,用近乎低哄的语气说着商量的话。

"回学校吗?"张魏然说,"我送你。"

余声停下脚抬眼:"我喜欢坐公交。"

她说得极其正式认真,然后再也没看张魏然便走了。后者站在原地愣了一下,然后摇头失笑,她太过直接鲜明不留情面的拒绝倒真是随了她母亲。

029

到学校之后余声直接回了宿舍。

身体还没好彻底,整个人还是有些晕,她将自己蒙在被子里包裹得严严实实睡了过去。她再次醒来是被外婆的电话叫起来的,看天色已经是下午三四点,老人的声音亲切温和,让余声忍不住抹了把眼泪。

她躺在床上握着手机听外婆说话。

好像老太太就在跟前似的,拉着她的手温言软语,笑起来慈祥善良。小凉庄一别已半年有余,不知外婆的鬓角是否已再添白发,干起活来是否仍旧利落。

"一个人要把自己照顾好。"外婆说,"啥时候想回来就回来。"

余声轻轻地"嗯"了下。

"学累了就歇会儿,别使那么大劲儿。"外婆的话里有一丝长长的轻叹,"知道吗?"

余声慢慢地吸了口气"哎"了声。

说了有十来分钟外婆才挂电话,余声将头埋在被子里眼泪顺颊而下。

这两年来她一直假装很忙,事实上确实是这样,一方面为了缓解某种孤独和难过,一方面也是为了向陆雅证明她的选择没有错。

只是理想这个东西太不现实并且残酷。

余声独自流了一会儿眼泪下床打算找饭吃,刚穿上鞋子陈天阳就从外头回来了。余声看了眼时间这个点应该还在兼职,正奇怪怎么回事,陈天阳就稀里哗啦倒了一大堆苦水。

大概就是说好的价钱对方临时变卦。

余声实在不忍心打断女生的愤慨,喝了一杯又一杯水,看她再次端起水杯陈天阳停住话匣子笑她渴成这样。余声叹气指了指自己的肚子说饿了,女生恍然大悟。

"早说呀。"陈天阳摸过手机,"我给咱俩叫外卖。"

余声:"……"

没一会儿对方电话过来说已到楼下,陈天阳乐呵呵地跑下去拿。

余声趴在桌子上等了很久都没见人上来,于是探头到窗前去看。

宿舍楼旁的大树下有两个人正说着什么。

从四楼望下去余声觉得那背影有些眼熟,却想不起来是谁。然后她看见男生骑上车陈天阳笑嘻嘻地摇手再见,好笑这女生搭讪技巧一流。

她又坐回椅子上等。

陈天阳哼着歌拎着盒饭脚尖旋地推开门进来,一脸春风得意,说着外卖小哥这个那个。

余声接过自己的茄子盖饭低头吃起来,抬眼看陈天阳撑着下巴在桌上陷入沉思,一勺都没动。

"你不会想脚踏两只船吧?"余声问。

"不会的。"陈天阳目光落在某处声音格外温柔,"前两天刚分手。"

余声:"……"

"今天我拦着问了,他也是大学生。"陈天阳说完一笑,"还是个学医的。"

余声从来都知道陈天阳不缺爱,但那时候没有人想到这回到来的爱情会如此艰难。校园里的林荫路上法国梧桐整整齐齐排成两列,太阳落下来照亮一片夹杂着金黄的绿色乔木。

那一天夜幕降临时似乎立秋了。

距离北京城千万里的小镇已经有叶子往下落了,再往里走的菜市场上人迹罕至,萧条得不像样子。

沈秀做好饭让梁雨去叫房间里的人起床,安静的余晖下声音好似都有回响。

男生耷拉着肩膀从屋里出来,随随便便套了件地摊货的短袖,灰不溜秋的颜色显得人更颓废无力,人字拖在地上趿拉着。

梁叙的头发较之前的光溜已经冒出新的,短而苍劲,倒是身上唯一一点有精神的地方。

男生整个人百无聊赖,面无表情。

宁静幽深的院子里拉着用久了的十五瓦旧灯泡,昏黄的光线下那张侧脸冷漠坚硬。他直接过去水龙头旁边用冷水洗了把脸,然后过来往饭桌那儿一坐,端起碗就埋头吃起来。

"李谓他爸有个朋友在青海是做木材的,在招学徒。"沈秀斟酌片刻说,"你要不过去试试?"

梁雨慢慢停下了咀嚼的动作也看向对面。

"就当学个手艺。"沈秀解释,"你要是觉得远……"

"妈。"说话间梁叙夹菜的手顿了一下,"我想去北京。"然后又往嘴里扒饭。

那声音太平淡以至于沈秀都没有反应过来,待回神却又不知该说些什么。

梁叙年纪轻轻,高中文凭都没有,去北京闯那得抽筋剥皮,可男儿志在四方,沈秀理应支持到底。

"想去就去吧。"沈秀垂着眼睛说,"陈皮他们在那儿也有个照应。"

梁叙没有再说话,又埋头吃起来。一顿饭结束他浪荡在外头走了一会儿,明明不见才两年,小凉庄却已不复当年的热闹。

静悄悄的街道上只有流浪猫狗在叫唤。

梁叙站在一根电线杆下摸烟抽,然后慢慢地蹲下来,拿着烟的手搭在膝盖上,有小狗寻着星火跑过来,他逗了几下往远处丢了个石子,小狗摇摇尾巴立刻奔了上去。

不知从哪里传来男女嬉笑的声音。

梁叙眯着眼睛将烟又放在嘴里吸了一口,低头看着昏暗的微光沉沉吐了一口气。等到那根烟抽得差不多时,他将烟按灭在地上起身回去了。

030

第二天他便坐上了去北京的火车。凌晨四点到地方的时候,他刚出站就接到陈皮的电话,梁叙提着黑色大包站在路口看着车水马龙。那耀眼的路灯霓虹和车站的人流味道重重地围绕着他,他不知是该欣喜还是彷徨。

陈皮站在路对面大声喊他的名字。

身后有人匆匆忙忙上了出租车,梁叙的目光好像看着很远的地方缓缓笑了。夜晚去哪儿都不方便,两个人在车站附近找了家宾馆先住下。

"有什么打算?"房间里陈皮问。

"先找个活儿。"梁叙半躺在床上,双脚交叉搭在一块儿,"李谓怎么没来?"

"医学狗的世界围墙比较多。"陈皮说完沉默了会儿,然后又道,"前些天我碰见余声了。"

梁叙平静地"嗯"了一声。

"她好像还生着气呢。"陈皮说,"说明心里有你。"

宾馆外头有汽车按喇叭的声音,过了几分钟才重新平静下来。

梁叙盯着窗外看了好一会儿,目光里的情绪隐藏得一滴不剩。

"我还配得上她吗。"他说。

这句话一听明显是陈述的语气,陈皮也不说话了。黑夜慢慢就这样过去,那一晚梁叙没有睡着,和在火车上一样,脑子里已经乱成一团糨糊。

北京的天空那几日一直阴云密布。

余声实习结束没事情可做,整天都待在宿舍里看书画画乐得清闲。

陈天阳每次兼职回来必要来份外卖,这已经成了雷打不动风吹不摇的事情。

距离大三开学的日子已经很近了。

有很多学生已经提前到校,晚上走廊里多了走动嬉闹的声音,也不是那么寂静了。余声偶尔给方杨打电话后者都在备考,好像是被第一次四级没过打击到了信心,所以每天都泡在图书馆。

算下来两个人一个暑假还没怎么好好说过话,八月底的一个下午余声想来想去得找一趟方杨,只是还没出宿舍就接到张魏然的电话。

余声一脸烦躁,不想搭理。

她用清水洗了下脸,简单收拾了下,穿着T恤牛仔裤就下楼了,刚走到楼门口就看见外头停着一辆黑色轿车。余声下意识地皱眉想绕过去,男人从车上下来了。

"怎么不接我的电话?"张魏然问。

"我和你又不熟。"余声语气不太好,"干吗接。"

张魏然笑了一下,又往她跟前走了几步。余声一脸警惕地抬眼看过去,眉头蹙得更紧。

"我好像没惹过你吧。"张魏然微微倾身,"还是你对我有什么偏见?"

余声一声不吭。

"既然你都说不出来那就是冤枉我了。"张魏然笑着,"上车吧,老师还等着呢。"

"等我干什么?"她别扭地将头转向一边。

"作为父亲想见女儿好像不需要什么冠冕堂皇的理由。"这句话一出余声的嘴角轻轻扯了一下,张魏然怎么能看不见她的这个小动作,语气比刚刚放软了些,"老师每天都很忙,并不是有意忽略你,你以后自然就明白了。"

张魏然将副驾驶座的门打开。

忽然有一股冷风从脚下袭上来,余声再执拗就显得不太懂事了。她叹了口气上了车,张魏然绕去驾驶座打开引擎,车子扬长而去。

等那车子开远,角落里走出一个人来。

梁叙戴着黑色帽子,两手插在裤兜里微微抬眼。从他的角度看过去,刚刚女生的每个表情都像撒娇似的。她依旧那么乖那么瘦,抿起小嘴跟兔子一样,穿着简单随意让人看着舒服,都读了两年大学,帆布鞋还是心头好。

031

天还没有黑透梁叙就回了出租屋。

他买了瓶啤酒,一个人靠在窗台边喝起来,七层楼下种满了杨树将街道都盖住了,后面是一大片停车场。这里偏僻,没有路灯,重要的是租金便宜,三十平方米不到的地方,一张床一个洗手间就够他生活了。

屋子里只有一盏昏黄的灯亮着,有点像小凉庄的地下室那样,摇来摇去衬得地上的人影更加寂寥单调。

梁叙喝了大半瓶酒躺回床上想睡会儿,没多久闭上的眼又重新睁开。

他从床边的小桌子上摸了烟和打火机。

那火光闪烁在眼前的时候梁叙的手虚晃了下,然后摇灭了将打火机丢回桌子上。他一只胳膊枕在脑后，微微眯起眼陷入了沉思。

李谓这个时候来了电话。

心底才恢复的平静被倏然打破，梁叙皱着眉头接听。

那边李谓简单说了几句要给他介绍个活儿，梁叙将烟熄灭从床上坐了起来。

"不用。"他说，"我已经找好了。"

李谓问："做什么的？"

依着梁叙的文凭自然找不到什么好工作，那几天他跑了很多招小工的地方，风吹雨淋，从家里带来的钱花得差不多了，他一咬牙就在工地上先干了起来。

年轻小伙有干劲儿也得人看重。

"你那胸外科学着还行吗？"梁叙简单说了几句自己的事儿绕开话题，"陈皮说忙得跟狗一样。"

"他嘴里什么时候能有句人话。"

梁叙嗤笑了一声。

"什么时候有时间咱们聚聚？"李谓提议。

"暂时不行。"他今天轮休才有空，再往后就难了，"再说吧。"

一通电话结束不到一刻钟，梁叙收了线不知又想起什么，眉头紧锁。

北京街道灯火通明，相比之下角落里的那家会馆就显得低调奢华了。

余声正在一楼的大厅沙发上坐着。

从她过来到现在已经有近半个小时，余曾还在和人谈话没有从里面出来。

几分钟后张魏然从外头买了杯女孩喜欢喝的柠檬茶回来，没有看出这人竟有这样的心思。

余声讷讷地接过道谢。

"实在无聊。"张魏然说，"可以和我说说话。"相视而坐这么久她几乎没有开口。

余声的目光落在吸管上。

"他一直这样忙吗？"她问。

"是。"张魏然看了一眼她白皙的脸颊，"事实上今天还没有平时一半忙。"

余声哑然。

就在两个人之间的气氛有些僵持的时候，不远处一声"魏然兄"骤然撞了进来。余声闻言也抬起头看去，女人挽着男人的胳膊一起走了过来。

张魏然已经站起来："薛总。"

后者的目光却在仍稳坐如山的余声身上徘徊,眼里略带玩味,偶有笑意。

不是余声要拂张魏然的面子,而是她没有想到这个所谓薛总身边的女人会是许镜。她们之间暗潮涌动,像不认识一样。

余声从始至终没有往薛总身上看一眼,然后转身走了,他们都没有意识到这个女孩子会这样做。薛总的脸色有些尴尬,许镜一直盯着某处嘴角扯着笑。

"小孩子不懂事。"张魏然赔笑道,"别放在心上。"事实上他也拿她无可奈何。

薛天装作满不在乎地摆摆手,又和张魏然寒暄了几句,就携表情已经僵硬至极的许镜离开。待那两人走远张魏然追了出去,余声站在会馆的角落阴影处踢着脚下的大理石地砖。

等张魏然走近,余声看了一眼他们的车离开的方向。

"余曾什么时候能忙完?"她问。

张魏然抬腕看了下手表:"应该快了。"

正说着里头有脚步声传出来,余曾和对方握手道别,她慢慢将视线挪到这个作为她父亲的人身上,男人恰好也侧过头并且走了过来。

"怎么在外头?"余曾询问。

许久未曾见面,余声都有些恍惚。

"里面待着有些闷。"张魏然替她说话,"出来透透气。"

余曾看着低头不语的女孩子心底叹了口气:"魏然啊,你去开车。"后者应声先走一步。

"爸爸知道有一家湘菜做得不错。"余曾轻轻俯下身,"带你尝尝去。"

面前的男人明明才四十刚头,却已有半边细碎白发。

从小余声就知道他对自己的工作看得比什么都重要,那种忘我的境界她是见过的,每次都不想理可是一碰面就气不起来了。

她抿紧嘴巴,轻轻"嗯"了一声。

余曾暗自松了一口气,想去揉她的头发最终还是没有伸出手。

那个晚上他们父女算是和和气气地吃了一顿饭,然后余曾亲自送她回学校。

关于陆雅她一句也没有问。

或许正因为这样,余曾对于这个女儿总是无可奈何,除了尽所有能力给她最好的一切之外就是尽量腾出时间和她说说话,哪怕听她问一句别人家小孩很想问的"你们为什么要离婚"也可以。

那天过后余曾就离开北京下海了。

张魏然在这边跟着项目偶尔过来看看她，余声对这个人没什么嫌隙，兴许知道他是受余曾所托对她多加照顾，话到嘴边也开始三思。

　　大三的生活就这样平平常常地来了。

　　她们宿舍这一年从开学就比较忙碌，准备 CET 这样的考试，其他两个人还要考 GRE。只有她和陈天阳算是比较闲的，一个忙着勾搭外卖小哥，一个对古建筑感兴趣总是跑外头做勘探。

　　那天中午她从食堂吃完饭回去宿舍，陈天阳有气无力地垂着脑袋趴床上哀号，余声已经见怪不怪。

　　备考 GRE 的那两个女生中午直接去了图书馆，较之方杨有过之而无不及。

　　余声下午要跑外业便立刻上床休息，脑袋刚碰上枕头陈天阳开始难过大哭了。

　　"他不来了。"陈天阳将脸埋在被子上。

　　余声愣了一下才反应过来："那个外卖男生？"

　　"店长说他不干了。"陈天阳苦着一张脸，"以后是不是再也见不着了？"说完她叹了一口气，"北京这么大哪里找去呀。"

　　余声："……"

　　听着女生的啰里啰唆，余声侧身躺着一直未动，只有眼睛一直在眨。

　　她心里数着日子表面风平浪静，可那握成拳的手泄露了她的心事。

　　而那心事里的人此刻正在大太阳下暴晒。

　　梁叙穿着被热汗浸透的黑色背心，推着堆满水泥的小车艰难地行走在施工工地上，脸上爬满了汗水和灰尘，脚上趿拉着的旧帆布鞋已经脏得不像话。

　　年龄稍长的前辈教了他省力的法子。

　　梁叙推完一辆又一辆，然后坐在阴凉地休息，随手拧开一旁的矿泉水就往嘴里灌。他用肩上搭的毛巾擦了擦脸点了根烟，目光落在前方的推土机上。

　　现在虽然累点，他却已经得心应手。

　　更何况他前两天又找了在酒吧唱歌的活儿，白天跑完工地晚上去这个酒吧唱一两首再转场去别的酒吧唱，这样的日子虽然忙碌却也实在。他将烟咬在嘴里把玩着手机，遗憾的是里面一张照片都没有。

　　"怎么样，还习惯吗？"一个前辈经过探问。

　　梁叙站起来："还行。"

　　"年轻人吃点苦是应该的。"前辈拍拍他的肩膀，"好好干。"

　　梁叙微微颔首。

前辈笑笑走开，忙起自己的活儿，梁叙站在原地抽完了一根烟将手机塞回裤兜又干起来。日头到了下午强度渐渐变弱，当时他正站在工地入口听工头儿安排事情，耳边冷不丁传过来一句温声细语。他整个后背霎时一僵，都不敢回过头去看。

　　只听见她问别人去某个地方怎么走。

　　梁叙闻声忍不住笑了一下，直到身后的人影不见他才回过头去看。这里是未开发区，比较偏僻，她竟然胆大到一个人跑过来。

　　他心底诧异，放不下心便和头儿告假跟了去。

　　作为被尾随的余声多少察觉到了，一回头却什么人也没有。再光天化日也藏匿不了她的胆怯，于是她给陈天阳打电话，后者教她赶紧拦车逃离。

　　余声左右环顾，别无其他办法。

　　等她上车走远梁叙从墙后走了出来，两手插兜嘴角浮现出一抹笑意。

　　回去工地的路上他接到陈皮的电话，话里话外有意无意地往余声身上靠。

　　梁叙一边走一边又点起烟。

　　"刚见过。"他笑了一下，"被我吓跑了。"

　　陈皮"啊"了一声。

　　"她不知道是我。"他这句话里带有自嘲的意味。

　　"你们俩到底怎么回事儿？"

　　陈皮一直想问梁叙心底的真实想法，毕竟这两年来余声的一切都让人心疼。自己一个外人看着都不舒服，陈皮不相信梁叙感觉不到。

　　"先不说这个。"梁叙扯开话题，"你打电话什么事？"

　　陈皮幽幽地长叹了一口气。

　　"当然是好事了。"陈皮说，"我们院有一个男生对摇滚情有独钟，想和你聊聊。"

　　梁叙一手握着手机，另一只手将烟夹在指间挠了一下眉骨，视线落在前头一大片空旷的地方，施工地门口停着挖掘机，天空蓝得不像话，微风拂面将雾霾一扫而光。

　　"行啊。"他说。

032

　　余声一直坐到闹市区才下车。

　　她站在熙熙攘攘的马路边上，整个人有些恍惚却又说不出原因。夕阳已经在西边挂着了,余声一路往学校方向走,时不时地回过头去看只有拥挤的人潮。

她在图书馆门口遇见了陈天阳。

女生啰唆地说了一大堆尾随事件让她长心眼,并且严重警告不许再去那些地方,哪怕是做勘探也不行。余声装作很认真地聆听着这些来自可爱少女的叮嘱,目光里却盛满了数不清的荒凉。

她只是莫名其妙地难过起来。

"想什么呢?"陈天阳问。

余声摇了摇头。

"我听说下个月T大有一场百年校庆的联欢晚会。"陈天阳提议,"一起看看去。"

"那有什么好看的?"

"百年校庆很'嗨'好吗。"陈天阳说,"而且最近很丧,正好提提神找找刺激。"

余声:"……"

她也觉得有些没精神,读了大三之后各自奔忙各有梦想,上课的人稀稀拉拉早已不复当年的意气风发,余声抬头看了看路边她叫不出名字的树木没再说话。

短短几天之内梧桐又落了一层叶。

那些日子,梁叙遇见的比较有意义的事情,是通过陈皮认识了喜欢玩摇滚的周显。男生看起来比较文弱,但是爆发力并不小。

三个人利用闲暇在一起弹唱。

梁叙在工地上花的时间比较多,一般回到租屋都会累瘫在床上。这种活儿实在太费体力,陈皮建议他考虑换一个。

那天梁叙下工后闷在屋里玩吉他。

四面的灰色墙壁将整个房间衬得很单调,他轻轻拨着吉他弦,平平静静的纯音乐从木吉他里跳跃出来,少年坐在床角的背影更加孤单无处安放。

不知什么时候有人敲门。

李谓拎了两瓶酒从学校过来,自从梁叙来北京,两人见面机会实在太少。

梁叙咬开一瓶闷头喝了一大口,头顶的灯泡晃得人眼花缭乱。

"你明天没事儿?"梁叙问。

"老师请假休一天。"李谓说,"来你这边转转。"

梁叙嗤笑了一下:"我这边有什么好转的。"

"难道去找陈皮?"李谓挑眉,"他一天光追妞了。"

深夜里两人有一句没一句地唠，风轻轻敲打着玻璃窗。梁叙一瓶酒喝了大半，再去看李谓，后者靠在床头柜上满脸沧桑。

"你失恋了？"梁叙抬了抬眼皮，"这副尿样儿。"

"要失恋就好了。"

那声音里有着不适合李谓这个年龄的落寞，梁叙当时并没有深究，只是一笑而过。结果他刚收了笑就听见李谓问起余声，梁叙递在嘴边的酒瓶子停顿了下然后将最后的酒一饮而尽。

几乎和陈皮的话一模一样。

"往前走着看吧。"这是他的回答。

后来李谓迷迷糊糊地睡了过去，梁叙睁着眼一直到凌晨才短暂入眠。

第二天一大早他就去了工地，留下李谓一个人在租屋。床上手机铃声蓦然响起，是梁叙忘记带手机。

接起是一个不认识的男生，李谓简单解释了下便挂断电话，心情却下意识好了起来。

那天过后又隔了些日子，梁叙接到陈皮的电话，让他去一趟学校。

他作为新生晚会邀请的外援要上个节目。

三个男生寻思着要好好搞一搞，陈皮则认为梁叙正好可以因为周显的文艺部部长身份小露一手。教室里几人一曲刚合作结束，李谓就赶了过来。

那会儿正是九月份的尾巴。

"他叫周显？"李谓想起那通电话。

"嗯。"梁叙看了一眼还入了魔似的在弹吉他的男生，接过陈皮递过来的水，"吉他玩得不错。"事实上人也不错，除了性格比较柔软之外。

其实梁叙不知道用这个词去形容合不合适，可周显给他的感觉就是这样，跟个弱不禁风的女孩子似的。

他们混在一起时间久了也熟悉起来。

很多个夜晚梁叙在酒吧唱歌，那几个人没事都会过来捧场。一张桌子一打啤酒一堆男人一醉方休，在这座北京城的夜晚算是一种迷人的慰藉。

往往那个时间点余声早已睡下。

灯红酒绿的酒吧街，还有纸醉金迷推杯换盏的长廊小馆可能只会出现在她的梦境里，安宁徜徉在马路边的他弹着干干净净的调子哄她笑，另一个迷乱的世界里他仍走在理想的道路上令她找不着。

陈天阳隔着床把她摇醒了。

"你说胡话了。"陈天阳说道,"梦见什么了?"

余声好半天才醒神,睁着眼睛眨了好一会儿。

陈天阳见她似乎还沉浸在里头也不再问,大半夜的在宿舍说话不方便,于是她伸长胳膊拍了拍余声的被子也睡下了。

那一年的十月刚来,电闪雷鸣就到了。

或许是冷风过境的缘故,连续一周小雨缠缠绵绵,隔着层迷雾看不清十几米之外的人。

余声在那朦朦胧胧的雨雾里上课下课泡图书馆,每个晚上都开始做起梦来。

上旬的一天陈天阳特意嘱咐她哪儿都别去。

余声没明白什么意思问是否有事,才知道是上月说起的百年校庆,在傍晚悄悄来临的时候陈天阳拉着她一起去了T大。

天上还下着毛毛雨,她们转两趟公交坐了近四十分钟的车才到地方。

一进校门就听见有人议论,好像是在说晚会的事儿。

一路上有好多男男女女朝着塑胶操场的方向走,陈天阳给学校里熟悉的朋友打电话让人家过来接。

场地里坐满了学生,个个仰头淋着风雨。那场风雨一点都不大,风吹在身上清爽凉快,雨落在脸颊上也没什么感觉,一眼望去跟雾里看花似的。

余声她们坐在比较靠后的位置,余声一个人安安静静也不搭话。

"你们学校是不是没什么帅哥?"那个朋友和刚刚就与一个男生说过话的陈天阳玩笑,"还跑我们这儿勾搭来了。"

余声看着前方的舞台弯了弯唇。

她忽然想起在小凉庄的高二那年暑假,他拉着吉他和他们一群人去羊城。也是这样的夜晚隔着那么多人她问他唱什么歌,他说:"《你像个孩子》。"

也不知怎么的,她的眼泪扑簌簌就往下落。怕被陈天阳看到,她将脸偏向另一侧,偷偷地抹了抹眼角的泪水。

舞台上有主持人出来了,余声触景生情,借口离开一会儿,在操场外边转了很久,久到已经过去大把时间。

里面忽然有人扯着嗓子大喊。

至于喊什么她没有听清,她正坐在场外的一栋旧楼下。路边来来往往的人很少,似乎都跑去看露天晚会了。有女生打着电话经过,语气明显听得出兴奋。

"那乐队叫什么名字？"女生一边往操场走一边说，"是学校请的外援啊。"

"外援"两个字还没完全说出口，余声就听见主持人喊麦介绍。她僵在原地，有些不敢相信自己的耳朵。

"听到了。"女生已经走远，声音却很大，"小恒星是吗？"

女生重复了一遍主持人的话，余声心痒难耐地跟了上去。舞台灯光霎时变暗，三个男生呈三角状站在上头，落了三束光下来。

他穿着黑色的短袖抱着把木吉他。

还是余声印象里的样子，又不太像，整个人看起来淡漠不容人靠近，高高的个子薄薄的唇，低着头不知道目光看向哪里，但看起来依旧认真专注的样子。

前奏慢慢地从黑夜里跳了出来。

余声远远地看见他踩着节拍唱"怎么会迷上你，我在问自己"，刚刚还流过泪的眼睛又湿了，鼻子不可抑制地酸了，好像是从千万里之外听到他在唱《灰姑娘》。

郑钧是他的偶像，现在也是她的。

以前车里他放磁带喜欢听《私奔》，长长的马路上开着远光灯照亮前方的路。她坐在副驾驶上静静地听着他轻轻哼唱，有时带口哨。

余声穿过人群往舞台那边走。

可是中间的人太多太多，她走得很慢很慢。

耳边只有他像风一样的声音唱着，她还没走到跟前他们已经唱完了。她只看到他漂亮的收尾后的背影，听到的也只剩下震耳欲聋的掌声。

她拉住舞台边的人问。

"你找梁叙？"那人应该是后台工作的学生，见惯了这样的小女生喜欢帅哥追来跑去的样子，于是也笑着开玩笑地指了指刚走出来的女主持人，"看见没，人家有女朋友。"

余声的目光上移过去。

女生穿着点缀着水晶的蓝色抹胸长裙，优雅温柔笑起来很好看。

余声下意识地就往后退，鼻子较之前更加酸涩。从那片嘈杂里出来的时候，她似乎又清醒了，甚至开始嘲笑自己为什么要找他。

外婆这时候来电话问她睡了没有。

听到老人的声音她又不争气地哭了，外婆问她是不是受了委屈，余声咬着牙吸着鼻子摇头说："好着呢！"

可这样的话老人怎么会信。

"外婆。"毕竟是不到二十岁的小孩,余声哭诉,"我没事。"然后眼泪又落下来,"就是心里难受。"

老人没再详细问,只是长长地叹了一口气。

"余余啊,不哭,啊。"老人的话音里能听出颤意,"咱捂着心口往前走,就不疼了。"

余声嗓子里带着呜咽,慢慢地"嗯"了一声,眼泪又止不住地往下流。

入秋后的毛毛细雨被风吹打在脸上,看不清到底是泪还是雨。

后台里梁叙背着吉他准备走时脚步一顿。

"我刚刚——"他对陈皮说,"好像看见余声了。"

033

余声近来身体差得厉害,吃睡都不太好。

那晚回来距离现在已经过去一周,她天天闷在图书馆直到夜深人静。

白天有太阳光照下来,让人昏昏欲睡,晚上耳边有翻书声和哈欠声。她一偏头就能看见对面玻璃上的自己,憔悴消瘦得不成样子。

人往外一站秋风都能吹倒似的。

宿舍里经常剩下她一个人,陈天阳大三就开始找实习晚上加班熬夜,那两个考研究生的室友更是待在二十四小时自习室不分白天与黑夜。

倒是她成了一个没内忧外患的闲人。

她好几次给方杨打电话对方都在复习,声音很小没几秒就断了线。

于是很多个夜晚她都是独来独往,回到宿舍就躺床上强迫自己入睡。

十月下旬的一天像往常一样。

余声从教学楼出来直接去图书馆,到门口就被一个身影拦住。

方杨背着书包站在几米之外笑着看她,余声心底好似被棉花糖戳了一下。

"看见我傻了吧。"方杨走过来拉她的手,"走,去吃饭。"

"你复习那么忙还过来。"余声走在校园路里侧,非要接过方杨的书包帮着抱,捂在怀里跟个宝贝似的惹方杨大笑:"想吃什么,我请你。"

两人去了三楼食堂吃砂锅。

方杨胃口时好时坏,饥一顿饱一顿习惯了,一个人能解决掉两份餐。

余声看得目瞪口呆又买了两份甜点和饮料,一直吃到餐厅没人。

"你这样对身体不好。"余声说。

"还说我呢。"方杨喝着柠檬茶,咀嚼着果粒,"你瞧瞧你自己都瘦成什么样了。"她接着叹了口气,"你又不考研不找活干整天想什么呢?把自己弄成这样。"

余声盯着蓝色餐桌的某一处看得出神。

"你外婆知道了多难受。"方杨说完又喝了一大口茶,看着对面姑娘一脸不开心又不忍说题外话,于是拿自己开刀,"我一天都焦虑死了,好多书要看还要兼顾四六级,真担心考不上。"说着她眼神也空洞起来,"你知道H大研究生有多难考吗?每年这个名额。"方杨伸出四根手指。

余声倒吸了一口凉气。

"要是明年没考上怎么办?"她知道方杨最怕失望。

"没考上啊——"方杨像是用了全身的劲儿在说话,"那就从头再来啰。"

她们说了一会儿话后方杨的一颗心早就跑到自己的专业书上去了,基本上没待多久就走了。余声当时正往宿舍方向走,还没走几步就听见方杨在叫她。

"你怎么又回来了?"余声诧异。

方杨将一大袋子零食塞她手里,说了几句大概是忘记给她买东西现在补上的意思,急着赶公交匆匆忙忙就离开了。

余声怔怔地盯着手里的东西,然后慢慢走了回去。

她那天没再去图书馆,躺在床上看书。

夜里十一点左右,陈天阳从外头回来了,累得瘫在椅子上抓了零食就往嘴里喂。余声并没睡熟,被那大动静闹醒便坐了起来,随手将笔记本搁在腿上。

"余声。"陈天阳叫她,"你怎么还喜欢吃这个?"

余声闻言低头看下去,是一包大白兔奶糖。只是一瞬间的工夫她也不知道怎么就难过了,盯着那一大袋零食陷入沉思,手却不受控制地点进了T大的贴吧,有人贴上了"小恒星"乐队的部分资料,还有一个演出地址。

余声还是在那个周六的傍晚去了一趟。

她那会儿站在酒吧门口迟迟不敢进去,里面传出时而低沉时而怒吼的歌声。余声慢慢踱至门口抬眼看过去,台上那个人不是他。

酒吧里热热闹闹推杯换盏,梁叙他们正坐在沙发角落里喝着啤酒侃大山,陈皮跷着二郎腿吹着口哨往门口扫了一眼,周围大肆喊叫的声音都快掩盖住舞台上周显的弹唱。

"新活儿找得怎么样?"陈皮丢了一支烟给梁叙。

梁叙将烟塞嘴里点上,吸了一口星火明灭。最近他冷静思考了一下,除了酒吧赚钱之外必须得学个手艺，老待在工地不是长久之计。

"还在找。"他弹了弹烟灰，视线往专注于舞台上的李谓身上扫过，对陈皮仰了仰下巴示意，"他学校不是挺忙的吗？最近来得这么频繁。"

陈皮瞄过去一眼耸了耸肩。

说话间周显一曲结束，在台下的起哄中又唱了一首。

梁叙目光随意一抬就看见人群里坐着一个年纪偏长的男人，手下敲着桌子打着节拍，一身朋克打扮，手表不走很特别。

"瞧什么呢你？"陈皮问。

梁叙收回视线，端起杯子两人碰了下。

没一会儿那个老男人就走了，梁叙借口出去透风，却已寻不见人。风吹过的北京街道繁华如花，梁叙在外头又待了一会儿才进去。

夜晚回去租屋已是一两点了。

梁叙先简单冲了个澡，再靠着床头，把玩着手机看向外头的沉沉黑夜，心绪难平。

过了几天他在东城找了一个修车的工作便辞了工地的活儿，白天当学徒，晚上混迹酒吧，深夜里再走回去，已是平常之事。

幸好几个地方相距只有三四站的路途。

近来他倒是总在酒吧遇见那个"朋克"，好几次机缘巧合之下认识才知也是个会多种乐器的前辈，吉他指弹一流，人称"谭叔"，行踪不定。

日子一晃便这样到了十一月。

学校里的选修课十月底已全部结束，余声的闲暇时间更多了。

那个上午她正在图书馆看专业书画图，书包里的手机突然振个不停。开始她以为是陈天阳，看到来电之后动作停了下。

然后她跑去外头走廊接起电话。

"有没有时间？"张魏然在电话里问，"一起吃个饭。"

余声不免有些厌烦。

"我正看书呢。"她言简意赅。

听她声音似乎不太情愿，张魏然笑了一下看着落地窗外的高楼大厦没再强求，说了几句关心的话便收线。身边助理恭敬地走过来说了什么，张魏然走到办公桌边接起电话，说了好一会儿才挂断。

"再过一个月和薛天的合作就到头了。"张魏然说，"我后天要去趟老师那里，这边你负责收尾。"

"好的。"助理说完又道,"您要不要和余教授说一下……"

张魏然沉默片刻,想起年少选择铁路工程时立下的铮铮誓言,不承想最后对从商的兴趣一发不可收拾。余曾对自己如同亲生儿子一般教诲,或许老师早已洞察自己的改行心思,只是不愿提起。

"等到项目结束再说。"张魏然叹了一口气,"你先去订票吧。"

万里长空没几分钟乌云密布,这场大雨总归是要来的。

那个夜里雨下了一晚上不见小,打雷闪电一阵接着一阵。

余声一个人坐在床上敲着键盘写古建筑学相关论文,电脑右下角显示有空间动态。读了大学之后她的QQ里添加了几个新的朋友,百无聊赖之时也聊会儿闲天。很多人都说她温柔文静性格温和实则不然,否则也不会删光和他的一切联系。

有人在朋友圈发了一张图片让找不同。

余声凑近寻了一会儿觉得无聊至极正要退出,便看见一个披着长发的白衣女鬼由远及近速度加快地出现在她眼前。她一下子就被吓蒙了,连带着将电脑扔到床边。

雷声震慑苍穹。

余声从来没这么害怕过,缩到被子里都不敢睁眼,后来直到陈天阳回来她才平复一些,敢下床去倒水喝了。看她像是哭过,女生多问了几句知道了原委。

"那种东西都是骗你这种小女孩的。"陈天阳趴在床上安慰她,"以后直接屏蔽知道吗?"

余声点头"嗯"了一下。

宿舍很快就熄了灯,余声心里有阴影一直不敢睡觉。她钻进被子里听催眠曲仍旧失眠到天亮,第二天一直没下床,听歌发愣。

又是这样剩下她一个人。

外面的雨依旧没有停,噼里啪啦地砸向大地。余声睡到晚上七八点才爬下床去食堂吃饭,或许是耳力太灵敏竟然听到有人在聊"小恒星"。

她腿脚不受控制地打着伞走了去。

大概有一个小时她才到那一排酒吧门口,时间已经过了十点一刻。雨水落在伞面上啪啪作响,余声站在门外又开始退缩。

即使大雨滂沱,里面也挤满了听歌的人。

余声将蓝色卫衣上的帽子兜在头上收了伞走进去,低着头目光扫了一圈看见的几乎都是二十来岁的年轻人。她找了个门口的角落将自己藏起来,坐在没有人能注意到的沙发脚下。只是随意一抬眼,她就瞥见了T大的那个女主持。

也不记得过去多久,台下一阵呐喊吼叫,在那嘈杂躁动的气氛里,余声听见他哑着嗓子唱《别怕我伤心》,低低沉沉,平平静静。

酒吧在他一开嗓的瞬间安静下来,只有他低哑深沉的声音从薄唇里吐出来。余声慢慢地小声抽泣起来。

小凉庄的那个夜晚他问过她要不要听他唱歌,好像就是这一首。余声就那样坐在层层叠叠的人群外将头埋得低低的,眼泪顺颊而下流到了下巴上。

门外的大雨哗啦啦随着汽车开过溅开来。

眼泪不停在往下流,余声连抬手去擦的劲儿都没有,红色围脖没一会儿就湿了一层,帽檐外迷迷糊糊的视线里只看见光影散开了。

四周安静得都能听见呼吸声,一双破帆布鞋停在她脚下。歌早停了,然后有人蹲了下来。

"哭成这样,我都不知道怎么办好了。"声音沙哑。

034

好像太久没有听到他说话,余声以为自己出现了幻觉。可眼前的那双脚实实在在地存在着,四周的吵吵嚷嚷,随着陈皮的"栋笃笑"一起一伏。

她慢慢从膝盖里抬起头。

两个人目光相对,都是一样平静。梁叙垂眼凝视着她的脸,那双湿漉漉的眼跟灌了水似的。余声说不出话来,只是默默地看着他。

有些许视线投来他们这边。

梁叙几不可闻地叹了一口气,然后抬手去拂她脸颊上掉落的泪。

余声嘴巴抿得很紧,侧了下头让他的手扑了空。她的目光落在某个地方,耳边能清晰地听见他的呼吸。

他移了下脚探头去找她的视线。

"真不理我了?"梁叙轻声问。

余声跟没听见似的躲开他的视线,他很淡很淡地笑了下,那笑让人听起来有些难过,余光里全是他灼热的注视。

"以后别去那些没人的地方。"他嘴角带着一丝笑意,"要不然就没有大白兔了。"

余声蓦地抬眼和他的目光又撞上，脑海里立刻浮现那天去勘探古建筑被人尾随，还有方杨送的那一大袋零食。

这个时候好像说什么都不如这样安静待着，即使四周很吵也没关系。

梁叙伸手去抹她的眼泪。

这一次她没有躲开，由着他的指腹摩擦着她的脸颊。他的指温恰到好处，有细微的粗糙感觉。余声的泪水又流了下来，掉在他的手指上。

"我早就不吃了。"她还湿着眼眶嘴里的话却不饶人，"那么幼稚。"

梁叙静静地看着她，低低笑出声。这些日子他想过无数次他们之间的相遇，也未曾料到会如此。她还是那么柔软温和，一哄就乖，什么都不在乎。

他笑着拉她站起来往外走。

余声想将手从他手里抽出来却挣脱不开，梁叙握得很紧，她无可奈何，只好噘着嘴，故意走得很慢，梁叙也满不在乎，脸上却已经笑开。雨水已经渐渐变得很小，飘在脸上像棉花丝儿，马路边匆匆而过的汽车尾灯和霓虹交相辉映。

他拦了辆出租车送她回学校。

车里隔绝了外头的潮湿味道，余声坐在一角执拗地看着窗外。一路上梁叙就这样看着她的侧脸，一句话没说直到下车。

车子刚停稳，余声就推开车门先走了。

梁叙在身后付了车钱，然后跟了上去。余声走着走着步子更慢了，两边的树木和路灯在这个雨夜里衬得她的背影更加寂寥。

已近凌晨，校园像打烊的长街一样安静。

余声在快要走到宿舍楼下的时候停住步子，然后缓缓转过头看他。

梁叙两手插在裤兜里，目光一直未有偏移，直直地落在她的脸上。

"你干吗跟着我？"她声音轻轻地道。

梁叙深深地看了她一眼，垂眸一秒钟后又抬起，然后将手从裤兜里拿了出来，朝着她慢慢走过去。路灯下红色围脖衬得她的脸很白，眼睛干净极了。

他微微低头将她的深蓝色卫衣帽子轻拿下来，一点一点将她的头发捋顺。

"短发比长发好看。"他笑着说。

余声将头一偏："用你说。"

"现在说话都这么厉害了。"梁叙又笑了一下，"一点面子也不肯给我。"

余声的视线落在了他修长的手指上。

"我有一肚子话想和你说，但是今天太晚了。"梁叙低声说，"我明天下午再过来。"

他的话说完，余声嘴角微微扯了下，鼻子一酸。

梁叙又抬手拭了一下她脸颊上的湿润："再哭下去，眼睛还要不要了？"

余声拍掉他的手，瞪了他一眼利落地走开。昏暗的灯光下梁叙就那么站在原地，失笑地看着她的背影上了楼，接着抬头看向某个地方轻轻叹息。过了很久他才转身离去，沿着长长的校园路往外走，也没有拦车，一步一步走回了租屋。

月光打在地面上，将那个挺拔的身影拉长。

租屋那片早已黑得不成样子，梁叙借着路边人家的灯火摸了根烟抽起来。他想起刚刚她罕见的撒娇别扭闹脾气，兴致竟然格外好。

那是他这两年睡得最安稳的一晚。

清晨的太阳还没有爬上山的时候，梁叙就醒了过来。

他白天要去修车铺子做学徒，从早到晚几乎没有歇息时间，弄了一手的车油。高中时候他不喜欢念书，现在看见一摞教材资料就头晕。

店里好几个人都和他一样是跑来做工的。

老板也是年纪轻轻就在外头闯，后来白手起家，对他们都挺不错。

梁叙中午一般就在车行吃一顿饭，到了晚上下班时间直接去酒吧。

那天他度日如年。

下午四点多，偶尔有洗车的过来，同伴争着跑了过去，没他啥事儿。

梁叙和平时一样钻在车底下研究汽车构造，或许是店里客人不多，等到五点左右老板就放了他们。

他匆匆洗了手便赶去她的学校。

在路上李谓来了电话，梁叙盯着屏幕看了半晌，有些好笑。

那几个人从昨晚憋到现在，接通的时候隐约还能听见那头酒吧里的音响。

"在哪儿呢你？"李谓清了清嗓子。

"有事儿说事儿。"

前头不远处就是她的学校，梁叙目光落在那片土地上，电话里陈皮似乎在一旁说着什么被李谓推开，后者支支吾吾半天就问了一句："一会儿还过来吗？"

梁叙沉吟片刻："晚点到。"然后就挂了电话。

半分钟后，陈皮的消息过来：这回可别再爽了。

梁叙慢慢将手机握紧，嘴唇抿成了一条线。

北京城高楼林立，夕阳都被挡住，只能看见半边天光。那个时间余声下午最后一节课刚结束,教室里的人都走光了,她还趴在桌上发呆。

她整整一天都不知道在哪里神游,低眸看了眼腕上的手表,秒针一格一格地往前走。外头好像起了风,依稀还能听见楼下有学生大声说话,余声坐了一会儿背着书包下了楼。

她刚出教学大厅,目光就和他的撞上。

梁叙戴着黑色帽子靠在路边的树上,帽檐微微压低,眼皮向上抬着。

都是入秋的天气,他仍穿得那么单薄,扣子敞开的灰色衬衫被风吹起一角,黑色皮带露了些出来反着光。

她站在路对面不再抬脚。

等了这么久他又重新站在自己面前,余声怎么可能硬得下心肠。在她胡思乱想的时候,梁叙已经走到她面前,向后侧身微微弯下腰去寻她的目光。

"去你学校的操场走走?"他打着商量的语气试探,"想听什么我都告诉你。"

余声轻白了他一眼:"谁要听你那些烂事。"

那话里的娇嗔再清晰不过,梁叙低头笑了下又抬眼,一手插着裤兜,一手摸到她的手用力握着,像昨夜一样。余声轻轻扯了下没挣开,随后便乖乖地跟着他走。

他们在操场上转了一圈又一圈。

风迎面拂过来,边上是一堆男生踢进球的呐喊声。路上几乎都是他在说话,从两年前说到如今他在做什么,除了监狱里那些不太好的日子其他的事无巨细。

事实上没多少可说清楚的。

当时许镜告诉他说在临江见到了他父亲梁兵,他在高考前的那个夜晚赶过去时梁兵已经走了。

他又准备坐车在天亮前赶回小凉庄,却在去车站的路上接到许镜的电话。

女生在酒吧被人带走开房,他赶去打伤了人。

对于许镜他只是简单地提了下,说到那个名字的时候他观察了下余声的表情。她好像在听故事似的平平静静,他不由得松了一口气。

"梁叙啊。"听他说得差不多,余声目视前方慢慢开口,"那时候你要是丢下她不管,我才不会像现在这样。"顿了下她才说,"这么轻易就原谅你。"

梁叙一时语塞,脸色复杂地看着她。

"还有。"余声侧眼冷着脸,"陈皮什么都不告诉我。"

梁叙:"……"

足球场上踢得正热闹,渐渐出现一群女生跑步的身影。余声不愿意再走了要出去,梁叙怎么会不知道她在想什么,相比之下他倒是更喜欢这样的余声。

两人刚走去校园路,就有汽车拐过来。车子扬起一阵风,有树叶在地上轻飞起来。梁叙走在外边侧身挡了一下,趁着他不注意余声伸手在他胳膊上狠狠掐了一下,梁叙狠狠地倒吸了一口凉气。

"大小姐。"他哭笑不得,"现在心情好点了?"

余声轻哼了一声走开。

他甩了下胳膊跟上去又拉上她的手,手掌的温度让余声笑了。

中途陈皮又拨了电话催,梁叙哄着才说服她去酒吧。台上周显在唱歌,李谓和陈皮早准备了负荆请罪的几打啤酒。

余声跟着梁叙坐在沙发上。

整整几个小时她看着那两个人在她面前道歉,以酒明誓,好像又回到了在小凉庄那些肆无忌惮的日子。梁叙将手搭在她身后,以茶代酒,听着他们说话只是笑。

后来等他上了台,听着那吉他弹唱,余声喝起了酒,只是几杯下肚她就红了脸。

她抬眼去看台上那个已经蜕变成深沉冷静的样子的人,心底涌起一丝悲伤和难过,不像以前年少他唱歌那样精神充满杀伤力,现在似乎包括说话都是低沉的。

这两年他怎么会过得好?余声又给自己倒了一杯酒喝下去,一旁的陈皮拦不住,扫了一眼台上的梁叙,像上断头台似的摸了摸自己的脖子。

幸好她有喝酒的潜质,没怎么醉,一脸红晕地去了后面洗手间。

她出来的时候被人拉着胳膊抵在墙上。

她闭着眼都能猜到是谁,眼眶顿时湿润。梁叙闻着她身上淡淡的酒味儿轻皱了下眉头,视线扫过那红润娇小的薄唇又停在那双清澈的眼睛上。

走廊两边没什么人走动,和前面的吼声似乎隔了一个遥远的国度。

好像过了很久,又跟瞬间一样短暂。

"穷光蛋一个。"他的声音平静清淡,"要跟吗?"

余声蹙眉:"以前不也是穷光蛋。"

闻言梁叙都被她惹笑了,他偏头看了一眼空无一人的走道又偏回来看她,目光里盛着数不清的喜爱和温柔,跟很久以前她问他"你觉得我怎么样"时一模一样。

035

她的脸在酒精的作用下更加娇红。

狱里的梁叙不知道想过多少次这样的时刻,他慢慢低下头作势就要吻下去,就在两瓣嘴唇将要触碰的时候她的胳膊抵在胸前,脑袋慢慢往后缩,嗓子里短暂地轻轻"嗯"了声。

梁叙笑了下,最后将唇落在了她的额头上。

酒吧里纷乱嘈杂,两个人磨叽了会儿,他拉着她的手走了出去。

外面的秋风吹打着马路边的树木花丛,花丛边有来往的汽车,他们就这样静静地沿着马路牙子走着。

她感受着他手掌的温度渐渐莞尔。

"你明天还要去上班吗?"余声仰头问他。

"嗯。"他的拇指指腹摩擦着她柔弱无骨的手背,"刚上手没多久,单双休不多。"

余声微低下头"哦"了声。

"你白天要去修车厂,晚上还要去酒吧。"她算了算时间皱起眉头又抬眼看他,"等回去休息都半夜了,这样会不会太辛苦?"

"现在正是吃苦的时候。"他促狭地笑了笑,"要不然以后怎么养你?"

余声偏过头去,小女生的别扭样儿尽显:"谁要你养。"

梁叙探过头噙着笑问她:"脸怎么红了?"

身边有骑着自行车的一对男女经过,嬉嬉闹闹的声音由近及远。

她回头瞪了他一眼又去掐他的胳膊,梁叙意料之中地"嘶"了一下,看着她一副"你奈我何"的样子笑了起来。

还没走几步余声停下了脚步。

"怎么不走了?"他问。

余声目光炯炯地盯着前方路边的一辆小汽车,梁叙顺着她的视线也看过去,随后舔了舔干涩的嘴角,低眼瞅了一下身旁女孩的反应。

"那车干吗摇来摇去?"她问得特别认真。

梁叙:"……"

他迅速踏步挡在她眼前,随便找了个借口搪塞过去,然后伸手拦了辆出租车送她回学校,车子驶开后她还想扒窗上去看,被他的手掌扭了回来。

"这儿乱七八糟有什么好看的。"他说。

她奇怪地看了他一眼也不作声了,乖乖地望着前面的车水马龙。

到学校的时候刚好赶上宵禁,宿管阿姨关门的前一秒余声跑了进去。

梁叙瞧着她的背影笑着舒了口气。

回去租屋又是一个深夜，他脱了衣服去洗澡。几平方米的小地方冒着热气，花洒的水顺着他宽厚的胸膛流了下去，昏黄的灯光下男人肌肉紧绷，劲瘦的腰性感而有力量，胯下挺立蠢蠢欲动，梁叙抹了把脸脑海里闪过她羞红的唇。

　　他很快速地自己解决了一把，然后长长地吐了口气，围了浴巾回到床上，头发上的水滴沿着侧脸慢慢往下流，梁叙甩了下头从床边摸了根烟点燃。

　　沉沉黑夜里，手机屏幕亮了一下。

　　她的短信乖乖地躺在屏幕上："睡不着，你在干吗？"

　　梁叙盯着那包括标点符号的九个宋体五号字符双眸黑沉，好像她就在跟前一样，说话的声音软软糯糯的，是小女生特有的温软。他牙齿用力地撕咬着嘴角的烟，下面又湿透了。

　　他飞快地按着键："赶紧睡。"

　　按了发送之后他眉头早就皱得紧巴巴的，然后深深地吸了一口烟，烟头的星火亮得有些刺眼，可见他用了多大的力气。他的眼睛里闪过狡黠的光，又发了几个字过去。

　　"要不然我掀被子了。"

　　于是手机再没动静，梁叙都能想到她趴在被窝里跟猫似的脸红的样子。安静片刻，房子里传来男人低吼的发泄声。

　　第二日醒来他的精神不是很好，可是一趴在车下捯饬起零件来又像是换了个人。除了酒吧驻唱，这个算是他目前的正业，虽说以前也接触过修理这活儿，但真正学起来里头门道很多，着实不易。

　　这一天店里活儿比较多，人手都有些忙不过来。

　　梁叙正跟在师傅后头看着，外头有人喊他出来帮忙。

　　当时是个太阳火辣的中午，他跑出去看到一辆黑色宝马停在洗车处，不远处站着一个穿着超短裙的女人，背对着他在打电话。

　　他走到门口工具处拿了气泵。

　　三五分钟后那个女人挂了电话慢慢转过来，在看到梁叙的那一瞬间后背都僵了。他也抬眼看了过去，目光平淡，像是看一个陌生人。

　　"请问您是普通还是精洗？"他的声音冷漠平常。

　　许镜慢慢朝他走过来，十几步的距离走了不短的时间。他身上穿着陈旧的黑色衬衫，裤腿挽在脚踝上方，头发看起来短而硬，薄唇紧抿，脸色黯然。

　　"你什么时候来北京的？"许镜问。

路边的凉风吹过脚下，许镜的长发在空中飘起一缕，一双眼睛深深地盯着他，里面有说不出来的复杂之色。

"普通还是精洗？"他的声音依旧淡漠。

许镜说："精洗。"

一辆车洗完已经是四十分钟之后了，梁叙退开叫了一个哥们儿说了句"你出去收下钱"就进去了。他一句话的机会都没给许镜留下，要不是来电显示薛天的呼叫，或许还有谈话的可能。

许镜看了一眼那家店才开车离去。

店里的温度稍高一点，做起事来热得快。那个下午他一直钻在车底下，黑色背心贴着胸膛，汗水直流。

他嘴里咬着扳手，一只手抓着车身，一只手用钳子拧着螺丝钉。

此时余声正在图书馆看赫曼·赫茨伯格的建筑学，书上的空白位置却被她胡乱涂了漫画，可知注意力早已不在书里。她手抵着下巴翻着毫无音信的手机，侧头看了一眼窗外泛黄的树。明明是周六，他还要干活赚钱。

余声胡乱地想了一会儿收拾书走了，回到宿舍换了件衣服挎着小包出门。

她刚走到楼门口就碰见了兼职回来的陈天阳，一脸深意地盯着她从头看到脚。

"你最近每天回来这么晚……"陈天阳故意顿住，"约会？"

余声大大方方一笑，指了指女生的脚："你鞋带开了。"然后她绕道走了过去。

昨天他说过修车店的大概位置，余声坐车到那一片的时候迷了路。一排排店面隔一段就有一家修车铺子，她都找不过来。

余声正想给他打电话，便看见街道边那个身影。

他正仰头喝矿泉水，几下就见了底，然后将瓶子扔在一边的垃圾桶里，点了根烟蹲在地上抽着。他好像是累坏了，还能看见额头浸湿的发。

这种拼命努力的样子才是梁叙。

他身上的背心一大片都被汗弄湿了，夹着烟的手背上还有淡淡的车油。

余声凝视着那双骨感修长的手，那明明是用来弹吉他的。

一根烟抽完，梁叙站起来才发现她。

他有些意外她找过来，用脚踩灭烟朝她走去。余声像是还没回过神，眼睛一眨也不眨地看着他。

"想什么呢你。"他垂眸笑了，去抬她的手腕看了眼时间，"等我两分钟。"然后他大步走开。

也差不多到了下班时间，梁叙从店里拿了衬衫一边穿上一边往她那儿走过去。余声正低头踢着脚下的小石头，一抬眼他已经走过来。

"现在走没关系吗？"她问。

"没事儿。"他说，"吃了没有？带你去吃饭。"

那条街道的交叉口处有一家小馆子，主打北方面食。两人坐在玻璃镜子旁边的桌上，余声看了一眼老板拿过来的菜单，又推给梁叙。

"还是你选吧。"她说。

梁叙要了两碗面条，给她的那一碗没有放辣椒。事实上她肚子不是很饿，但她知道他肯定饿了。还没几分钟他就吃完了，坐在那儿看着她吃。

印象里她第一次见他也是在一个小饭馆。

她跟个没出过门的人一样盯着他的碗看了半晌，对服务员说："我也要他那样的。"也不知怎么的，后来他想想都觉得新鲜。

梁叙看着她一小口一小口地吃着，还没一小半就放下了筷子。

"吃不下了？"他问。

余声点点头"嗯"了一声，接着就见他将碗端过去给自己拨了一半又剩下一些给她。

"把这些吃完。"他说，"都瘦成什么样了。"

余声看着他笑了一下，闷头吃起来。等她吃完梁叙早已经解决掉拨过去的那一半，然后给老板付了钱，拉着她走了出去。

十一月的天到这会儿早就暗下来，风吹过来都带着凉意。

小街边有孩子玩耍，互相拉扯着跑。

他干活的这一片市井味儿比较重，都是些街道和宽巷子。余声扫到街角处有一家鞭炮铺子，轻轻扯了扯梁叙的袖子。

"怎么了？"他低头看她。

"我想放烟花。"她声音小小的，"行不行啊。"

梁叙抬眉看了一眼四周，这边对烟花爆竹管束比较严格。他思量了几秒然后让她等着自己过去买，几分钟后余声看见他拿着一大束小烟花出来。

"这里不行。"他说，"我带你去个别的地方。"

她手里攥着烟花抬头看他："那你什么时候去酒吧？"

"今晚不去了。"他说，"昨天请了假休息一晚。"说完他就拦了车，距离也不过二十来分钟的车程。

车里她似乎很开心的样子，扒在车窗上东张西望。到地方的时候她一下车就仰起头两面瞅，才不过八点的样子，这里的人好像都睡下了。

树荫下的小街道偶尔有人闲坐，或是情侣亲密地拥抱。她一瞄见立刻将头转了方向，惹得梁叙笑起来。

他点了根烟夹在指间跟在她后头。

"我记得你说住的地方就在这边。"她说话间回头，递给他烟花让他点，"是吗？"

梁叙将烟咬在嘴里，"嗯"了声，从裤兜里拿出打火机点了两根烟花，那绽放的花火瞬间点亮在两人的目光之间。

余声兴奋地从他手里接过来玩。

一根快灭的时候，他从嘴里拿下烟将烟头吹亮眯着眼对准又点燃新的一根。他看着她走在前面转着圈玩，耳边的短发娇俏地弯起，目光也柔和起来。

"我还没去过你住的那里。"她仍盯着烟火。

大晚上的这种话让人听着会多想，可梁叙知道她说什么话都是这么认真。

他吸了口烟笑了笑，一手插在裤兜里微低头至她耳侧。

"孤男寡女的。"他逗她，于是声音故意变得低沉，"合适吗？"

余声还盯着烟花，闻声瞧了他一眼。

那副表情是梁叙早就预料到的，果不其然下一秒就听见她嘴里慢慢地吐出几个字："又不是没睡过。"

036

长街上有一小股风轻轻刮起来又消失了，烟花燃烧的声音慢慢变小，马路边的树木只是摇着叶子，梁叙的眼里藏着笑意，全是因为她。

余声又低头玩起烟花，恍若未闻。

那花火闪烁在这没有街灯的路上漂亮极了，梁叙垂眸看着跟前这个单纯懵懂未经人事的女孩子，心底软得稀里哗啦。

想起西宁车站那晚去开房，她没什么防备地就睡着了，现在想想真是要他命。

许久没听到他出声，余声瞧了他一眼。

"你干吗不说话？"她问。

手里的烟花已经放完了，她百无聊赖地抬头看他的脸。梁叙将最后一口烟抽完扔掉，对着前面那栋看起来年代很久的破楼抬了抬下巴。

"到了。"他说。

余声将目光落在那破楼上,眸子不动声色地闪了下然后仰头对他一笑。

"你住几楼?"

他说:"七楼。"

余声好像迫不及待地拉着他的袖子就往那边走,楼道里的光线忽明忽暗。

梁叙开了手机照明,然后拉着她的手往上走,可以听见她轻轻喘气的声音。

楼里太安静了,没人住似的。

"累不累?"他低声问,"要不要我背你?"

他作势要俯下身,余声立刻多上了两级台阶躲开。可能是觉察到脚下动静太大,怕吵到两边的住户,她猛地捂住嘴巴。

"我才没那么娇气。"她的声音从手指缝里传出来。

梁叙轻声笑了一下,心底舒朗极了。

她轻手轻脚地走在他前面,照明灯打在脚下一晃一晃的。

终于走到七楼余声重重地吐了口气,那一层有很长的走道,亮着灯拉着帘的不止十户。

梁叙的房子在最里面的角落,余声乖乖地跟着他进了屋子。灯被他打开,门从后头关上。房间太小,陈设简单,几乎一眼见底。

余声慢慢地坐去床边,两臂撑着身后的床抬眼看灯泡,像回到了小凉庄的地下室一样。梁叙拿了杯子给她倒水喝,看着她一脸无辜弯了弯嘴角。

"现在可以大声说话了。"他递给她水。

余声接过喝了一口又把杯子给他,屋子里有他身上那种男人味儿。她轻轻闻了闻又向两边看去,床头柜上有几本厚厚的书。

她走过去翻看,都是关于汽车修理的。

她再回头梁叙已经坐在床边,他静静地看着她拍了拍旁边的床。余声咬了咬下唇慢慢走过去坐下,身边他的味道更加深刻了。

空气里充满了僵持还有暧昧气氛。

"这地方你哪儿找的?"她试着拨开这种迷雾般的感觉,又看了眼已经黑透的窗外,"这么安静。"是她喜欢的自由的样子。

话还没说完,她就被他抱起坐在自己腿上。

她没有防备,"啊"了一声,然后耳根便开始发烫,不敢回头去看他。只听见梁叙低低地笑了下,有热气喷在她细白的脖子上。

"梁叙啊。"她的声音很轻,思绪胡乱地飘,只觉耳后一潮。

他含糊地"嗯"了声,已经从后面吻上她的耳朵、脖子,她不敢再动任由他亲着。那潮湿的热感让她头皮发麻,他的吻慢慢向前移落在她的侧脸上。

余声僵硬着后背,他的手将她的脸扭过来面向他,然后他的嘴亲了下来。

余声闭着眼不敢睁开,只能感觉到他湿热的唇。梁叙捧着她的脸一点一点地将舌头伸进去在她嘴里搅,一只手慢慢向下在裤子边缘裸露的皮肤上徘徊。

她的睫毛扑闪着,梁叙贪恋她的体味吻得更深。

不知道过去多久,他裤兜里的手机响了起来。余声趁着他一愣神,侧头躲开他的嘴,将脑袋歪倒在他的肩膀上,梁叙舔了舔唇上的甜味笑着接起电话。

是周显问谱曲的事儿,梁叙两三句就挂了。

房间里再次安静下来,余声虚扶在他的胸膛上就是不愿将脑袋抬起来。梁叙侧头去吻了几下,拉扯间露出了她的肩胛,他深深地吸了一口气。

"走吧。"他声音喑哑,"我送你回去。"

听到他说话,余声还是不肯抬起头来,梁叙就这么抱着她,直到怀里的女孩子脸蛋上的红晕褪去。

那个晚上之后余声再也不敢随随便便就提去他那儿,倒是因为那句"又不是没睡过"学了些常识。

最近北京城又变了天,恍惚间已然十二月。

梁叙一般在店里干完活就去学校找余声,酒吧里没事儿的时候会陪她一起上自习,忙起来连见面的时间都没有,都是一个电话或者一条短信告诉她。

有时候她过来修车铺等他,一起吃个饭他再送她回学校。

至于酒吧他很少带她去,一个是乱,一个是晚,除非陈皮他们在。

那天临近凌晨,梁叙在台上表演完了去休息。

他坐在角落里的沙发上打开啤酒喝,半瓶刚下肚李谓从外头进来了,看那风尘仆仆的样子跟赶了几天的马车似的,脸上却有些期待。

梁叙抬眉看过去,眼底闪过一丝诧异。

"怎么这时候过来?"他问。

"学校里忙得就抽出这点时间。"李谓拿过他喝过的半瓶酒全灌嘴里,接着问,"周显呢?"

闻声梁叙嗤笑了一下。

"他今天有事没来。"梁叙挑眉,"你找他干什么?"

李谓："……"

酒吧里比较吵，梁叙从沙发里拿过外套甩在肩上。两个人走去了外面边走边说，梁叙从兜里摸出根烟叼嘴里，然后虚拢着手用火机点燃。

凛冽的寒风将烟头的火花吹开，梁叙夹着烟吸了一口，微眯起眼睛，然后缓缓地吐出烟圈。他看了一眼身边只是提了句周显就不太自然的男生，将目光落在远处的街头。

"你那边要是有合适的房子，"梁叙说，"帮我留意一下。"

李谓："住着好好的换什么地方？"

"那片儿我住着没事儿，女孩子不行。"梁叙说，"不安全。"

"余声？"

梁叙一个"不然呢"的眼神让李谓闭嘴，后者一副恍然大悟的表情，指了指他下面，又睁大眼睛好像他是个禽兽的样子。

"找死啊。"梁叙淡淡地道。

"我还以为你把余声怎么样了。"李谓拍拍胸口松了口气，"以后怎么样想过吗？"

梁叙："先攒点钱再说。"

他现在需要的就是这个世界上最俗气的东西，年少时的梦想在这些现实面前好像都已黯然失色，只有他自己知道心底的那份渴望有多么强烈。

远处的天桥下传来电吉他声。

梁叙掐了烟望过去，那个谭叔一身朋克装扮，手指快速地在琴键上游来游去。这段时间很少在酒吧里碰见他，梁叙下意识地抬脚走过去。

他还没走几步，谭叔就离开了天桥下。

那个背影看起来是一副不愿被人打扰的样子，梁叙停下脚步。李谓自后面跟上来，也往那个逐渐模糊的身影看了一眼。

梁叙别开视线："走吧。"

接下来又是忙碌的一周，店里常常要加班到很晚。

对于还是学徒没多少薪水的梁叙而言，酒吧的收入能让他过得不那么紧巴。

那个时候他已经好几天没见过余声了。

还是一个无所事事的下午，同一片天空下与他相隔数里的地方繁华得不像样。当时余声正被陈天阳拉着逛街买高跟鞋，她没什么兴趣只是跟在后头溜。

往往拿起看一眼定价陈天阳就又放下了。

基于上述理由两个人转悠了好几个小时，陈天阳终于找到一双各方面看起来还不错的鞋子。

余声看着女生在那儿试来试去，动了心思。

梁叙好像说过有关高跟鞋的一些"见解"。

正当她也想找一双试一试的时候，他便默契地打来电话，大概是下班早了要过来找她。余声看了一眼镜子跟前扭来扭去的陈天阳，皱着眉头不知道该怎么说。

"想什么呢？"梁叙察觉到她的沉默，"听到我说话没有？"

余声"嗯"了下："我和同学在外面玩。"怕他一时等不到人耽搁时间，还想见他，于是她道，"要不你先去酒吧，我一会儿过去？"

她轻声轻气的询问让梁叙笑了一下。

"来了给我打电话。"他说。

余声收了线抬眼就看见陈天阳一脸八卦的表情，兴许是听到电话里提到酒吧，就嚷着要跟着去，当然最重要的是想见到余声的男朋友是什么样子。

她们没再停留，打了车就往那边赶。

黄昏下那条白天不怎么喧闹的长街人流已经多了起来，一下车陈天阳比她跑得还快。路边那家名为"青龙"的酒吧格外显眼，那姑娘已经早她一步走进去。

余声随后跟上，却看见陈天阳愣在前头。

她看过去，沙发上几个男生好像在玩扑克。酒吧里的人现在还不是很多，周显在台上唱着《单身情歌》，梁叙低头洗着手里的牌，面前站了一个这么冷的日子还穿着丝袜短裙的女生。

是那个T大的女主持人。

余声静静地看着也没抬脚，酒吧里的气氛目前看好得不得了。

李谓一边看牌一边往台上周显那儿瞄，余光瞥到门口方向一愣，用胳膊撞了撞身边的男生。

只是一秒工夫，梁叙就看了过来。

"余声。"陈天阳激动地说，"他看到我了。"

037

沙发上那几个人的目光此时都随着梁叙落了过来，在所有人都还没缓过神的时候，梁叙朝着余声走去。酒吧里暧昧的灯影打在她身上，衬得她那张脸白皙透亮。

余声不露声色地弯了弯嘴角。

等到他走近她又刻意将手背到身后，梁叙轻轻抬了下眉头，伸手去拉她的手腕。他用了些巧劲儿，不费力就攥住了，余声跟在他身侧假装面无表情。

"怎么了？"他低声问。

余声没应声却发现陈天阳已经不见人，她扫了四周一圈，那姑娘正坐在李谓身边笑嘻嘻地不知道在说什么。而T大的女主持人正目光炯炯地盯着她看，余声眼神极其无辜地眨了眨。

不过几秒女生就绕过他们跑开了。

那表情是经典的"前一天晚上鼓足勇气和男生表白失败，仍然心存侥幸。第二天醒来朋友圈里人家晒着和女友的自拍"瞬间无地自容的样子。

越往里走，台上的音响便越清晰。

陈皮让开位置给他们，旁边陈天阳一边对李谓滔滔不绝一边和他们打招呼，原来李谓就是那个医科生。有了陈天阳的加盟，他们玩起扑克来更是风生水起。

有好长一会儿余声都不怎么出声附和。

她在旁边看他们玩，梁叙问一句她"嗯"一下，这让他很是无可奈何，心底像羽毛在挠似的直痒痒。玩了几把后梁叙将手里的牌撂下丢了一句"你们玩"，然后拉着余声去了酒吧后台。一样无人的走廊，她一样被他抵在墙上。

"大小姐。"隔开哄闹后的宁静里，梁叙的声音低了一个分贝，"我哪儿惹着您了？"

余声抿紧要笑不笑的唇摇了摇头。

"那女的和我没关系。"梁叙皱了下眉，"我连她叫什么都不知道。"

"她是T大的，你们在她学校表演节目的主持人。"余声慢慢开口，问得很恳切，"忘了吗？"

梁叙："那晚你来了。"

他眼神平静下来，声音没什么起伏，淡淡的。

余声吸了口气，闷闷地"嗯"了下说："你又不来找我。"她低垂着眼，很乖的样子。

"你怎么知道我没去。"他说。

闻言她不吭声，只是脸颊鼓鼓的，梁叙慢慢地笑了一下。他不知道有多少次站在她的宿舍楼下隐藏在黑暗里，即使是她的一个背影都让他觉得心安。

"就为这个不理我？"他笑问。

"谁不理你了。"余声看他一眼，"就是不想说话。"

梁叙不禁笑开了，然后捧着她的脸重重地亲了下去，她嗓子里传出的轻轻嘤咛让他亲得更重，恨不得拆骨入腹，耳鬓厮磨了很久他才放开她。

余声已经被他亲得软得一塌糊涂，他的唇很湿很凉，停留在她嘴角的余温久久不散，她双手搭在他的肩膀上，呼吸着他身上的味道，耳边还有他短促的低喘。

"我还想听你唱《灰姑娘》。"她仰头说。

那一晚直到回宿舍余声都是嘴角含笑的，她脑海里全是他在台上弹着吉他，声音嘶哑低沉像海上涌起的惊涛。陈天阳比她更甚，说了一路，说她连李谓的QQ都要到了，他叫什么"对方正在输入"。

沉寂的黑夜里半边乌云半边晴。

百里之外的酒吧正载歌载舞，陈皮打着酒嗝追问李谓今晚上演的"久别重逢"。后者眼神飘忽不定，瞧着台上的男生半晌又移开视线。

"你老瞅什么呀。"陈皮不耐烦，"说话。"

李谓深呼吸了下："我和她不熟。"说完又道，"你还想问什么。"然后臭着一张脸起身离开了。这副样子陈皮还是第一次见，就连梁叙也很意外。

"他没事儿吧？"陈皮看着那背影咽了咽唾沫。

梁叙哼笑了一声，从沙发上拿起外套穿上，接着端起杯子闷头一喝，将酒杯重重地往桌上一放，说了句"走了"便转身离开，剩下陈皮一个人干瞪眼。

外头天气寒冷，确实到了冬季。

梁叙搓了搓手摸了根烟抽算是取暖，他吸了一口在路边拦车，车来了他叼着烟坐进去，司机师傅刚发动引擎她的消息就过来了："我刚洗完澡躺下，你回去没有？"

梁叙噙着笑意，眼睛微微眯了起来，看着屏幕，手指按键，一来一回说了两三句话，吓唬她赶紧睡觉后，梁叙重新将手机塞兜里，沉沉地吐了口气。

他到租屋的时候已经很晚了，梁叙踩着楼梯一级台阶一级台阶地往上走，昏黄的光线在这寂寥的夜里更显沉闷。一个人待着面无表情的模样多了，空气里像是有毒气弹，往往会逼得他喘不过气来，喝多少酒抽多少烟都不顶用。他进屋开了灯，空旷的小地方呼吸都清晰可闻。

房子里有些许微弱的暖气，梁叙脱掉衣服光着膀子一边往洗手间走一边解着皮带。不凉不热的水流冲下来，他难得清醒，有些烦躁地甩了甩湿透的头发，看着被雾气盈满的镜子里的自己。或许是夜色太宁静了，他竟然听到有猫在叫，像极了她脸红心跳时软绵绵的声音。瞬间，满身寒气散透。

就这样平平静静地到了一月,他在修车店的学徒时间也差不多到了,转成正式员工后便可以多拿些薪水,活儿也较之前轻松多了。

那天下班梁叙去附近商铺溜达。

余声打电话过来时他正在一家表店里转,兜里揣着这个月刚发的工资。

余声懒懒地趴在桌上,听着他在那头说话。

"做什么呢?"梁叙问,"我一会儿去你们学校。"

"没做什么。"她声音有气无力的,"梁叙啊。"自习室里就她一个人,余声叫完他的名字后又停了下来。

"怎么不说了?"

余声摇了下脑袋"嗯"了一声,梁叙笑了。

那个傍晚他提早到了她的学校,两个人一起吃了饭然后散了会儿步。送她到宿舍门口又多停了一下,两人站在灌木丛边说着家常话。

梁叙逗她:"看那边。"

余声轻轻"啊"了一下顺着他的目光看去,八点方向有一对男女正在肆无忌惮地拥抱接吻。她清了清嗓子瞄了一下梁叙,后者正悠然自得地看着她笑。

"要不我们也试试?"他低声探问。

灯光将他冷硬的侧脸照得温柔起来,余声眼底闪过一丝狡黠,然后以迅雷不及掩耳之势上手掐了一下他的胳膊。

梁叙"嘶"了一声无奈吸气,眼前的这个女孩子要多调皮有多调皮。

看他配合得这样好,余声忍不住笑了。

"什么时候惯的这毛病。"梁叙故意皱眉,"也不改改。"

余声扬眉瞪他。

"我下手不重啊。"她辩解,"哪儿疼了?"

他笑:"心肝脾肺肾。"

余声偏过头笑了。

两个人和这世上千千万万的情侣一样,平凡并且普通。他们曾鲜衣怒马少年时,也会一日看尽长安花。岁月掳走了风华正茂,却也留下了诗酒年华。

"进去吧。"梁叙将书包递给她。

余声的身影消失在楼门口,梁叙才抬脚离去。校园里的树木已经变得光秃秃的了,他看着远处朦胧的光边走边点了一根烟。

第八章
时光里的零碎

038

夜晚的汽车缓缓行驶在拥堵的北京街头。

一排排路灯照在地面上跟白天似的,两边的人行道上男女老少都有,人人穿着厚厚的羽绒服将头塞进围脖里匆忙赶路。这些错综复杂毫无干系的身影时而交织时而分离,待午夜时分大地又干干净净了。

和往常一样,梁叙直接去了酒吧。

舞台上陈皮在说"栋笃笑",下边连二十人都没有,各聊各的。

梁叙坐去墙角那边的沙发,周显和李谓在喝酒,玩起了幼稚的真心话却不敢大冒险,几轮下来就没劲儿了。

"想什么呢?"李谓丢了支烟给梁叙,"房子找着了,东城那边怎么样?"

梁叙"嗯"了一下:"可以。"

他们说话的时候周显换下陈皮上去唱歌了,后者一过来就闷了半杯啤酒,闷闷不乐地一屁股坐在沙发上,脸上像是写了"惹我者死"一样。

李谓瞧了眼这门庭冷落的地方一声叹息。

这段日子以来酒吧的生意是一天不如一天,本来也就是个伸不开胳膊的容身之所。

梁叙当时也只是为了混口饭吃还能玩玩音乐,即使想往高处爬就他这小地方来的还蹲过大狱的着实看不见什么希望。

"什么时候是个头啊。"陈皮垂着肩膀。

李谓拍了拍陈皮的肩膀,两人干了一杯。

梁叙坐在一边一直没有说话,喝了点酒,然后去换周显。等他开唱台下的人已经寥寥无几,这样的冬夜实在适合窝在床上打电动看福尔摩斯怀里温香软玉。

有时候好有时候不好,生活向来如此。

一个市井街道的小酒吧从春秋到冬夏,也是一样经历旺季淡季。

这样一来梁叙一周有一半时间不用再去酒吧，在修车行的时间就更多了。

老师傅带着他钻到车下讲诀窍，一待就是几个小时。

店里有暖气不至于冻着，他一般是穿着薄薄的灰色T恤，弄得一身灰尘，汗流浃背。很多时候他闲着便捧本汽车修理的书坐在小凳子上翻看着，有些地方涂满了让人眼花缭乱的谱子。

那个月里北京下了第一场雪。

城市里大大小小的街道被雪覆盖了厚厚一层，带着防滑链的汽车开过去碾起了一溜儿的脏水。水花溅在来往的行人身上，要么自认倒霉相安无事，要么得回头骂一句"开那么快有病吧"。一点亏都不肯吃的人必有"后福"。

再说那些寸土寸金的CBD大楼，天还未亮就有清洁人员将路面打扫得一尘不染，上班一路走过去自然也有春风得意趾高气扬的心思，就连身份也高了外人不止一个档次。

自高层向下俯视，便也多了盛气凌人在里头。

已经是临近清晨八点，办公楼的电梯上上下下。张魏然已经一夜未合眼，总是工作到这个点不知疲倦，迟早也会英年早逝。

男人端着茶水站在落地窗前，眸子里一片漆黑。

助理敲了敲门进来，递过来一个文件袋。

"都查到了？"杯子被助理接去，张魏然翻开那几张纸大致扫了眼，看到下面提及的事件愣了一下，随即黑眸一缩，"原来薛天是他打的。"

"这小子挺有种。"助理说，"是个人才。"

张魏然眯了眯眼睛。

"可惜。"助理迟疑了下，惹得张魏然用眼神询问，停了停又道，"这牢蹲得冤枉了。"

雪花一瓣一瓣往下飘落，玻璃外头光滑透明，不见落上去一片，空中的风将这雪吹来吹去始终不消停。

"踢坏了薛天的命根子。"张魏然轻声笑了笑，又不像是嘲讽，"两年都算轻的。"他听人说起过薛天一直暗访名医，近半年才有所好转，谁知道那个许镜享的是祸是福。

助理说："那这小子……"

"先搁着吧。"张魏然说。

"还有一件事。"助理说，"陆老师好像年前要去成都办场画展。"

张魏然眼眸平静，没有再吭声。窗前的身影挺直着背，什么动作和表情都没有，助理会意，悄然退了出去。窗外的雪簌簌而下，越发显得人生寂寞。

也有人比吃了蜜糖还要开心。

余声正在教室里听选修课老师讲古建筑，一只手藏在桌下玩手机，一个字一个字地按着键给梁叙发短信，嘴角自然而然地弯起。

"下雪了。"她发过去。

讲台上的PPT里正播放着埃及金字塔和印度泰姬陵的照片，她一边假装认真在看一边盯着诺基亚手机等回信。大概五分钟之后，手机屏幕在抽屉里亮了一下。

"看见了。"他又补充了一句，"刚才在忙。"

余声对着手机暗自吐了吐舌头。

"那不说了，我听课了。"她立刻回。

过了一会儿，他的消息便来了，余声打开一看，是"好，我下班过去找你"这样简单至极却让人无比暖心的句子。

她掩着嘴笑，侧头去看雪纷纷扬扬洒落大地，像海的女儿涅槃重生。

她再回过头看书，心思却早已不知飘去哪里。

身边的陈天阳似乎和她一样神游天外，左手撑着脑袋右手百无聊赖地转着笔。上午的那一堂两个小时的课上完之后余声便闲了下来，她本来想去图书馆看书，却在路上接到了一个快递电话。

母亲陆雅给她寄了一箱子衣裳。

她费尽力气抱回宿舍，然后用小刀慢慢割开，除了衣服、鞋子还有几本书，都是外国名家的画作。余声摸着那外壳上精美的装帧，看了几眼全揽在箱子里，连同衣服塞回柜子里又回了图书馆。

已近期末，各科考试也提上了日程。

余声窝在墙角的座位上，馆里暖气很足，她敞着衣服拉链。书本里的墨香味道渐渐弥漫在鼻翼周围，夹杂着右上角杯子里的茶香，一支好看的笔，一本喜欢的书，让人一待便是整个下午。

手机振动时天色已经微微暗下来。

余声将桌上凌乱的书画纸笔和保温杯一股脑儿装进书包，一边将红色围巾往脖子上绕一边往外走。她到了一楼大厅望出去，地面已经落了厚厚的几厘米雪，梧桐树上雪满枝丫。

梁叙戴着黑色帽子站在一棵树下。

他好像总喜欢倚树而立将帽檐压低,穿着黑色羽绒两手插着兜一身清冷,深色牛仔裤向上挽到脚踝,踩着一双旧运动鞋。一米八几的个子都快顶到树枝,有雪花纷飞落在他的肩膀、帽檐上。

有汽车呼啸而过,暂时隔开了两人的视线。等她再去瞧,梁叙的目光已经抬过来。

他眉头微微一皱,疾步朝她走过去,先是接过她的书包,然后将她的白色羽绒拉链拉上去,又整理了下她胡乱绕着的围脖。

"就这么出来。"他轻责,"感冒了有你好看的。"

身边有人在叫余声的名字,她还在为他的话偷笑,梁叙却已经侧头望去。

隔壁班里的女生朝他们暧昧地笑了笑,挥挥手走了,余声一时赧然,将下巴埋在围脖里烫了脸颊。

他轻声笑了笑,拉着她的手离开。校园外的步行街上红红火火,有一排排冒着热气的铺子。

卖粥的、烤冷面的没人吆喝却生意兴隆,麻辣烫边围了一群男女,化妆品店和内衣小馆都快被踏坏门槛,城市里的喧闹回荡在这隆冬的傍晚。

梁叙偏头看她:"想吃什么?"

"不知道。"她瞧着这些让人眼花缭乱的吃食,"你想吃什么?"

有一家自助火锅店人满为患,她的目光落在橱窗里飘着红色辣椒、冒着热气翻滚着的红汤上抿了抿嘴巴。梁叙什么也没说直接拉着她走了进去,两人坐在刚腾出来的窗前墙角那桌。

他点了一份海鲜底料的鸳鸯锅。

等梁叙和服务员说完话,余声早已不见人影。他余光一扫就看见那抹白色身影正一手端着盘子一手拿着夹子,眼睛往盛放着肉丸蔬菜的玻璃柜里张望。

他笑着也起身走了过去。

"你去调味儿。"她还吩咐起他来,"菜我来拿。"

看她这么热心肠的样子梁叙不好打扰,转身去拿油碗。回到桌前的时候他着实被吓了一跳,除了一盘青菜其余几盘都是鲜肉、鱼头。

梁叙坐下挑眉细细瞧了她一眼。

"看我干吗?"她一边往汤里放一边说,"你们男生不都爱吃肉吗?"说完她动作一顿抬眼,"这些够不够?"

梁叙的眸子忽而深邃起来,舔了舔干涩的唇。

"以后让你见识一下。"他话里带话地笑着拿过她手里的筷子,"我来。"

余声当时只顾看着汤压根就没深究他的意思,毕竟她不了解女人是怎么生小孩的,以及为什么男人食色性也。

吃完饭雪花渐渐大了,时间已是七八点。

他们沿着原路往回走,说话的时候在空中哈出一阵白气。路两边的小摊贩仍然忙碌,支在摊上的碟子大的红色灯罩落了雪漂亮极了。身边这个女孩子时而调皮嬉笑时而一本正经,在这冬日车水马龙的夜晚给他平添一分暖意。

送她到楼下梁叙便踩着雪回了租屋。

那条民宿长街越往里越寂静,跟格林兄弟童话里的黑色森林一样。双脚压过厚厚的雪咯吱作响,梁叙摸出火机在这黑夜里点亮,不久烟雾便徐徐而上。

他又吸了口烟一抬眼,眼中映出一道人影。

梁叙视线都没偏一下照旧抽着烟往前走,好像周围什么都没有似的,步伐也一样平静,不快不慢没有改变,刚到楼门口墙边的女人说话了。

"我们谈谈行吗?"许镜说。

039

风雪无情地肆虐着大地,灰茫茫的一段距离像是隔了一条银河。旧楼上方有昏暗闪烁的光透过玻璃涌出来,似乎被挡久了稍有机会便狠了劲儿破窗而出。

他指间的星火亮了又灭。

帽檐遮住他的半边脸看不清神色,只有他抬手将烟往嘴里喂的动作看起来不是那么冷漠,却又处处透着疏离。许镜穿着一身长长的驼色大衣,踩着高跟鞋挡在他面前,将刚刚的话重复了一遍。

梁叙没说话,头也未抬地垂着眸子。过了两口烟的工夫他将剩下的一小截烟扔在地上,用脚踩灭,这才抬眼看过去。

"让开。"他声音冷淡。

许镜咬了咬唇:"说说话都不行了吗?"她的语调里有隐忍的颤抖和哽咽,听起来竟比这黑沉的夜晚还要压抑。

"没什么好说的。"他说。

他刚来北京就听陈皮说过许镜跟了个男人,当时李谓他们知道那个男人是薛天差点要闹事,被他一手给拦了。人总要为一些冲动付出代价,他知道。

"我来不为别的。"许镜正了正身子,从手提包里拿出一个厚厚的信封,"这两年婶儿要给你还账过得挺紧张。"说完她将信封递了过去。

梁叙抬了抬眼皮,"嗤"了一声。

"一个人在北京打拼也不容易。"许镜目光紧紧盯着那张阴影下的脸,生怕看到一丝鄙视,接着慢慢说道,"你就拿着吧。"

梁叙一声没吭,径直走了过去,手插在口袋里微弯起的胳膊肘撞到了信封,那信封掉落在地上。许镜眼角酸涩,偏头看着他绝情的背影。

"我只是想帮你。"许镜双眼渐渐红了,想起自己被拉去开房的事儿在学校传得沸沸扬扬,被迫辍学走投无路,还有如今他的冷漠,一时无处发泄难受得要命,"梁叙。"话到最后看到他脚步在楼梯拐角处停下来,许镜吸了一口风雪凉气,声音有气无力却又透着苍凉讽刺:"这两年你这么痛苦她知不知道?"

梁叙没有回头,静静地站了一会儿。有那么十来秒的时间整个世界都安静了,他弯了弯嘴角笑容又瞬间消逝,丢下一句话然后整个人彻底没入黑暗里。

"她不需要知道。"他说。

风雪兜头吹着女人的身体还有脸庞,无力垂下的手臂像没了知觉似的。

耳边呼吸的声音越来越重,不知道哪里传来二胡凄凄凉凉的声音,拉过来拉过去又忽然停了。

"对不起。"许镜低喃,再一眨,眼里噙满了泪水,整个人像没了魂儿,缓缓地蹲下去。像是慢镜头回放似的她将头埋进腿间,眼泪无声无息顺颊而下:"对不起。"那是个注定无眠的夜晚,老天明白。

连续两天大雪过后天上又出现了太阳,隔着薄薄的云层还是能释放出一点温暖来。阳光破冰似的照在地面的水坑和房屋玻璃上,反射的光芒里可以看见些许五光十色。

北京悄无声息地进入二月。

近来余声已经在准备期末考试了,她们宿舍每天都没个人在,个个奋战在图书馆里或在外兼职。

方杨罕见地在一个下午呼叫她。

当时余声早早就吃完晚饭走在回宿舍的路上,头顶的树枝上有飘落的雪被风吹落下来。方杨的声音听着不太健康,像负重跑了三千米一样。

"没什么事儿。"方杨深呼吸了下,"我想起很久没给你打电话了。"

"复习是不是挺累的?"余声问。

那边的女生又深深叹了一口气,听得余声怪难受。她知道这个女生一直很拼,视前途为一切,尤其是现在这个重要时段更是不能打扰,压力肯定不小。

"累是应该的。"方杨说,"你不用安慰我。"停了下她又道,"就是想和你说说话。"

余声看着前方的路,笑了一下。两人像在小凉庄那时睡在方杨家炕上一样,说着心底的烦恼,偶尔会听见外面有人来小超市买东西。小镇上的日子如今历历在目那样温柔,余声不禁怀念起来。

一通电话说了近一个小时。

听到那头女生的心情渐渐平和余声才挂了电话往回走,宿舍里陈天阳好像也是刚回来在对着镜子换衣服让她帮忙挑。

余声一边给意见一边打开电脑,他们班里的群通知发了条关于假期参观实习的事儿。

余声沉默片刻,也打开柜子挑起衣服来。这个时间梁叙大概还没有下班,他最近总是给自己开小灶。

余声扫了眼陆雅寄过来的那个箱子,母亲的品位一向很高,价格估计不菲,她认真地选择了一会儿最后换上了自己的普通衣裳。

她关了电脑,再去看陈天阳。

女生高跟鞋一踩,背着小小的挎包,对她灿烂一笑出了门,这么冷的天穿着丝袜短裙不知是去见谁。

余声又收拾了下头发戴上耳钉,也随后出去了。

校门口她要拦车,身边走过去两个女生。

"为什么咱坐108路才一块钱。"一个女生对另一个说,"一样的路209路要两块呢。"

余声原地站了有一分钟时间然后掉头去了站牌下,刚好等到去他的修车铺的公交。那个时间并不是下班高峰期却挤满了人,余声听错了车里的到站广播提前一站下去了。她没法子,缩着脖子靠路里走。

冷风通过围脖溜进了颈部,敞开的外套里那件薄薄的奶白色大领毛衣迎着风,围脖也飘起来挡住了视线。等风短暂消停过后,余声看见了街对面一个背着吉他留着大胡子的男人。

不是她记忆力太好,而是那个人让她印象太深刻。

远方有一辆卡车开过来,将街两边隔开,车子走了男人也不见了。余声兀自叹息没再停留,朝着修车铺走去。元旦节前的红灯笼仍然挂在树上,照着人走的路。

她等在马路边,瞥见脚下有蚂蚁爬过。

店里似乎有人认出她,朝着梁叙吹了声口哨示意。他停下手里的活计看出去,远处她穿着墨蓝色的呢子短外套,直筒牛仔裤下摆掖在高帮黑色小皮鞋里,双手塞进两边的大口袋里低头着地抬头看天,红色围脖俏丽短发,耳尖闪耀着点点星光。

梁叙洗了手抓过外套就跑了出去。

"招呼不打就过来。"他一边穿上衣服一边说,"这么冷的天瞎跑什么。"

余声却嘴角一弯朝他笑起来。

"再笑。"梁叙眉毛一挑,"再笑把你卖了。"

余声眨巴着眼睛:"我很值钱吗?"

"那说不准。"梁叙抖了抖衣领,微微斜着身子上下打量她一眼故作深沉地说,"怎么着也能有个五分一毛的。"

余声:"……"

她假意皱眉暗咬着唇,刻意凑近他一步,趁着没人注意这边伸手快速掐了他一下又没事人一样揣回口袋往前走去,后面的男生"嘶"一声倒吸冷气笑开了,随即一手插进兜里跟了上去。

两个人一边走一边商量去哪吃饭,通常余声都没主意由他决定。

更何况现在冬季天黑得早,于是他便想着去她学校附近,然后顺道送她回去他再走。到十字路口梁叙伸手去拦出租车,余声看见忙将他的胳膊扯下来。

这时候绿灯亮了,梁叙拉过她退到了街角树下。

"怎么了?"他问。

"还是坐公交车好了。"她一板一眼地说,"可以省不少钱。"

这几个月以来他们每次见面都不是很久却几乎都在夜晚,大巴实在不方便并且太拥挤。余声坐公交的次数太少,一般都是他直接拦车不留余地。

"哟。"梁叙笑了,"才多大就学会给我省钱了?"

余声仰头:"我善良吧?"

他看着路边各种交织的光芒下她的脸,指了指他刚刚被掐到的胳膊:"你说呢?"最后一个"呢"字尾音上扬充满危险。

余声:"……"

她抿紧嘴巴忍住不笑,下一秒就被他拉住手走去路边。她以为他要带她去坐公交,没想到他已经伸手拦住一辆车。余声诧异地抬眼看他,梁叙将她塞进车里嘴里说："几块钱的事儿不用给我省。"

两人到了她的学校为了吃大排档等了很久。

事实上她根本吃不了多少，就是想解馋，更何况那家生意太好，余声很想去凑热闹。四周都是类似情侣的男男女女，还有宿舍四人或六人组。

吃到快结束的时候梁叙的手机响了。

可能是陈皮或者李谓他们，余声看见他的眉头皱得越来越深，也不知道那边说了什么，他挂了电话犹豫着看了她一眼。

"是不是出什么事儿了？"她问。

"李谓遇到点麻烦。"梁叙说，"我得过去一趟。"

她准备起身，他的动作比她快了一步，已经开口让她吃完早点回宿舍，毕竟那会儿天已经黑透，她想到要是一起去他肯定还得送她回来便止了声。

梁叙去付了账又叮嘱她几句就走了。

他叫了车不到二十分钟就到了酒吧，一下车就看见在门口徘徊的陈皮。

两个人一起走了进去，里面五颜六色的灯光早已换成日光，没几个人的屋子里单调灯光刺人眼。

李谓蹲在地上抽着烟，周显安静地坐在沙发上。

"不是我不让他们干了，你也知道现在这行有多难，不能做得罪人的事儿。"老板看见梁叙到了，指了下李谓便说起来，"就刚刚打架坏了多少东西我也不要他赔了。"

老板三言两语解释了个大概。

周显性子比较闷不怎么爱说话，碰到挑衅嘲笑的公子哥也忍气吞声，结果便是李谓揍了人当然自己也挨了打，老板这儿自然看人脸色。

周显忽然站起来走了出去。

梁叙朝着陈皮使了个眼色，后者忙跟上去，气氛有些僵持，老板也不再说什么，似乎是做好了非让他们俩走人的准备。

"这些日子承蒙您的照顾。"梁叙礼貌地颔首，"打扰了。"

老板有些意外梁叙也要离开，看见他眼里的坚决，张了张嘴叹了口气，摇了摇手转身回了后台。李谓还蹲在地上抽着烟，眸子深沉似海。

空荡荡的吧台边坏了的椅子咔嚓倒了。

那声音不是很干脆却刺激着人的神经，灯光打在李谓挂着彩的右脸颊上。

梁叙俯身伸出手想要拉一把，听见李谓出声手掌停在半空。

"那群王八羔子说他不是个男人。"李谓的眼睛快速眨了好几下,烟递在嘴边却找不到地方下口,"关键是,他还笑了。"

040

闻言梁叙收回手从兜里掏出烟。

他将烟点上喂嘴里再低头去看李谓,后者没什么表情只是那眼神里有说不透的难过。

梁叙咬着烟直接往地上一坐,手臂搭在弯起的一条腿上,然后平静地将目光落在空空荡荡的前方。空气中弥漫起久违的安静。

李谓抽完一根烟,也靠着墙坐在地上,慢慢将头抬起来,视线落空似乎陷入了某种思考。两个人都心照不宣地沉默起来,梁叙吸了一口烟侧头。

"再来一根?"他将烟盒丢了过去。

两人目光交会,李谓二话没说直接抽了一根咬嘴里。

打火机的声音清晰地响在这宁静里,接着是梁叙的手机短信提示铃声,余声问他:"解决了吗?"

他无声笑了一下按键回复。

"余声吧?"李谓吐了一口烟雾。

"嗯。"梁叙回完信将手机揣回裤兜,瞥了李谓一眼警惕道,"想干什么,我可是有家室的人了。"随即两人都哈哈笑了起来,阴霾一扫而空。

"去你的。"李谓笑骂。

梁叙笑着眯起眼睛又吸了口烟,两人又沉默了会儿,他撑臂站起来俯身拍了拍李谓的肩膀。

"来日方长。"梁叙说。

他撂下那四个字就出去了,路上给余声回了电话。那会儿她已经洗漱完毕,正坐在床上看《米格尔街》,和他说话的声音带着点睡前的柔软和娇嗔。

宿舍里就她一个人在。

余声将书放在一边,躺在被窝里和他说话。两个人随便聊着没营养的话题,甚至简单到明天吃什么。听他讲着话余声想起一件很重要的事,思量了一下才问出来。

"你过年——"她轻声道,"回家吗?"

梁叙静了一下:"不回。"

余声知道会是这样的结果，心底叹了口气，便和他说了下周要去外地进行为期一周的参观实习。等到那个时候距离新年已经没多少日子了，余声自然是不能留在北京的。

"又不是不见了。"梁叙笑问，"舍不得我？"

余声做了个深呼吸，一句话也不说，将半张脸埋在被子里。

梁叙听不到她的声音低头笑了一下，低低"嗯"了一声逗她。

"臭不要脸。"她小声说。

"啧。"梁叙一边走一边看着前方的路灯，"再骂一句信不信我收拾你。"

余声翻了个白眼又说了一遍。

他胸膛都被震乐了，轻轻起伏："你赢了。"电话那边余声早已忍着笑乐开了，故意又不开口，梁叙试探地叫了一句，"大小姐？"

余声弯着嘴角笑意盈盈。

他们又说了好一会儿话才各自挂断电话，余声平躺着抬头看白色的墙壁，两只胳膊搭在被子上，手机还被攥在双手里。

她跟个没长大的娃娃似的，一件平凡的小事就能开心很久。

不知道什么时候门被推开了，陈天阳一边伸懒腰一边踢掉高跟鞋，脸都没洗就爬上床，伸手拽了拽余声的被子。十一二点的光景，余声被这么弄醒了。

她打了个哈欠迷迷糊糊地说："你回来了。"

"这还算早呢。"陈天阳说起自己跑外校各个寝室推销化妆品的烦心事儿，又拐弯抹角地问，"你今天去酒吧了吗？"

余声混混沌沌地摇了下头，睡过去前只听见耳边一声轻叹。

第二天太阳还没出来她就睡不着了，一下床看见陈天阳满血复活在看剧。

那时候二十集的故事看得人神清气爽，最揪心的还是古装剧里顶戴花翎的官员问刀下人"临死前你还有什么要说的吗"。

学校里也一副考试周的紧张样子。

余声在图书馆看到一本讲某位建筑家的传记，有个评论家发表了一篇其父亲的教育心经。她扫了一眼看得不耐烦，说来说去摆脱不掉的还是经济基础决定上层建筑。她索性合上书趴桌上发起愣。

窗外的阳光从南走到北直直地晒向大地，那天的气温十四摄氏度，相较前几天有了些回暖的势头。不论室内室外都陷入一级忙碌状态，有的人走起路来都焦急万分，像是要奔赴美好未来。

期末考就这样浩浩荡荡地过去。

余声复习功课的那几天和梁叙很少见面，几乎都是打电话发一两句短信。而那段时间修车铺也比较繁忙，再加上梁叙要给师父打下手还要自己琢磨，回去得也很晚。

酒吧的活儿没了，他们几个近来也没联系。

几人再次见面是一个星期六的夜晚，陈皮将他们聚在一起说着以后的打算。李谓最近一堆医学考试头皮发麻，只是埋头喝酒吃菜一句话不说。

小馆子里就剩下他们那一桌。

"要我说咱再找一个酒吧唱得了。"陈皮说。

梁叙一杯酒喝完又给自己满上，然后懒懒地往椅背上一靠抬眼看着某处。身边的周显也放下了筷子，空气中一股罕见的气流流窜开来。

"这不是现在最重要的。"李谓说了今晚的第一句话，仍旧吃着菜目光也没往哪儿看，"你们总不能一直这样，就说那些乱七八糟签了公司的没关系没后台照样分到一些酒吧唱。"说完他抿了一小杯酒，垂眸道，"窝个几年混日子也没什么变化还不如天桥下唱得痛快。"

"哥们儿怎么觉得你这是像说风凉话呀。"陈皮呸了一口嘴里的菜渣。

"这年头玩摇滚的怎么说也得先穷个十年。"李谓目光扫过陈皮，看了一眼梁叙，"你要是有这个心理准备，就好好想想以后的路。"

李谓说完起身问了下老板卫生间怎么走然后出去了，剩下的三个人除了陈皮震惊之外，另外两人都挺淡定的。

周显拿起酒瓶把李谓空了的杯子倒满，然后又没有动静了。

"你们俩怎么想的？"陈皮问，"他一两句跟先知似的，站着说话不腰疼。"

小恒星乐队毕竟是他们三人的，除了那次学校里的公开演唱，酒吧里倒是很少合作了。李谓站在局外说的话很现实也当头一棒，却也搅得气氛热烈不起来。

梁叙沉默地点了一根烟。

有人从外头进来吃饭，门一开一关有风溜进来，那凉意刺得人脖子一凉。

梁叙喝着酒薄T恤掀到黑色皮带上，由着那一瞬间的冷风瞎蹿。

过了一会儿李谓回来了。

一进门梁叙就瞥见周显低下了头，这两人一晚上都没对视也没说过话。

陈皮还在大咧咧地说东道西，没几句就转悠到别的话题上，梁叙一根烟抽完拿过外套先走了。

他闲散地游荡在街上，脑子乱成了一锅粥。

路上不知何时飘起了雪花，薄薄的凉凉的落在他的耳朵上，梁叙被刺激得惊醒，才想起明天是余声出去实习的日子。

他迅速掏出手机看了下时间，然后拦车去了她的学校。

被寒假拥抱的校园安静极了。

雪花飘着，那一栋栋公寓楼只有少数房间亮着灯。

梁叙到楼下的时候分给余声打了电话，她半睡半醒地趴在床上正在听歌。

"睡下了？"他低声问。

"躺着呢。"她扫了一下简直累惨已经睡熟的陈天阳，声音小了几个分贝，"你干吗？"

梁叙笑了："把衣服穿上下来。"

余声立刻清醒过来，从床上坐起，直接在睡衣外套上衣服就下床跑了出去。

等了一分钟都不到梁叙就看见她踩着红色棉拖穿着白色羽绒服的样子，头发蓬松像是晚上刚洗过，眼睛比星星还亮。

"你怎么这么晚还过来？"她跑到他跟前弯腰喘着气。

梁叙替她拂了拂头上的雪，然后将她羽绒服上的帽子戴上去。

他们站在被白雪覆盖的灌木丛旁，身后是高高耸起的大树和黑漆漆的楼房，就连几米之外的路灯都昏暗起来。

余声抬头正要说话，他的吻便盖了下来。或许是在外面待得久了，他的唇很凉，整个人都透着寒意。

余声被他吻得不知所措，两只手软软地拽着他的衣服，梁叙一只手搂着她的腰一只手虚覆在她的脖子上，沉浸在她湿软的唇上。有淡淡的少女体香传到他的鼻间，梁叙贪婪地嗅着亲得更深。

她的身体又软又小，隔着厚厚的羽绒服都能捏到骨头。梁叙的嘴渐渐移到她的脖子上，耳边是她细小的轻喘。

那声音脆得人皮骨酥透。

他从她脖子上移开，吸了口冷风让自己降温。裤裆下的帐篷不知多久才慢慢下去，余声将脸埋在他怀里闻着他身上淡淡的混杂着烟草的味道。

"你喝酒了。"她轻声说。

他"嗯"了一声，狠狠压住了心底那股燥热。

"他们叫去喝了点儿。"他说。

然后他有一句没一句地问起她实习的鸡毛蒜皮的事，余声乖乖地都说了。

她听着头顶他低沉的嗓音，嘴角浮笑。

两个人又腻歪了会儿才分开。

那雪下着下着就大了，回去的路上梁叙习惯性地又点了根烟。

时间已至深夜，他没有回租屋而是拐去了几公里以外的酒吧一条街，这个时候也冷冷清清没多少人在吼。

梁叙在附近转了一会儿，然后进了一家看起来比较寂静的酒吧，台上有一个青年人在唱民谣。他要了瓶青岛啤酒在那儿坐了半个小时，酒喝光了便抬脚出去了，还没到门口，身后有人叫住他。

"就这么走了？"是谭叔。

041

小时候梁叙跟父亲学吉他听说过谭家明这个人，是个很厉害的江湖指弹高手，多多少少有过接触，性格很硬。

梁叙就那么站在那儿，抬起眼皮，眸子清醒，年轻的脸庞上却有一副懒洋洋的消沉。两个人对视了很久，似乎是在较量，半明半暗的空间里气流涌动。

谭家明慢慢笑了起来，丢给他一支烟。

里面一首歌完了，换人上台唱起崔健的《一无所有》，梁叙将烟咬在嘴里低头对准火机点上，然后懒懒地靠在墙上侧头看着舞台上那个用哑嗓嘶吼的青年。

"你看他唱得怎么样？"谭家明吸了一口烟问。

梁叙将目光收回来看了谭家明一眼，又落回那个青年身上。二十七八岁的样子，扎着头发留着胡须，看似粗暴声音却温暖干燥，低着头弹吉他像是给自己唱。

"很真诚。"他停了一下，"比我好。"

谭家明又笑了一下："来北京多久了？"

"半年。"梁叙说。

"喜欢这里吗？"问完谭家明又自己否定，"我是不怎么喜欢。"

梁叙说："我还行。"

"那是你待的时间太短。"谭家明说完将视线移向外面的马路和黑暗，"看见那棵树没有？"

梁叙偏头瞧向路边。

"去年看着还挺精神。"谭家明说，"今年就有些蔫了。"

酒吧里的声音没了,那人唱完了。

"还想玩摇滚吗?"谭家明忽然出声,"不要命那种。"

听到后半句梁叙怔了一下,还没有开口说话谭家明就拍了拍他的肩膀。

"想好了来找我。"谭家明丢给他一张名片,转身走开几步又回头,"你那两个兄弟我没意见。"说完笑着大步走远。

那背影看起来萧条极了,也不过三十七八岁的男人。

梁叙看了眼名片上的地址又抬头去看已经快模糊不见的人,目光疑惑,心里五味杂陈。

他将衣领竖起来挡着风雪走回了租屋。

那个夜里他一直没有睡熟,半夜醒来搓了把脸抱着吉他轻弹,拨弦扫弦弹了一夜,近天亮才眯了会儿,然后洗了把脸去了修车行,清晨冬季的街道寒风凛冽,冷死个人。店里师父不在,梁叙蹲在墙边慢慢抽起烟来。

东边有太阳慢慢爬上来,梁叙眯着眼从烟盒里又抖出一根塞嘴里,正要点上,动作停下来又将烟放回去,然后站起来揉了揉脖子。

他往墙角走了几步拨了个电话,铃声响了几声就通了。她的声音跟没睡醒似的,有些犯迷糊,梁叙听着眉头一皱。

"上车了吗?"他问。

余声"啊"了一声像是才反应过来,眨了几下眼睛目光朝向窗外。

按计划他们班是七点才出发,昨夜他刚走她就接到老师的消息说时间有变,几十个人半夜三四点就爬起来往火车站赶。

她和梁叙说完,那边静默了一下。

"林城比北京冷得多。"他说,"穿暖和点听到没有。"

她无声一笑,"嗯"了一声。

"你们班多少男生?"他冷不丁问。

"二十多个吧。"余声想了想说,"干吗问这个?"

梁叙没说话皱了下眉抬眼看向一边,街道两旁的树木落着沉甸甸的雪,似乎随时要掉下来一样。想起昨夜里她细白的脖子,梁叙的喉结滚动了一下。

"别穿裙子。"他低声说,"记住了吗?"

余声不知道他在想什么,乖乖地应了声。隐约听见电话里有人叫他,两个人才结束这通电话。余声靠在座位上按了几下有些木的脑袋,偏头一看陈天阳睁着眼睛望过来。

她打了个哈欠,头一歪倒在陈天阳的肩上。

太阳慢慢从窗外溜进来,余声听见女生在头顶说着什么,然后慢慢睡了过去。她再次醒来已经快要到站了,火车发出轰隆声响,摩擦着铁轨开始减速。

林城的天阴沉着还飘着雪。

余声将半张脸塞进围脖里跟着大部队下火车,站外老师租了一辆长途汽车将一伙人往小镇送。车上有电视看,班里的男女都仰着头瞧得认真。

电视里正好播放到白衣女子倒在心爱的男人怀里奄奄一息。

余声迷迷糊糊地睁着眼,明明穿着厚厚的羽绒服还是觉得冷得直打哆嗦。她也不知道怎么的就又闭上了眼睛,半睡半醒间疑惑着为什么人死前都会说冷。

最后还是陈天阳将她摇醒,宿舍的其他两个室友也关心地问了几句,余声往额头上一摸才觉得应该是发烧了。

一路昏昏沉沉到了镇上,陈天阳陪她去诊所打吊瓶,一量体温,竟然已是四十度。

"你这体质也太差了。"陈天阳坐在她身边,"就这样怎么出远门。"

余声抬头看了一眼往下滴药的玻璃瓶,轻轻地叹了口气。

陈天阳见她那样不由得笑了,调侃了两句关于梁叙的话。

"要不给他打个电话?"

余声立刻摇头:"他上班很忙的。"

她这话一出惹得陈天阳乐了,女生好奇地问起他们的以前。

余声想了一下,没什么特别轰轰烈烈的事儿,她说话声很轻,像雪一样慢慢落在这个小镇寂静的街道上。

"这么说李谓也玩过摇滚?"陈天阳问。

"高三学业重他就不玩了。"余声说,"我觉得他是个挺理智的人,知道自己该做什么。"

陈天阳一笑,没再说话了。

那次实习大概进行了一周半,余声打了两天吊瓶一直闷在诊所里。

直到第三天才和班级集合,有前辈带着他们在隧道里穿梭,讲着几十年前的建筑故事,白天参观晚上写实习日志。

镇子有点像小凉庄,有男耕女织小隐隐于野的样子。

余声每天穿梭在隧道和建筑老胡同里,会在晚上和他发短信说起所见所闻。

同学关系经过这一茬似乎也融洽起来。

夜里休息会有男女混合搭配挤在一个房间里打麻将，其他人站在四周看着笑着，认识几年都叫不出名字的人这几天也都有了印象。

天色已晚，余声在走廊上溜达。

她不喜欢喧闹，便一个人站在窗户跟前抬头看月亮。看了会儿她从衣兜里摸出手机来，正要按键，屏幕上出现一连串陌生号码，她手指下意识地就按下接听。

陆雅的声音和这雪夜一样清冷，可能是近来太忙打电话的次数明显少了很多。余声听着那头一字一顿命令式的吩咐，心底期望的温暖再次跌入谷底。

五分钟后挂断电话，余声跟打了场硬仗似的。

一口气还没下去电话又响了，看着来电显示余声的肩膀垮了下来。

梁叙刚从车行往回走，街灯一盏一盏地亮起，将他的影子拉长。

"刚才和谁打电话？"他拨了两遍才通。

"我妈。"她声音闷闷的，"她明天就回国了。"

梁叙半晌没说话，从兜里掏出根烟。余声跟竹筒倒豆子似的把陆雅的安排跟他说了一遍。现在已经是二月初了，这意味着后天实习一结束她就要直接去成都了。

"你干吗不说话？"

梁叙抽了口烟："我听着呢。"

听筒两边都安静下来，余声咬着唇低下头。她也没想到今年陆雅会回国办画展，事实上即使不是这样，他们俩也不会一起过年。

发高烧她都不哭，怎么他一沉默她就忍不住了呢？

梁叙将烟抽到一半掐了，有些烦躁地摸了摸鼻子，一手抄在裤兜里，眼角扫了一下马路边又利落地将视线收回来。

"哭什么？"他声音里蹿着寒气。

余声抹了把眼泪："谁哭了？"

"你哭没哭我不知道？"

余声将胳膊搭在窗台上脑袋枕上头，嘴硬地说："就没哭。"然后赌气地不开口了。

梁叙低声笑了一下，冷风钻进脖子里激得他打了个寒战。

"你在外头？"余声立刻站直了。

她话音里带着些许紧张和担心，明显和刚才的样子南辕北辙。

梁叙低低笑起来，弄得她不好意思要挂电话。

"别挂。"他笑，"再说两句。"

余声无言地弯了弯嘴角,简单提了下后天走的时间。房门隔着他们搓麻将的哄闹嬉笑,耳边是风声和他的说话声,明明很吵的样子,她却觉得安静极了。
　　时间很快就到了两天后,余声走之前和老师打了声招呼直接去坐长途,其他人都原路返回北京。
　　那个早上天气真的好极了,余声一路听着歌到了机场。距离登机时间还早,她便坐在大厅休息。
　　耳朵里戴着耳机听不见外头的声音,只是感觉到身边坐了一个人,她没有多在意只是低头在画本上涂小人,铅笔没拿住掉了下去。
　　有一只手先她一步将其捡了起来。
　　余声正要道谢,却在抬眼的一瞬间愣住。
　　男人穿着休闲衫和黑色大衣,似笑非笑地看着她,眼神清透甚至还有一些光芒,不像一个运筹帷幄的工程师,反而有些学生样子。
　　"怎么是你?"她吃惊。
　　张魏然笑了笑说:"怎么不是我。"接着两三句解释了来这边谈合作的事儿,说话间看了眼登机牌和时间,"该进去了。"
　　机场里人来人往,他们一同往里走。余声没再说话,意外这个人也是去的成都更是不出声了。只是他们刚进去,身后就有一个人跑进来,像是跋涉过千里似的。
　　梁叙喘着气往四周看,嗓子干涩地咽了下,目光在瞥过人流里那道纤细的身影时放松下来,脚步还没上前视线便停在她身边的男人身上。
　　他停下脚步忽然平静下来。
　　机场里的喇叭一遍遍地重复着,到处都是拉着箱子急匆匆走过的人。
　　梁叙平视前方抄着兜就那么站在那儿,所有准备好的惊喜随着时间化为乌有。

042
　　半晌过后飞机飞走了。
　　刚开始的上升让余声有些眩晕,她透过玻璃窗看向地面,空气中有些浑浊的温热让她皱了皱眉头,下意识地将鼻尖缩进红色围巾里。
　　张魏然坐在她四点钟的方向,低头在看书。
　　他似是察觉到什么抬头看了一下,遂又低下头去。
　　两个小时之后到了成都的双流机场,余声俨然已经睡熟。听到有人叫她,她一睁开眼就看见张魏然似笑非笑的一张脸,迟钝了好一会儿。

"走吧。"张魏然笑着说,"陆老师该等急了。"

余声后知后觉地跟着上了机场门口的汽车,听见司机问候了声"张先生"。车子开起来后她心底起了一丝疑惑,盯着张魏然看了几秒。

"你来工作还是看她的画展?"她问。

她的直截了当,张魏然早领教过。于是也没有急开口反而也看向她,性子一半似余曾一半跟了陆雅,这张娇小的脸颊也自然继承了父母的优良基因。

"你跟你母亲很像。"张魏然停了下才说,"陆老师的国画一票难得,怎么说也得来看看。"

闻言余声慢慢笑了起来。

这男人话里带着几分诚恳还有缓解气氛的意思,余声不知是否该笑脸相迎又敛了神色。事实上张魏然在某些程度上像是一个长辈,受了余曾的托付,对她确实很有耐心。

她脑海里忽然有某个念头一闪而过。

"我能不能问你一个问题。"她说。

张魏然目光看过来微微颔首示意。

"你今年一过都要三十了。"余声想了想又说,"身边都没个女朋友吗?"

她问得太认真,眼睛里清澈干净。

张魏然笑了笑,似有似无地叹了一口气,像是透过她的眼睛在看别的人。

"怎么?"片刻后张魏然说,"你要给我介绍?"

余声:"……"

她半天都没说话,车里一时无声。司机已经快开到市区,就在她以为这人不会再开口的时候张魏然却说话了,语气有些无可奈何。

"早生十年就不是这样了。"话音一落车子在一家会馆门口停下来,余声没明白那话里的意思也没问便下了车,回头再看张魏然却稳坐如山。

余声问:"你不下来吗?"

"今天太仓促,你和陆老师说一声。"张魏然语气漠然,"改天再来拜访。"说完车子开走,余声在原地站了会儿才转身进去。

她查看了下陆雅发的短信,然后穿过走廊找到最后一个房间,敲门后里面传来穿着拖鞋的脚步声,随之门开了。陆雅将她从头看到脚,余声微低下头进去。

"怎么不穿我给你买的衣服?"陆雅关上门。

"我的衣服够多了,都穿不过来。"余声将书包放在沙发上,看了眼客厅里的画架,"你的画展结束了我们是回小凉庄吗?"

"今年不回去了。"陆雅的头发随意地绾起来,脸庞冷静,不像四十岁,"下周加拿大有个国画晚会,我们在那边过年。"

余声失望地"哦"了声。

"想你外婆了可以打电话。"陆雅看了她一眼,又问,"最近专业课学得怎么样?"

"挺好的。"

"建筑艺术多少有一半跟绘画有关。"大部分原因是当初余声选择这个陆雅才做了让步,"你底子好,可别落得太远。"

说完她便进了内室,余声坐在沙发上肩膀一塌。

听见里面有窸窸窣窣的动静,似乎是在换衣服,余声想起什么扬声说起张魏然。过了会儿陆雅出来了,阔腿裤配驼色大衣和高跟鞋,长发披在背后,知性极了。

"你在北京有他照顾,我和你爸都放心。"陆雅说,"这个年纪能有现在的成就不容小觑,你多学着点。"

余声撇了撇嘴,乖乖应下。陆雅对这个什么都不上心的女儿摇了摇头,拉着她从沙发上坐起来。

"过两天的画展你不会穿这个跟我去吧?"

余声一怔:"我也去?"

陆雅轻轻叹了一口气,直接拉着她走出去。

余声低头看了眼自己身上的羽绒服,跟在后头。陆雅开车要带她去买衣服,余声坐上副驾驶座的时候眼角往后视镜一扫。

几十米开外有一辆车像极了刚才送她回来那辆。

她扣安全带的动作停了下,蹙眉又多看了一眼,那车子停在路边里头像是没人。余声的脑海里一闪而过张魏然的身影,淡然的眉目下隐藏的另一面不知是什么样子。

成都的天气较北京暖和许多,至今未下雪。

梁叙早已经坐上去火车站的大巴,靠着椅背闭着眼不知道是不是睡着了。林城到北京的火车途经七站,到地方已经是下午两三点。

他在车站外逗留了会儿。

街道边有家北方面馆,梁叙进去吃了一碗面算是解决了午饭。吃完他拨了个电话给陈皮旧事重提,然后拦了辆车去谭家明说的地方。

那是一条有着红瓦白墙的胡同。

梁叙下车后便一直往里走,走到第一个路口被一家小卖部挡住去路然后左拐,穿了好几个巷道才找见名片上的地址,是一家牌匾都很老旧的琴行。

他在琴行外面停了会儿才推门进去。

里头是直直的三米宽的走廊,两边墙上挂满了木吉他,像是手工制作的。

梁叙简单扫了一眼,目光朝前,谭家明靠着门也看了过来。

"想好了?"

梁叙轻抬眼皮,平静地凝视着眼前的人。身后的木门弄出了点动静,陈皮和周显也到了。

几天前梁叙提起这事儿的时候他们俩就双手赞成,这会儿更是喜不自胜。

梁叙偏头看了他们一眼,说:"想好了。"

那时候对他们而言这三个字的分量就代表着未来和前途,也注定要承受人生中的各种意外。

谭家明什么没说带他们去了琴行的地下室,足足百来平方米,摆着一堆器材,像一个录音棚。

陈皮发出一声惊叹。

角落里还有架钢琴放在那儿,像是许久没用过,已经有些灰尘在上头。

谭家明径自走到琴架旁,对着琴盖一吹然后将其掀上去,手指下流淌出动人心弦的轻音乐。

梁叙靠在调音台的支架边上。

两三分钟后音乐停了下来,谭家明将琴盖合上。

陈皮这会儿也安静了,看了眼梁叙又看向更平静的周显。

"这里边的乐器你们随便挑,想什么时候来就什么时候来。"谭家明说,"不过我的规矩是至少学会两样,在我想好下一步之前先给我好好学着。"

陈皮一愣:"你教?"

"我的时间很宝贵。"谭家明挑眉,"你觉得可能吗?"

梁叙垂眸笑了一下。

"不是谭叔。"陈皮苦着一张脸还不罢休,啰里啰唆好长一串话,"什么下一步你说清楚点……"

谭家明直接掉头走了。

彼时他们都没有想到这个地方将是继小凉庄之后的第二个梦想避难所,谭家明则成了他们生命里的引路人。什么时候学有所成，以后的路究竟怎么走尚且不谈，起码现在对梁叙而言可以认真玩摇滚了。

那天直到傍晚他们才离去。

三个人走在街上，陈皮玩弄着手里琴行的钥匙，眉头奇怪地皱了下又展开，然后用胳膊撞了下周显，又对梁叙仰了仰下巴"哎"了声。

"江湖传闻他以前只收过一个徒弟。"陈皮说，"咱们是撞了什么大运，是不是得拜拜关二爷？"

梁叙睨了这家伙一眼。

"我说真的。"陈皮看向周显，"你难道不觉得？"

周显抿着的唇微微一弯，没摇头也没点头，陈皮撇嘴不说了将钥匙丢给梁叙。

三个人出了胡同也没打车，散漫地走在马路上，路灯昏昏沉沉照着影子落了一地风雪。

三个人走了一段路被一家规模宏大的酒吧吸引住了。

他们心照不宣地走了进去，舞台上两男一女组合在吼着崔健的《假行僧》。

酒吧里气氛旖旎，男女推杯换盏。梁叙看了一眼台上唱歌的那几人，听了会儿先出去了。

他站在路边树下点了一根烟等着。

过了好一会儿还没见他俩出来，梁叙暗自皱眉正要进去找，陈皮和周显一言不发地走了过来，两个人的表情都不太好，一问才知道碰见了前些日子害他们丢了活儿的那几个人。

"行了。"梁叙抬眉，"过去了就算了。"

周显也不愿多事，只是沉默着，陈皮拉着一张脸磨了几下牙。

路边的汽车穿梭而过，周显接了个电话先打车走了，剩下梁叙他们俩在路上游荡。

这么好的夜晚应该去喝一杯。

两个人沿着那条街一直往下走，在一个路边摊上喝了点酒。

酒过三巡两人拎着瓶子边走边干，寂静狭长的小街上行人寥寥，梁叙一手抄着酒瓶一手摸烟塞嘴里点上。

"你今儿心情不怎么样。"陈皮猜着说，"余声回家了？"

梁叙淡淡地"嗯"了一声，拿下烟闲懒地吐了一口烟圈，用舌头顶了下腮帮又将烟咬在嘴里。还没走几步陈皮却安静下来，梁叙疑惑地抬眼看过去。

陈皮的目光直直地盯着前方。

足足有六七个人大咧咧地堵在前头路口，一脸"今天你完蛋了"的样子，看那架势似乎是冲着他们来的，风吹起地上的雪衬得四周安宁得诡异。

"你刚才在里头做了什么？"梁叙声音平常。

陈皮倒吸一口凉气，几十分钟前酒吧里狭路相逢那帮狗腿又拿周显取笑。后者没当回事儿，陈皮却按捺不住上去骂了几句被周显硬拉走了。

"就是咽不下那口气。"陈皮后背僵硬视线未移开半分，小声地动着嘴，"现在怎么办，打得过吗？"

梁叙微微眯起眼睛目视前方，低下头深深地将剩下的一小截烟吸完，然后往雪地上一丢，那星火慢慢陷进去熄灭。

他攥着酒瓶的手一紧，倏地抬眼，目光锋利得跟头狼似的，却又像黎明前的黑暗那样平静至极。

"打不过也要打。"他淡声道。

第九章
他要走的路

043

那场架终究没有打成。

当时陈皮看着他们慢慢走近都打起哆嗦来,艰难地咽了下唾沫然后微微瞥了一眼梁叙。有雪花慢慢落在他的肩上,然后很快就融化了。

雪夜里路灯昏黄,明明灭灭。

梁叙一边走一边扬起握在手里的空酒瓶,看都没看直接朝着左边的树上一砸。只听"咣当"一声后玻璃碴全落在雪里,剩下半截参差不齐,锋利极了。

对面那伙人的表情这会儿才有了变化,互相对视后停下步子蓄势待发,梁叙阴沉着一张脸也停了下来。远处不知是谁喊了一声,接着传来一连串的脚步声,那一群人见势再没动作,朝他俩看了一眼然后离开了。

"哥们儿腿都软了。"陈皮长长地松了一口气。

梁叙扔了瓶子,拍了拍手嗤笑。

"那个二世祖没在里头。"陈皮皱眉,"都是一群狗仗人势的王八蛋。"

梁叙没说什么,又叼上一根烟。两人一同走到前一个路口梁叙打车反方向回了租屋,请假奔波了一天直到躺在床上,那股无力感才被释放出来。

他重重地揉了把脸出了口气。暗黄色的灯光下他摸了摸兜里的手机,左手玩弄了好一会儿仍没有按下去。一个人静了很久他才拖着疲惫的身体去洗澡,胸膛上的水雾弥漫在脸上,视线也模糊起来。

十来分钟后他光着膀子回到床上。

手机信号灯一直在闪,梁叙往床头一靠拿过手机看,是一条垃圾广告。他手指徘徊在键上,最后还是移开将手机往床头柜上一丢,按灭灯睡过去。

较于北京,成都的天气便多了些湿热。

那个夜晚余声睡得不是很安稳,身侧的陆雅似乎已经睡着了。余声慢慢睁开眼,也不知道他现在做什么睡了没有。左胳膊被压得有些酸麻,她正要动一动。

"还没睡着？"陆雅忽然出声。

余声大气都不敢出，渐渐闭上眼。

第二天她一直待在房间里，无聊的时候翻翻书，饭食都是服务员按点送过来的。陆雅对国画有种难以言说的痴情，可以一天一夜不眠不休熬在作画上。

终于在那一天的夜晚陆雅出了趟门。

余声发泄似的喘了口气然后从书包里翻出手机给他打电话，做贼似的将自己缩在里间。电话接通的那一刻她心跳都快了，话到嘴边却说不出来，然后便听见他叫她的名字。

两边都安静下来。

当时梁叙正一个人窝在琴行地下室，谭家明虽神出鬼没，可这里有很多千金难求的谱子，标注解释通透得像百科全书。

"怎么不说话？"梁叙声音略低。

过了会儿才听见她开口："说什么。"语气闷闷的。

梁叙顿了下笑了声，将手里的谱子合上，人往椅子上一靠左右活动了下脖子，有轻轻的"咔嚓"一声。

"成都好玩吗？"他问。

"不知道。"她说，"反正一个人不好玩。"

梁叙敛起眉将视线落在灯光下的钢琴上，又移到一旁的其他乐器上。他似乎听得见空气的流动，耳边她的呼吸也越发清晰起来。

"你想什么呢？"她问。

"在算日子。"他话里带着玩味儿，"看春天到了你能不能回来。"

余声无声一笑，嘴巴都要咧到耳朵根去，转念又渐渐收了笑，她想起要去加拿大过年，不由得叹了口气。

"梁叙啊。"她叫得很轻。

他闻声"嗯"了一下，却一直没有听见她出声。两个人之间似乎有了一种安静的默契，即使这样也感觉很好。

"今年又没有红包收了。"她说得挺难过。

梁叙低低笑了。

"你还笑？"她控诉。

"把心揣肚子里。"他笑着说，目光柔软极了，"都给你攒着呢。"

"真的？"惊喜过后她故意停顿了一下，"少了我可不要。"

梁叙眉毛一扬："那算了。"

她扬声"呀"了一下。

正要说话门口似乎传来响动，吓得余声惊了一下。那头梁叙立刻意识到什么，接着听到余声的一句"我妈回来了不说了"之后的"嘟嘟"声。

陆雅在客厅里喊她。

余声将手机往衣兜里一塞开门出去，看见一脸疲惫的陆雅不大敢出声。好在陆雅没有觉察到什么，简单地洗漱过后两个人吃了晚餐。

房间里的电视开着，陆雅在翻书。余声看得没什么意思，早早地就睡下了。

距离新年已经很近了，陆雅的画展是在两天之后开始的。

余声要么在门口溜达，要么跟在来看画的人后头转，听他们对陆雅画作的评价。

画展要在成都举办三天。

陆雅几乎每天都要换一身衣裳，都是旗袍加披肩。余声有时候看着母亲的样子觉得很模糊，远远望去她一直优雅带笑，和对面西装革履的客人说话。

她是在第二天下午见到张魏然的。

男人一身铁灰色西装，沉默地站在一幅画前。

余声正坐在角落的高脚椅上喝着奶茶，然后看见陆雅从一边走了过去。

两个人不知道在说什么，陆雅一直保持着的微笑慢慢变淡，几分钟后陆雅转身离开。余声低头又喝了口奶茶，再抬头张魏然已经走到她身边。

"你这样看起来很无聊。"张魏然说。

余声认真地抬头："你是不是害怕我妈？"

没有想到她会这么问，张魏然着实愣了一下。对视之间，男人发现这个女孩子眉眼间真的像极了她的母亲，随后他便淡淡笑着问她为什么这么问。

"你刚才和我妈说话背挺得可直了。"她大大方方地说，"我以前一犯错就你这样。"

张魏然："……"

门口陆雅在叫她过去，余声缩了缩脖子立刻一副乖乖的样子，惹得男人觉得好笑。等她离开视线，张魏然神色黯淡下来，却一直看着门口那个身影，待了会儿便悄然走了。

那天晚上陆雅的心情似乎不是很好。

余声战战兢兢地盯着电视屏幕，就连切到广告都不敢换台怕弄出声响。

画展的最后一天也和往常一样，到下午的时候已经有大半画作被客人订下。

四五点时陆雅开始将画收下来。

余声帮不了什么忙只好站在一边，不经意地侧眸看见一对男女走进来。

陆雅也停下动作看过去，整个会展厅那时已经没什么人了，所以这一对略显突兀。

"一直很喜欢您的画。"薛天客气地说，"恰好出差才得空来，请多见谅。"

陆雅微微一笑，不置一词。

"余教授近来可好？"

外界都不知道父母离婚的事情，余声看了眼薛天还是将目光落在他身旁的许镜身上，可惜并未迎来对视。一旁陆雅客气地回了句，不打算再多说。

"这位是……"薛天蓦地将视线转向余声，眉头轻皱，"您女儿？"

余声总觉得这个人不是什么好人，出于家教敷衍地点了下头，也没怎么搭理他便和许镜擦肩而过。妆容精致的年轻女人紧紧地抿着唇，嘴角仍带着得体的笑意。

最后薛天看中了墙边的那一幅画。

余声懒懒地站在门口望见他们驾车走远才又进去，听到脚步声陆雅抬头看了她一眼，遂又低下头去整理画作，轻轻地放在箱子里。

"你们认识？"陆雅头也未抬。

"啊？"余声眨巴了几下眼睛，也不知母亲怎么看出来的，犹豫着解释，"那个女的在小凉庄见过几面。"

陆雅"嗯"了一下，默默将箱子装好。成都的街道已经有灯光亮起来，陆雅装好最后一幅画站了起来。余声总觉得陆雅要说什么，果然下一秒预感就实现了。

"要珍惜你现在做的每个选择。"女人眼睛里有种哀伤，"生活是经不起考验的。"

余声没能理解那话，陆雅却已转身朝工作人员走去。女人的身影看起来瘦弱极了，余声就那样望了很久，到夜幕降临才和陆雅回了会馆。

没有想到翌日一早她们去机场时又看见了张魏然。

陆雅显然也愣住了，表情依旧很淡。张魏然却已接过她们的行李箱，打开车门对着余声仰了仰下巴。不知道什么原因，那天早晨去机场的路特别堵塞，刚开始车里的三个人都没有话。

"昨天陆老师你忙，走前便没打招呼。"张魏然挑开话匣子，"今日算是赔罪。"说着目光往后视镜看去。

陆雅目光一抬，开口却道："你来这儿出差？"

"开个会。"

"我倒是不知道开什么会需要停留这么久。"

陆雅的语气让余声听来说不出哪里不对劲，她偏头看了一眼陆雅。女人没什么表情冷漠地看着窗外，张魏然却浅浅笑了一下。

"什么都瞒不了陆老师你。"

本来只要二十来分钟的路程硬生生地延长了半个小时才到，进去前余声回了下头。张魏然还站在后面看着她们，陆雅一步都未停留。

新年在一周之后到来。

加拿大的年三十没什么喜气，偌大一个家里只有她和陆雅。

那几天外婆每个晚上都打电话过来，余曾也打过一次电话。

陆雅基本白天出去晚上才回来，一到家就筋疲力尽。

余声开始在厨房学做菜。

空荡荡的屋子里只有锅碗乒乒乓乓的声音，她环顾着这个地方，想象母亲一个人待在这里早出晚归的样子不禁难受起来。或许余曾也是一样，工作狂的父亲这个时候大概还是在研究所里。

她过完年便二十虚岁了。

这个年纪的女孩要是放在几十年前早有娃娃打酱油了，像陆雅二十岁便嫁给余曾，如今也已近半百。

她眼里的父母分居两地不停奔忙，不再有感情似乎又是情理之中。

余声将做好的粥温热起来。

这边安静无人的傍晚时分，北京已是旭日清晨。

十三个小时的时差让她格外思念梁叙，也只能似飞鸟一跃千里没有归期。这个时候余声知道自己需要什么，需要一个长长的夜晚和一个特别温暖的人。

母亲陆雅也是一样的。

044

那几年人做什么都很热闹。

新春佳节里的北京城一片红红火火的样子，巷子街道上挂满了红色的灯笼。马路边有小孩踢着皮球唱儿歌，大人们拎着篮子去买菜。

自然也有异地他乡寂寞孤独的过客。

像梁叙这样远地而来不回家过年的打工者数不胜数，抽了空去外头走一走碰上天桥随便一扫准能看见几个席地而睡的汉子。他们有着相似的灵魂——这是一种介于贫穷和富有之间不为人知的第七种感觉——像柏拉图的理想国那样。

　　清晨的太阳还没升起来北京便醒了。

　　修车行的年假放了七天，梁叙没事便待在琴行。

　　初三一大早他洗漱完去租屋楼下的小摊上买了油条豆浆往回走，在筒子楼下遇见了年前已离开北京的李谓。两个人在屋里吃着早饭，电视开着。

　　"那地方房东已经腾出来了。"李谓坐在床边环绕了一下四周，"打算什么时候搬？"

　　梁叙咬着油条大口嚼着。

　　"再过几天。"他声音含糊，"你才回去多久就来了？"

　　"别提了。"李谓"唉"了一声，"过年都问找没找对象，陈皮他妈和我妈待在一块儿就说这事儿，你说她们是不是就没别的说了？"

　　梁叙端起豆浆瞬间便喝了大半。

　　"你家梁雨不得了啊。"李谓看了他一眼，"今年都高三了吧，听我妈说立誓要考清华呢。"

　　梁叙不知道想起什么笑了一笑。

　　"说说你最近。"从陈皮那儿知道他们几个拜了师父，李谓也是打心眼里高兴，"怎么样？"

　　梁叙将剩下的豆浆一口气喝干净，然后手掌随意抹了下嘴。他的目光里闪过少年时蓬勃而上的野心，脸上的淡漠阴郁却丝毫未减少。

　　"别问我。"他往墙上一靠，"烦着呢。"

　　已经连续几天作曲没有分毫灵感，不像以前随便一想就轰轰烈烈。

　　他也已经好长时间没自己谱过曲，虽说以前不专业却也一直没少下过功夫。

　　李谓拍了拍他的肩膀说慢慢来。

　　两个人在租屋待了没一会儿便一起去了琴行，地下室里有稍许寒意，李谓一进去就四处看了看，拿过把吉他拨了拨。

　　梁叙在一旁站着翻谱子看，倒真有些回到以前的日子。

　　正平静着，地下室的门被推开了。

　　两个人都看过去，周显穿着黑色外套戴着口罩只露出一双眼睛在外头。

　　梁叙下意识地看了一眼李谓，后者目光顿了下然后淡淡移开。

周显什么也没说走了进来。

"什么时候来的？"梁叙打破平静。

周显说了早上刚到便坐去角落里玩吉他了，一时空气有些僵。

李谓沉默了会儿抹了把脖子然后起身出去了，空气又开始流动起来。

过了会儿梁叙出去抽烟。

李谓坐在琴行门口的板凳上，看见梁叙也伸手要了根烟来。门口的积雪已经慢慢融化掉，太阳光在人间走了一趟又一趟，依旧跟来时一样。

梁叙踢了踢李谓的椅子腿："怎么回事儿？"

被问的人皱了皱眉头，吸了口烟将其夹在指间。红色油漆大门半开着，有冷风溜进来在地上滚着尘埃，像是大地的心脏在抽动。

"打电话不接发短信不回。"李谓冷笑了一下，"他躲着我也没办法。"

梁叙咬着烟嘴看了眼胡同里的墙壁。

"周显是不是……"他说到一半停了下来。

"他是不是我能不知道。"李谓知道梁叙要说什么，顺着话茬儿接了下去，"你说有一天他要真娶了媳妇儿那我得成什么样儿？"

梁叙低下头去看白色的雪。

"还有你。"李谓抬头看他，"余声太干净了，你随便哄哄就跟着走，她爸妈那一关可不那么容易。"

梁叙眸子往下一沉。

"要不先来个生米煮熟饭？"

梁叙咬了咬牙低头吐了口烟圈，将剩下的烟吸完一扔转身抄着兜往回走，一边走一边又撂了句："除非天塌地陷否则就别想了。"

那话外之意李谓再明白不过。

穿过长廊转弯时梁叙偏头望过去一眼，李谓弯着腰坐在那儿一口一口地抽烟。

梁叙未曾问过这人什么时候成了这样，也不会问，没有勇气和决心，你再说人生和自由那就是放屁。

时间悄无声息地走过，一年又开始了。

梁叙初八一大早便开始去车行上班，从早到晚钻在车底下都不分白天黑夜了。一双眼睛时时对着手电筒盯着零件安上再卸下，汽油味儿扑来，呼吸都得停一停，中午随便在外头摊子上对付一下再回去继续。

车行里的老师傅有意培养他，梁叙跟在后头学到了不少东西。去年一起进来的学徒如今走走留留不到三个，他的工资绩效也跟着又涨了一些。

那几天北京又下了场雪。

临近傍晚的时候梁叙还钻在车底下捣鼓零件，同事在外头喊他说有人找。

梁叙从车下钻出来，没有摘下涂满汽油的灰白手套就走了出去。

树下的许镜穿着白色大衣，脸色也白。

梁叙就着手套蹭了下鼻子，在门口站了片刻才抬眼走近。

许镜松了口气似的扯了扯嘴角，也朝着他走了几步。

"我还以为你不会见我了。"许镜看着他说。

梁叙淡淡地问："有事儿？"

只是这样看着他许镜已经觉得很美好了，树上有雪花慢慢飘过去，许镜目光变得清澈，迟迟没说话，梁叙蹙眉有些不耐烦转身就要走，许镜"哎"了一声叫住他。

"年前我在成都见到余声了。"

许镜说完看见他目光扫过来，这次似乎才是从他出来后第一眼认真注视。那双深不可测的眸子藏了太多东西，却又看着风轻云淡极了。

"我没别的意思。"许镜笑了笑，"就是想和你说她是个不错的女孩子。"

为数不多的几次见面许镜早已明白这道理，或许从他出狱见到那一刻就已经做好了赎罪的打算。那时候许镜还不知道该做什么，可现在这样安静共处已是难得。

"我比你清楚。"他说。

许镜笑着垂下眼，慢慢做了个深呼吸。上次见他也是这样一个风雪天气，相较夜里此刻他的神情虽淡漠却也清晰，连懒得说话都克制得恰到好处。

"你们在一起的事儿她父母不知道吧。"

梁叙侧眸看向一边又将视线绕回来。

"据我所知她妈妈是个很厉害的人，像我们这样小地方来的是很难瞧上眼的。"许镜前部分说得很慢，说到一半目光变得犹豫起来，"所以有什么我能帮忙的你尽管说。"

梁叙收回目光："不用了。"再没说什么便走了。毕竟经历过这么多的事，再平心静气地谈话似乎都成了奢侈。

许镜看着他慢慢走远，灰色毛衣上还沾着尘土。那一个画面跟慢镜头回放似的，久久在脑中消散不开。

梁叙一进店里同事便调侃问谁啊。

"老家一个熟人。"他是这么说的。

那场雪在许镜走后便越下越大，梁叙坐在门口点了根烟百无聊赖地抽起来，旁边几个人也在说话。那个点正是下班时候，也没再多的活儿可干。

他看了下时间，抽完烟打算去琴行。

雪花一个劲儿地往脖子里钻，梁叙兜头戴上帽衫的帽子，双手塞进黑色羽绒外套里往街道路口走去打车。车子没拦到，倒是被一辆二手摩托给拦了。也不知陈皮哪弄来的，有八成新。

梁叙打量车子几眼，然后接过陈皮丢来的头盔坐上去。

两人到琴行那会儿已经是半个小时之后了。

"怎么样。"陈皮将摩托停在墙边上了锁，边走边问梁叙，"还行吧这车？"

梁叙笑了下："眼光不错。"

"那是。"陈皮扬眉，"租金也便宜。"

梁叙："……"

现在的生活节奏似乎看起来挺好，白天修车晚上练琴一切都很平静，偶尔也会遇见谭家明"流浪"回来，提上几个建设性意见然后又玩消失，除此之外他们几个讨论推翻再讨论再推翻的日子也很和谐。

有时候他们俩学校里有事梁叙一个人便睡这儿。

随随便便打个地铺，困了就地一趟倒也自在，白天再将铺盖卷起来。时间长了那种创作的感觉也慢慢回温，比刚开始进了一步。

"这个调儿怎么感觉不太对劲。"陈皮拨弄着贝斯弦，一抬头看见梁叙坐在钢琴前怔了一下，半天才道，"你要学这个？"

梁叙反问："不可以？"

从头开始并不容易，没点基础就更困难了。

陈皮惊叹地看着梁叙的手指在琴键上慢慢地动来动去然后笑了，想当年这小子三个月自学就把吉他玩溜的本事可不是吹的。

"停一停。"陈皮想起什么，"有事儿要和你说。"

梁叙正盯着琴谱拧着眉头，闻言抬头。

"那啥。"陈皮像是不好开口似的，"我晚上找你那会儿碰见许镜了，她刚从你那儿出来。"

梁叙没听见一样，又低头去看琴谱。

"我也不想见她，可她和我说了一个人让你提防着点。"陈皮说完将手里的笔扔过去，惹得梁叙脸色一沉，陈皮也不管又道，"就那个砸了咱饭碗的二世祖，上次差点打起来那伙人你记得吧。"只不过许镜说半句留半句,陈皮也不好深究,"就他们的头儿叫薛岬。"

梁叙一脸平淡,然后又摸索起琴谱来。

"你可别做对不起余声的事儿啊。"

陈皮这话一说果然拨动了梁叙的一根筋,只见他抬头冷眼扫来,前者一哆嗦立刻低头又玩起贝斯来。

七八点的时候周显也来了,三个人揪着某个问题谈了很久才停。

那时已过去两三小时,梁叙待到十一点才回租屋。

因第二天早早就要去车行,梁叙最近也挺疲惫,那晚便回去得早了些。

街道上铺满了雪,没一个路人,梁叙在路口小卖部买了包烟一边往里走一边低头拆烟盒,然后抽出一根塞嘴里低头点上。

昏暗的路上灯光点点,梁叙将帽檐压低迎着风雪往前走,快到筒子楼的时候只觉得身后有一道身影闪过,他还没看清就感觉肩膀被人轻拍了一下,一回头就看见她扯着嘴角对他笑。

近大半月未见面,只有很少的电话和短信联系,他不知道她怎么会忽然出现在这儿。余声像是早就意料到,看到他一脸愣怔然后朝他伸出双手摊平。

梁叙静静地看着她:"是不是得说点什么?"

她歪着脑袋还在笑,脖子上的红色围巾衬得她的脸又小又白。

北京城到这会儿新年气儿都快没了,可她一笑嘴角有梨窝,像极了春回大地之后开不完春柳春花满画楼的好光景。

"恭喜发财。"她眼睛里泛着光,"红包拿来。"

045

梁叙指间还夹着烟,低着头眸子很黑。远处传来模糊的鞭炮声,这么晚了也不知哪家孩子在玩。烟雾徐徐而上像一层薄纱,将两个人的视线挡在风雪里。

他勾着笑将烟咬在嘴里,然后一手拉开外套拉链从里侧口袋里真掏出一个足足有一厘米厚的红包,在余声诧异的眼神里"啪"一下放在她掌心里,拉过她的另一只手走进去。

余声抬头去看他的侧脸。

或许是长年摸琴的缘故,他的指腹有些粗糙却干燥温暖。昏暗的楼梯走道静悄悄的,只有他们俩的脚步声,余声捏着手里那个红包屏住呼吸。

到了租屋他开了灯,余声将钱塞回他手里。

"你干吗?"梁叙一愣。

余声将他嘴角的烟取下来扔进垃圾桶,又踮起脚将他头上的黑色帽子拿下来,像是忽然长大了似的,拍了拍他肩膀上的雪。

"都存你这儿。"她说得一本正经,"要不然怎么养我?"

梁叙看着她偏过头笑了。

灯光落在她的脸颊上,余声有些不好意思被他这么盯着,正要绕过他往里走,被他拉住胳膊轻轻一扯,整个人便撞进了他怀里,随即被他捏住下巴吻了下来。

他的唇凉凉的,舌头却热得发烫,舌尖还残留着淡淡的烟味儿。

余声仰起头迎合着他的吻,却不知道具体该怎么做,只能由着他来。

空气慢慢升温呼吸都清楚起来。

她听得见他一边亲她一边滚动喉结的声音,挠人心窝充满诱惑。

他一只手握着她的脸颊,一只手覆在她的脖子上。两个人唇齿纠缠了很久他才放过她,余声埋在他怀里轻轻喘着。

梁叙听不得那声音,却又硬生生忍下燥热。

"什么时候回来的?"他将下巴搁在她的头顶。

"十点的飞机到的。"

梁叙问:"一个人?"

她轻轻"嗯"了一声,两只手轻扯着他的衣摆。

梁叙垂下眸子目光落在她瘦弱的肩头上,随后微俯身一手钩过她的腿弯将人抱了起来。

余声"啊"了一下揪着他的外衣。

她实在太轻了,梁叙皱了皱眉将她放在床上。

余声看着他蹲下身子给她脱鞋,乖乖地坐着,视线跟着他那双修长的手转。

电视也随后被他打开。

屋里的暖气就像没有似的,余声靠在床头一直将被子拉至肩膀。梁叙去卫生间洗了把脸,出来的时候瞧见她盯着屏幕看得认真。

林正英主演的《僵尸先生》。

上世纪九十年代的片子,那时候火得不得了。

梁叙掀开被子坐上去,这才发现一到恐怖画面她的目光都是望向一边的。

"害怕?"他故意低声道。

僵尸过去了,画面转到白天。

"有那么一点儿。"她又光明正大地回望,"不过好看。"

梁叙笑了一下,往床头一靠胳膊朝脑后一枕也认真看起来。

没过多久梁叙再偏头,她将下巴枕在屈起的腿弯上,已经睡过去。她奔波一路到现在早该累了,睡着了也一样安静。

租屋里除了广告还有她浅浅的呼吸。

梁叙看了她一会儿,然后慢慢把她的外套脱下来,将人放平在床上掖紧被子。她好像永远这么干净单纯,自己寻着个舒服的位置就再也不动了。

第二天阳光出来的时候余声才醒。

她向四周望了一圈不见他,刚打个哈欠便听见门口有响动。

梁叙提着被热气捂着的一袋小笼包进来,右手还拿着杯牛奶。

"醒了?"他说,"去洗脸吃饭。"

余声看着阳光洒在他的肩头,笑着跑下床去洗漱。卫生间的镜子边放着干净的毛巾和牙刷,余声快速洗完走出去,坐在小凳子上:"你今天不上班?"

"早上请了假。"他将吸管插进牛奶里递给她,"吃完咱还有事儿干。"

余声瞬间被提起兴趣:"什么呀?"

"搬家。"他说。

四十分钟后他的行李就收拾得差不多了,总共两个黑色大包还有一个小箱子。

他租的新屋子是在半个小时路程外的红砖胡同,各家的房顶上都晒着五颜六色的衣裳。

余声抱着小箱子跟他进了一家院子。这个地方比那个筒子楼好太多了,院子里搭着三四米高的丝瓜架子,像个小菜园。

梁叙租的是二楼最南边向阳的房子,带个洗手间,有三十多平方米。

余声站在窗户边朝下看,雅静极了。

院子里有棵大树都快伸到窗户边来,余声伸直手够了够枝干。她玩了会儿才收心,梁叙已经将物件归置好。余声伸了伸舌头去找笤帚,还没拿手里被他一截。

"一边玩去。"他说。

余声被他弄得眉头一蹙:"你是不是以为我不会干活?"

她的话里有某种挑衅,梁叙好笑地看了她一眼,正要开口说话兜里的手机响了,他还在犹豫要不要接手里已经空了。

"你忙你的。"她笑眯眯地说,"我来扫。"

梁叙的掌心瞬间被空气充满，索性也不再管，走去栏杆边才按下接听。

那边陈皮说什么他随便应了几句，回头看了眼认真工作的姑娘又转回来。

几句话后挂断电话他转身回去屋里。

她干起活来还真挺像那么回事儿，梁叙两手抄在兜里斜靠在门边就那么看着。那天的北京城真是晴朗极了，万里无云，蓝得像海。

"陈皮他们叫吃饭。"他目光柔软，"去不去？"

阳光已经晒到她颈边，余声微微眯了下眼这才抬眼看他，打扫的动作也停了下来。梁叙将手从兜里拿出来，朝她走过去，没给她思考的机会就把扫帚抽走。

"洗个手。"他说，"出来就走。"

"这么急？"她讶异过后看了一眼地面，"我还没扫完呢。"

听她这意思还舍不得，梁叙慢慢笑了。

"多大点儿地方有什么好弄的？"他轻推了一下她的肩膀对着洗手间努了努下巴，"快去。"

余声有点无用武之地的感觉，瞪了他一眼去洗手了。十一二点的时候，梁叙叫了车带她过去说好的地方。

餐厅里他们几个人早到了。

余声走进去才发现陈天阳竟然也在，就坐在李谓的右边。陈皮伸着胳膊摇手对他们喊"这儿"，梁叙拉着她的手走过去，随手给她拉开椅子。

陈天阳挤了下眼睛对她一笑。

六个人的餐桌还差一个人，正是饭点儿，店里的人挺多。

陈皮摸出手机已经不知道是第几次打了，李谓一副漠不关心的样子喝着茶水。

"你们俩看想吃什么。"梁叙将菜单推到她们中间，然后看向陈皮，"还没打通？"

陈皮正要说话电话通了，眉头却皱得越来越深，说了两三句挂断电话耸了耸肩膀，有些遗憾地叹了口气。

"说临时有事儿来不了。"陈皮道，"咱们吃吧。"

梁叙淡淡扫了李谓一眼，后者若无其事地垂眸喝茶。

菜一点一点地上齐，桌上几乎都是陈天阳的笑声。李谓一杯一杯地喝着啤酒，偶尔也扯扯嘴角搭腔。

余声听着陈天阳说过年趣事也会跟着笑。

几个男生说他们的，气氛一时倒也热闹。

梁叙脱了外套搭在椅背上，又给自己倒了一杯啤酒。他和陈皮说话的空当侧眸瞧了眼认真倾听的余声，然后伸手给她加满橙汁，又转过头和陈皮说起话来。

一顿饭吃了一个多小时才散，两个女生走在前头。

到了路口几人分开，梁叙拉着她走了反方向。余声像是还没从刚才的气氛中缓过来，整张脸红扑扑的，兴致正好。

"我们今天搬家又吃饭。"她仰头看他，"接下来干什么？"

梁叙捏着她的手，呼出的白气瞬间消失在空气中。他看了眼时间琢磨了下，然后什么也不说只是笑。余声不知道他打的什么算盘，歪着脑袋探问。

"跟我走就行了。"他扬眉，"又不会卖了你。"

余声疑惑地看了他好几眼，当时他正拉着她过马路。红灯闪耀下一拨又一拨的路人来来往往，等到了路对面，她趁他不注意，掐了下他的胳膊。

这回罕见地没听他"嘶"一声。

余声眨巴着一双乌黑的大眼睛打量着面前的男生，他跟没事人一样惹得她好生奇怪。

"你干吗不叫？"她问。

她下手实在太轻，不过每次他都配合得很好。可这回是在人头攒动的大街上，梁叙嘴角噙着笑，意味深长地看着这个姑娘。

"怎么叫？"他低下头认真地问，"难不成喊非礼？"

余声红着脖子扭向一边假装不想理睬，挣开他的手朝前走去。

十来米外围了一群人，有青年小孩老头老太。余声也凑过去往里看，地上放着一个正方形的大笼子，里头躺着四五只灰白色的小猫，一只只看着松软可爱极了。

有小孩嚷着让陪同的爷爷奶奶买一只，余声蹲在笼子前舍不得走，还伸出手指去逗。

卖家是一个四十来岁的阿姨，一脸笑意，还问她喜欢哪只。

余声抬头望向四周找梁叙。

他早已经站在她身后，随即也半蹲下来。阿姨像是遇到了真心要的买主，一个劲地看着余声还说要打开笼子给她抱一只出来摸摸。

"她这么喜欢。"阿姨看着梁叙说，"给女朋友买一只。"

说着话阿姨便已经动手打开笼子，抱了一只余声一直盯着看的小猫出来。

姑娘的心思全在小猫身上，一下子就乐了，轻轻放在怀里抚摸着它的小脑袋，嘴角弯得很深。

梁叙低头看着她纤细的手指,又去瞧那乖巧的眉眼。

"就要这只了。"他抬头说。

046

那只猫有本书那么大,放在掌心里小小的很脆弱。

梁叙多买了一个小笼子将它放在里头方便路上带,余声怕颠着它,将笼子紧紧抱在怀里。她心里眼里都搁着猫,连跟他去哪里都不在乎了。

北京那个下午的天真是蓝得不像话,长街上一个女孩子抱着猫笼身边跟着一个拎着一袋猫粮的男孩。

阳光自上而下溜在两人一猫身后,有忠诚的影子和即将立春时的光芒。

二十来分钟后,两人走进了一条长巷。

余声好似这才回过神来,脑袋向四处转了转"咦"了一下。巷子很长很长,还有很多小道。

"这是哪儿?"她问梁叙。

男生正是习惯性两手抄兜的样子,闻声故作玩味地"哟"了一声。

"大小姐。"他眉毛一抬,"难为您还记得我。"

余声被他这一副揶揄的模样弄笑了,腾出手就去拧他的胳膊。

梁叙左右躲闪,她一手抱着猫一手往他身上靠近。可惜她动作太慢,一不留神手里的笼子被梁叙拎去举得高高的。

"我的猫。"她伸长胳膊去拽。

梁叙故意逗她玩,拎着猫笼退了一步走到她身后。

余声又转过身去找他,细胳膊细腿怎么都敌不过他。看她一脸急切的样子梁叙笑着收了手,余声立刻抱了笼子回来搂在怀里。

"你别吓坏它。"她还心疼了。

梁叙仰天一声长叹,又低下头望了一眼睡熟的猫。胡同里的矮墙挡不住阳光,有一束落在她耳后。有家护院里的树干伸出来,胖鸟站在上头往下看着也叽喳叫唤。

那应该是一天中最好的时候。

余声跟着他走到一家琴行门口,看着他用钥匙开门然后进去。过了一条挂满吉他的长廊然后下楼梯,楼梯上亮着日光灯,接着她看到了一个地下室。

"那个谭叔是什么人?"听他大概一两句一讲,余声好奇了,"玩音乐很厉害吗?"

梁叙一笑："下次带你见见。"说完他已经将电热器插好对着她和猫,然后坐到一旁的椅子上,拿了把吉他搁怀里抬眼问她点什么歌。

余声还没想好,笼子里的小猫倒是先软绵绵地叫了一声。

她坐在一边看着他开始拨弦便笑了。

两三年前他在小凉庄的高中地下室也是这样子,安静下来手下挑着弦嗓子里轻声慢吼。从前的冲动喊嗓以气势压人,现在早已变得低沉稳重,指间弹出来的曲子有着沧桑和沉静。

没有一句词,听起来很不一样。

足足有五六分钟他一直在无声地弹着,目光随着手指拨弦的动作行走,像是纯音乐却又明显不同,曲子里流淌出的感觉有些许特别,还有他拍打着吉他板的厚重声。

弹完一曲后,他抬眼看她。

"这是什么?"她问。

梁叙本来想弹首歌给她听,或许是这样的气氛下声音都是累赘,于是他改了主意,忽然间脑子里有某些东西一闪而过。谭家明在那天的后来问他想做什么样的摇滚,他想起了几年前给 H&B 发的那个 Demo。

"后摇。"他看着她的眼睛,似乎确定了什么,"摇滚的一种。"

余声听得迷迷糊糊,却又感到欣喜和骄傲。她抱着猫听他讲上世纪七十年代遇上九十年代,电子音乐融入旧式摇滚。

屋子里一片平和,连呼吸都静下来,他说这些的时候眼睛里带着光彩。

那天他们一直待到天快黑才走。

巷子外再往前有一条夜市街,梁叙带她去逛了逛吃了晚饭后回了红砖胡同。一到屋里余声就打开笼子将猫抱出来,小不点获得自由,一下蹿到了床上。

房子暖气很足,一切都是新的。余声小跑到床边将它抱在怀里不愿放下,一抬眼听梁叙说要出去一趟,她也没问只是应了一声便又低下头去逗猫,给它喂猫粮。

过了会儿,梁叙回来了。

他拿着一个大纸箱子说要给小猫做窝,余声乐得不行抱着猫一起看他忙活,时不时地给他递去胶带,没多久一个有着洞门的小窝就做好了。

"来吧。"梁叙接过她怀里的猫,"小祖宗。"

余声"扑哧"一声笑了。

"我们给它起个什么名儿好啊?"她一边问他一边伸着食指去碰小猫的嘴巴,

"好听点的。"

梁叙看了她一眼,认真地思考了一下:"余声?"

"嗯?"她后知后觉才反应过来这是作弄她,伸手去挝他,梁叙大笑着将她一把拉在怀里。余声起初抗议地扭了扭,拗不过他的禁锢索性变乖了。

他身上有种神奇的让她安心的力量。

余声脸颊贴着他温热的胸膛,双手轻扯着他的衣摆,耳边是静静的深夜和小猫抠着纸箱的声音,她慢慢闭上眼睛叫:"梁叙啊。"

他低低地应了声。

"我会一直支持你的。"她说。

梁叙抱着她的手用了力气将她禁锢紧,眼眸深沉而柔软。不管是以前还是现在,她说什么都是这么轻松自由却又无比坚定。

天空中一团又一团的云飘忽而过,像是过日子一样一天又一天,整座城市开始奔忙起来。

三月初一场春雨刚过,余声便从红砖胡同撤退到学校。

大三下学期依旧有几门专业课要上,室内和景观设计还附加外出学习。

有时候她闲了也会过去找他。

他现在几乎已经不再去酒吧,平时多待在修车铺子或者琴行。当初的那种劲儿似乎又回来了,整个人活在音乐里天天熬夜,无法自拔。

余声在一个周六的傍晚跑去了琴行。

她还在公交车上时,接到了方杨迟来的报告四级喜讯的电话。

那边的姑娘连声音都带着笑,和她分享着这份来之不易的快乐,再问及接下来的打算,这姑娘全身每个细胞都充满自信。

"等过了六级请你吃大餐。"方杨说。

聊了几句对方似乎已经到图书馆,余声舍不得打扰她便挂了电话,看着窗外夕阳下车水马龙的长街,既有感慨又多了些惆怅。

她到琴行时只有梁叙和周显在。

她往地下室瞄了一眼看见那两人正在讨论什么,便又悄悄退了出去,坐在琴行门口的地砖上抬眼望天。隐约听见有脚步声靠近,她一仰头便瞧见李谓走了过来。

"怎么不进去?"

"他们在忙。"余声说,"还是在外头等好了。"

于是李谓也停下脚步在她身边坐下来,两人之间有短暂的沉默。

余声以为这男生会问有关陈天阳的事情，可竟然一句都没有听到。

"余声，你觉得小凉庄好还是北京好？"

李谓忽然出声这样问，令余声有些莫名，她瞧着什么都没有的天空又去看巷子口的路灯，那灯年代久了昏昏暗暗，从里到外看全是岁月的痕迹。

"小凉庄。"她想了一会儿说，"这儿都看不到星斗。"

话音一落后身后有人轻笑了一声，余声立刻回头去望。自打刚才她去地下室梁叙就看见了，和周显说了两句便匆匆出来，没想到她和李谓聊得还挺欢。

说着李谓站起来，给他们腾出地儿进去了。

梁叙拉着她从地上站起来，拍了拍她裤子上的土。

巷子没什么行人一切都很安静，尘埃在光下四处纷飞。

"这地儿多凉你就坐。"

"李谓也坐了。"她还强词夺理，"不算是很凉。"

"你能和男的比？"毕竟仍是三月的天，大地还没彻底回暖。梁叙推开门找了把小凳子让她坐下，又看了眼时间，"在这等着，我进去拿衣服。"

梁叙转身去了地下室。

按理来说本应有点动静，可他下去的时候看到的是周显趴在桌上睡觉，李谓正将放在一边的外套给男生披上。

两人似乎都心知肚明，一个不抬头不出声，一个也当什么都没发生过。

做完这些李谓便出去了。

梁叙拿过衣服一边走一边往身上穿，扫了旁边一同上楼的李谓一眼。面对这样的事情他相信当事人更加不知所措，慢慢走到一层，自然光代替了日光灯的光。

"应该刚睡下。"他说，"怎么都不叫一声？"

李谓自嘲地笑了一下。

"装睡的怎么叫醒。"话竟也落寞。

梁叙看见门口乖乖坐着的姑娘，止了声朝她走过去。

李谓心情就那样，说着可不想当电灯泡的玩笑话先走一步。余声看着那个已走远的身影，轻轻拽了拽梁叙的袖子。

"你有没有觉得李谓有些奇怪？"

梁叙被她的突然一问弄得怔了半秒。

"瞎琢磨什么呢？"他揉了下脖子，将她的手紧攥在掌心里，"有这工夫还不如想想一会儿咱们吃什么。"

余声的注意力瞬间被转移,跟着梁叙去了小吃街。

她在学校写了一中午的实验报告,这会儿早累了,吃着饭呢就想她的猫了。

047

两人回去租屋的路上,到处挤满了人。

他们走在这繁华如花的北京城里瞬间便被湮没。余声感受着他手掌的温度和湿度,想起了他抱着吉他时的样子。

胡同里这个时间已经安静下来。

余声跟着他回到屋子里,迎面扑来的都是他的味道。其其这会儿不知道是不是钻到了床底下不见影儿,余声四处找不着,后来被他从柜子里逮了出来。

"你们俩先去阳台玩。"梁叙一边将床上乱七八糟的衣服书籍随手一揽往桌上和箱子里堆,一边对她说,"等我这儿收拾干净再过来。"

余声想帮忙来着,可他动作利索不给她机会。

她怀里抱着其其感觉它变重了,实在太期盼它快快长大。

说起给小猫起名字的事儿是几天前她在宿舍忽然想起来的,随即就给他打电话。他问为什么叫这个,她模棱两可支支吾吾说着喜欢啊。

现在看来这小猫吃得还不少。

梁叙很快就收拾干净了,然后将墙角早已准备好的木质折叠床展开放在大床外边,又从柜子里翻出被褥铺好。余声和猫都看得愣了,而后其其叫了一声。

"你干吗买这个?"她问。

梁叙喘了口气,意味深长地看她一眼。那双眼睛是真干净,跟盛着清水似的。他摸了摸鼻子沉吟一下,凝视着她疑惑的目光。

"床太软。"他错开视线,"我睡不惯。"

余声迟疑地"哦"了一下,也没再说什么又低下头和猫玩。和往常一样,梁叙翻了件短袖、膝盖裤去卫生间换上,又匆匆洗了把脸,出来的时候她还在逗猫。

他走过去将猫从她怀里拿过来往地上一丢。

"去洗漱。"他拉过她,"都几点了。"

事实上她在他这里没怎么待过,除了年后那几天在这儿睡下,平时只有周末才过来。就跟平常男女朋友一样,说一会儿话然后早晨一起醒来再奔向各自的生活。

再次钻进被窝里都十点多了,她身上穿着薄毛衣和秋裤,床垫下有电褥子的温度一点点渗上来,暖和极了。

梁叙正枕着手臂闭着眼睛，干净的黑色短袖松松地贴在皮肤上。

房间里只留着床前暗淡的壁灯，窗户没有拉帘子，有白月光洒进来，落在地上还有他的脚边。

余声趴在床上将脸侧向他，依稀只看得清他硬朗的侧脸和紧抿的薄唇。

"睡不着？"那双唇忽然动了。

余声轻轻地"嗯"了一下，接着便看见他睁开眼看过来。

她的脸又白又小，头发较年前长了，搭在颈间，依旧有些软软地翘起。

"给你瞧样东西。"他说，"看不看？"

余声眼睛亮了一下："什么呀？"

阳台边上蹲着的其其喵了一声，像是在附和她。白月光从他床脚慢慢滑过到了墙壁上，像是慢动作回放一样悄然走过。

"先把眼睛闭上。"他嗓子里带着笑。

余声不知道他要干什么，还是听话照做。过了好几分钟还没有动静，余声闭着眼有些急了，只听见有什么东西"唰唰"在响。

"我没说话不许睁开眼睛知道吗？"接着她又听他道。

一两分钟后终于被通知可以了，余声眨了好几下眼睛才看清，墙上被壁灯照耀的地方有一个清晰的光影，那双修长的手里拿着一个用纸做的五角星物件，怎么看都有着星辰的样子。

他一手枕在脑后，一手举着那物件。

余声将被子往颈边轻轻拽了拽，微微挪了下脖子找了个舒服的位置枕在床上。她看着墙上的光影，嘴角弯起来慢慢闭上眼睛睡着了。

第二天她醒来时天已经微微亮起来。

折叠床已经被收起来，昨晚睡前知道他这周单休，今天还要去琴行，余声心里有着自己的盘算，说了不去，他走前已经买好热粥小菜放在床头。那张折纸塞在她的枕边，平凡漂亮。

其其趴在身边一直叫，余声才懒洋洋地爬起来。

她一个人吃了早餐然后揣着手机跑出去溜达，周末的街道人比以往更多，余声去了就近的市场，那里有卖各种商品的铺子。

她一家一家转，看得眼花缭乱，后来买了很多房间里可摆的装饰品，等她从市场里转出来已是日上三竿，手上拎了两大袋子。

时间还不算太迟，她又在街上逛了一圈，寻了一个玉石店走进去。

她跟在陆雅身边那么多年，识玉的本事还是有的。

余声穿着太简单朴素，女店员也只是象征性地过来问了一下，又热情地向旁边一对夫妻走去。余声在柜台边来回转了两圈，目光在一个吊坠是象牙模样半根大拇指长的透明白色玉石面前停留了好一会儿。

"那个我要了。"她对店员说。

后者看了她好几眼，想说什么还是没开口，从专柜里将那象牙玉石拿出来，正要用盒子包装起来被她拦住了。

"直接给我就好。"

店员愣了一下递给她，余声往兜里一塞然后刷卡付账走了出去。

外边的太阳这会儿已经很晒了，她拎着一堆东西走一会儿歇一会儿用了二十多分钟才回到租屋。

然后她便开始大张旗鼓地布置起来。

梁叙打电话过来的时候已经一两点了，她将房子弄得差不多了正坐在床上休息。他似乎听到了她的轻喘，下意识地皱眉："做什么了喘成这样？"

梁叙放下吉他，抽身去了外头一边抽烟一边问她。

余声喝了几口水避重就轻说自己刚才做了几个俯卧撑累坏了，惹得梁叙笑了。

"你还会做俯卧撑？"他问。

余声被他一噎："那有什么难的。"

梁叙这回笑得更厉害了，夹着烟的手挠了下额头。那天的凉风自西向东，将他烟头的火星吹得奇亮。

"中午吃的什么？"他吸了口烟，又问。

此时余声忙活大半天早已饥肠辘辘，就连其其都不能安慰她。

"就随便吃了点。"她眼珠子转了转，说到最后声音都小了，"你什么时候忙完啊？"

梁叙低头弹了几下烟灰："再一会儿。"说完他又补了句，"要是无聊就出去逛逛，别老闷在房子里，听到没有，我忙完就回去了。"

挂了电话他抬头看太阳正在西下。

梁叙抽完一根烟又进了琴行，周显和陈皮正各自忙着手里的工作。他们最近作曲子学乐器，平时能凑在一起的时间也并不多。

地下室里就他们仨，吉他震天响。

陈皮将耳机拿下来伸了伸懒腰，靠在椅子上伸直了腿休息，看那样子着实累着了，不停地打着哈欠唉声叹气。

"谭叔到底啥意思。"陈皮絮叨，"这都多久了，就这样不管我们？"

周显看过去一眼又低头弄自己的，梁叙没听见似的由着这家伙自言自语。

这会儿除了琴声还有下楼梯的脚步声，三个人同时看去。

"说我什么坏话呢？"谭家明已经走进来。

陈皮跟做坏事被老师抓住一样立刻坐端正，一不小心碰到贝斯差点掉到地上。梁叙勾着嘴角笑了一下，周显也停下动作。

谭家明看了他们仨一眼："喝一杯去？"

这提议那两人自然是没什么意见，梁叙看了下时间让他们几个先去，自己回了红砖胡同找余声。可他一到租屋就看见她和猫睡熟在床上，连房门都没关严实。

然后他脚步一停，被屋里的陈设惊得一愣。

墙上贴着淡绿色的壁纸，桌子上摆着一些女孩子喜欢的小物件，阳台上挂着他昨晚的脏衣服，似乎已经被太阳晒得差不多了，风从窗户吹进来衣摆一摇一晃。

这感觉真温馨。

余声听到动静慢慢动了动，手指揉了揉眼睛。

其其被她抬手的动作也弄得睁开眼，一人一猫同时看到梁叙，人醒了猫溜了。

梁叙俯身蹲在床边看着将醒未醒的姑娘。

"你这么贤惠。"他说，"我压力真大。"

余声嘻嘻一笑，从床上坐起来，得意地扫了一圈屋子。她身上的毛衣看着柔软极了，松松垮垮地搭在颈间，锁骨很清晰。

"我厉害吧？"她歪着脑袋看他。

梁叙低声点头直笑，然后将她的腿移到床下给她穿鞋子。

纯白色的帆布鞋简单大方，她随随便便一穿，哪怕什么都不做看着就很乖了。

"我们要出去吗？"她问。

梁叙"嗯"了一下，抬眼说："带你见个人。"

然后他拿过被子上的墨蓝色外套给她穿上，余声得知要见的人是谭家明还挺兴奋，屁颠屁颠地跟在梁叙后头就去了。

梁叙拦了出租车，路上不知道前头怎么回事儿特别堵。

距离说好的地方已不太远，他便带她下车徒步过去。

余声走在街上四面看着，一蹦一跳，一会儿扯着梁叙的袖子一会儿又丢开他自己往前跑。过马路的时候她不知往哪儿看，红灯都没注意，被他一拉，她下意识地就拽住他的胳膊。

"什么呀这么硬?"她吃了一惊。

或许就是蹭到了他胳膊肘上的骨头,可这话在成年人耳里怎么听都有些别的意思。旁边的汽车一辆接着一辆驶过,梁叙还握着她的手目光很静。

"要不再摸一下?"他微俯身说话声又低又轻,"软着呢。"

048

那是谭家明一个老友的私人酒吧,来去的都是一些交好的熟客。他们到时一群人聊得正欢,陈皮和周显刚碰了一杯。

余声被梁叙拉着手乖乖跟在后头。

陈皮一口酒灌嘴里扬手叫他们,像笼子里的鸟重见天日似的兴致极好。

余声看到那个唯一陌生的人心下了然,一时觉得特别熟悉。

"叫谭叔。"梁叙说。

余声微微颔首乖乖地叫了一声,便随着梁叙坐下听他们聊。

谭家明看起来像个老朋友时而笑一下,话挺少的,都是陈皮在唠叨。梁叙一边给她倒橙汁喝,一边搭上一两句话。

酒吧里人不多,三两一堆。

过了一会儿听到谭家明说起摇滚乐,好像是自打她坐下到现在才提起来,余声听不懂他们之间的专业术语,但从他们几个的眼神里看到了不一样的东西。

那是梁叙喜欢的事情。

说起下一步打算陈皮听见谭家明说"继续练"的时候哀号问天,梁叙倒是没有什么大的表情变化,端起酒抿了一口放在桌上,没多少度数却辣得人揪心。

"对了谭叔。"陈皮忽然想到什么,问,"你认识薛岬吗?"

谭家明皱了下眉头:"怎么问起这个?"

听到这个名字梁叙也下意识地蹙眉朝陈皮看过去,后者被这几个人的目光一堵,随口提了句年前那场架。

周显面目也凝重起来,这才知道原来那晚李谓揍的就是这个人。

"是个玩摇滚的料,就是不走正道。"谭家明看了他们一眼,"知道他哥是谁吗?"

余声也认真听起来。

"薛氏集团应该知道吧。"

陈皮惊恐地"啊"了一声，然后慢慢偏头看向沉默下来的梁叙，有些后悔提这一茬。可许镜提醒过总得长点心，知道了总归不是坏事儿。

梁叙又往喉咙里灌了几口酒。

"你少喝点。"余声扯了扯他的袖子。

或许是她这句话再次将气氛搅和起来，其余几人都笑了。

周显将桌上的酒瓶全揽到地上，像是配合余声的做法。

梁叙果真不再动酒了。

时间慢慢地溜到傍晚，陈皮喝得有些醉。谭家明没再多坐，起身先走一步。余声看着男人远去的身影，目光扫到手腕上的手表时怔了一下。

陈皮交给了周显，梁叙带她也离开了。

时间已经不早了，梁叙拦车送她回学校，出租车里灯光很暗，梁叙靠在椅背上一手握着她一手捏着眉心。

余声以为他喝了酒有些不舒服，轻轻依偎着他没多说话。

到了学校，两人沿着小路往里走。

两边不时来来往往一些男女学生，迎面的凉风一吹，梁叙清醒大半。他低头看了眼安安静静的余声，有些恼怒自己莫名其妙情绪化。

"冷不冷？"梁叙问。

余声摇了摇头。

"你呢？"她问。

梁叙笑了一下："我不冷。"

小路两边的大树都长了叶子，随着风吹簌簌直响。

梁叙挡着南边吹过来的风将她拉至身前，余声却忽然停下脚步不走了。

他正要开口，看见她从怀里掏出一个东西来。

前方拐角处的路灯光芒微弱，落在他们这儿更像是火柴快熄灭时的样子。

梁叙还没看清她拿的什么东西，余声已经踮着脚将吊着象牙的黑色细绳套上他的脖子。

"不许摘。"她先他一步开口，"这是福气。"

梁叙看着她那双赤诚的眼睛，一句话也说不出来了。

他有些明白面前这个冰清玉洁的姑娘实际上什么都懂就是不说出来，而总会用一些特别的方式让他觉得心安并且感动。

他垂眸看了一眼象牙坠子再看她。

女孩子嘴角的梨窝若隐若现，一如当年小凉庄初见时她站在巷口，岁月静好的样子。余声歪着头对他一笑，似乎还不好意思了，拉起他的手朝前走去。

那个晚上直到后来剩下梁叙一个人，他沿着红砖胡同往里走，走着走着就笑了，然后抬手摸了摸坠在胸前的象牙，再抬眼看前方的路时目光早已平静淡然。

北京城的烟花三月转瞬即逝。

那段时间他几乎每个晚上都直接下班回琴行，摸着吉他弹到深夜，要么就是琢磨着初级钢琴谱，有时候也会试试做个小样，却从未满意过，事实上至今他都不清楚谭家明葫芦里卖的什么药。

陈皮也总拿着贝斯消磨时间。他们这支乐队到现在依旧是个雏形，连代表曲子都拿不出来。周显仍是老样子，除了吉他之外，对于萨克斯也学有小成。

不过按谭叔说的来做总归不会错。

日子就这样平平淡淡地过去，没什么事发生，一切都很平静。

相较于梁叙成魔成疯地努力，余声也开始将心思放在古建筑研究方面，蹭着图书馆的无线网络听了一节又一节选修课。

那天和往常一样她去上自习。

陈天阳最近兼职做得少了，有时也跟着她一起去。

不知道是不是余声敏感，她总觉得陈天阳哪里变了，不像以前那么潇洒爽快，更像个小女人一样，在这不算暖和的天气里从来都是打底裤超短裙。

于是路上她便问了："你谈男朋友了？"

"怎么可能。"陈天阳否定得很快，随即又犹豫起来，"不过也快了。"

那句话的意思余声怎么会不理解，笑了笑便没再深究下去。

两个人去了图书馆的不同楼层，余声在六楼待习惯了，总去阅览室角落里。

她插上电脑开始联网听课。

除了各大院校的课外视频也经常会去搜一些TED演讲看，那些教授对于古建筑的钻研总是让人叹服。

余声想起多年前梁思成奔波在外寻找保护这些古代建筑的样子，一定虽然艰苦却也迷人。

过了大半天余声才听完一节课，趁着休息的时间正准备去趟洗手间，耳边冷不丁传来熟悉的声音。余声原地停了一下偏头寻过去，两个女生正凑在一块儿兴奋地看什么视频重播，可能是因为这个馆人少或者没戴耳机便开着外放。

"我相信这会是一个新的开始。"说这句话的男人此时正站在一个发布会上，各路记者的闪光灯将其围堵。

余声不可思议地看着屏幕里出现的张魏然,不敢相信这人摇身一变成了地产大亨。随后屏幕转到晚会现场,张魏然一路穿过红毯,和周围人推杯换盏笑逐颜开。

看那场面似乎请了很多名流,余声眼神一扫竟然发现了薛天,屏幕下方有副标题"薛氏集团"。

重要的是薛天身边的女人不是许镜。

余声心里埋着一万个疑问走出去,上完洗手间在窗外吹了会儿风。她从口袋里摸出手机思考了好一会儿又塞回兜里,本来也不知是要打给谁。

下午六七点的时候梁叙照例打了电话过来。

他刚在修车铺忙完打算往琴行那边赶,就想问问她吃了没有。电话里听她的声音似乎很疲倦,他便多问了两句,得知没事才挂掉电话。

他又打算在琴行待上一夜。

整个晚上梁叙都有些心不在焉,吉他弹错了好几个调。陈皮和周显都听出来了,抬眼看他,后者一脸烦躁地拢了把头发。

"怎么了你?"陈皮多嘴问了一句。

梁叙揉了揉脖子重重地吐了口气,将头往椅后一仰闭上了眼睛。

陈皮在这边过夜实在无聊,难得寻一个乐子,一脸"知你者陈皮也":"不会是想余声了吧。"

梁叙懒懒地睁开眸子睨了那家伙一眼:"滚蛋。"

后者被周显笑话耸了耸肩不作声了,梁叙慢慢又合上眼睛。

这个深夜不知道为什么他总觉得心里头堵得慌,又迅速睁开眼在椅子上坐好给余声打电话,那边却已关机。

梁叙还是那样将就着过了一夜。

翌日是个周五,梁叙一大清早又拨了好几个电话过去,仍是关机。

他这下真的有些不淡定了,从李谓那儿要到了陈天阳的电话,一问才知道余声昨晚压根就没有回宿舍。

梁叙没犹豫直接请了假打算去她的学校。

半路似乎意识到什么,他改了主意回了红砖胡同,几步蹿上二楼打开租屋的门呼吸都停了。其其趴在她脚下看见他叫起来,床上的女孩子枕着一只胳膊还在熟睡,那时也不过七八点。

梁叙这时候才真的松了一口气。

他慢慢走上前替她掖了掖被子,那一瞬间余声醒了过来,差点以为自己出现幻觉。

梁叙探身拿过她枕边的手机看了下,一两句简单解释完然后冷了脸。

"知道错了吗?"

余声还愣着:"我又不是故意的。"

女朋友这么犯迷糊梁叙实在不能太要求什么,想起他刚才都快疯了的样子也着实无奈。

那一天两人都没有出门,她逃了课和他在屋里待着。他看有关修车的书又琢磨曲子,余声用他的手机玩游戏。

傍晚时分她蹲在阳台上逗猫玩。

梁叙从外头买了晚饭回来天色已经暗了,他带了清粥小菜叫她过来吃饭,余声蹦跳着在小桌旁刚坐下,其其叫着跟过来甩了她一身毛。

"它最近是不是发情了。"想起这猫今儿叫唤了一天,梁叙皱眉,"老是叫个不停。"

余声眨眨眼:"发情为什么要叫?"

"……"梁叙舌尖舔过嘴角,脑子里一闪而过某种画面,然后咳了几声不是很自在地说,"以后你就知道了。"

余声瞪了他一眼然后低头看猫:"你知道吗?"

"它知道个屁。"梁叙给她碗里夹菜,恨不得这话题快过去,"赶紧吃饭。"

余声:"……"

直到后来她才意识到梁叙嘴里那句话是什么意思,但已经太晚了,深夜里租屋窗帘紧拉房门紧锁,只有温存过后的淡淡味道和红砖胡同外的几声狗吠。

第十章
再回小凉庄

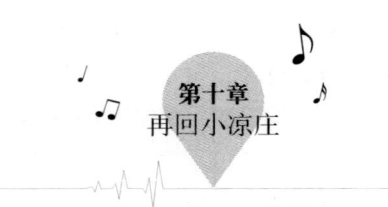

049

北京的春天是真的来了。

街道上全是绿的树红的花，有着朝气的姿态仰头沐浴阳光。这么大一座城市遇见熟人不容易，认错一个背影却时时有。

四月中旬的时候余声她们宿舍几乎空了。

那两个大二开始就准备考证、考研的室友已经搬出去独自复习，陈天阳也在找正经的实习单位天天在外头跑。除了夜晚两人才能说两句话之外，平时几乎见不上面，大三下的教室里逃课的比上课的都多。

方杨在一个晴天的下午给余声打了电话。

当时余声正在图书馆听 TED，得知电话那头的姑娘已经到她学校大门口有些惊讶。在她的印象里方杨一旦陷入某种长期或短期状态，是不会轻易走出来的。

可是见了面余声还是震撼到了。

方杨穿着厚厚的高领毛衣黑色外套，头发自脑后束起打到腰间，一张脸看起来特别苍白疲惫，比几个月前相见瘦了一大圈。

"怎么这会儿过来了？"余声走近。

"没啥。"方杨笑了笑，"就过来看看你。"

余声看着那笑容有些难过，她或许清楚方杨的梦想和努力却不知该如何安慰。两个人去了学校假山附近的一张长椅上坐下，太阳从湖面飘过来晒到脚下。

"复习得怎么样？"余声问。

方杨停了一下才说："挺好的。"这样哪是挺好，声音里全是落寞。

"你别给自己这么大压力。"余声挽上方杨的胳膊，轻叹了口气，"顺其自然知道吗？"

方杨缓缓地做了个深呼吸。

"我知道还有八个月呢，没事儿。"这句话说得挺有精神，方杨自己也笑了，

"你最近干吗了？"

"我啊。"余声凝神想了下，说，"上课、图书馆。"说到这个她又想起什么，"周末会去找梁叙玩。"

"梁叙现在做什么呢？"

"上班啊。"余声说，"然后做他自己的事情。"

方杨大概知道一点那个男生玩音乐的事，对于这点坚持还是挺佩服的。从小凉庄跑来北京，一无所有到现在站稳脚跟，不知需要多大的勇气。

"那时候还真没想过你俩……"方杨话没说完便笑了，"他人不错，我支持你。"

两个人就坐在那椅子上说了很久的话，方杨初来的无精打采早已消失得无影无踪。后来到了夕阳西下的时候，余声送方杨上车前接到梁叙的电话。

一两分钟后挂断，余声跟着方杨一起上了车。

"你怎么也上来了？"方杨一愣。

余声朝着司机师傅说了个地名，然后才看向身边的女孩子。

"梁叙说今晚陈皮有个表演。"余声说，"反正你回学校也多看不了几道题，一起去好了，就当放松一下。"

方杨犹豫了下点了点头。

过了半个多小时才到地方，她们下车时梁叙已经等在酒店门口。

余声拉着方杨走过去，后者有些腼腆，和梁叙淡淡一笑算是打招呼。

梁叙带她们俩上了二楼。

来看热闹的人还挺多，他们站在人比较少的地方，周显也在那站着看。舞台上正是两个小女孩玩着杂耍，上头拉一条横幅是在庆祝某厂开业五十周年。

陈皮的"栋笃笑"还排在后头。

这么喜庆的氛围让方杨轻松极了，整个人不再那么颓丧。

余声瞥过去一眼心安不少，又仰头去看舞台上的节目。

梁叙趁着热闹握上她的手将人扯了出去。

两个人退到层层叠叠的人群外头，他将她拉到一个过道的凹处。他们近一周没见，趁着这个机会不单独处会儿怎么行？

"方杨还在那儿。"她想挣开他。

"怕什么。"梁叙低头看她一眼，"周显陪着呢。"

他穿着灰色衬衫头发又剪短了，眉眼间虽然精神不错但仍透露着一丝疲惫。余声叹了一口气伸出食指摸了摸他下巴上的青胡楂，像是认真在看某一样物件。

"明天课多吗？"他问。

"只有早上一节，是个挺厉害的教授的课。"说到这儿，她看见梁叙已经轻轻拧上眉头不由得一笑，"不过我不喜欢。"

梁叙又抬了抬眉。

似乎是听见走廊外头有人说话，余声双手拽了拽他的衣袖眼里有急切之色。梁叙倒是满不在乎依旧将她堵在身前不松手，像是做好了"大白于天下"的打算。

余声咬了咬牙然后踮起脚，手指间用力将他的衣服揪着，嘴巴很快地挨了一下他的脸。趁着他还意外愣怔着，从他身侧溜了出去，很久之后梁叙才从那凹处漫不经心地走出来。

陈皮已经开始说起"栋笃笑"。

人群里时不时传出一阵掌声和笑声，梁叙斜靠在角落的窗台前往那边看，不一会儿身边过来一个人，他有些意外来的人竟然是谭家明。

"没想到那小子还有这本事。"

舞台上的陈皮动作幅度很大，一会儿甩头一会儿扮鬼脸吐出的金句和玩笑不少，除了做乐队，他在这方面也不知下了多少工夫。陈皮在台上那么自信，一如当初。

"还有，"谭家明说，"女朋友不错。"

梁叙笑了一下，将视线落在前方某处。

两个女孩子偶尔对视一下像是在说话，余声瘦瘦的，站在一群人里光背影看着都让人惦记。

节目快完事儿的时候，他们几个人走了。

方杨要坐车回学校，正好谭家明也是那个方向便一起离开。

天色早已黑透，梁叙带着余声回了租屋。那晚他们的心情都不错，余声洗了澡陪着其玩了好一会儿，才被他威逼利诱上床睡觉。

她趴在床上翻来覆去。

"梁叙啊。"她在黑暗里叫他，"你睡了没？"

折叠床慢慢发出一点轻微的声响，梁叙睁开一只眼伸长胳膊摸索着打开壁灯。昏黄的光亮瞬间盈满屋子，他侧了下身正对她。

"想什么呢，睡不着？"他问。

余声平躺在床上，眼睛看着天花板。壁灯是正方形的样子，上头有图案，落在墙上形成淡淡的光纹样子。

"谭叔的手表为什么不走啊？"

梁叙稍稍一怔，一手撑着脑袋看她的侧脸。

"我以前见过他，就在一座天桥下。"她像是才想起这事儿在回忆，"那天大雨他拉着手风琴。"说完她停了下又道，"我感觉他是个有故事的人。"

梁叙闻言低笑了一下。

"今天还和方杨说了好多话。"余声轻轻叹了一口气，"她高考没读到喜欢的专业现在要考研，我总觉得她把自己弄得很累。"

提到这个，梁叙想起一件事。

他一直没怎么干涉过她的专业方面，当初也以为她会学国画，像她母亲那样。梁叙抬眼静静凝视着她的嘴唇，然后将目光移向她的眼睛。

"你当初是因为喜欢才学的建筑艺术？"

他的声音在她安静下来之后响了起来，接下来是一段漫长的静默。其实也不过才几分钟而已，梁叙却像是等了很久一样。

她迟疑了下道："我要是说了你会不会凶我？"

梁叙声音平静："不会。"

像是得到肯定才感到安慰，余声狠狠吸了一口气，然后将视线从墙上收回，侧身面对着梁叙。两个人的目光在昏暗的光线里对视，其其已经睡着了没什么动静。

"我跟我妈学画很久，到后来已经成了习惯，不知道是不是喜欢。"余声枕着手臂，看着他漆黑的眼睛，"我爸呢，一直在外头出差和铁路打交道。"

余声说到这儿顿了一下。

"后来上大学我妈坚持要我学国画我不愿意。"

那是段比较煎熬的日子，梁叙入狱她又开始变得孤独，当时仿佛一瞬间所有的光亮都没了，世界里又剩下循规蹈矩和她一个人。

"后来呢？"他问。

寂静的房子里几乎没有其他动静，提到那段往事好像空气都不流动了。

梁叙怎么会不明白这两年里她承受了什么，自然也学着慢慢长大。

"后来我就闹啊，像当年去小凉庄读书一样。"余声这句话有些欢快，欢快过后又静寂下来，"除了画画我不知道自己喜欢什么，所以——"

梁叙替她说完："所以随便选了？"

余声还是怕他生气，小心翼翼地"嗯"了一声。这一声拉得很长很长，长到尾音是自然消失的，"不过后来变了。"最后这几个字倒是稍微扬起声来。

"怎么变了？"

"我现在喜欢古代建筑。"余声说,"学着蛮有意思。"

灯光在墙上打着固定的光晕,看久了便像是一幅画。余声说完有一会儿屋子里都没声响,她正要开口就看见梁叙从折叠床上坐了起来。

"你干吗?"她怔了一下。

他穿着灰色短袖,白色的象牙吊在胸膛上一摇一晃。他的双脚踩在地面的拖鞋上,黑色膝盖裤凌乱地掀在腿弯上。

"要不要我抱你睡?"昏暗里,他轻声问。

余声听完有一刹那愣住了,然后屏住呼吸抬眼瞧他。他的眼睛里有她熟悉的神色,余声在那注目里慢慢弯起嘴巴,点头"嗯"了一声。

其其像是在伸懒腰忽然叫了一下。

梁叙抱着被子上床贴近她的背,一只胳膊将她连带被子搂在怀里。

余声刚才所有的低落在此时都没了,每个毛孔里都是他淡淡的呼吸还有心跳。

"睡吧。"他说。

于是她在那温柔里慢慢闭上眼睛。

第二天醒来他已经去上班了,余声将房间收拾好,洗干净他的脏衣服才离开。到学校是下午两点左右,经过足球场她恰好撞见很多人在为校运动会做准备。

中央主席台上挂了横幅,大都是衣服一模一样的男女在球场上忙活,远远看去有两个熟悉的身影。

陈天阳和李谓并排走在太阳底下,像是在散步,男生又好像故意错开距离,女生又往男生跟前进了一步。余声没有打搅转身远离,然后在心里默默祝福他们。

050

那一天的北京城风和日丽,不管走在哪儿都能看见风变着花样往人身后溜。校园的林荫道上一对对男女依偎而行,衣摆轻轻摇晃。

余声慢慢走回宿舍。

难得偷来闲情逸致她也没再出去,抱着笔记本坐在床上找上世纪九十年代的香港喜剧电影看了又看。

室外有金黄色的太阳照进来。

电影看完了,余声戴着耳麦开始听歌,她抬头望向阳台上的落日余晖,眸子里有什么一闪而过,然后在搜索引擎里输入后摇,有很多代表作和音乐家弹出来。

她一首一首听过去,忽然有些难过,曲子要么低沉悲伤要么阴柔无语,有一种直击心底深处的震撼感，充满迷幻性和绝对自由。

太阳完全消失的时候她才回到现实。

宿舍的门被人从外头推开，陈天阳嘴里哼着SHE的《不想长大》进来了。

余声拿下耳麦做了个深呼吸，然后轻轻将电脑合上。

"看什么呢？"陈天阳扔给她一包零食，然后一边捶肩膀一边说，"今天都快累死我了。"

余声拆开零食袋问："你干吗了？"

"早上出去爬了个山中午回到学校吃了个饭。"陈天阳大咧咧地坐在椅子上跷着二郎腿，看起来没有一点抱怨的样子，"然后去足球场散了会儿步，在体育馆看了场篮球比赛。"

余声淡定地"哦"了一声："一个人吗？"

陈天阳抿了抿嘴巴，笑道："这种事儿一个人多没意思呀。"接着她又快速道，"和一个朋友。"

余声正要揶揄，手机响了。

那边梁叙应该是刚下班走在路上，可以听见他说话时还夹带着汽车驶过的声音。还是老掉牙的吃饭没有吃了什么，余声自回来连床都没下还是乖乖地撒谎说吃了清粥菜白，说完连自己都想咬舌头。

梁叙一边和她说话，一边在路边等公交车。车来了他投币上去找了个座位，那是走琴行方向的路，人偏少。

街上的路灯打进来一晃一晃的，车厢里寥寥几人，一会儿有光一会儿又暗了。

他平静地待在那变幻的光芒下。

两人一直说到他下车才挂断电话，梁叙从站牌慢慢走进巷子。他穿着白色短袖，外头是黑色衬衫，风扬起衣服一角，整个人在黑夜里都透出一种低沉气息。

地下室里陈皮和周显已经在了。

他们从跟着谭家明到现在已有近半年，除了学乐器之外好像还没有别的用处。陈皮乱七八糟地敲着鼓，已经没了最初的新鲜，周显相比来说情绪一直较平静，这会儿看样子也有些乏味。

梁叙走到桌前将吉他弹了起来。

"你俩说咱这什么时候是个头啊？"陈皮叹气。

兴许是昨晚的舞台效果和现在的冷漠安静对比太鲜明，陈皮心底里窝的那股火有些烧起来了。周显看了他们俩一眼摇了摇头，一言未发。

"真没劲。"陈皮又道。

梁叙将吉他往地上一竖靠着墙,从烟盒里抖出一根烟咬在嘴里点燃,抽了好几口之后将烟夹在指间垂下手,另一只手抬起揉了揉眉头然后往裤兜里一插。

"怎么算是有劲?"他问。

陈皮一听这个像是憋了一肚子话要说。

"咱玩这个少说也这么多年了。"陈皮梗着脖子,"现在就像是从头开始一样,我就不明白了,这谭叔把咱扔这儿到底什么意思?"

梁叙低着眉又将烟喂嘴里。

"反正我是窝够了,这还不如'栋笃笑'痛快。"

他们至今都没作成什么曲子,顶多就是偶尔弹一下连个小样都算不上。照这样下去一个个劲头都磨没了,还怎么玩摇滚?

"行了。"梁叙掐了烟,"少说两句。"然后他把吉他扔给周显,走去钢琴那边。

一分钟后有行云流水的调子跑出来,梁叙现在基本可以弹好几首完整的曲子了。

舒缓的音乐将室内的怨气抚平了。

后来有一周左右都不再见陈皮的人,基本都是他和周显两个人照旧过去。

于是在一个夕阳西下的傍晚,他们俩还在互相切磋之时,那个跑江湖的谭家明出现了,后面跟着陈皮,耷拉着脑袋跟蔫了的破草一样。

谭家明什么也没多说,直接带他们仨去了一个地方,出租车师傅几乎绕了小半个市区才到。外头跟荒郊野外差不多,他们一直走了一公里,才看到一个几百平方米的废旧厂楼,远远就听见一些吵吵嚷嚷的声音。

几人再走近才看清那厂楼里有一群人,陈皮忍不住咽了咽唾沫。

谭家明带他们走进去停在一根柱子边,十来米外就是几个人抱着吉他敲着鼓玩,附近也围了一圈慕名赶来的爱好者。

"他们一会儿在这里有个比赛。"谭家明说。

这么大一个空间里他们互不干扰,认真一数差不多有五六支乐队,各自一块地方玩着自己的摇滚。或许还有部分没有来,也有可能就在路上。

"这都谁组织的?"陈皮看着那些人问。

谭家明有意无意地瞥过梁叙一眼:"一个神秘人。"顿了下他才又道,"他从没有出现过,圈里人都叫他影子。"

日子虽近五月,逢深夜却仍渗着冷意。

"他们有的签了唱片公司有的没签。"谭家明给他们指了指其中两支签约的,"地下乐队就这么玩,没准十年后还是老样子。"

比赛在半个多小时后开始了。

地上就铺了一个很大的破布帐篷,外边围了一圈又一圈男女发烧友。

他们几个人被挤在人群中间,光看着就让人热血沸腾。

每一支乐队都有自己要表达的态度。

那还是摇滚发展比较低迷的时候,尤其他们这种地下乐队知道的人甚少,大都是混出点名堂然后幸运地签了公司,成绩平平,不服输为了梦想继续扛着混着。

那曲子比正经的音乐人作得还好。

后来深夜里结束后他们一个个都沉默了,今晚的震撼对他们而言实在太大了,像走进了另一个天地。

谭家明看着这几个二十二三岁的年轻人,像是在看二十年前的自己。

"知道我为什么叫你们来吗?"

梁叙和周显都没吭声,平静地走着。

"知道。"陈皮说话都没了神,"来了至多给人家提鞋。"

谭家明哼笑了一声:"你们底子是不错,但注意力太分散,学得也散。"继而他又笑了,"基本功都没准备好来了也只有被打击和丢人的份儿。"

路上不时有发烧友骑车远去。

"你们俩虽然不怎么表现出来。"谭家明看了梁叙和周显一眼,"但肯定也是不太认同的对吧。"

梁叙的目光闪了一下。

"做人浮躁。"谭家明又收了那短暂的笑,看向陈皮压重了声音,"沉不住气。"

陈皮缩着脑袋不说话了。

"连这点时间都熬不过以后的路怎么走?"谭家明说,"日子长着呢小子。"

身后这时候忽然响起一阵由远及近的摩托声,前头那灯光打得亮人眼。梁叙皱眉看过去,足足有三四辆摩托车开了过来,各带着一个人。

摩托车在他们前边停下,为首的那个人取下头盔。

"哟——"那人嬉皮笑脸,"是谭叔啊。"

周显和陈皮立刻认出此人正是薛岬。

薛岬眉毛一挑:"您也来看比赛?"说完他扫过他们一眼。

谭家明说:"薛少爷别来无恙。"

车灯打在梁叙这边,他微微偏头薄唇紧抿。

没想到下一秒薛岬的视线便掠了过来,深深看了梁叙一眼,又斜挑周显一眼。

"回头再聚。"不知他在应谁,"咱来日方长。"说完薛岬抬手对他们做了个枪毙的动作,然后哈哈一笑,领着那群人骑车走了。等那伙人走远谭家明朝他们看过去,一个个表情都冷峻极了。

"等你们真正入了行。"谭家明说,"有的是交手的机会。"

梁叙看着远去的车影,目光漆黑深敛。

他那晚回到租屋已经三点左右,洗了个冷水澡往床上一躺,光着上身的胸膛还残留着水滴,慢慢地沿着腹肌滑下渗入到皮带上。

其其从墙角一跃跳上了床,一双小爪子去钩他的象牙,梁叙将它的两只爪子提起来立在身前,看着一直喵喵叫的小猫,半晌之后沉重地吐了口气。

经过那晚之后,再也没人有过质疑。

地下室里的三个人几乎每个夜晚相聚,然后相互练习,往往到深更半夜还能听见里头有人弹琴。

他们不辞辛苦,一如既往地沉默付出,跟着谭家明从天黑玩到天亮。

051

那段日子对于梁叙实在太为珍贵,以至于后来他平凡地活着时再回想起也会泪眼蒙眬,那是他为理想不顾一切地坚持过后,有过迟疑纠结却从不后悔的时光,在那段时光里有汗水和满足。

谭家明曾经问他为什么喜欢后摇,他说可能是由于它最接近于他内心想要表达的东西。至于那东西是什么,他也说不清楚。

一切平和而静谧地发生着。

北京的初夏就要来了,其其也长成大猫了。梁叙时而会空出一些时间去学校里找余声,图书馆里她看书他趴在一边睡觉,像高中时一样。

六月末的一天梁叙四五点便下了班。

琴行里陈皮玩乐说着"栋笃笑",只有周显一个观众,可那家伙仍说得不亦乐乎。梁叙倚靠在架子鼓前也跟着听,三个人活生生地把地下室搞成了一个小舞台。

陈皮说完,梁叙敲起了鼓。

"来段唐朝的。"陈皮喊。

梁叙抬了抬眼皮,手下用了劲儿打在鼓上,顿时激越、铿锵、富有节奏感的鼓声响彻琴行，速度快如闪电。他穿着黑色短袖，脖子上的象牙晃得人眼花。

周显也拿起吉他附和起来，一曲弹完说着再来个崔健的。

陈皮立刻吆喝："《一块红布》。"

他们沉浸在自己的世界里与人生抗衡，架子鼓敲得震天响，浑身都是蓄积的力量。那两个月谭家明来来去去和以前差不多，偶尔出现喝点小酒和他们玩玩音乐。他们演奏过程中出现了什么问题，这个人总能及时出现然后毫不客气地一顿批评。

再后来陈皮便叫这人为老谭。

于是就在他们以为时间差不多可以出山的时候，谭家明又做了一个决定，他们仨终于明白即使三个臭皮匠终究还是不如一个诸葛亮。

梁叙向车行请了一周假。

他记得那天是北京的七月初一，街道都快被太阳晒干了。他穿着黑色短袖，衬衫甩在肩上沿着人行道往前走。阳光直直地贴着皮肤，像被烫伤了一样。

那会儿余声刚考完最后一门功课。

接到他的电话时她正往宿舍方向走，余声怕他来回跑，便谎称自己已经在去租屋的路上了。她很快回宿舍换了身干净衣服再出发，正是中午下班时间公交车走走停停一直在堵。

距离近两三站时她下车开始步行。

不知道是不是她的错觉，路对面的站牌也有一个人在等公交。

许镜穿着朴素的黑白棉布裙子，手里提着简单的帆布袋，整个人看起来比方杨变化还大，似乎风一吹就能倒下去。

许镜在抬眼的时候也看见了她。

有行人一群群地穿过马路，许镜没有上车，跟着人流走了过来。

余声至今都不知道为什么当时自己没有走，而是在耐心地等待着对面的人。

"是去找梁叙？"许镜已经站在她面前。

余声没有说话，但眼神已经表示了。路边的人来来往往，车子永远没停过。夏天里太阳干燥却温暖，生活平常心情也平常。

"当年你和他好的时候我还在想，像你这样的大小姐会玩到什么时候。"许镜声音很淡，甚至还笑了，"真没有想到。"

余声认真地看着对面的女人。

"我很羡慕你。"许镜说，"真的。"

公交车走了，又一群人挤在路边等下一辆。

灯光从上往下落在许镜的脸上，淡淡的没有任何脂粉味道。

余声早该意识到当薛天身边换了别人之后许镜的结局，毕竟对于那些人而言，喜新厌旧是常理。

"你可能不知道，我是青草坪第一个考上大学的。"许镜扯了扯嘴角，"我爸当年几乎请了全村的人，他以前有多为我骄傲，现在就有多抬不起头。"

风将女人的头发吹到肩上。

"我害了梁叙。"许镜眼睛里泛起水光，"可我也付出了代价，当年我大概也就比你大一岁吧。"

余声脸色很淡漠："那是你的事。"

许镜就这样看着她，缓缓笑了一下。

"你错在不该让梁叙来偿还。"余声说，"他那么年轻，本该前途无量。"

许镜低了低头又抬起看她："你说得对。"然后又说了一遍。

灰黄的路边余声看见女人的眼泪有一滴落向地面，忽然想立刻转身离开。

有一辆车过来了，刚才挤在一起的人流瞬间没了，站牌前空了。

"有时候人没的选择。"许镜垂眼看着自己的肚子，再抬眸又是一抹笑，声音比之前抖擞起来，"我要离开北京了，还不知道会去哪里。"停了停她接着道，"不过应该不会再来这个地方了。"

马路边此时此刻只有风在吹。

"一直没机会和他说对不起。"许镜停了好一会儿才将这话完整地讲出来，"劳烦你了。"说完她朝余声温柔地笑了一下侧身走了。

余声回头去看那瘦弱的背影。

那天的太阳有点奇怪，一会儿出来一会儿又被乌云罩住，像是一直往她们这边吹似的。许镜一手放在衣服前摆，提着包的那只手捋了一下头发。

"镜子姐。"余声忽然喊。

那个背影有一刹那的僵硬，就连余声自己也愣住了。接着那个女人慢慢转过来，很轻很轻地"哎"了一声。

余声说："一路平安。"

这四个字像巨石一样砸在她的心尖上，许镜被震得说不出话来，然后僵硬着脖子微微颔首转身离开。

许镜昂首往前走，往事一幕幕在眼前闪过，她五味杂陈又百感交集，眼泪直往下掉，哪怕在自己最绝望最撑不下去的时候也没这么哭过。

她后来才明白为什么。当一个人做错事以为自己无路可走的时候,在绝望的边缘向世界发出求救,本以为世界会以巨大的冷漠回应,不会有人再原谅她再拯救她再祝福她,不会有人再给她任何善意和温暖。

没想到,在余声这个小世界里,拼命呼喊的她不仅收到了余声的回应,还得到了她的祝福——一路平安。

太阳又从乌云里钻了出来。

余声慢慢走到红砖胡同,抬头就看见那个普普通通的房子。

她三步并作两步小跑着上了楼,梁叙正蹲在门口喂猫,闻声抬起头朝她看去。

"路上堵车了?"梁叙问。

"没啊。"余声也蹲下来,伸出手从他怀里抱过其其,"我走回来的。"

梁叙斜睨她一眼,太阳下她的眉目温暖极了。他站起身来将她从地上拉进屋里,金色的阳光在门外流了一地。

"不对呀。"余声这才反应过来,"今天星期五你不上班吗?"

梁叙靠在墙上,话在嘴边滚了几遭。

"可能要出趟门。"他想起谭家明发的话,随便去哪儿都行,总之得离开北京,简单和她提了下,"你现在放假了——"

余声听到这话将猫放了下来。

"去哪儿?"她打断他。

梁叙:"还没想好。"

楼下像是那个房东老太太放起了歌,收音机里在唱陕北的信天游。

歌声混着阳光,在这个时候感觉好极了,梁叙看见余声的眼睛亮了起来。

"咱回小凉庄吧。"她说。

那声音里有抑制不住的高兴,跟信天游的调子相融。

自打梁叙来北京到现在有一年了,还没回去过,沈秀每次打电话过来也说不了两句,前两天刚通电话说梁雨考上大学了。

梁叙说:"好。"

当天下午他就跑火车站去买了两张第二天早上回羊城的火车票,再回来的时候天色已经黑了下来。屋子里开着灯,余声正拿着铅笔在画纸上描。

看他回来她放下笔找他要火车票。

梁叙好笑地看着她对着车票一脸垂涎欲滴,正要说话屋子里的灯蓦地灭了。

余声轻"啊"了一声,梁叙打开门去外头看了一下。红砖胡同里除了他们这一家黑漆漆一片其他地方都亮着灯,紧接着便听见楼下的老太太叫他。

保险丝烧了,得明天才能修好。

于是梁叙拿着房东老太给的一根蜡烛和火柴上去了,余声抱着猫正在门口等他。两人一猫进了房里,门被轻轻关上。

梁叙将蜡烛放在桌台上,然后慢慢划开火柴点上。

火柴轻轻擦过的一瞬间,屋子亮了。身边的姑娘比刚才看见火车票时还乐,凑在红色蜡烛面前瞧来瞧去。

那红色的微弱光芒将屋子照亮,墙上的壁纸、地上的板砖望着都格外温暖。

"真好看。"她说。

梁叙笑了一下甩灭火柴坐去床边,一腿搭在床上,一腿吊在地上,看着她距离蜡烛那么近,人影都映在了墙壁上。

"又不是没见过。"他笑说,"有那么好看吗?"

余声只"嗯"了一声,盯着蜡烛又不说话了。梁叙慢慢一手枕在脑后视线也落在蜡烛上,那闪烁的火光瞧着就足够温暖人了。

"我认识一个作者。"余声盯着那烛光说,"她喜欢风雨雷电也喜欢火。"

和她一样。

"风雨雷电就算了。"梁叙听着一皱眉,"还玩火?"

余声不乐意地回头瞪了他一眼,又回头去看烛火。那火光看着漂亮极了,光束形成一个圆圈,淡淡的,很微弱。

"她叫舒远。"火光映着她的脸颊,凸显了这黑夜的温柔。

"取自舒冬远方之意。"余声说着看向他,"好听吧?"

梁叙不咸不淡地道:"还没你的名字好听。"

余声笑了一下,从蜡烛上移开目光也坐去床上。屋子里有微暗的光还有胖猫和梁叙,她翻身躺进被子里多么希望时光能慢一些。

两个人断断续续地说着话。

梁叙趁她快睡着了躺去折叠床上,正要去吹蜡烛她又醒了。

他停下动作将踢开的被子给她盖好,其其像是没见过似的一直守在蜡烛边上。

她半睡半醒:"别吹。"

"不吹。"他低声说,"睡吧。"

那会儿已经到深夜,外头除了宁静什么声儿都听不见。

屋子里的光亮慢慢变小变弱,后来那蜡烛也不知什么时候便烧没了。

052
清晨天还未大亮余声便睡不着了。

她睁开眼适应了好一会儿,偏头去找蜡烛,桌台上除了残留的已变干的烛油什么也没有。

窗帘隔着外面的光,衬得屋子里昏昏暗暗,其其乖乖地趴在她床边还眯着眼。

折叠床轻微动了下,梁叙也醒了。他的声音有着刚睡醒时低沉的蛊惑,余声将脑袋侧向他那边。梁叙伸出手揉了揉眉心,然后从桌台上摸过手表一看又放下。

"时间还早。"他看向她,"再睡会儿。"说着他从床上坐起来,似乎还没完全清醒,又用两只手使劲搓了搓脸。

楼下的老太太这会儿早起了,还能听见扫地的笤帚声。

"你不睡了吗?"她缩在被窝里问。

梁叙从床上下来趿上拖鞋,兜头将短袖脱下来重新换了件黑色的,再去看余声时不禁笑了一下,女孩子用被子蒙着脸一动不动。

两人在一起习惯了他也没再多顾忌。

梁叙又扯过床尾的牛仔裤套上,一边系皮带一边走到她床边停下,好一会儿没有动静。余声慢慢掀开被子,梁叙两手搭在皮带上正俯身看她。

余声被吓了一跳,梁叙闷声笑了。

大清早的世界安静极了,哪怕是一个呼吸都清晰可闻。

余声在床上磨蹭了会儿也起来洗漱,两人收拾好时太阳已经来到人间。

他们将猫交给房东看着,出去胡同外的小摊上吃了早饭,然后便去了火车站。

北京到羊城的T719十一点半开。

候车室里几乎挤满了人,推推搡搡,连座位都找不着。

梁叙单肩背着一个黑色包,一手拎着她的红色书包,一手拉着她往最里头走。

余声瞧着这里各种各样的人,有拉着行李站在一边的二十岁左右的少男少女,有抱着一岁不到的小孩哄来哄去的年轻母亲,有扯过塑料袋随手往地上一搁就坐上去的老汉,有几个穿着红配黑的中年妇女聚在一起说着什么。

他拉着她停在一根大柱子边。

"累不累?"他问。

余声摇头,从他手里拿过书包:"我来抱。"

他们和这万千人流一样候车等待检票,像每个平凡的普通人一样。

余声慢慢环视周围形形色色的男男女女,望见有老汉抱着孙女在柜台那边买那贵得要死的零食。

梁叙正低头看着她。

这个女孩子似乎对一切都充满新鲜和好奇,看起来柔柔弱弱温声细语,却有着罕见的强大力量。

他不知道怎么去形容那种力量,只知道宁愿溺在其中永远不愿醒来。

人群在这时候骚动起来。

"检票了。"她扯上他的袖子。

梁叙将目光从她的脸上移到前方去看了一眼,已经有很多人将检票口围得严严实实,就等着门一开往里冲了。两个人跟着人流走进去,夏天的站台里风吹过来将汗水一扫而光。

等找到位置坐下,余声长出了一口气。

梁叙从他的黑色包里掏出好几袋零食和矿泉水往她怀里一搁,接着将两个人的书包放在头顶的行李架上。

余声抱着零食愣了一下,等他坐好她问:"你什么时候买的?"

梁叙一边给她拆开一包,一边说:"昨天买票的时候。"他将拆开的零食塞她怀里,看了她一眼,"不然你以为呢?"

余声忍不住笑了。

他们那边是四人座,对面是一对老年夫妻。

一路上偶尔会说几句话,老头问梁叙去哪,梁叙说羊城。老头说那是个好地方,然后看一眼余声对梁叙仰了仰下巴,好似在说有这么个漂亮的女朋友好福气。

后来余声抱着零食睡着了。

火车轰轰隆隆地摩擦着铁轨,窗外的景色一瞬闪过,一会儿是隧道一会儿是田野村庄,梁叙感受着她枕在肩膀上的温度和力度,一时五味杂陈。

她睡了很久才从梦里醒过来。

几年前一个人从北京回小凉庄,那种感觉她至今难忘。余声从他肩膀上起开然后抬头,他也低下头看她。

"不睡了?"梁叙低声问。

这会儿已经临近傍晚,窗外的天际线附近已经有晚霞升起。车里有很多人都睡着了,对面的老太太和老头不在,像是去了洗手间,老头在外面等着。

她摇摇头:"天都黑了。"

"明天四点才到。"梁叙本来也是这么想的,白天坐在一起晚上给她找地方睡觉,"一会儿给你补个卧铺。"

"那你呢?"

"我一个大老爷们儿睡什么卧铺。"他笑了一下,"这么点距离没必要。"

余声一听急了:"那我也不要。"

"啧。"梁叙故意蹙起眉头,低头去探她的脸。

这姑娘犟起来还真够他喝一壶的,梁叙拉过她的手,"听不听话?"

余声瞪他:"要睡你睡。"

最后他还是没有拧过她,就连回来的老太太都笑了,说这对年轻人真是有意思。那个七月初二的夜晚他们是在火车上度过的,余声拗着性子跟他吃了两碗泡面,看了几个小时漆黑望不到底的夜景。

车厢里安安静静弥漫着旅途该有的气氛。

有人下了车座位空了,中年男人这才伸长腿往上一躺,抱着娃的年轻妇女靠着窗户闭上眼睛睡得也不安稳,还有人打起了呼噜,怀里紧紧抱着自己的行李。

余声睡得不是很熟,总听见有人叫她,迷迷糊糊地睁开眼,看见很多座位都空了,一些人把走廊堵得满满的,排着队下车。

外头还黑着,只有车站的灯光,有一个很大的牌子上写着羊城。

"到了吗?"她的声音软极了。

问这话的时候她的目光还有些不清明,直直地望着前头不知在看哪里。

梁叙已经从行李架上拿好行李,弯下腰和她对视。

梁叙轻声:"到了。"

他们一走出羊城车站,一种熟悉的味道便扑面而来。出站口外的街道上全是一个个冒着热气的小摊,在凌晨四点十分时尤其温暖。

门口全是跑各乡镇的黑车。

梁叙带她上了其中一辆面包车,等了一会儿又陆陆续续上来几个人。

司机凑够人数后才开车,车子一开余声又枕在他肩上睡了过去。

梁叙从窗户里看着外面的大路小路。

他曾经多么肆无忌惮地在这条路上开车狂奔,现在也只能沉默地回来走一趟。梁叙忽然明白谭家明让他们出来走一走的用意了,或许在重新开始前,人得先找回一些东西,比如曾经热血过的日子,还有那些日子里的情怀。

梁叙低头看了眼身边的姑娘。

他一手搭在她的肩头将她轻轻搂住,闻着她身上淡淡的味道,心如止水。

司机将他们放在小凉庄的镇头,然后开走了。余声一下车顿觉清醒了许多,远处的地平线已经亮了起来。

"走吧。"他拉上她的手,"先送你回家。"

小凉庄的清晨安逸宁静,他们走的小路没见着什么人。整个镇子像是被隔离了,没了城市的喧嚣,到处是小草和野花,人们过着烧柴火的家常日子。

外婆家的门还关着,梁叙上前敲开。

"有事给我打电话。"老人出来前,他说,"到时候我让梁雨过来叫你。"

她看着他"嗯"了一声。

里屋外婆房里的灯亮了起来,院子里很快传来老人走路的声音,接着听到外婆在喊"谁呀"。梁叙对着门努了努下巴示意她回话,然后便笑着转身走了。

梁叙一边走一边去摸裤兜找烟,然后微微低下头点上。

长长的巷子很快走到头,梁叙抬起头,看见了太阳升起时的微光,还有路边的电线杆上站着一排排胖鸟在叽叽喳喳。

他估摸着余声这会儿已经坐上炕了。

这个安静的早晨,小凉庄的人又开始了一天的生活。

外婆家的公鸡开始一声接着一声地打鸣,余声坐在炕头将被子盖在腿上。

"北京到这儿得多长的路,你也是胆儿大。"外婆担心地"哎哟"了一声,"扬扬不也在北京吗?两人做个伴多好。"

"她十二月有考试。"余声说,"忙着复习呢。"

"以后可不要这样了。"外婆重重地叹了口气,说着又拿起针线活干起来,"你妈知道你回来吗?"

余声摇头:"没跟她说。"

屋里的门帘被掀开,外公乐呵呵地用手掌捧着两个鸡蛋给她瞧,说:"看咱屋鸡下这蛋好不好?"余声趴在炕上探过身望过去,外婆也笑了。

"煮上去。"外婆指挥着外公,"一会儿给余余吃。"

外公笑着说:"给你煮。"然后从屋里出去了。余声从炕边的窗户看见外公去门口抱着一堆柴火进了厨房,不一会儿便听见拉风箱的声音。

"学校学习忙不忙?"外婆一面纳鞋底一面问。

"不是很忙。"余声也坐去老太太身边,看着老人穿针引线时而眯着眼使劲去找鞋底的针孔,"就是人太多了,吵得不行。"

外婆笑了起来:"大城市不都那样吗?"

余声低头"嗯"了一声也笑了,静静地看着外婆做活。老太太看起来有着比年轻人还好的精气神,一大清早也不闲着,空闲时候就纳几下鞋底。

婆孙俩说了会儿话,老人出去了。

还是清晨太阳将出未出的时候,余声从炕上下来溜到大门口。

远处的青山被雾气环绕,和蓝蓝的天空不分你我,高高的山冈处炊烟袅袅,还有老榕树和大黄狗。

053
小凉庄的一天就这么开始了。

地上有找食吃的瘦鸟,不停地头点地,走过来走过去不怕人。

梁叙绕到菜市场那条街上的时候很多摊子已经铺起来了,远远就能看见沈秀在菜摊上那忙碌的身影。看她那样子瘦了很多,头发绾在后面。

梁叙一边往前走一边凝视着这个已经做了二十多年母亲的女人,从不干涉他,一直尊重他,哪怕做了错事也不责怪他,永远温柔。

沈秀蹲下身子,似乎要搬箱。

她的后背已经有些佝偻,穿着粗布衣裳和布鞋。梁叙快步走过去,将黑色书包扔到地上说:"我来吧,妈。"然后他接过沈秀手里的箱子抱了起来。

沈秀愣了下,眼底渐渐欢喜起来。

"放那边去。"沈秀给他指了个地方,然后跟在梁叙后头,"怎么回来都不事先说一声?"

梁叙将箱子放好:"临时决定的。"

"吃了吗?"沈秀紧接着又问,"想吃啥妈给你做。"

说着她便拉他走去里屋,梁叙想起书包又折返去拿。

沈秀站在里屋的通风口处等了下,看见他跑进来才掀开帘子进厨房去。

"在外面肯定都是凑合着吃。"沈秀从墙角的圆桶里往外舀着面粉,"你看你都瘦成什么样了。"

梁叙坐在灶火边的小板凳上,看着母亲忙来忙去,淡淡笑了。

"梁雨呢?"他问,"怎么都不见人。"

"昨晚去同学家了。"沈秀开始和面,"前几天刚报完志愿,这孩子现在大了,都说不动了。当初说报北京和你在一块儿我也放心，偏不听，要去青海。"

梁叙从砖块地上捡了块柴火拿在手里。

"青海也不远。"梁叙说，"方便回来。"

"距离上是不远可她去了没个认识的。"沈秀叹了口气，"反正我是管不动她了，回头你说说。"

梁叙："行。"

没一会儿沈秀就擀好面条出来，烧水下锅沸腾过后下生菜再沸腾就熟了然后用漏勺往外挑。那热腾腾的面条捞进碗里倒上西红柿酱汁和干辣椒面用热油一泼，一碗正宗的小凉庄油泼面就做好了。

梁叙端着面拿起筷子就吃起来。

厨房里弥漫着一股股热气，灶下的火苗直往上蹿。沈秀又舀了碗面汤给他放跟前，从角落里也端了个板凳坐边上一边看着他吃一边剥蒜。

"慢点吃。"女人笑着说。

梁叙捞起几根面往嘴里喂，接过沈秀递来的剥好的白蒜，目光顿了下，然后一口咬进嘴里呼啦吃起来。厨房的窗户很高，有光线照进来形成一道斜斜的光柱。

"以后有时间多回来。"沈秀说，"妈给你做。"

梁叙低头吃着面视线却渐渐模糊，重重地吸了口气将那酸楚咽了下去，再抬眼去看面前的沈秀，然后笑了一下，"哎"了一声。

外头像是有人买菜在喊"有人没"。

沈秀侧过头对着门口应了一声"来了"，然后手在围裙上抹了抹看了他一眼便出去了。等母亲一走，梁叙吃面的速度便慢慢放缓，他端着自家的洋瓷碗，吃着母亲做的面，坐在柴火边晒着太阳像回到了过去。

吃完饭他回到自己屋里。

房间和他走的时候没什么变化，唯一不同的便是很干净，像是有人天天打扫。梁叙将书包往地上一扔坐在床上，红色格子床单和被罩都换洗了。

他抬眼望向四周的墙壁，金发女郎和重金属乐队的海报完整干净，上头还有重新用胶带粘过的痕迹。

房门口这会儿传来响动。

梁叙将视线收回来望去声源方向，十七八岁的女孩子倚着门框站在那里。一年前他从里头出来的时候梁雨就跟个大姑娘似的，现在看着出落得更加标致了。

"哥。"梁雨叫。

"站那干什么？"梁叙笑了一下，"进来。"

女孩子这才磨磨蹭蹭地迈着步子走到桌子边，将椅子拉出来坐下。

兄妹俩好像生疏了，又不像，大概这就是长大了的意思吧。

"我听妈说你不报北京了？"他问。

"妈跟你说了？"梁雨别扭地咬了咬嘴唇，目光朝地，"就忽然想去青海了。"

梁叙："实话吗？"

门帘被风吹起一晃一晃的，阳光也溜进门缝。梁雨绞着两只手半天没有出声，梁叙也不急，耐着性子等。过了好一会儿梁雨才抬眼看他，许久才开口。

"北京太费钱了。"梁雨又垂下眼睛，"家里不是还欠着账吗？"

梁叙看着跟前这个从小一起长到大的妹妹，嗓子里干涩难忍。

他看向门口那一丁点光芒，半晌后将目光落在梁雨身上。

"想做什么就去做。"梁叙说，"哥养得起。"

梁雨低着的头瞬间抬起，眼底忽而一热，两行热泪便下来了。梁叙从床上站起来走到女孩身边，伸手去擦了擦，眉头轻轻皱起又松开然后笑了。

"眼泪说下来就下来。"他说，"比余声还能哭。"

梁雨抬手抹掉脸颊上的泪水，眸子顷刻亮了起来。

"余声姐也回来了吗？"

梁叙沉默地微笑着点了下头，转瞬间梁雨的表情又有些痛苦，然后抬头看了梁叙几眼，像是有什么话难以启齿一样。

"哥，你说余声姐还会理我吗？"梁雨担心地问，"你刚出事那会儿她问过你我没说。"接着她又急切地补充道，"是妈不让告诉别人的。"

"怎么会？"梁叙一笑，"以后有什么事都可以跟她说。"话到这儿他停了一下，眼睛里泛着柔软，"她不是别人。"

梁雨脑袋瓜一转，眼睛亮了。

那一天他们一家人总算是吃了一顿团圆饭，沈秀中午就收了摊子，特意去隔壁买了一只鸡说要炖肉。

房子里的电视机开着在放综艺节目，厨房里熬着热汤，烟囱一直往天上熏去。

桌子放在屋子里摆满了菜和汤，像是久违的过春节一样，沈秀还开了一瓶酒。一家三口坐在屋子里吃着饭菜看电视，和普通的家常便饭一样，吃了很久喜气洋洋并且热闹。

后来到了傍晚，梁叙去地窖里下菜，忙完已经很晚了。

院子里风吹得树叶直响，知了不停地叫，梁叙将短袖挽到胳膊肘蹲在房子外的台阶上点了根烟抽起来，屋子里沈秀和梁雨在看电视。

房檐下的灯将院子基本都照上了。

梁叙将烟抽完在地上摁灭然后回房里拿起手机看了眼，一点动静都没有。

他给她拨了个电话，那边过了好一会儿才接听。

"做什么呢？"他坐在床边。

余声这会儿站在大门口望着远方，模糊的路灯照着地面将黑夜衬得更加朦胧。隔着电流听见他慵懒的声音，她旋着脚尖轻轻莞尔。

"看电视。"她说，"今天还和外婆走了个亲戚。"

梁叙笑问："走的哪儿？"

"说了你知道吗？"她还有点小瞧了他，"我都没听过。"

"我可是羊城的活地图。"梁叙挑眉，"哪儿没听过？"

余声听到这话抿嘴笑了，印象里梁雨确实是这么夸自家老哥的。他们断断续续地又说了会儿话，再抬头余声看见了寥寥无几的星斗。

"明天要回一趟青草坪。"梁叙后来说，"我让梁雨过去叫你？"

余声"喊"了一声："我又不是没长腿。"

电话那头的他闷声笑了几下，这会儿星星已经爬满天空。

余声瞧着那明亮的银河，整个人都自由了。深夜的小凉庄静谧平和，像极了陶渊明所说的田园生活那样子。

第二天余声吃过早饭太阳已高高挂起。

她和外婆说了声便穿过巷道走去菜市场，沈秀端着一盆水往门口泼，余光扫见她先是愣了一下随即笑了，心底一清二白，脚步早已朝她迈过去。

余声乖乖地叫了声"婶儿"。

屋里梁雨正跟在梁叙后头说着什么一同走出来，沈秀拉着余声的手轻轻握在自己手里，看见儿子的目光在人家姑娘身上，作为母亲的怎么会不明白。

经过这么多事儿还能不离不弃，是重情的姑娘。

余声朝着梁雨笑了一下，后者立刻跑过来挽上她的胳膊。

家里的五征三轮车几年前早卖了，梁叙去李谓家借了辆三轮。沈秀看着他们走远，什么也没说站了好久才进屋。

就和当年一个样子，他在前头开车，她和他妹妹坐在后面听风看野地。两边高高的玉米长得很好,盖过了人,在里面做什么都看不见。风吹起麦田,全是稻花香。

余声将被风吹乱的头发捋至耳后。

车子在路上轰轰隆隆直响,野草地一波又一波拂动起来。余声转头去看驾驶座上的他,那人一手把着方向盘,另一只手夹着烟搭在半摇下的车窗上。

梁雨很快在她耳边叫了声。

"嫂子。"

余声诧异了一会儿然后笑着收回视线看向遥远的麦地和田野,此时此刻真是像极了"野火烧不尽,春风吹又生"的好日子。

054

青草坪的玉米比其他地方长势稍好。

那天的太阳又毒又辣,晒在身上跟着火似的,更别说庄稼了,四面漏风的三轮汽车还好一些。余声和梁雨一人戴着一个耳机听着歌,很快便到了。

梁叙将车子开到青草坪的水渠边停下。

他从车里下来往两边看了一下,让她们俩别动然后径自向一片地里走去。

余声的视线一直跟着他,看见他停在一个地头的中年男人跟前。

梁叙给对方递了根烟,两人边抽边说着话。

热风袭来吹起他的衬衫,里面的黑色背心从外头看都浸湿了。大概半支烟的工夫他就回来了,给她俩一人扔了一个小梨子。

"早熟的。"梁叙说,"尝尝看。"

余声直接在身上一抹咬了一口,甜得直冒汁水,梁雨也舔着唇说甜。

路边这时候过去几个骑着自行车的中年妇女,一个个聊得热火朝天,车后座捆着打药的塑料桶。

梁叙咬着烟上了车。

没几分钟他们就到家了,门口蹲着一个老汉正在从烟盒里拿旱烟往纸上卷,听见声音抬头一瞧老头目光都有神了,旱烟也不卷了,直接往地上一丢就站了起来。

她们俩从车上跳下站在边上。

梁叙将车停在对面的空地方才打开车门下来,老汉颤抖着嘴唇都说不出话来。

梁叙笑着低声喊了声爷爷,老汉激动地"哎"了声就差热泪盈眶了。

梁叙走到台阶上将老人卷了一半的旱烟拾起来。

"这可是您的命根子。"他笑说,"见了我连这都不要了?"

老汉轻哼了一声:"臭小子。"

梁叙将旱烟卷好,给老人递嘴里。

"我给您点上。"他说着掏出打火机,大太阳下火苗实在微弱,却也有灼烧人的温度,"多吸两口。"

老汉吸得顺畅了,转身进了屋。

梁叙笑看着那瘦弱佝偻的身影,回头对身后的两个女孩子仰了仰下巴。

梁雨立刻奔上前去拉着老汉叫"爷爷",余声乖乖地跟在后头也喊了声。

老汉的眼睛比沈秀还毒。

几年前见着这姑娘来家里他就感觉不一样了,想他孙子喜欢的人自然不会差。

两个姑娘去了房间看电视,梁叙瞧老头模样好点了才上前去搭话,老头抽着旱烟熏得他近不得身。

"我回来路上碰见四叔了。"梁叙端着板凳坐在一边,"他说晚上要浇地,咱也浇?"

"我都问了。"老汉说,"咱还排在后头得半夜了。"

热风一下一下地往里刮,老汉抽了几口烟不抽了。小院子里的核桃树长得很高,将阳光大都挡住了。

"这核桃树您什么时候种的?"梁叙看了一眼。

老汉闷声抽烟不说话了。

快到饭点,平时都是老汉一个人对付着。

梁叙知道老汉好那口,便去村大队的食堂买了几份凉菜和啤酒回来。

吃饭的时候几人一直挺安静。

"咱原上那地空了一年草都长满了吧。"梁叙想起什么吃了一口菜说,"下午我去打点药。"

余声给梁雨夹了点冰黄瓜。

"回来了就歇着。"老汉抿了口酒,"那地我回头再收拾。"

梁叙给老汉的杯子里又添满啤酒。

"我不闲着吗?"梁叙说,"您这最后一杯啊。"

吃完饭老汉也不说话没事人一样到村头溜达去了,梁叙蹲在门口抽了几根烟,然后起身去隔壁叔家借了瓶农药,混匀水装在桶里。

余声看了会儿电视便一直跟前跟后看他做什么,毫不厌烦。

梁叙将药桶放在架子车上。

他本来是想一个人去的,可余声偏要一起跟着。梁雨自然不会当电灯泡便在家里看门，于是梁叙拉着架子车余声走在他身边两个人就这么出发了。

原上的那块地得走半个多小时。

他从家里给她找了个干净的草帽，自己脖子上挂了条毛巾。太阳虽大，风也是有，老是将她的草帽吹掉。余声每次都要弯腰去捡，梁叙总会笑出来。

她在他身边小跑，不一会儿就到了地里。两边都是一排排梨子玉米，高高的，挡住了远方的视线。

只有他们家这片空地上长满了杂草，都快到腿弯了。梁叙将架子车停在地头，拔了些晒黄的杂草往架子车上一铺，又脱下衬衫搭在车檐上。

"打完得一会儿。"他说，"没事睡上头等。"

然后他背上药桶准备打药。

"管用吗？"她跟在身边问。

梁叙挑眉："就一口能毒死一头牛信不信？"

余声吸了口热气，扶着草帽。

"这么厉害。"她低喃。

"去那儿等着。"梁叙已经开始往前走着打药了，"这味道不好闻。"

那片地有差不多两亩，他来来回回好多次。

余声在车上躺不住了也会跑过去跟着，用草帽给他扇扇风。他们来的时候带了一大瓶矿泉水，这会儿都喝了快一半了。

他身上的背心真能拧出水来。

等到把药打完了，太阳都跑去西边了，晚风吹来阵阵凉意。

当时余声平躺在杂草上，抬头看着蓝天白云，冷不丁闻见一股汗味，便看见他凑过来从她的角度仰头。

"好看吗？"他问。

"好看啊。"她说。

梁叙坐在车边上喝了几大口水，随手把嘴一抹也抬头去看。余声从杂草上坐起来，微风将头发都吹乱了。正是四五点的时候，周边都没什么人。

她静静地看着天际，梁叙的目光早已落在她脸上。

一大片高高的庄稼地将两个人的身影包围起来，她的目光平静极了。

梁叙看着她白皙的脸颊，一时有些愣怔，耳边有风吹着玉米叶子的声音。

"梁叙啊。"她喃喃。

他"嗯"了一声。

"这地方真漂亮。"

他低声笑了一下。

远方的落日永远亲切地安抚着这片大地上所有善良的人，不管世界多坏人生路有多难堪，等你走累了再抬头，夕阳依旧漂亮温柔。

后来等到太阳下山他们才回去。

长长的田间小路上她戴着草帽撒欢地跑，两边的电线上一排排胖瘦鸟，站得整整齐齐跟列队似的。梁叙看着她欢快的样子，像是拥有了星辰和大海。

夜晚很快来临。

梁叙从晚上八九点就等着，一直到一点才轮到他们浇地。当时两个姑娘都睡下了，他前脚刚出门后脚老汉就跟了上来。

七十五岁的老头子腿脚比他还利索。

从小就知道这老汉脾气硬，梁叙叹了口气无奈地紧跟上去。

六亩梨子地浇水得好一会儿，梁叙打着手电站在地头看着放水的粗管子，等水流慢慢平稳下来才蹲去地面上歇着。

他自己咬了根烟，又给老汉递过去一根。

"这抽不惯。"老汉从兜里摸出旱烟，"我带着呢。"

爷孙俩同样的姿势蹲在地头，手里同样夹着烟抽。

管子里的水淙淙流着，均匀地覆盖在每一棵梨树根上，手电筒里的光束直直地照在前方，可以清晰地看见那水淌进每一个土坑。

"您这一过年都迈七十六了，我们又都不在家。"梁叙顿了下说，"今年一过挖了算了。"

即使是夏天这半夜的风吹在身上也是挺冷的，野草里头钻着蛐蛐，叫来叫去响彻这孤独的夏夜。身边的老汉只是一个劲儿地抽旱烟，那烟快抽掉一半才说话。

"咱这树是你爸走那年种的。"老汉声音沧桑极了，"这都多少年了。"

梁叙低头狠吸了一口烟。

"你瞧瞧长得多好。"老汉看着前头黑暗的某处，"就靠这片地把你们养大了。"说完他叹了口气，"爷爷有感情哪。"

梁叙的眉头紧紧地拧在一起。

"你白天问我咱院里那核桃树啥时候种的。"老汉微微眯起眼睛想着，"也就是你刚进去那会儿，我总怕你像你爸那样了。"老汉接着吸了口旱烟，"那树是咱家的福气，看着它爷爷就觉得你还在。"

梁叙眼圈慢慢湿了,低头硬生生忍着。

"叙啊。"老汉叫。

梁叙仍低着头应:"哎。"

"你爷爷我活了快一辈子,经的事儿多了去了。"老汉叹了口气,"你爸走了你奶奶去世还不是这么过来了。"

远处的马路上有鸟悲鸣。

"人这一辈子难说。"老汉说,"我这一闭上眼就想起当年你奶奶穿着一身带补丁的衣裳跟我过苦日子。"老人说到这儿牙齿发颤,"她还没跟我享一天福就过世了。"

梁叙舌头顶着腮帮硬撑着没落泪。

"你看这么多事儿爷爷我都熬过来了。"老汉使劲睁了睁爬满皱纹的眼睛,"路走错了不打紧,再绕回来,往后的日子还长着呢。"

梁叙将手盖在嘴上用力吸了口气。

"收管子去吧。"老汉对着地里仰了仰下巴,"时间差不多了。"

梁叙闻言快速站了起来,一手抹干净眼睛,双脚踏进泥地里。这老汉从来没有对他说过啥话,即使是他刚从里头出来那会儿也没有过。

青草坪的土地安静深沉。

梁叙一边卷着管子一边在泥地里穿梭,手上全是泥水,卷起的裤腿都被泥弄脏了。地里的虫鸣时而快时而慢时而又没声,他一侧目,地头的老汉背着手朝着黑夜里的马路边上静静地走去,嘴里还吆喝着一句陕北民歌:"过去的日子哎好光景嘞。"

055

他们是在第二天早饭之后离开的。

梁叙将车子开出很远之后还能从后视镜里望见家门口,老汉蹲在地上嘴里叼着旱烟朝他们这边看过来。

那深深的遥远的凝视是一个年过古稀的老人的渴盼,盼着孙儿下次能再回来。

那一天的小凉庄有集。

闹市上几乎都是老人和小孩,像他们这一茬的年轻人镇上已经不多了,不是出去上学就是已经工作,剩下的也差不多就是些小孩了。

余声回到家里外婆正在准备午饭。

她洗了手也去帮忙一会儿烧锅一会儿择菜,从灶头扫一眼进去那火旺得刺溜直上。余声坐在灶堆边上看着火,隔一会儿添点柴。

"等下午让你爷去买些油糕给你带上。"外婆正在一刀一刀切菜,"明天火车上吃。"

余声捡起柴一根一根在地上摆着。

"我还以为你要在家多待些日子。"老人有些难过,"这才几天就走。"

余声将柴塞进灶火里,离别前的这个下午心情总是好不起来。她看着外婆又白了的头发,心里难受,嘴上说着有时间就回来,却也给不了个准数。

午饭后余声去街上逛了逛。

很多卖小玩意儿的摊贩跟前已经没什么人了,她在那条道上走走停停瞧来瞧去。有几个小孩围着一个中年男人的地摊摇骰子,赢一个点一毛钱。

她站在一边看,肩膀突然被人拍了一下。

她回头一瞧梁雨笑容很灿烂地凑在她跟前,两个姑娘一直等到那几个小孩玩得没钱了才走。有人陪着转就有意思多了,她们将那条街逛了一遍又一遍,后来停在一家套圈的摊子旁。

一张大帆布上放着小孩玩具、姑娘首饰,还有香烟等一些小玩意儿,余声买了五块钱的二十五个圈。她们俩丢了一大半都没套上一个,那个摊主不停地从地上用带着尖钩的长棍将边外的圈捋起来套胳膊上,又好整以暇地看着她俩。

剩下两个圈的时候两个人面面相觑。

余声和梁雨一人拿一个正瞄着哪个最容易套住做着最后的挣扎,摊主不停地扫她们一眼似乎等得有些不耐烦了,余声握着圈打算先来,她刚扬起手就感觉圈被人拿走了。

"哥。"梁雨有些激动。

梁叙看了她们一眼,淡淡地问:"买了多少个?"

余声讪讪一笑伸出五个手指头,梁叙深深地叹了口气,一脸无可奈何地看着这两个姑娘,然后慢慢侧身看了一眼帆布上的小物件。

"想要哪个?"他偏头问余声。

余声指了指地面中央那个套起来难度很大的小布娃娃:"那个那个。"说完她又有些担心地看着他,眼珠子转了转道,"套不上怎么办?"

梁叙微微眯起一只眼做了个丢出去的动作。

"要是套上了呢?"他看着那布娃娃问。

224

"真要套上了……"余声想了想说,"你要什么我都给你。"

梁雨"扑哧"一声笑了,在玩笑声里梁叙将圈丢了出去,在空中打了个转然后安安稳稳地落在娃娃身上。

余声乐得都要跳起来了,立刻过去拿,梁雨也将最后一个圈给他。

摊主的脸色一下子不太好了。

梁雨拿到一对耳环识趣地先走掉了,摊铺上就剩下他们。

梁叙问她还玩不玩,余声抱着娃娃摇了摇头。他拉过她离开摊子,从人群里挤了出去。她乖乖地由他牵着,两人走了很久。

回去已经到傍晚时分,集已经散干净了。

他们是第二天早上九点的火车,每个清晨六点镇子上都会有去羊城的小面包车按喇叭。

外婆五点就起床给余声煮了两个鸡蛋,然后送她过去镇东头等。天灰蒙蒙的,只有远方的灯一亮一灭。

喇叭声响,车子来了,过了一会儿在暗淡的暮色里慢慢停下。

余声临上车前外婆又千叮咛万嘱咐,跟着她同时往后走,手扶上窗子踮着脚。

"到了给外婆打电话。"

余声一边应着一边对外头的老人挥手。

等汽车开远了外婆还站在那儿瞧着,矮矮的个子瘦瘦的,像一座白塔,慈祥和蔼。

到了镇子西头梁叙上了车,随行的还有梁雨。

小女生也想去北京见见世面。

他们从羊城坐火车一路西行上京,从坐上火车梁雨就一直保持兴奋状态。

余声早靠在梁叙身上睡着了,夜里他买了两张卧铺让她们去睡,到北京是凌晨三点。

折腾了二十几个小时终于到了租屋。

梁雨像是没睡够,一进屋就倒上床睡过去,余声走近将被子给女生盖好,一回头便看见梁叙闲闲地靠在洗手间的墙上静静看她。

"这几天你们就在这睡。"他轻声说。

余声问:"那你呢?"

"我一会儿去李谓那边。"梁叙说,"他暑假在中关村那块做义工,有的是地方。"也挺方便上班。

北京的窗外和镇上不一样，星星点点的高楼已经闪烁起灯光来。

余声将帘子拉上关了大灯将壁灯打开，然后走上前拉上他的手。

"我和你一起出去。"余声说，"顺便给梁雨买点早饭。"

他们俩在胡同外的小摊上吃了早餐，余声等他上了车离开才带着饭回去。

梁雨正睁着惺忪的睡眼坐在床上发呆，听见门响伸着脖子往外瞧。

余声已经将洗漱用品准备好了。

"我哥这儿捯饬得还挺好。"梁雨一边刷牙一边和她说，"嫂子你弄的吧？"

梁雨不是第一回叫这称呼，可余声还是有些不习惯，感觉年龄被叫大了一样。她"嗯"了一声笑着说："还是叫我姐吧。"

梁雨冷不丁一呛差点把泡沫都吐出来。

那天余声带着梁雨去了故宫和颐和园。

一路上两人买了很多零食边走边吃边唠叨，梁雨好奇地东瞧瞧西看看不停地问她这个那个。

余声买了好几样纪念品给梁雨，两人一直逛到下午然后去商场吃饭。

玻璃橱窗镶着亮片金边让人眼花缭乱。

"余声姐。"梁雨紧紧地拉着她的胳膊，"那是啥？"

小女生对什么都好奇新鲜一知半解，余声耐心地一一解答。

她们在一家装修很漂亮的餐厅吃的晚饭，吃到一半的时候余声去了趟洗手间。

梁雨看着满桌的佳肴花了眼。

尽管不知道多少钱但这地方肯定不便宜，梁雨狠着劲儿要把钱都吃回来，正吞进一大口糕点便看见窗外一个男人驻足望过来。

确切地说那视线是对着她腕上的手表。

梁雨愣愣地边咀嚼下咽边回视，丝毫不躲避，男人凝视了有四五秒然后抬步离开，一身西装打着领带看着成熟稳重，小女生的目光跟着走了老远才收回。

"看什么呢？"余声已经走近。

梁雨摇了摇头端起奶茶喝了一大口。

吃完饭两人又在商场里逛了很久才回去，梁雨摸着至今还饱饱的肚子躺床上想起下午见到的那个男人。房子里的灯光柔和温暖，余声正趴在桌上画画。

兜里的手机响了起来。

余声以为是梁叙下班了打过来的，直接摁了接听贴耳朵边。等了半晌那边没有说话余声皱了下眉头，刚要开口便被那头的声音弄得一怔。

"没看来电显示吧？"张魏然笑了下。

平时接到这人的电话余声总会犹豫半晌，果然经商的头脑都不简单。

半晌不见她出声，张魏然想这姑娘怕是许久未见，早已将自己忘到脑后了。

"没别的事儿，就是过两天我要去趟加拿大。"张魏然说，"你有没有什么东西要我捎给陆老师？"

余声顿了好一会儿："有。"来时外婆给她做了果酱。

于是两人说好了时间地点，再没什么话余声便要挂电话。

张魏然又说了句什么她挂电话的动作一停，嘴巴随之抿了起来。

"早就送人了。"她看了眼自己腕上的手表，"我自己有要那么多干什么。"

这直性子让张魏然哭笑不得，从余曾托自己照顾她开始这一路讨好着实不容易。男人半倚靠在沙发上轻叹了口气，听着她的声音像极了记忆里那个女人。

"没什么事儿我挂了。"她说。

那头的人还没吭一声余声就挂了电话，一抬眉梁雨眨巴着眼睛看着她。

余声坦坦荡荡，大大方方一笑，问梁雨看什么。

"不是我哥吧？"梁雨眼睛一眯，"情敌？"

余声没忍住笑了。

"想知道啊？"记起梁雨报的是经管专业，余声随即一拍桌子，"姐明天带你见见去。"

第十一章
理想与现实

056

那是个北京的七月炎夏,路上塞满了汽车,交通非常拥堵。余声和梁雨到咖啡馆的时候并没有见到张魏然本人,等在那儿的是另外一个穿着西装的中年男人。

西装男开车带他们去了公司。

路上才得知张魏然临时有个很重要的客户要接待脱不开身,余声对于这人的商人身份一时还有些不习惯。

梁雨坐在车里微低着脖子,一只手将余声的胳膊拽得紧紧的。

到了公司电梯直达高层,余声拉着小女生的手跟着西装男往里走,还没迈出几步办公室的门就从里头开了。

张魏然和一个外国人一同走了出来,目光朝她们掠过一眼停下了脚步。

"江司。"张魏然对余声身边的西装男说,"帮我送送文森特。"然后他又说了几句道别的客套话,余声早拉着已僵住的梁雨站在一边。

一分钟后接待厅就剩下他们三人。

"我们去里面。"张魏然说。

片刻后有美女秘书进来端茶倒水,又安静地退出去,梁雨一直低着头将茶杯握在掌心里听余声和男人说话。张魏然看到余声从书包里掏出一个圆滚滚的瓶子时愣了一下,随即又淡淡一笑。

"陆老师喜欢吃果酱?"

余声没意识到会有这么一问,轻"啊"了一声,然后又"嗯"了一下算是回答。

"最近学业怎么样?"张魏然自然地转移了话题,"今年就大四了,有什么打算?"

听这话像长辈似的,余声下意识地蹙紧眉头。

"这一点你跟我妈还挺像的。"她说完惹得张魏然笑了一下,后者淡淡地抿了口茶。余声什么也没回答拉着梁雨又道,"你们公司现在招人吗?"

张魏然挑眉："怎么了？"

余声也没再客气，大致说了下梁雨的情况，小女生依旧红着脸垂着脑袋。

张魏然这才认真看过去，那双眸子单纯而娇羞。

"今年的实习生培训期已经开始两周了。"张魏然又看向余声说，"她才大一，不用着急，明年过来就可以，到时候我会让助理安排。"

他简简单单的一句话算是将梁雨的未来铺垫好了。

后来直到临走梁雨都不太敢抬头去看那个男人，回去的路上太阳依旧热烈，尽情播撒着日光。两个人乘着地铁去逛地下商城，然后吃饭回租屋。

北京城真的太大，到处都是忙碌的人。

梁雨总共待了一周就回了小凉庄，那段短暂的记忆里有很多东西被永藏。

余声买了一个行李箱作为大学礼物送给了梁雨，里头还塞了一些好玩的女生饰品。

离别那天梁叙在忙，余声亲自送小姑娘到火车站。

站台里到处是来来往往的人，梁雨走后余声在那里又站了很久。这几天她们俩睡在一张床上，有一次梁雨问余声喜欢她哥什么，余声说温柔啊体贴啊。

梁雨差点尖叫："我哥对人都爱搭不理还温柔？"

那个时候不知为什么余声有一种很亲切很暖心的感觉，就像现在这样，将他的妹妹照顾好，然后作为他的女朋友已经可以独当一面。

从站里出来余声给梁叙拨了个电话。

他似乎在忙，电话接通后传来的是一片很嘈杂的声音。过了一会儿他像是走到安静的地方，然后有打火机点烟的啪嗒声。

"你少抽点。"她皱眉。

梁叙闷声笑了一下："知道。"

这些天不光修车铺忙琴行也脱不开身，谭家明已经同意并开始教他们自由编曲了。老谭的编曲有些特别不是大众流行，对于后摇来说要求甚高，每个鼓点都得敲到位子上，夜晚常常要熬到深更半夜，实在困了就靠烟熬着。

"梁雨刚上火车。"余声不信他会不抽也不再提，"我跟你说一下。"

梁叙"嗯"了声心里有些自责，幸好有余声一直在。他轻轻吸了几口烟目光探向马路边的花树，灰色短袖被热风捂得贴在腹上，将皮带的轮廓衬得异常明显。

"想吃什么晚上我带你去。"他弹了下烟灰。

余声正站在路边等公交车，闻声抿嘴一笑。刚好有车从远处开过来，她刷了卡上车找到座位坐下才回他话。

"犒劳我啊?"声音带点调皮。

"嗯。"梁叙笑了,"还想要什么?"

公交车动起来了,余声看着窗外嘴角弯了又弯。金色的太阳从窗户外溜进来落在她的脸侧,长至颈边的头发散乱地披在肩膀上被风吹得遮了眼睛。

后来的日子梁叙更忙了。

像这样吃顿饭的工夫都很少,整宿熬在琴行赶着天亮又去车铺。

余声知道他现在正是非常时期也很少去打扰,八月初就回了学校公寓。

陈天阳在中旬的时候也回来了。

学校里有二十四小时图书馆,她们俩都喜欢在那里待到深夜才回去。

梁叙一般是中午休息或者傍晚去琴行的路上给余声打电话,她很想他的话也会找时间过去陪一会儿。

陈天阳笑说:"明明都在北京怎么被你们搞成了异地恋一样。"

日子就这样慢慢往前走,那一个月的北京几乎都是艳阳天。

一个风和日丽的下午,余声正在图书馆看漫画,仍是这样相似的场景,方杨来了,左手拎着一个黑色书包,装满了啤酒和零食。

余声吃惊:"你干吗?"

"找个地方咱俩喝掉。"方杨站在校园路上的梧桐树下,脸都要笑烂了,"我六级过了。"

想起几个月前说好的请吃饭没想到这么快就到了,余声发自肺腑地高兴。

虽说是暑假但学校里仍挤满通宵熬夜考 GRE 的学生,她们便溜去了学校教学楼后的情人坡。

那地方没什么人来,两边都是树。

余声记得第一次喝酒也是她俩,十来岁在外婆家偷喝了一口外公的白酒,辣得半天一直伸着舌头,跟哈巴狗似的。后来就是有一次过年在方杨家的小卖部,一人喝了一瓶青岛啤酒。

"你知道我当时什么样吗?"方杨盘腿往地上一坐说着自己查六级成绩时候的样子,然后两只手捂着眼睛,"就这个动作慢慢露出一条缝儿看,差点心脏病犯了。"

余声端起酒瓶喝了一口,哈哈大笑。

"现在开心了吧。"她说。

方杨忽然有些控制不住地咧开嘴笑，这一年来付出多少没人比她自己更清楚，说着说着她的鼻子就酸了，眼眶一下红了。

"你是不是觉得我把这个看得很重要？"方杨缓缓开口。

余声诚实地点了下头。

"还记得我第一次四级没过很没出息地哭了半天吗？"方杨说，"那天我们家吃饭的时候我爸说他一个朋友的女儿大二就过了六级，我这大二都完了四级还没过。"

余声抠着酒瓶子也有些心酸。

"这是他第二次对我说那么重的话。"方杨的脸上霎时流下两行热泪，"我什么都不怕的，余声，就怕他对我失望。"

余声慢慢抬手抹了下女生的泪。

"第一次呢？"她轻轻问。

方杨的嘴巴都在颤抖："我高二那年期末考得不好，他说就我这样子出去能干啥。"泪水一波接一波地流下，"高考没考好对他打击已经很大了。"

"他是我爸。"方杨一直在哭，"我不想他再失望。"

好好的一场庆祝宴硬生生弄成了哭戏大会，眼泪哭完了哭干了两人都笑了。四五瓶啤酒余声喝了大半，她在这个时候想起了沉默寡言的余曾。

她们喝得稀里糊涂脑袋却很清醒。

余声还记得自己给梁叙拨了个电话却什么也没说，好像还打了一个很厉害的酒嗝。那会儿天边有傍晚的夕阳在，情人坡的斜树上都跟镀了一层金边似的。

等酒喝完了，余声从草地上站了起来。

余光扫到右手边有人走过来，她抬眼看过去愣了一下。

梁叙穿着黑色衬衫、牛仔裤，像是跑了很久一样还喘着粗气。

方杨也从地上站起来，将空酒瓶往书包里一装拎起来往后一背。

"我先走了。"方杨对他们一笑，"明早还要去图书馆占座位呢。"

说完她直接就反方向从坡上下去了，余声还没来得及出声叫女生已经快步走到校园路上。梁叙走过来轻轻皱了下眉头，她身上的酒味儿实在不小。

"喝了多少？"他问。

余声嘻嘻一笑，伸出两个半手指头。至于那半个指头是她加了个屈起的手指，那模样看着娇嗔极了。

梁叙无奈地叹了口气，伸出手拉住她从情人坡的小路上走了下去。

他在校门口拦车带她回了租屋。

余声在路上就靠在他肩上睡着了，下车的时候梁叙没有叫醒她，直接将她抱了回去。胡同里晚霞都铺满了，静静的小道上有小孩儿在跑着玩。

天渐渐黑了下来。

余声还带着一身酒气就在床上睡了过去，再次醒来已经是深夜了。

屋子里开着暖黄的壁灯，她四处看了眼，梁叙不在。余声从床上坐起来揉了揉眼睛，站起来想出去看看。

门口处的灯亮着。

余声当时什么也没想直接就拉开洗手间的门，目光在看到那硕大的人后整个人都僵硬了。梁叙也是怔了下随即拉上裤子提上拉链。

"怎么醒了？"他脸色有些不自然，右手摸了下脖子问她，"要不要洗个澡？"

余声还在发愣，然后点了点头。

那个澡她洗的时间一点都不短，出来的时候穿着睡裙，正是夏天白花花的大腿露在外头。梁叙躺在折叠床上正在玩手机，听到动静看了她一眼。

两个人的目光在静夜里交会。

几天没见她又喝酒醉成那样他也不凶，余声很温顺地低垂着眉眼挪到床边，掀开薄被躺了下来。空气奇怪地安静下来，梁叙抬手去关壁灯。

"梁叙啊。"她揪着被子。

他关灯的动作一停，房间里只剩下两个人的呼吸和柜子里其其打呼噜的声音。过了好一大一会儿，他听见她轻声问。

"你想好要什么了吗？"

057

余声说这话的时候不知道有多紧张，她侧面背对着他看向阳台方向。那边有波纹一样的暗光浮来浮去，像心跳似的上来下去摇摆不定。

身后迟迟没有什么动静。

余声拽着被子屏住呼吸不敢再动，认识这么多年来他一直很克制从没有逾越半分，一般是牵手拥抱，最多也就接个吻，她不是多保守的女孩子，怎么能不知道他的忍耐。

空气里安静了好几分钟的样子。

余声不知道说什么可以打破这份宁静，快到嘴边的话在舌尖上停留了半天。

屋子里开着温度不高的空调,她酝酿半晌正打算开口,后背僵硬了一下。

他火热的身体悄无声息地贴了上来。

"想什么呢?"他轻声问。

余声咬着下唇:"没想什么。"

她的声音魕魕的,还有一点短暂的拉音,随即她听到他低低地闷声笑起来。梁叙将被子拉开贴近她,手掌从她的裙子上滑过去搭在腹间。

她轻轻呼吸着,喉咙收紧。

梁叙垂眸瞧着她白皙的侧脸,未经人事的身子散发着淡淡的奶香味。

他将脸埋在她的脖子里深深吸了一口气,被子下两人的双腿紧挨在一起。

"怕吗?"他问。

余声能感觉到他小腿上的长毛摩擦着她的皮肤,还有他身上的肥皂水味道和喷在她脖子边的热气。这场情事似乎是自然而然就发生了,没有意外没有退缩跟睡一觉就可以醒来一样。

她慢慢地摇了摇头。

这个安静的夜晚一切都平静而顺利地进行着,他的吻清晰地徘徊在她的身上,从额头、眼睛到鼻子、下巴,最后落在锁骨上轻轻吮吸。

余声闭着眼仰头强忍着低喘。

他看着身下即使这时候仍然安静由他为所欲为的女孩子心底疼了一下,壁灯随后被他关掉,屋子里只剩下轻轻的喘息和粗重的低吼。

漫漫长夜仿佛这个时候才开始。

余声清醒的最后一刻只记得他的脸有着坚硬和温柔的样子,后来的每个毛孔都熟悉了他的味道和呼吸,那是一种天塌下来都不怕的安全感。

翌日的清晨天还黑着她就醒了。

昨晚做那事之前余声已经睡过一觉,这会儿早已没了半分睡意。她还枕着他的胳膊躺在他的怀里,轻轻动了一下梁叙就懵懂地睁开了眼睛。

他看着她一笑,余声立刻低下头。

"咱俩都这样了。"他故意逗她,"还不敢看我?"

她慢慢摸上他的胸在那里轻轻捏了一下,梁叙笑着来了个经典的抽气,"嘶"了一下,动作极其夸张。

"你故意的吧?"她仰头问。

女孩子娇嗔地拧着细眉,眼睛里全是他的样子。

梁叙没再说话低头又吻了下去，一只手覆上她的胸脯。

夏天的早晨有知了叫声和鸟啼，胡同里还有老人赶早扫院子。

柜子里的胖猫将木板蹬开了一条缝儿。

屋子不是很大，盈满了欢爱之后的味道，厚重的窗帘挡了所有的光。余声缩在他怀里闭着眼睛，然后又睡了一场甜甜的回笼觉。

梁叙等她睡着了才悄悄地下床。

他简单冲个澡然后在洗手间抽了一根烟才出来，光着上身套了条牛仔裤。床上的女孩子小小的，躺在那儿，梁叙只觉得一颗心都暖烘烘的。

其其趴缝里看够了伸开腿跳了出来。

梁叙掀开被子靠在床头拿过曲谱看，耳边是她安静的呼吸。

余声再次睁开眼睛以为他走了，一抬眼却瞧见他好整以暇地垂眸看她，手里的谱子都拿反了。

"你不上班吗？"天都亮了。

梁叙懒懒地"嗯"了一声："请了一天假。"说完他丢开手里碍事的物件也躺下来，余声还有些害羞，将被子拥紧只露出脑袋。

梁叙笑了一声，枕在脑后的手抽出来去捏她的下巴，低头凑到她嘴边亲了一下。余声躲着他的嘴娇羞地低吟了一声"你干吗"，那一声喊得梁叙整个人都化了。他将她的头搁在自己的臂膀上，将下巴抵在她的发间。

"你怎么不说话？"她还低着眉。

阳台上胖猫伸了个懒腰叫了几下，外头有小孩沿着胡同边跑边唱歌。屋子里此时只有淡淡的属于清晨的味道，鼻翼稍稍一动便能闻见她的体香。

"我在想你什么时候胆儿这么肥了？"梁叙声音略低，"跑那地方就敢喝酒。"

余声莞尔："我胆子一直不小。"

想起头一回见到她就离家出走，当着野草大地就敢问"你觉得我怎么样"，什么都不在乎等他出来，即使一无所有也毫不犹豫就跟了他。

梁叙眼神软极了："是不小。"

怀里的女孩子这时候动了下，两只手慢慢环上他的脖子整个人都贴近他。那对软软的胸脯擦过他的胸膛，她将脸埋在他颈边。

两个人不说话就这样待着。

后来听见她肚子咕噜叫起了床，两人去外头吃了饭在街上转了一会儿。

余声喜欢陈旧古老的小玩意儿，拉着他的手在北京老胡同里溜达来溜达去路上梁叙忍不住问:"你不累?"

余声认真地摇头:"不累啊。"

看她一脸单纯干净的样子梁叙笑了,胡同口有老头卖花围了一圈人,余声的目光随即被吸引过去,径自就跑那儿东看西看。

梁叙在原地远远望着她慢慢走近。

她抱着一盆绿色叶子里头有几朵白色花苞的花不撒手,回头问他好不好看。梁叙笑着说好看然后从兜里掏钱,回去的时候她硬是要自己抱着才好。

"它叫一帆风顺。"她一脸灿烂,"还有个名字是美酒。"

梁叙抄着兜走在她边上,下午的阳光芬芳而灿烂,他们在长长的胡同里走了很久,像是回到小凉庄的那条长巷子一样。

那一年的九月就这样来了。

琴行那边一切都进行得很顺利,他们三个人已经完成一首后摇。

老谭计划着让他们自己办一个演唱会,也就是自己置办包括租场地搭台子。

那些天能帮忙的都跟着一起宣传。

陈天阳认识的人多圈子大,给各寝室推销化妆品还不忘吆喝女生们去看演唱会。余声没有课的时候就跑去琴行,有时候会碰见李谓匆匆来去。

演唱会是在九月二十五号。

那一天场子里特别忙,到了下午台子已经搭好音响也准备齐全就等着观众了。

余声和陈天阳中午都没好好吃这会儿两人自告奋勇去外头买饭,梁叙他们坐在角落里抽着烟。

陈皮有些担忧:"你说会有人来吗?"

从头到尾老谭都没有插手该怎么走还是由他们亲自去做,场子租到了一个中关村废弃的土操场里,几百来平方米的地方,只要有差不多的人来看第一炮就算打响了。

"陈天阳那儿就不用说了。"李谓若无其事地扫周显一眼,"她宣传能力一向不错。"

梁叙吸着烟看向门口,目光沉静。

"我在校园论坛里也发帖了。"陈皮说,"咱当年那场演出效果真不错,就是隔了这么久不知道还有没有人记得。"

周显低头在调试吉他。

"那个追你的女主持人还记得吧?"陈皮撞了一下梁叙,玩笑道,"会来吗?"

梁叙一记冷眼过去:"找抽了你。"

半个小时后余声和陈天阳回来了,手里拎着饭盒递给他们。陈天阳坐去李谓身边,梁叙还没动筷子手机响了。他去一边接电话,老谭问了几句便挂了。

他转身就看见余声端着他的饭盒站在后头。

"没事儿吧?"她问。

梁叙接过饭盒笑了下:"没事儿。"

事实上那场演唱会的效果确实不错,到了傍晚已经陆陆续续有人来了。

当时那个情况来个一百来号人都算不错的了,不知道是谁帮的忙,竟然还有一两支玩得比较好的地下乐队也带了人来捧场。

台上的气氛一时炸裂起来。

一个半小时的演唱会,他们三个先单唱几首到最后合作以新创作的后摇结尾,梁叙在台上拨着弦嗓音很低很低。余声站在看台左边没什么人的地方一直听着,从头到尾眼神里都是坚定而藏不住的骄傲。

场地里流动着某种说不出的情怀。

他就那么随意地站在那里,穿着黑色衬衫抱着吉他,袖子挽到胳膊肘,手指轻轻一拨就有音符跳出来。脖子上黑色细绳拴着的象牙随着脑袋轻点节奏而缓缓摇摆,那坚毅的侧脸硬朗如山。

台上的舞台灯洒在他身上。

他们在那情怀里唱了一首又一首,到最后结束台下仍然有人喊再来。

那回声太大,余声的手机一连响了好几分钟她才惊醒,看到是陆雅来电忙跑到场外安静处去接。

台下的人留恋不舍陆续往外走。

也有一堆年轻女学生推推搡搡,陈皮还在台上维持着秩序说一两句"栋笃笑"。当时梁叙到处瞧不见余声,电话也打不通便去舞台后面找。

角落里李谓将陈天阳压在墙上低着头。

周显就站在不远处,目不转睛地盯着那两个人。

梁叙摸了摸鼻子握拳抵在嘴边咳了几下然后将目光落向别处,周显无动于衷地转身离开,陈天阳也羞红了脸从另一侧跑开了。

李谓垂下脑袋背靠在墙上。

"你就可劲作吧!"梁叙走近,一手抄兜。

李谓有气无力地哼笑一声,一个人主动太久没有回应实在不应再强求。

梁叙抬眼看着这小子一脸失望落寞，沉沉地叹了一口气。

"不是说努力就有收获吗？"李谓看着前方黑暗处，淡淡地说，"前两天我去医院推销医用器材，在医生办公室门口等了半天，后来人家第三次出来我以为是要给个机会。"

舞台前陈皮的"栋笃笑"在说人生。

"你知道那医生跟我说什么吗。"李谓自嘲，"他说我要去上厕所，你也要跟着吗？"

梁叙低头看了眼尘土覆盖的大地又抬眼。

"做什么都不顺。"李谓说，"就连这事儿也这么难。"

一个追一个躲，到头来都不得善终各自负累。

李谓想起脑海里那人淡漠的眉眼，表情跟一摊死水似的没有一点波澜。

"总要摸爬滚打才能懂事儿。"李谓凉凉地扯了下嘴角，"人活着真是太累了。"

058

舞台灯隔着幕布打在地上昏沉闪烁。

李谓说完将脖子抬起来仰头看天，黑漆漆的夜幕一颗星斗都没有。

梁叙摸出打火机点了根烟，星火亮了起来，一点一点燃烧。

裤兜里他的手机响了起来。

梁叙掏出来一看随即一边按下接听搁耳边，一边上前拍了两下李谓的肩膀。电话里余声说找不着他，梁叙从嘴里拿下烟绕去幕前。

陈皮刚好从台上一侧跳了下来。

"去看看他。"梁叙对身后仰了仰下巴，"这交给我。"

陈皮没明白怎么回事儿就过去了，梁叙在操场门口看见了余声。

她站在一棵树下两手插在背带裤前的两个大口袋里，穿着白色帆布鞋披散着披肩发跟十来岁的小姑娘似的。

"怎么站那儿？"他走近。

余声抬眼对他一笑，将手从口袋里拿了出来。梁叙拉过她走进场子，地上有一些零零散散的垃圾。周显正在收拾音响器材，幕布已经开始在撤了。

那天收拾干净场地已经是凌晨。

梁叙后来叫车和她回了租屋，余声压根没有半点睡意。她从衣柜里将其其捞出来抱怀里，梁叙去洗了个十分钟的凉水澡光着上身就出来了。

"它最近掉毛这么厉害。"余声坐在床边一边抚摸着胖猫一边问他,"晚上还叫吗?"

梁叙笑着从她怀里将猫抱起又扔回柜子里。

"这得分时候。"他看着她说。

余声"啊"了一下:"什么时候?"

那双眼睛有着干干净净的样子,梁叙斜挑嘴角声音压低说了两个字。尾声刚一落下余声脸就红了,梁叙不由分说欺身压了下来。她至今对男女之事都懵懵懂懂全靠他控制着,不一会儿全身都酥透了。

他脖子上的象牙擦过她的脖子。

余声低吟了一下,自然而然地搂着他的头,眼看着他的脸埋了下来,后来的黑夜里只能感觉到他粗重的喘息,还有那双手在她光滑的后背上流连忘返。

"什么时候搬过来?"他咬在她的锁骨上。

余声被迫仰起头轻轻"嗯"了一声,整个人被他禁锢着连话都说不出来。

梁叙将她的衣衫褪尽,然后解开自己的裤子慢慢俯下身去。

那一霎她忍不住嘤咛了一声。

梁叙低低笑了起来,她的手指抠在他的后背上,一时之间男女的味道交汇在床头,她额上的发湿湿地贴在脸颊上,更显万种风情。

外边的天黑得看不到尽头,余声枕着他低声说的那句"情事"慢慢睡着了。第二天醒来梁叙已经去车铺,她起身洗了个澡然后去学校了。

宿舍里陈天阳睡得天昏地暗。

余声那天有些懒得动也趴去了床上,撑开小桌板抱着枕头找电影看。

片子中里昂抱着一盆花和玛蒂尔达走在车水马龙的街道上,四周所有的事物都静悄悄地褪去。

"什么电影?"陈天阳忽然凑了过来。

余声惊了一下拿下耳麦:"《这个杀手不太冷》。"

她的话一说完陈天阳就从自己床上爬了过来,怀里扯着抱枕要和她一起看。影片最后两个姑娘都哭得稀里哗啦不成样子,卫生纸丢了一床头。

"人生总是那么痛苦吗?"陈天阳的眼角还留有泪痕,"还是只有小时候是这样?"

余声配合道:"总是如此。"

背景音乐跳了出来,玛蒂尔达蹲在收养所前的草地上将里昂的花埋在土里。

阳光照下来，大地温暖如初，陈天阳告诉余声说自己和李谓好了。

余声早有准备并不是有多吃惊。

"可我总觉得哪里不对劲。"陈天阳将下巴搭在粉红抱枕上，"他好像不是特别在乎我。"

印象里这个男生为人处世还挺不错，余声一直将他们当作好朋友。她关了屏幕界面合上电脑，沉默了一会儿。

"李谓人挺好的。"余声说，"会不会是你想多了？"

陈天阳哀号一声，摇了摇脑袋将头发拨乱，一张脸埋在腿弯也不知道在想什么。十来秒之后她抬起头打开余声的电脑，又找了部电影拉她看。

"下周兼职我还有夜班。"陈天阳说，"今天先堕落会儿吧。"

宿舍里最角落的那张床上阳光都溜了过去，两个女孩子靠在一起很认真地看着片儿。

那是大四上难得一次神仙般的悠闲生活，什么也不去想就安安静静相处一个懒散的下午时光。

晚上的时候梁叙打来电话。

他那会儿刚走到琴行那条巷道，嘴里咬着烟和她说话。

路灯下的影子又细又长，他的灰色旧短袖衣摆处有一小截别在皮带里，应该是从兜里摸烟下意识蹭了上去也没在乎，这会儿看着倒有些不修边幅了。

他到了琴行门口才挂断电话。

他推开门去到地下室里，周显和陈皮正在忙着各自的事儿。像平时一样三个人切磋磨合，从写词到作曲再到编曲，整个流程都是他们一路走到底。

他们也开始参加一些小型的地下乐队比赛。

有时候谭家明会亲自过来指点，但到最后一切还是要靠他们自己。小众音乐经历的潜伏期或许很长，无论爵士、摇滚、乡村都是这样。

自然也有不太好的时候。

他们办一场街头演唱会自费金额并不少，门票一张二三十块来看的也不是很多。还要租场子搭台子搞宣传到最后完事儿一趟下来怎么说也得千儿出头，赔钱办这事儿大多玩地下的都干过。

于是陈皮提议："要不咱重新进驻酒吧得了。"

他们和谭家明商量了一下，只要不影响在琴行的继续学习其他都不是问题。毕竟对他们来说学有所成会会这世界也是应该的，当然前提是不能给谭叔丢面儿。

星期六的琴行里他们都忙着。

梁叙那周双休，从昨晚过来到现在也就睡了几个小时。

再看周显和陈皮这会儿也乏了，还低着头和手里的吉他较劲。

梁叙半躺在椅子上伸了个懒腰，双手放在皮带上两边调了下位置站起来，搓了把脸往外头走去。

那天的太阳特别好，走哪都有光，梁叙一边等公交车一边给余声拨电话。

路边有一对情侣依偎在一起很养眼，梁叙无意识瞥了一眼将视线收回来。

电话通了，听声音她好像在睡午觉。

"我一会儿就过来了。"车来了，梁叙走上去，"你收拾下行李看有什么要拿的。"

余声一下子醒了："什么行李？"

闻言梁叙抬了下眉，他在角落里的位置坐好才回她话。她没忘记他说过的要她搬去一起住，只是没想到会这么快。

"那我……"余声还扭捏了下小声问，"现在收拾？"

梁叙低声笑了："嗯。"

公交车一路直行往前，到了下一个地方停下来几个人又继续走。

梁叙看着窗外同行的太阳，路边一溜儿的服装饰品店。

"我记得你有条牛仔裙？"他问。

余声轻轻地"嗯"了一声："你想我穿那个？"

她这会儿缩在薄被里，也不知怎么的，想起租屋里他碰她的时候低声笑。现在好像能感觉到那头他已经笑开了，余声将脸埋进被子里。

"穿漂亮点。"他说。

等他话音落完余声挂掉电话立刻从床上弹跳起来，她在柜子里翻了好一会儿搭配差不多便在镜子跟前挨个看。行李箱的东西也不是很多，十来分钟就装好了。

没一会儿他的电话又过来了。

余声拉着箱子关上宿舍门，一边往外走一边和他讲电话，刚到楼门口就看见他站在外头的树下，戴着黑色帽子，一手插在裤兜里。

听到轮子滚动的声音，梁叙抬头。

她穿着白色短袖长至膝盖的牛仔裙，头发从脑后散开，脸颊跟藕似的又嫩又白。北京的阳光从东南边落在她的脚边，白皮绿底的帆布鞋衬得这姑娘格外俏皮。

"怎么这么快就到了？"她问。

梁叙从兜里抽出手上前接过她的箱子，另一只手拉过她下台阶。

"路上不怎么堵。"他说，"想去哪儿玩？"

余声"唉"了一下："我俩？"

"你说呢？"梁叙笑了，"要不让你打扮这么漂亮。"

余声将脸别向一边："我不打扮也漂亮。"

这个时间路上来往的学生都挺多，他们走在最边上倒也能带来回头率。

有女生经过看过来，余声目视前方心跳却止不住加快。

"大小姐。"梁叙揶揄，"有这么夸自己的吗？"

余声抬头轻轻地白了他一眼，梁叙嘴角的笑更厉害了，将她的手紧紧攥在掌心里。她的皮肤太嫩，轻轻一蹭就是一条红痕，手指细长，柔若无骨，摸起来手感太好。

他们先回了趟租屋放行李。

他那天推了所有事儿专门带她出去玩，周末的北京人流量太大，余声不愿意坐车。两个人沿着大街小巷四处转悠，她简直太活泼，小孩的玩意儿都喜欢，一手拿着棉花糖一手拿着糖葫芦在前头走。

"慢点儿。"梁叙跟在后头。

余声才不管那么多，一个劲儿地走着瞧。转到一条商业街的时候，她本来想绕道却被他拉了进去。

"这里都是衣服没什么好玩的。"她说。

"嗯。"梁叙朝两边看了下，"给你买条裙子。"

余声认真地看了他一会儿确认这人并没有开玩笑，然后拽了拽他的衣摆食指伸向自己的牛仔短裙。浅蓝色的裙子将她白花花的细腿裹了起来，梁叙自上而下扫了一眼。

她说："我有。"

"知道你有。"梁叙不动声色地移开目光，直接带她走进前头一家店铺，"我买的有吗？"

余声愣了下，莞尔一笑。

后来他看中了一件白色吊带裙，就是价钱有点贵。

余声嘴上说着不喜欢却仍拗不过他，到头来还是买了下来，然后她也不想再转了。

太阳落山，两个人原路返回。

公交车停在红砖胡同的街口时天都快黑了,他们在路边摊上吃了晚饭才回去。马路边有爱睡觉的流浪猫,胡同口有老人还在摸着黑要把那盘棋下完。

这世界很大很美,有山高水长岁月洪荒。

059

刚到租屋余声就跑去看花开了没。

角落里一帆风顺的叶子有点儿蔫了,她从阳台的水池里接了碗水蹲在地上慢慢浇下去。其其趴在一旁仰头看,梁叙去洗手间撒了泡尿出来。

房子里的灯泛着暖黄的光,他眼里只容得下眼前的这一猫一花一姑娘。

"这两天我不在你都没好好养它是吧?"她浇完水抬头,"你看这片儿都快黄了。"

梁叙懒懒地倚着墙壁,笑着不说话。

她的衣服领口有些大,这会儿蹲着松松垮垮地罩着胸脯。

梁叙捋了把头发舔了舔干涩的下唇,喉结轻轻动了下将目光落去花身上。

"把心揣肚子里。"他说,"好养着呢。"

余声不以为然地"喊"了一声又低头摆弄她的花,其其趴在她脚边闭上了眼。她抱着猫玩了好一会儿才拖拖拉拉去洗澡,花洒很大,水流淌在身上和脚下。

她洗完澡出来屋子里却没人。

余声裹着浴巾正在镜子面前吹头发,发丝蓬松地搭在颈间露出精致的锁骨。

梁叙在门外抽完一支烟才进来,关上门就看见她背对着自己歪着头站那儿,细白的胳膊举着吹风机,浴巾下的小腿又细又长白玉似的,裸露在外的后背小巧玲珑。

两个人的视线在镜子里交会,他的目光漆黑沉重有着强烈的欲望。

他自后一手揽上她的腰,另一只手握上她的胳膊将吹风机一关放去洗手台上,下巴搭在她的肩头深深呼吸了一下。

余声僵硬着背看向镜子里低着头的人,虽说彼此都熟透但这样还是头一回。

"你还没洗澡呢。"她轻道。

梁叙沉沉地"嗯"了声:"我身上有味儿?"他说这话的时候薄唇已经贴上她的脖子,握着腰的那只手慢慢在身上作起怪来。

余声实在招架不住他这样慢动作的撩拨,所有的话都咽去了肚子里,身体软在他的怀里。

随后壁灯一关，屋子便黑了。

他枕着手臂垂眸看她的脸。

裤兜里手机一直在振，梁叙套上白色背心穿上牛仔裤一边系皮带一边出了房门接电话。外头大亮，东边太阳都升到老高，突如其来的光线有些刺目。

梁叙抬手捏了捏眉心。

"还睡着呢？"陈皮戏谑了一句。

梁叙站在二楼栏杆处，收入眼底的全是一溜儿北京胡同的红砖平房。

宽阔的视野和清晨的凉风让梁叙很快醒神，他从兜里摸了烟点燃抽起来。

收了打火机，他才问："有事儿？"

"我和周显商量了今晚弄个活动。"他们是在老谭朋友那儿驻唱，薪水给得一点儿不赖时间还自由，"咱刚来这儿得先搞点噱头是不是。"

梁叙沉默了会儿道："知道了。"

挂了电话他把那根烟抽完才进屋，余声换了个姿势趴在床上，脑袋搁在双臂环起的圈里。她抬眼静静地看着他，梁叙将手机往桌上一丢随即坐到了床边。

"起不起？"他偏头问。

余声闷闷地摇头，她实在一点劲儿都没了。梁叙嘴角噙着笑看她，将被子给她往上拉了点儿，目光隐约瞧见她冰清玉洁的身体。

他硬生生克制住，别开了眼。

"想吃什么我出去买。"他说着往背心外穿了件灰色衬衫，"外边那家南瓜粥不错。"

余声懒得动嘴皮子，"嗯"了一声。

梁叙忍不住闷声笑了，然后去卫生间一分钟刷牙洗脸便出了门。屋子里其其从阳台上跳到床头去抓她的头发，余声闻着床边他的味儿慢慢笑起来。

二十分钟后梁叙拎着早饭回来了。

余声已经洗漱好又赖回床上，手机里放着轻音乐。

梁叙将小桌板搁床尾，摆好稀粥和馒头青菜。余声盘着腿一点一点喝着粥，阳光从拉开的窗帘里溜进来。

"想什么呢？"梁叙用筷子敲了一下她的碗，"一句也不吭。"

余声伸了个懒腰又垂下肩膀："我没睡够。"

这话里的意思脚趾头想一下就明白，梁叙咬着馒头嚼了几下笑开了。其其朝着他俩瞄了几声，梁叙扔过去一点馒头。

"你笑什么？"她反应很慢。

余声只穿着一件单薄的粉色短袖，锁骨清晰地摩擦着大领布料。梁叙看了一眼给她碗里夹了点土豆，然后自己喝了几大口粥。

"好好吃饭。"他又笑了，"吃完再睡。"

余声："那你呢？"

他和她提了两句酒吧的事儿，余声才不想一个人待屋里。于是两个人吃完饭一起过去了，那边有空房子，她在那儿睡。

下午那会儿酒吧里没什么人。

陈皮和周显在简单地布置看台，李谓和陈天阳也在。

梁叙找了一间空房子带她去休息，然后去外头帮忙弄架子鼓。后来弄得差不多几个人在沙发上打牌，陈天阳坐在一边看。

周显的牌技不是很好，第一波打下来输得很惨，李谓下手毫不留情。

后来又玩了几把这两人似乎杠上了，一个不闻不问输了就输了，另一个把自己气得够呛还得忍着。

陈天阳去拿了几瓶酒过来给他们。

"你别打这么凶。"女生轻轻碰了下李谓的胳膊，"也输几下。"

李谓一笑："没问题。"

这三人之间暗潮涌动，梁叙是真担心出什么事儿，幸好到最后也只是简单地玩几把。几个人喝了点酒抽着烟说着话，酒快完了周显又默默给他们一个个续上。

陈天阳坐在一边时而笑几声。

酒吧里的表演五六点才开始，梁叙和他们说了一会儿，进里头看了眼余声又出来了。这姑娘睡得太踏实了，他在边上坐了半天都没醒。

他坐去架子鼓后边敲着玩。

沙发上那四个人里陈皮话说得快还能提点气氛，陈天阳总是会配合地笑一笑。吧里陆陆续续有男男女女进来了，梁叙咬着烟一下又一下地敲着鼓。

台下忽然多出一些不合时宜的动静。

梁叙一边敲着鼓一边抬眼看下去，来了几个边走边踢板凳不算熟的熟人。

李谓他们已经站起来，目光对视之间那个曾经说着"来日方长"的薛岬嘴角仍勾着笑。

"你们来干什么？"李谓声音很冷。

那堆人一笑异口同声："玩啰。"

薛岬望了一眼周显,"啧啧"两声,然后看向边上的陈天阳不怀好意地挑了下眉。这几个月他们做什么薛岬心里多少有数,本来不往眼里放,没想到这几个人还能玩得风生水起。

"混得不错。"薛岬四处看了下,"这地儿比青龙那儿强多了。"

各自都憋足了一股气要干架,陈皮紧紧扯着李谓的胳膊轻摇头。

酒吧里的气流都变得紧张了,梁叙停下打鼓从台上下来绕到陈天阳身后。

"去找余声。"他低声道,"别出来。"

陈天阳看了眼李谓,犹豫了下然后慢慢退开,梁叙挡着那身影走上前去。从去年他们惹到这堆人就一直阴魂不散,怎么说都逃不开一场架。

"招惹了我的人不能就这么算了。"薛岬看向梁叙。

这么一说,应该是年前那时候他和陈皮遇到那伙人的事儿,以为后来没动静就那么过去了,原来在这儿等着。摆明了没事儿找事儿,陈皮牙一咬气也上来了。

梁叙淡淡一笑:"你想怎么样?"

他话音刚落薛岬就扛起凳子砸过来,李谓侧身拎起啤酒瓶朝着薛岬就扔了过去。后者一躲有人踢上来,梁叙直接一脚过去踢开。

酒吧里顿时混乱一团打成一片。

他们三个对战薛岬五六个人胜算不大,在那混战里周显好似都没了平时弱不禁风的劲儿,也抡起拳头打起来。后来不知是谁拎起那实木板凳对李谓砸下去,梁叙侧身挡了一下,硬生生撞上了右胳膊肘。

这场架打得突然全凭人家心情。

双方都下手不轻,大伤小伤皆有,十几二十分钟后这场无缘无故的挑事才算消停。他们几个里就梁叙伤得最严重,右胳膊都抬不起来了。

余声和陈天阳出来的时候前台已经乱了。

梁叙的衣袖上有血慢慢渗出来,他低头瞧了一眼又看向对面。

薛岬抹了下嘴角的血睨了他们一眼,双方都僵着没人再先出手。

余声看着他的伤眼圈都红了。

"不是让你别出来吗?"梁叙低头轻道,"小伤不碍事。"

老谭的朋友这会儿从外头回来了,各自说了几句话才息事宁人。

余声急得拉着梁叙要去医院挂急诊,后面的事儿便都交给了李谓他们处理。

一路上她小心翼翼地用纸巾帮他擦血。

后来医院里拍片子打针一套程序下来,那条胳膊直接骨折,得打石膏住院观察一两天。余声跟前跟后问了大夫所有注意细节，一个人又跑去楼下大厅缴费。

梁叙听话地躺在病床里。

他低头看了眼右手的石膏轻叹了口气，额头上还有些小伤口也处理了贴着白色纱布。他靠着病床一只脚搭在边上，左手枕在脑后想着事情。

半晌过后有开门的声音。

他待的是四人间，有三个都是老头，躺床上各自听着广播。

梁叙往门口方向瞧了一眼，以为是余声回来了。他刚抬眼看过去就看见一个女人推开门走了进来，淡漠的目光扫了病房一圈最后落在他身上。

"你是梁叙？"女人抬起下巴。

060

陆雅淡淡地瞥了一眼病床上的人，又将视线移至他打着石膏的手臂。其他床位的几个老人也看过来，然后又转回去，病房里除了广播报北京时间就剩下僵持。

安静了有好几秒的样子。

梁叙早已经站起来，有些艰难地半撑着胳膊，看着对面有些严肃的女人心底有所预感。对视之间那双眼睛充满了打量和些许轻视，梁叙正要开口对方先打开了话匣。

"我是余声的妈妈。"陆雅开门见山。

梁叙知道这是迟早会面对的却也没料到会这样狼狈，任谁都不会把女儿交到现在的他手里。他的眉头轻轻皱了皱，嘴角动了下似乎想要说什么又停下了。

"你们到哪一步了？"陆雅又问。

那声音没什么感情像是警察审犯人时居高临下的询问，梁叙的心蓦地一沉，唇抿得很紧，上下牙齿咬在一起，接着喉咙慢慢艰涩地动了下。

"阿姨。"梁叙说，"我……"

他话还没说完就被从外头回来的余声一声"妈"给截了，女孩子很惊讶地看了眼陆雅又瞧着他。

陆雅从梁叙身上收回目光，极有深意地扫了余声一眼。

"我在楼下等你。"她说完便走了。

余声望着陆雅离开的背影久久才回过神来，她手里还拿着一堆发票愣愣地站在那儿。梁叙低头轻叹口气又抬起，走近她接过手里的东西。

"去吧。"他说，"别让阿姨等太久。"

余声垂眸想了一下，去看梁叙的胳膊。白色绷带将伤处裹得严严实实，怎么看都不会再有血流出来了。

"那你怎么办？"她嗫嚅道。

"我这么大人了能有什么事儿。"梁叙低头探她的眼笑了一下，随即又叮嘱，"好好和你妈说，知道吗？"

余声看着他轻轻"嗯"了一声。

"去吧。"他说。

他送她进了电梯才慢慢沿着走廊回病房，过了会儿有护士送来一套干净的病号衣物顺带吊两瓶消炎药。药水滴得很慢，梁叙两只手都动弹不了只能躺床上等针打完。

外边的天已经完全黑了下来。

等到针打完北京城的夜晚早已是灯火通明，梁叙动了几下那只僵硬的左臂然后困难地换上病号服才睡下。

病房里的灯后来被关了，他却一直睁着眼睛再也没有睡着。

第二天一大早胳膊就重新换了药。

他刚换好药陈皮他们就过来了，李谓将余声落在陈天阳那儿的手机交给他，顺便说了接到陆雅的电话闯祸的事儿。

周显问了两句后来怎么样，梁叙什么也没说，只是摇头苦笑了一下。

病房里不方便，他们一伙人去了楼梯口。

梁叙吊着右手，左手从兜里摸出烟叼嘴里然后靠墙上点燃。

他穿着宽松的病号服解开脖子跟前的两颗纽扣，脸色看起来有些憔悴。

"那边没事儿吧？"他抽了一口问。

对面三个人闻言都短暂地沉默了会儿，一个个表情说不太清楚是无奈还是气愤。梁叙左手指间夹着烟又递到嘴边深深吸了一口，没再多问，耐心地等他们回话。

"也没多招惹怎么就甩不掉。"陈皮蹙眉道，"跟狗皮膏药似的。"

周显往一边站了下和李谓隔开点距离，后者余光注意到很浅地扯了下嘴角。楼道间的小窗户有早晨的阳光跑进来，差几分毫就落到他们脚前了。

"我估摸着后头麻烦还多着呢。"李谓看了一眼梁叙和陈皮，毕竟最开始的那一架是他先出的手，这会儿自然也不能袖手旁观，"走一步看一步吧。"

梁叙垂着黑眸一直在抽烟。

"他至少该给谭叔点面子不是。"陈皮说。

昨晚他们都打得疲乏了，再闹下去保不齐会出什么事儿，各自的人都有自知之明见好就收。如果不是梁叙流了血伤得重，说不准还会再来一架。

"你觉得会吗？"李谓挑眉，"要给的话昨晚也不会来挑事儿。"

当时大概九点的样子，走廊里有人来来回回，踩在地上的脚步声踢踏踢踏一下一下。陈皮也掏了支烟点上，像是为了缓解刚才的情绪，按下打火机的动静颇大，听得人耳尖一激灵。

"或许是冲着我来的。"

梁叙说完一根烟抽到头往角落里的垃圾桶一扔。

"那两年玩了点火落难了。"他左手抄进兜里，右脚后跟抵着墙垂头看着地面，声音略低，"对不住。"

他这话一出那三个人都不淡定了。

"瞎说什么呢你。"陈皮啐了一口烟末，"咱还没算账他们就先找事怕什么。"

"陈皮说得没错。"李谓接着道，"而且当初是我先惹到他们的，不能算你头上。"说完他余光又瞥了眼旁边的人，"要放现在照打不误。"

这两人跟机关枪似的说来说去。

梁叙静静地看着地面笑了一下，然后抬眼瞧这俩人，目光黑而沉，也有着天不怕地不怕的样子。气氛慢慢又好了起来，周显也随之低下头笑了。

"行了，说点有意思的。"陈皮对梁叙努了努下巴，"你和余声现在什么情况？"

梁叙懒散地抬了下眼皮："有意思？"

那调子低沉缓慢里头藏着存心找揍的蕴意，陈皮止了声，却又按捺不住性子想知道。

"说几句呗，怎么样了现在？"

梁叙嗓子里轻哼出一声像是自嘲。

"就我这样儿。"他停了一下，"你觉得她妈能看上吗？"

空气里多了点沉重的安静，梁叙又塞了根烟进嘴里。右胳膊间接而来的疼痛有些麻痹神经，他的眉骨一直皱着，却丝毫让人察觉不了。

李谓收回余光："余声看上就行了。"

四个男人围在楼梯口吞云吐雾，走廊里有护士推着医药车嚷着"四十九床打针了"。梁叙沉默地将抽到一半的烟掐掉一扔，左手又插回裤兜。

"时候不早了。"他对楼梯偏了下头做了个让他们走的动作，"回吧。"

那三人没再多说，直接从楼梯下去了，梁叙心里揣着事儿走回病房。他趿拉着几块一双的灰色凉拖脚步沉重地踩在地上,左手揉了两下脖子坐回五十四床。

他现在彻底成了一个无业游民。

手臂伤成这样修车铺去不了了,至少两个月都不能再碰吉他。梁叙躺床上枕着左手闭着眼,一会儿又睁开看天花板,反反复复,最后又闭上了。

平常普通的一天又开始了。

街道上一片车水马龙的样子,推推搡搡人来人往,一排排高楼商铺早就挂上牌子开始营业,高价地段的楼层酒店这会儿也闹腾起来。

余声一个晚上都没有睡着。

从昨晚回酒店陆雅开着车一句没问一句不说,余声坐在副驾驶座上也不吭气。

母女俩脾气很像对峙起来气氛好不到哪儿去,一进房间陆雅洗了澡径自就睡下了。

余声赌气饿着肚子不起,陆雅也不叫。

房外的客厅里刚有服务员送来早饭,陆雅晨起描了几幅画,正优雅地用着餐。余声担心说多就是错,只好按兵不动,坐在床上侧头看着窗外的高空熬时间。

半晌过后房门被人推开了。

"洗洗吃饭一会儿跟我去见个客人。"陆雅说得轻描淡写,"你现在大四实习没什么课,后天就和我回加拿大吧。"

余声一听急了:"妈——"

"昨儿个也没见你叫得这么亲切。"陆雅不容置疑地说,"机票我都订好了。"最后一个字落下,余声的脸唰地白了,女人当没看见继续又道,"学校也别回去了,该办的手续我都会让人办好。"

"我哪儿也不去。"余声看着陆雅斩钉截铁,"就待在北京。"

陆雅靠着门环起双臂,慢慢眯起眼睛看着这个姑娘。

这些年虽说聚少离多,可也是当心肝养着,忙的时候顾不上,但只要闲着也算是事无巨细,关心并不少。

"就为了那个混混?"陆雅冷声道。

"他不是混混。"余声眼睛里透着一股坚韧,"他有理想有抱负——"

"高中辍学还在里头蹲过两年。"陆雅快速地凭空一拦,"有理想有抱负能当饭吃吗?"陆雅想起昨晚深夜看到助手发来的和那个男生相关的邮件,说到这儿话音一狠,"现实很残酷的,余声。"

余声鼻子蓦地一酸:"他会出人头地的。"

她说这话的时候咬字太轻,可每个字里头的分量不少。这些年来他早就已经成了她的一部分,哪怕活在闹市没了自由都不能割舍。

陆雅看着这个已出落得亭亭玉立的女儿眼睛闪了下。

"你高中离家出走为了去小凉庄和我犟。"陆雅平淡地叙述着,"考大学来北京选了个不怎么样的专业和我犟。"说着她苦笑了下,"我一直担心是我和你爸闹离婚导致你现在这样,路也都随你挑尽量不干涉。"

余声咬着下唇不让眼泪流下来。

"可余声,这件事不行。"陆雅闭上眼摇了下头,"当妈的没人愿意看到自己女儿往火坑里跳。"

余声颤抖着牙齿久久开不了口,陆雅从来没有对她说过这些,即使是以前对她很严格的时候也没有。

"你的路还长,有些事看不明白很正常。"陆雅说,"这就得父母给你做决定。"看着床上已经泪流满面的女孩子,陆雅心下一疼,"妈不希望你做一个太平凡的人。"

房间里静了下来,阳光打在窗帘上,有光从缝隙间照进来。

余声一点一点地擦掉脸颊上的眼泪,重新抬头看向门口为艺术奉献了半生的女人。

她问:"平凡点不好吗?"

第十二章
平凡的人

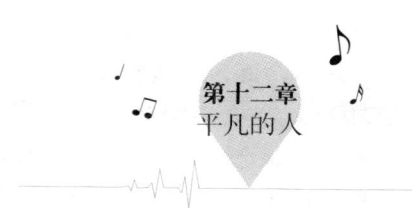

061

余声的那句话让陆雅陷入了沉重的思考,像是《哈姆雷特》里"生存还是灭亡,这是一个问题"那样不得其解。陆雅静了十几秒从余声身上撤走目光,一边拿包往外走一边留下"我晚上回来"的只言片语。

然后便是开门关门还有高跟鞋的动静。

房间里再次安静下来,空荡荡的只剩下她一个人。

余声有些庆幸陆雅没有坚持带她出去,想起昨夜至今发生的种种她无力地垂下肩膀。意外就像洪水,一旦决堤便不堪设想。

余声从床上下来洗了个澡吃了饭坐在阳台上,那边有很好的太阳。

门从外头反锁着她出不去,陆雅做事从来不留后路,要不然也不会昨天刚下飞机就直接去了医院。

一场好好的回国参展被她搞得像车祸现场。

中午的时候有侍者送午餐过来,余声正屈起腿靠着墙坐在玻璃窗跟前。事实上就算不锁门余声也不会跑,她知道这样做的后果会更严重。

女侍者放下餐具正要走,余声从阳台上下来了。

"您好。"她走过去,"能借手机给我打个电话吗?"

女侍者像被交代过似的,看了她一眼抱歉地笑着摇了下头,转身离开,并带上了门。余声沮丧地垂下脑袋正不知所措,门又被推开了。

她偏头看去,张魏然走了进来。

余声实在没有想到来的会是这个人,她惊讶地睁大了眼睛。张魏然似乎也短暂地错愕了下,在余声看不见的角度不动声色地将房卡塞回裤兜。

"你找我妈?"她先开口。

张魏然抬了下眉顿了片刻:"有些事情要请教陆老师。"说完他从身后将门关上,将房间扫了一圈,"你一个人?"

余声"嗯"了声,坐到沙发上。

"她说出去见个人,晚上才回来。"余声向门口看了一眼,"刚才那个阿姨就这么让你进来了?"她指的是侍者。

"这酒店是我的。"张魏然坐在她对面,笑了一下,"你说呢。"

余声暗自撇了撇嘴角,垂下目光看向玻璃茶几,伸手将侍者刚才放下的午餐盘拉到自己面前。客厅里忽然多出一个不知是敌是友的人,余声想了一下抬起头。

"你应该吃了吧?"她说。

张魏然还弯着嘴角:"吃过了。"接着又道,"你和我不必太客气。"

这话听在耳里总觉得哪里怪怪的,余声懒得想,低下头开始搅拌米饭。

她什么也没再说,反正一个人也怪闷,这人也没有走的意思,爱等就等好了。

一顿饭她吃了很久很久。

张魏然看了跟前这个女孩子一会儿,又将视线移到她身后的那幅山水素描上,十几年前的一个日子,他推开一扇门,第一眼看到的也是这幅场景。

窗台边立着脚架支起的画板,一个年轻女人在作画。

张魏然那时刚高中毕业步入大一,十七八岁的少年一腔热血立志要做中国第二个詹天佑。

那时教他的老师正是余曾,有那么几次机会他去拜访总是会遇见那个女人。

原来那便是老师的妻子。

后来他才知道他们结婚很早,女人那时不过二十七八岁,很冷静淡漠。

他每次去女人总是会默默地回房里将空间留给他和老师,背影看起来十几岁,不像是已经有六岁小孩的样子。

他的印象里有一年晚秋特别深刻。

他去找余曾报课题,学校公寓里老师不在,只有女人,身上穿着单薄的露着锁骨的卡其色宽松毛衣,长长的头发一小缕披在肩膀上。可能是那天气氛实在不错,陆雅第一次和他说话了,寥寥几句之后张魏然看见有阳光落在她的发丝上。

"你这样的性子怎么会跟他学铁路?"陆雅很淡地笑了一下,"应该去经商才对。"

张魏然永远记得女人说这话时的样子,依旧淡然从容,眼睛里流淌着欣赏和肯定。这个房间的布局和那间屋子像极了,窗台的光落下的位置都很相近。

"你要一直等她回来吗?"余声问。

突如其来的声音将张魏然拉回现实,他抬腕看了眼时间,然后从沙发上站起来。

"那我回头再来。"他说完便走。

脚刚迈出一步就被余声叫住了,女孩子也站起来,犹豫了半响。

张魏然坦然地看过去,余声低眸想了一下一咬牙:"能借手机给我用一下吗?"

张魏然只是短暂地停顿了一秒便从兜里掏出手机递给她,然后退到门外去等。余声一拿到手机一边拨号一边走去阳台,过了好一会儿才通。

说话的人却不是梁叙。

那头陈皮在讲梁叙去找医生说要出院的事儿,余声一听便急了。她让陈皮拦住梁叙,说自己一会儿就过去,接着想起什么随口问了一句昨晚打架的那个人。

"你说薛岬?"陈皮皱了下眉,"他是薛天的弟弟。"

余声疑惑:"薛天?"

"就那个让梁叙蹲了两年的王八蛋。"陈皮提起便是一肚子气,说完一愣,自己傻了,"你不知道?"

梁叙什么都不说,她怎么会知道呢?

下午两三点的阳光打在脸上有些刺眼,余声缓缓挂了电话将手机还给张魏然,神色看着明显不太好,比起刚才差了不是一星半点。

"没事儿吧?"张魏然问。

余声跟没听见一样怔了不到十秒,然后立刻回房里换好鞋,还没给张魏然反应的时间就跑远了。她在门口拦了辆出租车去医院,到地方才发觉身上一分钱都没有。

她所有的家当都留在酒店里了。

余声站在医院门口将兜里摸了个遍,连一个钢镚儿都没见影儿,她正不知所措,身后有人递了张五十块纸币过来。

余声诧异又惊喜地回头,五十岁留着胡须的中年男人对她笑了一下。

"没带钱就敢坐车。"男人眉眼温和,"急着去找男朋友吧。"

余声不好意思地抿了抿嘴巴,回神后赶紧道谢,让男人等一会儿,她去拿钱。

只是她刚跑进医院大厅脑海里闪过一个相似的人影,慢慢停下步子回头去看那处,早已空无一人。

面前都是来去匆忙拿药缴费的男女,余声穿过人群进了电梯上四楼,到楼层的"丁零"声一响,她抬头看出去。梁叙穿着病号服打着绷带,左手抄兜靠在正对面的墙壁上,静静地凝视着她一句话也不说。

她两步走出来,电梯门关上了。

可能是刚才跑过的缘故,她的发丝有些凌乱,有一束刘海搭在脸颊上,眼睛里闪着晶莹的光。

梁叙看着她，舌头顶了下腮帮，随后伸出手一把将她拉进身后的楼梯间，将门用脚一踢。她的背抵在墙上，他的吻落了下来。

梁叙左手绕到她脑后将她的脸托起亲住，余声怕弄疼他的伤处不敢动。两个人像是多久没见似的，各自贪婪地呼吸着对方的味道。

余声轻轻伸出手臂环上他的腰。

她仰着头迎合他汹涌如火的吻，嘴巴被他的舌头搅得天翻地覆，低喘不止。半明半暗的角落里两个人的影子交叉在一起，像是藤蔓紧紧缠绕。

短暂的热情过后，余声将脸埋在他胸前，小声又可怜地叫他："梁叙。"然后便不说话了。他将下巴搁她头顶上，左手搂着她的腰，指腹轻柔地摩擦着衣料。

"累不累？"他低声问，"要不要进去睡会儿？"

余声在他怀里轻点了一下头。

那段时间病房里没其他人在，老头儿们都下去晒太阳了。余声真的是太累了，乖乖地躺在他的病床上闭上眼睛，梁叙给她拉上被子坐在一旁的椅子上。

等她睡着了梁叙便出去抽烟。

陈皮来电话为说漏嘴的事儿道歉，就差负荆请罪了，当时因为谭叔交代的有关比赛的事儿过来了一下也没想那么多，却闹出这场。听见梁叙重重地吐了口烟，陈皮问余声怎么样。

"睡下了。"梁叙垂眸看着燃烧的烟头，"什么都没问。"

陈皮叹了一口气，梁叙把电话挂了。

走廊里穿梭着这座城市的普通人，老的少的男的女的都是一脸愁容。梁叙一个人上下楼将剩下的手续办完，然后回去病房里，一直坐到余声睡醒过来。

距离她来时已三个小时了。

余声还闭着眼睛耳朵里早听见他在和房里的一个老头说什么，老头笑了一下他也笑了。那笑太轻太轻，她终于睁开眼睛看他。

梁叙已经换好昨天的短袖和牛仔裤。

"醒了。"他弯起嘴角，"还睡不睡？"

余声摇了下头从床上坐起来，发怔地看着他说话对她笑。

梁叙俯身单手提着她的鞋放在床边，头微抬起就撞上她认真的目光。

"把鞋穿好。"他说，"我们一起去见你妈妈。"

余声眼眶一下就红了，鼻子酸涩，好像再过一秒就有眼泪冒出来。

她不知道梁叙怎么想的，但陆雅肯定不会那么容易妥协，或许他面临的将是一场最难打的硬仗。

"我妈很厉害的。"她说。

"打不还手骂不还口。"梁叙笑了，"行吗？"

余声的眼泪忽然就下来了，跟断了线的珠子一样不停地往下掉。她吸了两下鼻子又有点不好意思，房里的几个老头在下棋，还往这儿看了一眼。

那一天的北京是常温下38℃。

他们到酒店的时候大概是六点半，余声的手被他握着掌心冒着汗。两个人到七层出了电梯，余声担心陆雅不在，先让他等在原地，她先他一步走过去探看。

那扇门没有关严实，留着一条缝，余声想着陆雅应该回来了，偏头望了一眼走廊尽头的梁叙，正要招手让他过来，却听见里面有男女的低吟粗喘。

余声脑子"嗡"了一下，木讷地用手将门推开一点儿。

玄关处男女纠缠在一起，女人一边要推开男人一边却迎接着男人炙热的抚摸，动静传来，男女停下动作看过来，门口什么都没有。

062

陆雅像是被兜头浇了一盆冷水。

一场意外的鱼水之欢就此搁浅，张魏然退开到一侧，自嘲地勾了勾嘴角。他们之间从来不是你情我愿就可以解决的，虽说各自单身，却依旧没有过自由。

陆雅整理好妆容慢慢走到落地窗前。

酒店楼下有几辆汽车开走，路边人流量并不是很大，过了一会儿有两个身影出现在视野里，陆雅缓缓闭上眼睛，眼角流下一滴泪。

"你走吧。"陆雅背对着男人说，"今天我就当什么都没发生过。"

张魏然扯了下领带，偏过头去看窗边的人。

"什么都没发生过？"张魏然缓慢地说，"你一个人还没过够是吗？"陆雅没有说话，张魏然一直望着那个背影又提醒道，"我已经不是他的学生了，陆雅。"

女人像是一颗冰冷的石头沉默不语。

张魏然就那么站了很久，女人也以同样的姿势站着。有些感情太沉重，说出来就跟泡沫似的容易碎掉，半晌张魏然掸了两下西装外套转身向门口走去。

"一天是，一辈子是。"陆雅说。

张魏然脚步虚停了下右拐不见了，走廊上的那几十步里他给助手拨了个电话。

短短几句没有任何声音起伏,这些年所有的事都变成一句:"江司,以后别再给我安排了。"

世界好像霎时安静下来。

张魏然离开后,陆雅依旧站在原地一动不动,目光看着楼下夜色里的某处远方。一对年轻男女依偎着走在一起,花树公园的路灯下两个老人坐在长椅上说着话。

等老人搀扶着走了,陆雅拨了个号。

女人重新变得冷静骄傲起来,说话时的简单干练又回来了。寥寥几句过后两人客气地道了声"再见",没有一点儿曾经相爱过的痕迹。

余声已经和梁叙回到红砖胡同。

路上女孩子一句话也不肯说,拽着他的衣角不撒手,梁叙只听到最开始说的"她不在"后便被她硬拉着走了。

她一回来说累了便躺在床上,这副样子实在太罕见。

梁叙站在房里看着被子下的姑娘,皱了皱眉头然后出去了,过了会儿又回来。梁叙将从小卖部买到的一盒蜡烛都摆在桌子上,然后将房间的灯关掉,用打火机一支一支点燃。

蜡烛全被点亮,将房子照得很明亮。

他将打火机放在一边回头,余声已经坐起来平静地盯着那些火光。其其像是会看脸色似的一直躲在衣柜里,两只眼睛骨碌碌转个不停。

"胳膊还疼吗?"她开口却问了这个。

梁叙松了一口气:"小伤。"然后他坐去床边,余声轻轻整理了下他的绷带,表情很平淡,没什么波澜,低着头的样子乖巧极了。

"还小伤,这块都红了。"她一边摆弄一边轻责,"让你别出院偏不听。"

梁叙笑了,低声说:"在那地方晚上我睡不踏实。"

听他说完余声抬眼瞪了他一下,烛光照着两人的侧脸像一幅温和的画。

梁叙问她现在困不困,她说不困,话似乎也多了起来。

"我今天遇见一个熟人,就在医院门口。"她对他说,"几年前在火车上我也见过,拿着吉他还哄我说不哭。"说完余声歪头一笑,"巧吧?"

梁叙微微蹙眉:"那时候哭什么?"

余声:"……"

那个晚上她一直说个不停,好像眯一眼就睡过一觉似的格外精神。

梁叙问她脑筋急转弯,余声一直没有猜出来。

后来直到睡下还在研究，为什么人死前会说"我好冷"。

烛火一闪一闪打在墙壁上，然后都睡着了。

余声第二天一直在睡，不想起床，梁叙中午接到个电话出去了一趟，回来的时候给她带了饺子。余声正穿着睡裙抱着胖猫在浇花，"一帆风顺"有两束都开了。

"干吗去了这么久？"她还低着头。

梁叙的视线偏了一下："陈皮学校有事儿让过去一趟。"

楼下这个时候不知道怎么回事儿忽然热闹起来，房东老太太笑呵呵地大着嗓门说话。余声放下喷壶抱着猫去门口望了一眼，院子里好几个老人站在那儿。

梁叙摆好小桌板叫她："吃饭了。"

余声依依不舍地从门口进来坐在小凳子上，用勺子往嘴里搁了一个芹菜馅饺子，然后听见梁叙说胡同里两个老人黄昏恋，好像下个月就办婚礼。

"哦。"余声目光一凝。

午饭时间一过余声还想再睡一觉，被梁叙拉起来，他单手的力量依旧大得吓人。恰逢陈天阳打电话说学校实习的事情，梁叙便和她一起过去了。

余声去了教室开班会，他站在外头等。还是教学楼前的那棵树下，梁叙用左手上下兜找烟抽，抬眼瞧楼顶那一层的窗户，没有找到玻璃边她的身影。

半个多小时后，余声从教学楼里出来了。

她和陈天阳走在一起，后者看见他挥挥手先走了。余声慢吞吞地朝他走过去，两个人沿着校园路往外走。梁叙走在她的右边，左手牵着她。

"老师怎么说？"他低头。

余声右手插在衣兜里摸着刚才振动过的手机，慢动作回放似的"嗯"了声，说下周就去某建筑公司见习。

那地方距离红砖胡同有一个多小时的路程，早晨六点就得起床挤地铁和公交。

梁叙沉吟片刻："要不在那边给你租个房子？"

"不用。"余声说，"我还是喜欢挤公交。"

梁叙笑了一声，揉了揉她的手。当时他们已经走到足球场附近，那边有一个大屏幕正播着《午间新闻》。台上的男人搂着一个漂亮模特配合记者拍照，提及薛氏房产业，男人说会考虑继续和魏然兄合作。

他们很自然地都看到了这条新闻。

从昨晚开始她就一直不怎么吭气，即使说了那么多话，依旧四两拨千斤，不给他机会。事实上什么都不必再解释，他们都知道"过去的就过去好了"这个道理。

"三个月前我看见镜子姐了。"余声凝视前方,"她已经离开北京了。"

梁叙看了她一眼,轻声"嗯"了一下。

"还有那个人我见过几次。"她眼神示意屏幕上的男人继续说着,"早知道是他干的我当初就该给他点颜色瞧瞧。"然后她恼怒地皱紧眉头,"太便宜他了。"

梁叙闷声笑了:"那你打算怎么做?"

"先生煎再煮上七七四十九天熬成汤。"余声的脸上终于露出一丝小女孩的样子,"方杨最近复习那么辛苦正好补身子。"

梁叙一下子就笑大了。

"还有那个王八岬。"余声停下脚步,咬牙切齿地说,"以后别让我见到他。"

梁叙摸了下鼻子,侧过头又笑了。

"走吧。"他嘴角噙笑,"余大小姐。"

余声泄了气,白了他一眼,从他身边径直走过,梁叙笑着跟了上去。

那段日子他的胳膊使不上力弹不了吉他,为了不闲着便在胡同附近找了一个网管的活儿,一般是晚上十点过去清晨七点回来,然后再坐公交车去琴行那边,右手虽然不行但他最近开始尝试左手。

余声有时候忙会直接住在公司宿舍,不忙了就会立刻赶回来。

有些事情好像从来没有发生过。

他们现在依旧可以平静地生活下去,像大街上来往的最普通的行人一样,逢周末她会陪他去医院换药,眼看着他的伤一天比一天好。

地下乐队的比赛也提上了日程。

十一月初的那个下午梁叙正试着用右手拨弦,老谭的电话先到,没几分钟人就来了。地下室里周显一遍遍地改着新写的谱子,陈皮也忙得焦头烂额。

"胳膊怎么样了?"谭家明问。

梁叙说:"再过些天就可以拆线了。"

"那就好。"谭家明看了他们一眼,"我刚得知比赛推迟到明年三月。"他停了一下才说,"接下来的几个月我们要忙起来了。"

"推迟了?"陈皮兴奋起来。

一个月前梁叙受伤那天得到确切消息,上海一个音乐公司打算举办一场大型的地下乐队比赛。这对他们来说千载难逢,是个出头的好机会。

北京赛区晋级名额只有十个。

"我听说奖金这个数。"陈皮伸出三个指头,"真的假的?"

谭家明哼笑了一声。

"这次参加的肯定有不少殿堂级别的乐队。"老谭说,"他们可不会放过任何一个机会。"接着他又慎重道,"你们只要能进决赛这些便是九牛一毛。"

梁叙垂眸看着吉他,左手拨了一个音符。

傍晚的时候他才从琴行回胡同,赶上周五余声很早就回来了。

房东老太太特意端了一盆水果上来要他们明天留下吃席,金色的夕阳落进来,将老人的脸照得温和慈祥。

两个人吃了顿饭,梁叙去网吧上夜班。

余声躺在床上打开电脑找电视剧看,TVB的家庭伦理剧让人揪着心眼花缭乱。楼下的屋子里有几位老人的笑声,像是明天要嫁女儿一样热闹。

翌日天还没亮楼下就嚷了起来。

余声是被门口一阵烟花爆竹的声音闹醒的,她简单洗漱好跑下楼钻进一群小孩子里跟着看。要出嫁的老太太是房东的亲妹妹,二十年前没了丈夫,之后就搬进了这条胡同。鞭炮声噼里啪啦响,将天色照亮。

梁叙不知道什么时候站在不远处,他本来想走过去叫她却看见姑娘掏出手机拨了个电话。她走去安静的地方喊了声"妈",然后他就什么都没有听到了。

胡同里响着爆竹声,小孩欢呼着往院子里探头。

他想起那天接到电话去机场附近见陆雅,女人的眼里充满哀伤。他们谈了一个多小时,从余声喜欢的一切开始说起。

"我给你一年时间。"陆雅上飞机前说,"到时还未成气候就别怪我带她走。"

天上有飞机飞远了,地上有老头赶着热闹过来卖糖葫芦。

梁叙至今都不清楚那次谈话陆雅的退让,余声不愿意讲的话他也不会多问。大门前的红灯笼被清晨的风吹得摇晃,胡同里办喜事传遍了整条街。

梁叙低下头去,微微笑了起来。

063

鞭炮将地上的尘埃炸得迎风飞扬,闻着那味儿像是过年。

余声听见陆雅问她"你那边干什么呢",她说完陆雅笑了一下喃喃自语道真有福气。加拿大现在刚入夜,公寓里只有陆雅一个人。

余声低头看了一眼蹦到她脚下的指头大的响炮,心底忽然疼了一下。自从父母离婚后她不排斥陆雅再找,可能一时有些接受不了对方是张魏然而已。

母女俩都避重就轻不再谈起。

像现在这样和气地说一两句话陆雅多少已有安慰，作为母亲她实在担心她们又回到小凉庄那一年的相处关系。

余声说了一下最近的实习情况，陆雅安静地听她说完。挂了电话余声做了个深呼吸，回到人群里。

梁叙看她脸色平常，走了过去，左手自然而然地握上她的手。余声仰头去看身边的人，他目光直视着院子里忙碌的老人。

"今天回来这么早？"还不到六点。

梁叙低头看她："老板人好。"

屋里的光从窗户上映出来，打在墙壁贴的喜字上，身后有小女孩拉着妈妈的手说新娘子。余声一直歪头瞧着他不挪眼，细白的脖颈隐在暗光里。

"不是溜出来的？"她还不信。

梁叙抬眉："我可是一等良民。"

那一天的红砖胡同热闹极了，他们也跟着沾了些喜气。梁叙的右胳膊要蓄积力量不能经常用，余声一闲下来就跑去菜市场买鸡鸭鱼肉，还熬起了鸽子汤。

租屋里的盆盆罐罐多了起来，调料一样不少。

刚开始实习的那一个月还比较忙，后来每天晚上她都能赶八点前到胡同。然后会在半个多小时里熬好稀粥和他一起吃完，之后又开始熬她的汤。

等汤熬好了，他都已经去了网吧。

有时候她会熬好汤给他送去，网吧就在胡同街口，近着呢。不过一般情况梁叙不让她这么晚出来，距离不远，可毕竟路上人不多。

有一天晚上她照样熬好汤送过去。

梁叙当时正坐在柜台前，戴着大号耳麦，一边听音乐一边在笔记本上写音符。她看了一眼网吧里的那些男女，抱着盒子进了柜台，将他的耳麦扯下来。

"吃饭了。"她说。

梁叙无奈又好笑地看了她一眼，伸了个懒腰拧了两下脖子接过饭盒。他低头尝了一下那汤，很意外味道很不错。

"怎么样？"她伸长脖子看了一眼喝掉一大半的汤，眼里带笑，"好喝吧？"

她开始学煲汤没多久，味道虽说有些差强人意，梁叙也从来不说。可今天这汤确实比平时好喝不少，搁外头都能上一道菜了。

"说吧。"梁叙又喝了一口，"想要什么？"

余声咧开嘴一笑，眼睛弯成了月亮。

"但是——"梁叙话音一拐，"下次不许这么晚过来了听到没有？"

余声慢慢地收回笑意鼓起脸颊瞪他："我过来是——"说到一半她也一停，"谁知道你有没有拈花惹草？"

梁叙被嘴里的汤呛了一下差点噎住。

余声"哎呀"一声去拍他的背，还小大人似的说着"慢点喝你急什么"，惹得梁叙笑也不是凶也不是。

他顺好气正要开口说话，柜台上过来一个长头发的美女。

"嘿。"美女喊梁叙，"我那台机子有点问题，你能帮忙看一下吗？"

余声清了下嗓子低头翻出自己的手机玩。

梁叙垂眸笑着将饭盒放在桌上，看过去的时候，刚刚的笑意收得干干净净。

"几号桌子？我一会儿过去。"

美女报了个数字瞥了余声一眼，扭腰走了。

"都走远了还看？"她不知什么时候已经抬头。

梁叙一听眯起眼睛细细瞧着她，余声被看得有些不好意思，躲开他的视线还没一秒，就感觉下巴被捏住，他手指的温度瞬间弥漫她的神经。

他很深地亲了一下她的嘴。

"呀——"她吓得打掉他的手，"被人看见怎么办？"

梁叙看着她白皙的脸蛋，偏头笑了。

北京在十一月结束的时候进入了冬季，余声畏寒，那时早已穿上了棉绒外套。梁叙除了准备比赛还要赚钱过日子，等胳膊好得差不多了，他重新回了修车铺。

时间又像是被拨回了几个月之前。

一周近两三天他都会和陈皮、周显去酒吧弹唱，可能是由于年后的赛事，薛岬那伙人再也没来闹过。他们一般会撑到一两点酒吧歇业，在夜深人静时回琴行继续忙活。一天二十四个小时基本上连轴转，休息的时间很少，也只有周末单休在余声的坚持下多睡一两个小时。

他这两个月来左手弹唱进步很快。

谭家明念着他的伤，怕留下病根，轻易还是不愿意让他动右手。地下室里的气氛轻松又紧张，有满足有汗水。

他抱着吉他往那一坐，可以几个小时不挪位置。

下旬的一个傍晚，谭家明给他们放了一天假。

陈皮当时还以为自己幻听了，硬是没反应过来。老谭的训练严格那是出了名的，一旦开闸没有达到预期是不会喊停的。

"你没发烧吧老谭？"陈皮还是不可思议。

梁叙活动了两下胳膊，和周显对视，两人都笑了。陈皮傻了吧唧的还怔在架子鼓跟前，直到谭家明真的离开才回过神来。

"不对劲啊我说。"陈皮手指摩挲着下巴，"明天几号来着？"

周显说："十二月二十六了"。

"你们还记得我以前说老谭只收过一个女徒弟吗？"陈皮说，"听人说好像车祸没抢救过来。"

梁叙抬眼皱眉："哪听来的？"

"让我先说完。"陈皮想了下，"老谭那个手表记得吧，我估摸着应该是死亡时间。"

梁叙和周显这时候都沉默了。

地下室里莫名寂静下来，陈皮也不吭声了。梁叙放下吉他揉了两下脖子也出去了，走在路上给余声拨了电话，那头却一直占线。

梁叙坐上公交车返回租屋，正是下班时间，路上很堵，过了十来分钟他正要再拨过去试试，余声刚好打进来了。

"跟谁说呢？"梁叙问，"这么长时间。"

余声站在公司楼下的十字路口，一边拦车一边说是方杨。有出租车过来，她赶着时间坐上车匆忙和司机师傅说了个地址。

"去那干什么？"不是租屋方向。

"明天方杨研究生考试。"余声终于缓了一口气，"她在考场外的旅店里，让我陪两天。"

梁叙眉间霎时出现一个"川"字，良久后闷声"嗯"了下。

余声没有听出他的情绪，自顾自地说完便挂掉电话。方杨近几天状态不是很好，余声一心念着那边都顾不上梁叙了。

他那头堵车，余声这边也堵着。

等到了考场那边都已经八九点了，方杨亲自出来接余声又买了些零食带回旅店。两个人往回走的时候梁叙的电话又来了，问她到了没有注意安全，啰唆了好几句才挂电话。

方杨笑着揶揄了余声两句。

"这会儿还能和我开玩笑。"余声"嗯"了一下,"就保持好这种心态。"

提到这个方杨又蔫了:"不说还好一说又紧张了。"然后她拆开一袋零食往嘴里搁,可怜巴巴地伸出四个手指头,"几千号人只要四个,输了怎么办?"

余声这会儿已经不想再说什么其他多余的话了,她想起身边坚持着"栋笃笑"的陈皮、沉默寡言的周显,还有从来没想过要离开摇滚的梁叙。

"只要你不说放弃。"余声看着前方黑黑的巷子,"它就一直在。"

那两天是个周末,余声一直陪着方杨到考试结束。平凡的一年就这样轰轰烈烈地过去了,有得到,有失去,"一帆风顺"还活着,梁叙也走上了正轨。

余声在一月下旬结束实习。

那个时候距离新年已经不到一周时间,外婆打来电话问她回不回小凉庄。

余曾一个项目正在进行重要的收尾,说年后结束就来北京看她。

2008年是他们一起过的第一个新年。

余声买了很多过年的小玩意儿,她写对子梁叙贴对联。屋子里的墙上挂着过年的日历和福来到,房东老太太送了一大盘花生瓜子牛奶糖。

红砖胡同里小孩子揣着红包迎风跑。

大年三十梁叙买了很多烟花堆在楼顶放,她穿着羽绒服,戴着棉线帽子眼睛比星光都亮。上头的风很大,吹得她脸蛋都红了还舍不得回房里,后来还是梁叙将她抱回去的。

那几个夜晚他们总闹得筋疲力尽。

余声拥着被子懒懒地躺在他的怀里,半夜还能听见有人放烟花。房子里燃着她喜欢的蜡烛,胖猫躺在地毯上舔着自己的尾巴。

"我又长了一岁。"余声说。

她刚被他欺负完,一根指头都懒得动。梁叙将她紧紧搂在怀里,一只手搁在她柔软的腰间。

"嗯。"梁叙低头轻声说,"还小。"

他的目光似有似无地擦过她的胸,余声脸一红埋进被窝里不说话了。

梁叙笑着掀开被子低头看她,刚经过情事的味道从身下弥漫上来。她的手指还搁在他的手臂上,梁叙目光扫过她的胸脯喉结动了一下。

"说着玩呢。"最后一个字刚落下他又压了下来,用嘴堵住她的,一只手往下伸去,"把眼睛睁开,声声。"

他正要进行下一个动作,电话响了。

梁叙不耐烦地皱了下眉头，但那铃声太锲而不舍。

余声偷笑着看他一眼接过他递来的手机，那眼神示意着她赶紧解决。来电显示是方杨，这女生总坏事儿，梁叙烦了。

几分钟后余声结束了通话。

梁叙重新亲下来时被余声一挡，女孩子红着脸蛋，眼神俏皮。刚才方杨告诉她成绩出来了，考得不错，余声脑筋一转想逗逗他。

"方杨说——"余声看见他的脸黑了，声音更小了，"让我现在过去一趟。"

大晚上的，说这话谁信，梁叙缓缓压低头至她嘴边，手揉上她的香肩，闹得她忍不住仰起头来。

他声音一低："玩我？"

大年初八的夜晚月光很亮烟花很美，光秃秃的树上压着沉甸甸的雪，有着"如果有人问起这段感情，他会说永远"的样子。

064

二月下旬，春节便过去了。

梁叙他们几个已经在为三月初的比赛做最后的准备，忙碌起来跟陀螺似的在地下室里连轴转。不知道是不是时间紧迫神经绷得太紧的缘故，练习时某些节奏上三个人配合得一直不是很默契。

那个晚上又熬到两点。

"这个音区怎么回事儿？"陈皮皱眉，"要不咱降个调试试。"

梁叙当时正坐在架子鼓前，揉了揉有些僵硬的脖子。他靠着椅背仰头看了会儿天花板，从兜里摸出根烟叼在嘴里然后用打火机点上。

"周显你说。"陈皮又道。

被提到的男生想了一两分钟，不赞成地摇了摇头，降调难度变小却没有了他们最初想要达到的那种效果。地下室里顿时安静下来，几个人陷入沉思。

梁叙垂眸深深地吸了一口烟。

"不能降。"他慢慢吐出一口气，抬眼看他们，语调低沉缓慢，"再试试看。"

他们磨合到将近天亮才眯了眼，一个个东倒西歪将就着睡在地铺上。

梁叙的灰色衬衫都被压皱了，袖子卷在胳膊肘，不修边幅地侧头睡着，隐隐约约感觉到有人进来又出去了。

梁叙一会儿还要去车铺上班，半睡半醒地睁开眼看见有人将周显踢到一边的被子又给拉好了。他将手盖在眼睛上静了一会儿然后坐起来，起身将皮带重新系好穿上外套往外走。

六点多的巷子比湖面还宁静。

他经过琴行一楼的走廊去到门口，四十五度角的方向李谓站在那儿抽烟。

梁叙看了那背影几秒搓了把脸走过去，也要了一根叼嘴里。

"来这么早？"他手拢着火点烟。

李谓低头抽了一口："睡不着过来遛遛。"

清晨的冷风吹到脚下，卷起了地上的灰尘。有几只瘦鸟在墙角啄来啄去，不时叫一两声。梁叙沉默了一会儿，夹着烟的手指摸了下鼻子。

"见好就收。"他说，"别玩过了。"

李谓淡淡笑了一下，重重地叹了一口气。

巷子里不知是哪家的树上落过来一只大鸟，将本来寂静的街道弄出点动静。

"我知道。"李谓偏头看他，"你们最近练得怎么样？"

梁叙舌头顶了下腮帮子，正要说话路边走过来一个人。谭家明边走边低着头打电话，好像没有看见他们，嘴里说着"放心吧老哥"，一抬头瞬间止了话。

"回头再说。"谭家明一边挂电话一边走向他们，"站这儿干什么？"

梁叙叼着烟对李谓仰了仰下巴，又动了两下肩膀，有骨头嘎嘣响了下。他看了眼时间将最后一点烟抽干净，然后丢向路边的垃圾箱。

说了两句梁叙便上班去了。

车铺里最近人手不够，挺忙的，他就在几辆汽车底下钻来钻去。中午吃饭的时候几个同事坐在一起聊了会儿，梁叙几分钟吃完又忙活去了。

余声在半个钟头后来了个电话。

他们现在这种相处是常态，他忙比赛和工作很少陪她。余声这段时间要做毕业设计回了学校，逢周末才能和他回租屋在一起待个把小时。

北京的烟花三月跟着一场春雨来临。

毕业季的校园里兵荒马乱，学生们各自忙着各自的事儿，找实习单位、考公务员、当教师还是参加工作或者已经在准备GRE复试了。

余声年底刚结束建筑公司的实习，下一步具体怎么走她还没有想好。

宿舍里今天就她一个人在。

余声看了很久的资料找课题，敲了会儿电脑想上床睡一觉，宿舍门被人无力地轻轻推开，陈天阳默不作声地走进来，直接爬上床去睡了。

看那样子余声不好询问，也上了床。

刚躺下便模模糊糊听见头顶有轻微的抽泣声，余声蹙眉想了一下翻身拍了拍陈天阳身上的被子。女生抽了两下鼻子，顿时哭得更凶了。

"怎么了？"余声轻问。

陈天阳哭了好一会儿才掀开被子将脑袋露出来，趴在床上和余声面对面。那眼泪无声地往下砸，看得人怪难受的。

"我俩分了。"陈天阳低眸，"他提的。"

余声一惊，倒吸一口凉气。她从来没有见过陈天阳为一个男生哭得梨花带雨，更没有想过李谓在这女孩子心里的分量原来这么重。

她问："好好的怎么会这样？"

"鬼才知道。"陈天阳恨恨地说，"他说怕耽误我，骗谁呢！说不定喜欢上别的女生了。"

"应该不会。"余声想了下说，"他不是那种人。"

陈天阳刚擦干的眼泪又下来了，掉在枕头上湿了一大片。

余声拿了床头的抽纸递过去，一张又一张却擦不干净。这个时候好像说什么都不顶用，男生提分手的话对女生打击实在不小。

那两天陈天阳茶不思饭不想只闷头睡觉。

余声每天带饭回来她也一口不动，躺在床上就是不下来，也不再出声。余声打电话问过梁叙怎么回事儿，他什么也没说让她别管。

北京的日子过得平淡无奇。

那是有火烧云和晚霞的一天，余声刚从图书馆出来视线落在远处的电子屏幕上。有娱乐记者爆料薛天的情史，有几件还是包养女大学生。

梁叙的电话这时候进来了。

他玩吉他偷一会儿闲，出来抽个烟，就问问她吃了没有、做了什么，都是一些男女朋友之间的家常话。

余声心里感慨着从屏幕上移开目光，眼睛里渐渐泛起流沙一般的柔软。

"梁叙啊。"她叫他。

梁叙从嘴里拿下烟，抬头去看月亮。

"要不要听我唱歌？"他轻声问。

街道的高楼大厦在夜色的笼罩下，像隔了一层灰蒙蒙的雾气，看不清他的真面目。余声沿着小路慢慢往回走，他问她想听什么，她说《爱如潮水》。

第十三章
一年中的好日子

065

北京赛区的比赛在一周后开始。

阴雨绵绵的日子，天空像是铺满了灰色土布，模糊不清。

余声正在宿舍里收拾书包准备回红砖胡同，陈天阳一边吃着泡面一边泡脚。

这姑娘的心态正在慢慢恢复。

"明天学校有招聘会。"陈天阳问，"你不去吗？"

余声动作停了下："不去了。"

阳台上的玻璃窗蒙了一层雾气，房间里连对话都简单干净。

陈天阳埋头又吃起泡面，过了很久才找回自己的声音。

"我应该也不去。"陈天阳淡淡地说，"家里让回去考公务员。"

那时候他们很多人都不知前路，像个瞎子，等到有一天选择来临才发现自己会不知所措，然后便会像这万千凡人一样混入人流中讨生活，一边漫无目标地浪费时间一边分不清方向地行走。

"对了。"陈天阳说，"你那个朋友考研怎么样？"

按理来说现在也到了复试的时候，可方杨一点消息都没有给她。这段时间余声忙论文都快忘了这茬，什么情况都不知道。

她正和陈天阳说话，兜里的手机短暂地振了一下。

余声看了一眼来电显示加快收拾的速度，几分钟后全部准备完毕便要走。陈天阳在她出门前叫了她一声，支支吾吾了半天。

"你最近见过他没？"

余声瞬间反应过来，摇了摇头。陈天阳无力地垂下肩膀用筷子搅着泡面，目光又不似刚才清明，好像一提到这件事整个人又不对劲了。

"吃完好好睡一觉。"余声说，"我先走了。"

她叹了口气，反手关上门离开，长长的走廊狭窄又阴暗，让人觉得悲伤。

她走到楼门口的时候便看见穿着衬衫、牛仔裤的梁叙，他刚抽完一支烟往垃圾桶扔去，打着黑色的长把伞，没有戴帽子。

她小跑到他身后去拍他的肩膀。

梁叙早已觉察，嘴角一弯，然后回了下头，将伞给她罩上，很自然地把她的书包接过来，拉起她的手。大路两边不时经过互相依偎的男女，有的一手拎着水壶一手打着伞趿拉着拖鞋走得很快。

他在校门口拦了车说了个她没听过的地方。

"不回胡同吗？"余声诧异。

"直接去赛区。"梁叙说，"陈皮他们已经拉着设备过去了。"

他的乐队抽到的是第二天的比赛，场外早就订好了青年旅馆。赛区在北京南边，没堵车到地方已经是一个多小时以后了。

那一片挺安静，旅馆却都爆满。

他们要了四楼的两个房间，李谓、周显住在隔壁。晚上几个人吃了饭余声回屋里看电视，梁叙和他们俩去隔壁说明天的比赛。

九点左右余声接到一个电话。

方杨说说着就哭得稀里哗啦，比第一次四级没过还伤心，余声立刻就猜到了原因。她也没怎么开口，平静地陪着女生哭，没想到白天和陈天阳聊起时一闪而过的念头竟变成了真相。

老友的安慰在这时候最管用。

方杨距离复试分数线还差了一点儿，只有选择调剂，余声问调到哪个学校，女生说还没想好。待方杨渐渐平静下来时已经过去半个多小时，发泄过后哪怕失望都变得没那么可怕了。

"老师让我报考本校。"方杨说，"你说呢？"

余声趴在床上看着静音后的电影频道，悲惨来临时人们都双手合十说着哈利路亚。窗外的雨似乎下大了，模模糊糊还能听见落下时的声音。

"这个得你自己做决定。"余声目光看向窗边，"但我觉得你值得更好的。"

那边沉默了一下，然后挂掉电话。

余声又趴回臂弯里看起电影，稀里糊涂就睡了过去。印象里梁叙是深夜才过来的，给她将被子拉好陪着她睡下。那一晚她睡得很早，第二日天还没亮就醒了。

她侧卧着看梁叙睡着的样子。

他的头发在前几天刚剪，很短的寸头衬得整个人气宇轩昂。这几个月他们不眠不休坚持到现在,背着沉重的设备在街头演出,用生命在坚持理想。

余声细细地从他的眉眼往下瞧。

"怎么醒了?"梁叙这时候懵懂地睁开眼,"才几点。"

她轻声道:"早着呢。"

梁叙将被子往上一拉给她盖住肩膀又将她紧搂在怀里,像哄小孩似的说着再睡会儿。事实上等余声闭上眼没一会儿他就起来了,悄悄地穿上裤子套上短袖就出去了。

雨淅淅沥沥地打在玻璃上。

余声再也睡不着,也爬起来去洗漱,刚收拾好梁叙就拎着早餐进来了。她接过他手里的豆浆插上吸管,梁叙在桌角上敲了下鸡蛋。

"咱什么时候走。"她一边喝着一边说,"49号,中午能轮到吗?"

梁叙正在剥蛋壳:"理论上可以。"

话一说完壳都掉了,梁叙将剥好的鸡蛋递给她。

余声咬了一口又喝了点儿豆浆,等她吃完他们才出发去赛区。

小路潮湿泥泞,梁叙将雨伞大部分都打给了她和吉他。

赛区外来了很多助威的人。

他们打着各式各样的伞站在雨下排着队往里走,余声作为家属跟着梁叙从侧门选手入场的地方先进去了。

余声和他们分开坐,去了最前排的观众区,不一会儿那片儿就被坐满了。

比赛的时间进行得蛮快的。

到十一点左右的时候该他们出场,一个背着吉他、一个抱着贝斯,周显走去架子鼓前坐下。看台下已经彻底安静下来,四个评委的目光注视着他们。

梁叙轻轻拨了一下琴弦。

他站在那儿,高高的个子,弹着心爱的吉他做了开篇,黑色眸子一直低垂着随手指而动。前奏出来的时候好像所有人都被带动了,然后跟着那一声"你我皆凡人,生在人世间"走进他们的世界。

余声静静地看着他湿了眼眶。

这一路走来他们都很平静地面对一切发生的事情,就连过来参加比赛也像往常一样就这么来了。

她假装平平常常就跟过来玩似的,一句加油的话都没有说给他听。

"哎。"身边一个女孩子轻轻叫她,"给你纸巾。"

余声这才发觉泪水已流满脸颊，她不好意思地道谢去擦眼泪。舞台上他低低唱着，修长的手指熟练地拨弦扫弦，脖子上的象牙跟着他一摇一晃。

"那是你男朋友？"女孩问。

余声慢慢点了一下头，女孩子直夸他唱得好。

余声很自然地笑了起来，没有再说话，他的才华和努力她都知道。余声抬眼安静凝视，心里眼里只有他的样子。

等他们一曲唱完，余声跑到后面去等。

陈皮和质显先行离开，梁叙从台上跳了下来。比赛要经过三轮淘汰赛，每个下午公布入选名单，梁叙带她直接回了旅馆。小雨还在轻轻下着，她走在他的身边。

前路很长，弯弯绕绕，他们走了很久才到。

"中午想吃什么？"梁叙问。

"那有个馆子。"余声两边望了一下，"去吃面吧。"

可能是因为地处僻静又有比赛还下着雨，店里一个人都没有。

他们坐在门口的位置关上玻璃门，要了一大一小两碗面条吃。

她从碗里将肉挑出来给他。

"怎么不吃？"梁叙抬头看她，"就这么点还给我。"

余声努了下嘴："你管我。"

梁叙闻言笑了，这一早上她一句多余的话都没说，事实上比他还紧张。眼角还有泪痕在，梁叙抬手拭去她脸上的泪痕。

"我不管谁管。"

余声看了他一眼，然后沉默了。

馆子里没有其他声音也没有其他人，二十多平方米大的地方空空落落。地面有些潮湿，渗着寒气，即使在这入春的三四月也感觉不到暖意。

"你不是说天大的事儿当个屁放就是长大吗？"余声低头看着碗里的面条，"他们都离婚四年了。"

梁叙用筷子给她搅拌了下干掉的面条。

"四十岁一点都不老是不是？"余声的眼角滚下热泪，"还可以再结婚生小孩。"一想到母亲一个人孤独地熬着日子，那种寂寞悲伤她经历过的，她知道。

梁叙偏着头轻轻给她抹干净眼泪。

"没有人不喜欢自由。"他对她说，"你也一样。"

余声抬起眼来看他，那话里的意思再明白不过。

空气都安静下来，时间像过去了很长很久。梁叙将筷子塞到她手里，下巴对碗仰了仰。

"再不吃就凉了。"

她问："什么是自由？"

一个小时前的他还在舞台上唱着李宗盛的《凡人歌》，她在台下湿着眼睛低头擦眼泪。梁叙平静地看着她，目光没有一点波澜，黑漆漆的眸子深沉隐晦。

"束缚吧。"他说完便笑了，"束缚是自由。"

余声没明白。

"束缚怎么会是自由呢？"

梁叙又笑了。

"自由会带来恐慌。"他说。

那天的后来雨一直下着，到了晚上就跟瓢泼一样砸得玻璃噼里啪啦响。

每天的赛区都有大量人消失掉，到最后一个下午有了最终结果。

太阳意外地从云层里溜了出来。

他们入围北京赛区前十，拿到了去上海的参赛资格，在那里即将进行持续两个多月的复赛。

余声的行装里就几套衣服和写论文要用的笔记本，一周后跟着他们出发去了上海。

066

余声对上海的记忆还停留在十年前。

陆雅曾经在那里办画展，余曾还没有那么忙，陪着她一起等。如今她站在火车站外车来车往的大街上，仿佛又回到还是小姑娘的时候。

迎面而来的气味陌生又熟悉。

梁叙背着吉他拎着黑色大包站在她身旁，陈皮拦了一辆出租车直接前往上海总赛区。余声坐在车子后边扒着窗户向外看，路边栽满了法国梧桐，有很多人在下头行走。

出租车过红绿灯时她看见了一个路牌。

余声激动得差点叫出来，摇下车窗侧头去瞧牌子上那三个字。

梁叙讶异她突如其来的动静，探头过去也放眼一望，但什么都没瞅出来。

"看什么呢？"他问。

余声回头看了他一眼,笑着又转回去。副驾驶的陈皮闻声回过头来,开起了玩笑。车子重新开起来,余声的目光盯着那站牌很久才收回。

"巨鹿路。"她偏头文艺地对梁叙道,"一个象征着人生坐标的地方。"

周显笑问什么人生坐标。

"那条路上有一个杂志社。"余声说,"很多喜欢写作的年轻人都是从那里开始人生的。"然后她停了一下看向梁叙,"还记得我和你说过的那个作者吗?"

梁叙拧了下眉头:"风雨雷电火?"

余声忍不住笑了:"人家叫舒远。"

她从两年前便开始好奇这个同龄的作者,十六岁半的时候喜欢上一个男孩子。现在她们都二十一岁了,也不知道那个舒远曾经暗恋的男生如今可有浪子回头。

热浪从窗外一个劲儿往里灌。

她的头发被风吹得向后飘去,有那么一缕扫过梁叙的脸颊。

他低头去看她的眼睛和笑容,好像头有一种海鸥在大海上展翅翱翔的样子。

出租车一个小时后停在"有家客栈"。

他们下车将设备搬了上去,梁叙在柜台前办理住宿登记。五分钟后余声站在房子里的窗户前很深地呼吸着空气,阳台上放着一盆开得正好的迎春花。

梁叙躺在床上胳膊枕在脑后看她。

不知道赛区是不是都这样选择驻扎地,怎么来的地方都挺偏僻雅静的。

她伸着脖子去摸花蕊又很快缩回手,像是怕弄疼它,嘴里还念念有词。

他笑问:"嘀咕什么呢?"

"不知道其其怎么样了。"余声歪头瞧他,"它每天那么懒,房东奶奶会不会凶它?"

梁叙闷声笑起来,胸腔都震动了。他从床上站起来走去她身边,一只手抄在裤兜里抬眼看向窗外安静的巷弄。

房子里有着淡淡的花香,楼下有人在听很温柔的歌。

"有个事儿要问你。"他说。

余声仰头看他。

"为什么要叫其其?"他问,"你一直没说过。"

余声慢慢笑了:"你猜。"

梁叙:"猜对了有奖吗?"

余声看着他转了转眼睛。

"猜错了要惩罚。"她狡黠一笑。

微风吹起了窗帘,阳光落在她的侧脸上。梁叙的目光一下子柔软了,他低头去看身边的女孩。那目光静静的,盛满了细碎的光芒。

"行啊。"他说。

余声问:"那你说为什么?"

"我听说你一直想去旅行。"

余声一怔:"听谁说的?"

梁叙没有回答她,继续说下去。

"土耳其?"

余声彻底愣住了。

"为什么要去那儿?"

余声咬了咬下唇。

"你猜。"她说。

梁叙慢慢笑了。

余声瞧着他的目光是那么赤诚天真,像是一朵含苞待放的海棠花。

梁叙慢慢地抬手覆上她白皙的脸颊,低头垂眸轻轻吻了下去。

她感觉到脖子上的温热。

梁叙的唇凉凉的,很轻很轻,他的左手悄无声息的握上了她的腰。余声慢慢颤抖了一下随后被他箍在怀里,由着他的嘴落在她的耳根下吮吸。

他从背后一直深深吻了上去。

窗帘随之被轻轻一拉将两人罩在里头,梁叙将她抵在墙角。或许是风吹进来也有可能是那首歌的缘故,他们都深深陷进了彼此温柔的长河里。

余声抬手搂住他的脖子。

"方杨说那地方很浪漫。"余声说。

梁叙的吻重了:"嗯。"

正是阳光下情动的时候,房门被人敲了一下。

"梁叙。"陈皮在外头喊,"和余声吃饭了。"

余声湿漉漉的眼迷离地睁开,他正低头对着她笑,瞧着他一脸临危不乱衣冠楚楚,她狠狠瞪了他一眼。

"好了。"他笑了一下轻哄她,"吃饭去。"

她低眸一看,自己的衣服都褪到了腰际。

"我给你穿？"他低声道。

余声轻哼："不要。"说完她就拉上了自己的衣服，一只手忽然被他握住。她抬眼看他，梁叙又吻了下来。她慢慢闭上眼睛，一句话也不再说了。

时光也好像被他们定格了。

余声一直在想长大后的生活会是什么样子，找一个喜欢的人和一份简单的工作。她会慢慢成长为一个平凡的女人和妻子，然后用自己喜欢的方式过完这一生。

房门再也没有被敲响过。

天黑前她已经被他折腾得一根指头都不想动，没想到最后还是被他骗到了床上。余声再醒来时保温盒里有南瓜粥和鸡蛋，梁叙已经去隔壁周显那边。

她裸着肩头趴在床上慢慢笑了。

两天之后上海总赛区的第一轮比赛正式来临。这种正式的比赛和分赛区的形式不太一样，每轮都包括一个车轮赛环节和淘汰赛，分别有四个评委一一点评投票，四十名入围第二轮，那时观众便拥有了百分之四十的投票权利。

光第一轮就进行了长达两周时间。

从中国各赛区来上海参赛的乐队大概有百来支，比赛规则上第一轮是抽到偶数的乐队和抽到奇数的乐队各自进行车轮赛，最后由评委决定双方入围的前二十名。那些日子余声站在怒吼声都要喊破天的场子里，环视四周举着荧光棒的观众，为他们捏了一把汗。

连续的车轮战让他们精疲力竭。

每天参赛完他们几个都要去租好的小场子练习到深夜，等到回旅店余声早已经睡着了。阳台上的花开了又败了，再次开花是在第一轮比赛结束之后。

他们一口气直冲到奇数第九。

谭家明是在第一轮名次出来后才过来的，按照他们自己的话来说，第一轮都过不了就别提师父是谁。那个令人振奋的晚上，一群人在街头的大排档吃饭，谭家明指出了比赛中存在的几个问题。

"我昨天看见姓薛的乐队了。"陈皮吃了一口凉菜，想起正面接触时薛岬对他做了个熟悉的开枪动作牙齿直痒痒，"第一轮没机会，第二轮一定踢他们出去。"

谭家明睨了陈皮一眼。

"可别小瞧他们。"老谭和梁叙、周显碰了下杯子，"实力不错花花肠子不少。"

梁叙喝了口酒，给余声添满了可乐。

她在一边沉默地听着他们说起比赛事宜，第二轮由周显弹唱梁叙保持实力打架子鼓做好第三轮的冲刺准备。街面上到处是离开的人和留下的人,上海的夜晚将这短暂的擦肩上演得淋漓尽致。

一顿饭吃完他们一起回了旅馆。

余声一个人在房间里开始写毕业论文,隔壁谭家明正在和他们进行重要谈话。提起这一轮要变化的音乐风格梁叙说了一两句,然后点了一根烟抽起来。

后来谭家明接了一个电话出去了。

"老谭一点喘气的机会都不给咱。"陈皮找到机会啰嗦起来,也口渴了,"周显给瓶水。"

周显从桌上拿了瓶矿泉水丢过去,梁叙想起几个节奏随后熄灭烟出了门。他站在走廊上侧头往两边看去,谭家明正背对着他在和电话里的人玩笑。

他正要抬步走开,脚步却虚停了一下。

"放心吧老哥。"谭家明淡笑了一下,"那小子坏着呢。"

梁叙的眼神闪烁了一下随后他进了房间,陈皮在和周显说"栋笃笑"。

一轮比赛结束后他们心情都不错,可更大的压力和急迫感也接踵而来。

二轮赛前他们一直在排练。

谭家明好像永远不累似的跟着转,有时候深夜都不回来,在场子里搬两张桌子就可以睡一觉。

赛前的那个夜晚上海下起了大雨,余声坐在阳台边看雨,梁叙回来了。

"今天怎么回来这么早?"她走过去将毛巾递给他擦脸,"衣服都湿了。"

梁叙随便抹了几把,直接将短袖一脱光着膀子。

余声给他拿了一件干净的衣服,正要说话门被急急推开差点就要撞上她,梁叙手疾眼快将余声拉了一下绕到她身后。

他皱眉看向门口:"投胎啊你。"

陈皮喘着气缓了半天,痛苦地说,"出事儿了。"

余声具体不知道什么事情,梁叙让她待在屋里别出来便和陈皮走了。

地下乐队的圈子说大不大说小不小,一个消息也会传得沸沸扬扬的。

她是第二天下午得知的,因为李谓从北京过来了。

那时余声正站在比赛现场的侧门打电话,有人喊着周显不太好听的话,保安在维持秩序。她听见电话那头的陈天阳无声地流着眼泪问她话:"他是不是在那儿呢?"

余声侧头看了舞台那边一眼,下一个就该他们上台演出了。

现在网上几乎所有地下乐队贴吧新闻都在说周显，她好像明白了什么。

"李谓他——"余声停了话音。

陈天阳睁大眼睛不让泪水滚下来，昨天晚上她过去找李谓复合时，男生的脸色差到极致。

李谓很郑重地道了歉说不喜欢她，陈天阳不信非要让他说出个所以然来。

夕阳西下，李谓说了五个字。

上海大雨滂沱，陈天阳说着哭出了声。余声没有告诉女生事实上到目前她还没有见过李谓，可对于陈天阳来说好像眼前已经灰暗了，世界里只剩下李谓离开时留下的那句："你不觉得我恶心吗？"悲哀至极。

067

第二轮的第一场比赛他们简直惨败。

当时就算毫不顾忌场外的唏嘘嘈杂，周显的个人情绪也自然受到了影响，弹唱的时候出现了些纰漏，好几次都差点停下来。等表演结束回到后台隔间他整个人直接瘫倒在地上，神色像极了即将死去的人脸上才有的那种表情。

这个时候似乎说什么都显得多余。

梁叙和陈皮站在门口聊天，走廊上时而过去几个投来目光的身影。即使第一时间找人撤销网上那些消息，可浏览过的人数太多已经来不及。

那时日子已接近清明节。

四十支乐队连续两次抽签进行对战一直到入围十强，连败两次直接退赛，就他们目前的情况来看如果后天的第二场对战再输掉就真的结束了。过了一会儿周显从里面出来，声音很低沉地对他俩说了句"对不起"就默默离开了。

"他不会出事儿吧。"陈皮看着那瘦弱的背影叹了一声。 两个人一边往侧门方向走一边说着，赛场已经没多少人在了，梁叙一手抄进兜里去摸烟，抬头就看见余声一个人安静地站在门口低着头，又停下了要抽的意思。

接着她的视线便掠了过来，然后一笑。

陈皮不乐意做电灯泡先回了，梁叙和余声慢慢地走在后头。他们乐队抽的对战时间是那天下午的四点半，折腾一番到现在，天色都暗了下来。

"我都饿得不行了。"余声抬头看他，"你想吃什么？"

梁叙忽然觉得背着吉他的左肩一点重量都没了，他垂眸去看身边的这个——上辈子不知道做了什么大善事，今生才有幸遇见她这样的好运气的女孩子。

"什么都行。"他说。

于是他们去了距离旅店不远的那家饭馆，要了半斤汤饺吃起来。

她那晚的胃口实在不怎么好，吃了四五个就停下筷子。

"不是饿得不行。"梁叙皱眉，"才吃了几个？"

"那会儿是很饿呀。"余声胡搅蛮缠地解释，"现在又不饿了。"她说完很无辜地眨了两下眼睛看他，"不行吗？"

梁叙好笑："您说什么都对。"

店铺里的门这时候被人推开，又进来几个二十来岁的年轻人。

听那对话好像和周显有关，梁叙眉头倏地一紧，嘴里咀嚼饺子的速度瞬间慢了下来。

余声抬手握上他的筷子，梁叙看过来。

"我想吃那个饺子。"她眼睛确实盯着盘子，"你给我夹。"

梁叙怎么会不知道她的小心思，不耐烦顿时烟消云散。他吊儿郎当地挑了下眉头，似笑非笑地看了她好一会儿。

"一个十块。"他说，"要不要？"

余声努嘴瞪过去，梁叙低头凑近。

"凭着我们俩的关系。"他看着她，声音很低很沉，"友情价？"

余声听到后面熟稔的那三个字"扑哧"一声笑了。

从赛场出来她就一直扮演着合格的女朋友角色，什么也不问，一个劲儿地说着题外话，想方设法逗他。

事实上梁叙对第一场失利倒没有多沮丧，可看她这样拼命帮他掩饰心底都在颤动。

饺子吃完他们便沿街往回走。

很多年前看书里写上海的穿堂风和巷弄，好像直到此刻余声才切实体会到那种感觉。他将她的手包裹在掌心里，偏头和她说着一些听起来无论是什么都会很有趣的话。

快到旅店门口的时候，他的手机响了。

梁叙掏出一看，意料之中，没什么表情，只是沉默了一下。

余声扫了一眼他的来电显示，将自己的手轻轻抽了回来，然后拿过他的吉他。

"去吧。"她说，"别太晚。"

梁叙看了她一眼又扫了下时间。

"有事和陈皮说。"他轻道,"别等我,早点睡知道吗?"

月亮慢慢从云层里爬出来,不知道哪里飘来的雾挡住了天空,衬得月光不太清晰。

梁叙说完看着她进去,才转身一边接通电话一边往反方向走去。

他在一个偏僻的长巷见到了李谓。

后者蹲在灰色墙壁下,从早上打电话给他到现在似乎一直就在这儿没动过。那张脸看着比久病独居的老年人还憔悴,胡子拉碴的下巴凌乱不堪。

梁叙沉默地走近,也蹲了下去。

长长的巷子破败陈旧,连盏像样的路灯都没有,他们俩靠着墙面对面地蹲在地上抽着烟。梁叙一只胳膊搭在膝盖上,一只手将烟往嘴里送。

远方时而有灯光转过来。

"蹲这儿不累吗?"梁叙沉默了会儿才说,"喝酒去?"

巷子角落里有一家开着门的酒馆,正门很小刚够一个人进去。

他们那一夜喝了一杯又一杯,没人喊过停。李谓鼻涕眼泪流了一脸,哭得不成样子,一个大老爷们儿真的太丢人。

老板放了首李宗盛的《爱的代价》。

那低沉缓慢的调子慢慢流淌出来,泼洒在这不是很明亮的馆子里。门口的月亮不知道看见了什么又溜回了云层里,天空变得又黑又寂寞。

梁叙想起还在小凉庄的时候。

他们仨抱着吉他找个鸟多林子大的地方一待就是一天,直到夕阳从天边落下去。陈皮摇头晃脑地说"栋笃笑",李谓盘腿坐在地上一个劲儿地弯腰,肚子都乐胀了。他靠在一棵树下抱着吉他给两人配乐,抬眼便记住了这里的山山水水。

那两天出现了一种诡异的平静。

老谭什么都没有要求,依旧周显主唱,梁叙的架子鼓敲得特别带劲。

在第二场的比赛里他们加入了一点淡淡的后摇,周显又变成那个没事人,唱起崔健的《死不回头》还挺像个文弱的疯子。

那一战虽说观众支持率下滑却吸引了评委。

于是他们反败为胜,赢回一场,暂时安全了。

退居幕后几个人离场回旅馆,陈皮高兴成什么样,走路都在哼着江南小调,拉着余声向房东借锅要在阳台煮火锅吃。

好像那个时刻没发生过让人伤心的事。

陈皮从来都是这样的人，有趣幽默，比黄子华看着还会耍帅，跟个活宝似的把余声逗得直乐。

他们这样叫陈皮叫惯了，都快忘记人家本名是叫陈坡——耳东陈，苏东坡的坡。

"这个不能和我抢啊。"陈皮操着筷子在锅里占领地盘，"哥们儿最爱。"

梁叙笑着说"去你的"，然后给余声碗里夹菜。

晚上七八点的样子，不是什么大好日子围在一起吃火锅倒也挺有意思。吃得差不多时梁叙把余声叫出去了，屋里就剩下陈皮和周显。

后者一直低头吃着没怎么说话。

锅下的酒精炉还在剧烈燃烧，汤和菜被煮得直冒气。

窗帘半拉着，有不算温暖的光落进来，将他们的身影衬得有些落寞。

陈皮往窗外方向看看，话却是对低头的人说的。

"咱认识也有四年了吧。"天空中有人在放孔明灯，陈皮望着那红色的灯重复道，"都四年了。"

周显知道陈皮要说什么。

"别以为你们不说我就不知道。"陈皮淡淡一笑，"老子长眼睛干啥的。"随即他目光落在周显身上，"你还不认识他我就知道了。"

周显蓦地一惊，抬头直视陈皮。

"你这性子闷得不行，那家伙又心思太重。"陈皮静静地说，"你们俩跟玩捉迷藏似的闹到最后只能两败俱伤。"周显又将头低了下去，陈皮问，"有意思吗？"

周显的双眼似乎有一些湿了。

火锅还翻滚着冒着泡，房子里又安静下来。

陈皮知道有很多事儿得自己做决定谁也替代不了，但作为朋友说句良心话也是应该的。

陈皮看了窗外一眼往外走去，在门口又停下。

"有时候走脑行不通咱试试走心。"陈皮坚持了这么多年的"栋笃笑"，不是光靠说说就行的，"行吗周显？"话留下他就走了。

很久之后房门被重新从里面拉开。

白净的月光下街道上有两个人影，深夜的路灯晦暗却充满了安详平静。他们一个蹲在地上一个站在对面，像屹立了很久的石头桩。

没人知道他们说了什么。

这场别扭长达七百天的你进我退终于平安落幕，在经过这一波不大不小的事儿后好像一切也没那么重要了。

月亮拉着身边最近的星斗跑出来，远处有人在唱《往事随风》。

"别蹲这儿了。"然后听见站着的人说，"我们走吧。"

068
他们始终没有得到机会与薛岬对战。

第二轮互相抽签选择对手的错过直接导致后者被其他乐队PK掉了，这件事情让很多人都感到意外。甚至有某新闻报道出来很快又被删掉了，就好像一直未存在过一样销声匿迹。

而薛岬再也没出现在大众视野里。

旅店里陈皮已经第三遍看那段发生了重大失误的比赛视频，原因是主唱没有按时到场，直接被要求退赛。梁叙当时抽着烟倚着墙壁，黑色眸子里藏着太多疑问。

"凭良心说确实不错。"李谓发表意见，"可以冲决赛的。"

"不知道是该惋惜还是幸灾乐祸。"陈皮说，"反正就是高兴不起来。"说着他抬眼看向最沉默的周显，"你说我这是不是受虐心理？"

周显笑了下，李谓踢了陈皮一脚。

或许正是由于这件事的暗自发酵将周显那事儿给压了下去，很奇怪那几天网上找不到丁点相关的痕迹。晋级前十的地下乐队除了他们是横冲直撞进来的，其他都是元老级，随随便便一个喊嗓全是真功夫。

陈皮又担心起来："会不会是陷阱？"

"陷阱个头。"李谓说，"有见过这种的吗？"

他们这样怀疑是有道理的，关键是薛岬撤退得太猝不及防，留给很多人胡乱猜想的空间。房子里陈皮、李谓一句接着一句，梁叙一根烟抽完回自己屋了。

余声正在看电视剧。

他轻轻推开门走进去这姑娘都丝毫没有察觉，一双眼睛注视着屏幕里的武侠人物看得特别认真。梁叙没有惊扰她，坐在一边跟着一起看，大概就是江湖上的头号人物跑来峨眉山争夺武林盟主的事儿。

一个一个签了生死契约战败则亡。

有一个意气风发的年轻人一腔热血誓死要做天下第一，身边跟着一个青梅竹马文静善良死心塌地的姑娘。他的武功还有心性已经走火入魔，就这样风雨无阻杀到最后一战，没有想到蒙着面的对手竟然是他最不在乎也不会怕她走掉的姑娘。

彼时她已经奄奄一息,他跪在血淋淋的地上问她为什么。

"我们不做大侠了。"姑娘看着他流下两行热泪,"就做最平凡的人。"

看到这儿余声的眼泪哗地流下来,她酸着鼻子湿了眼眶,一偏头就看见梁叙探头过来。他抬手去擦她的眼泪,动作很轻很慢。

"看个电视。"他说,"哭什么?"

梁叙心底慢慢叹息一声,右手搭在她的肩膀上,忽然想起曾经李谓问他余声是个什么样的女孩子,他当时叼着烟想了很久。

"一个人间的天使。"然后他说,"不适合这尔虞我诈的尘世。"

黑夜将星辰一个一个点亮送进屋子,阳台上的花又开了两朵,被风吹起了叶子。余声慢慢侧身躺下闭上眼睛,过了很久等她睡着了梁叙才出去。

那一年的春天真是难得的好天气。

四月中旬上海公司举办的全国地下乐队比赛第三轮正式拉开帷幕,小恒星乐队的提名和支持率大幅度上升。他们三个人玩转各种各样的乐器,加进了后摇元素将摇滚撩得风生水起,一路杀进全国四强。

然后便是一战又一战晋级前三。

场外的支持率罕见地以指数函数递增,到处可见为他们呐喊助威的横幅和啦啦队。全国决赛的前两天他们一直休息在练习场地,那时已将近五月光景了。

他们现在想做一首纯后摇。

梁叙正在为里头的伴奏乐愁眉紧锁,几个人想了几晚上都没有找到合适的。陈皮连说"栋笃笑"的兴致都没了,周显和李谓还在网上搜索。

"我出去一下。"梁叙说。

他从租的场子里走出来,太阳升得老高,本来是想先回旅馆却在拐弯的马路对面看见了谭家明。后者接了一个电话像是在等什么人,两分钟后一个戴着帽子的男人过来了。

梁叙看不清那人的脸,但背影他不会忘记。

路边的汽车来来往往地穿梭着,红灯将他们隔得很远。两三句话之后男人便匆匆离开,谭家明在原地站了一会儿回过头来。

绿灯下的梁叙淡淡笑了一下,眼神平静得有些可怕,自顾自地点了下头,朝右边的巷子走去。

还是那家有些破旧的酒馆,里面有三三两两的人在喝酒。

梁叙拎着几瓶去了最角落的地方,刚喝掉半瓶谭家明过来了。

两个人面对面坐着，一言不发地闷了很久。

"要听故事吗？"谭家明后来问他。

梁叙从酒里抬起眼皮，似醉非醉的眼神淡漠无比。他无力地仰头将剩下的酒一饮而尽，然后又沉默地给自己倒了一杯。

"还记得你曾经问我这表为什么不走。"谭家明看了下自己的手腕，"一九九四年农历四月二十四日下午四点五十二分她抢救无效死亡。"谭家明笑着补充，"我女朋友。"

梁叙拿着杯子的手波动了一下。

"听过传说中的霹雳乐队吗？可能你父亲没说过。"谭家明说，"当时有四个人，我女朋友、我、一个跟着那场车祸一起走掉的兄弟。"他停了一下才道，"最后一个是你父亲。"

梁叙蓦地抬起头来。

"他年纪最大。"谭家明说，"我们都叫他老哥。"

有人进了酒馆喊着老板来二两。

"可能跟你听到的有关版本不太一样。"谭家明艰难地说，"那场车祸他也是受害人，断了肋骨，手筋尽碎，这辈子都拿不起吉他了。"

谭家明是不愿意回忆那次事故的。

他们几个人刚赢了一场盛大的地下比赛要出去"嗨"一场，那天晚上下了很大很大的雨。他们都叫梁兵老哥，还知道他有个媳妇儿和一对儿女，开玩笑问什么时候接嫂子他们来北京。

梁兵笑笑说："快了。"

当时好像正赶上红绿灯，因为雨太大看不清前路。那条街道上的红绿灯变幻时间太快，挡风玻璃被雨水冲刷得模糊不清，意外就这样发生了。

两辆车相向而行撞在一起。

当时谭家明记得是自己开的车，可一个多月之后等他从医院醒来，梁兵已经早一步将祸事揽去。他们四个人一下子没了两个，对方车里的一对夫妻也去了一个。

"那年我二十四岁。"谭家明重重吐了一口气，"从此一无所有。"

那几年的浑浑噩噩之后他便开始流浪四方，在梁兵未出狱的四年里以老哥的名义给他们母子三人寄钱却都被退回来。

谭家明曾经问过梁兵为什么不回去，五十岁的男人将头摇了又摇。

酒馆里梁叙垂着头一句话都不肯吭。

这么多年了，作为儿子他不愿意别人冲撞父亲半分，却也在心里既维护又怨恨着那个人。从梁兵离开那天开始沈秀就担起了整个家，爷爷种果树卖钱身上扛了十多年不能说的话。

"那时候我觉得人生太长了，长得让人厌倦。"谭家明话里的落寞让人难过。

梁叙一直保持着低头的姿势。

"后来不知道哪一天忽然醒悟了。"谭家明说，"我记得那天阳光特别好，天空很蓝还吹着风，好像什么都没发生过一样。"

酒馆里渐渐没人了，天色黑了下来。

"本来这些话烂进肚子也不会告诉你。"谭家明离开前说，"但我想他作为一个父亲站在你身旁。"谭家明痛快地说完便走了，梁叙垂眸沉默。

他回去旅馆的时候余声还没有睡，洗过澡的样子看着干净极了。她闻着他一身的酒味儿很用力地蹙紧眉头，立刻去给他泡花茶喝。

梁叙从后面紧紧抱住她。

余声不知道他为什么喝了这么多酒，只是乖乖地由他抱在怀里一动不动。

他沉重的呼吸喷在她的颈边，像一个大海里漂浮无助的人。

她轻声问他："怎么了？"

"嗯。"他含混不清地答，"让我抱会儿。"

梁叙好像只是喝醉了，并没有什么太复杂的表情，随后便洗了澡和她相拥而眠。余声看着夜里壁灯下他憔悴的样子，慢慢帮他抚平了眉头。

半夜里梁叙又醒了过来，事实上他根本没有睡着。

他轻手轻脚地下了床去门外抽烟。走廊的通风口有凉风吹起他的衬衫，梁叙低着眉一根接一根抽了一晚上。

第二天太阳初升，一切依旧。

他去练习场地的时候余声也跟着去了，那一整天他们几个都在排练。

余声和李谓在一边看着帮点小忙，耳朵里听到的全是低沉和伤感。

伴奏插了一段当年挑战者号飞机失事的音频。

整个演奏过程有一种说不出来的感觉，梁叙打着鼓的样子看着平静极了。

这样的平静一直持续到决赛那天的清晨，像以往一个平平常常的日子一样。

比赛现场人山人海，观众兴致高昂。

他们是最后一支参赛的乐队，在这之前场下已经兴奋起来，那样热闹的场面倒显得他的平静更加深刻。

梁叙在上场前接到一个电话,两边都静默了一分钟然后听见那头的人说:"去吧,像个战士那样。"说完便挂了。

069
余声至今都记得那个场面。
他穿着黑色短袖坐在架子鼓前,对着话筒低沉地轻声唱一两句然后敲起鼓来。整首歌破天荒地全部采用了后摇的形式,全场安静沉默。
这中间有一部分带些哀鸣。
陈皮拨着贝斯弦双目垂下,偶尔拍两下贝斯板。周显抱着吉他脚尖着地,脸色淡漠薄唇紧抿时而看一眼台下不知在找谁。
他们像一个灵魂一样的存在。
那场比赛他们最终奇迹般力压群雄,成了穿越人海而来的黑马,几乎是一夜之间从地下走到了地上,将上海的星空都点亮了。很多唱片公司要找他们签约,无一例外都被梁叙推拒了。
他们安静地从上海回了北京。
李谓和周显提前一天先走了,陈皮得知黄子华要去广州开一场"栋笃笑",半夜就打车离开了。
后来就剩下他们俩还在旅馆,那会儿梁叙正在收拾行李,余声在给花浇水。
"我们能不能和老板娘说一下。"余声侧头看他,"把这花送咱。"
梁叙闻言笑了起来。
"有那么喜欢吗?"他停下叠衣服的动作戏谑道,"连花都不放过。"
余声轻轻白了他一眼,又低头去浇花。梁叙笑着去看她的侧脸,房子里的光打在她身上温和又柔软。她一句话也不说光站在那里,就足够让他甘心沉沦。
他们是翌日上午九点的火车。
余声说什么都不坐飞机,还言辞恳切道对列车有情怀,抱着一盆迎春眼睛都在笑。回去和来时一切好似都没有改变,却又真真切切地改变了,从车里看车外这世界干净又漂亮。
过道里有年轻妈妈在哄小孩。
余声的目光随着那小男孩也动来动去,那一声啼哭把这个车厢都搅得鲜活起来。她慢慢收回视线去看梁叙,他正垂眸认真地给她拆着零食。
玻璃窗外全是田野和高山。

列车和铁轨如胶似漆地摩擦在一起，往前行驶着，有时到了下一站火车会减速，便能听见轰隆隆的撞击声和鸣笛声，那声音辽阔悠远听着便能让人心安。

回北京后余声就开始忙着毕业答辩了。

这两个月就像一场短暂的梦境，醒来后一切未曾改变，梁叙还回了修车铺子上班，闲暇时他们一行人找个车水马龙的街道便开始玩吉他。

有一天陈皮问他："接下来有什么打算？"

说起来虽然生活照旧但仍发生了变化，很多公司找上门来要给他们做包装甚至提到出国深造。梁叙一般情况下什么都不多说，和第一次一样婉拒，然后客气地送走那些人，陈皮、周显也同样如此。

"你呢。"梁叙反问，"有什么打算？"

陈皮伸出右手耍酷似的将额上的头发向后一捋。

"哥们儿立志要做'栋笃笑'的终生追随者。"陈皮说完一笑，"先请我爸妈吃顿豪华大餐再说，这有了钱的感觉吧——"

梁叙没等他说完一根烟塞去将那嘴堵了。

北京的春末那花繁得不像话，把整座城都笼在里头。天安门广场换下的小盆菊一块钱一盆，一两天就能被人抢光，游客遍地的故宫里，美女导游讲着慈禧。

他在故宫外头和余声的父亲见了面。

四十来岁的男人戴着眼镜睿智温和，问他最近工作怎么样，余声每天都做什么。余曾和陆雅的性格南辕北辙却都把女儿当心头肉，梁叙不知道该怎么感谢他们教出了这样一个干净善良的姑娘。

两个人谈完话余曾便去了余声的学校。

梁叙站在街道上看着那远去的黑色汽车，想起自回到北京再也没有梁兵的消息。谭家明前几日刚和他道别要四海为家了，对于梁兵和他一样再不知晓。

梁叙抬眼去看头顶的天，白云苍狗，斗转星移。

此时余声已经见到了余曾，面对父亲她从不撒谎，提起梁叙眼里都有光。

余曾笑着听完带她去了北京的会馆吃饭，包厢里就他们父女俩。

一顿饭吃了小半，余曾接到电话去开会了。

余声不乐意让司机送她，非要将剩下的菜吃完，她一个人坐在百来平方米的包厢里顿觉难过。后来她往外走的时候意外看到了张魏然的助理江司从隔壁出来，像是在送客，陪同着当时乐队比赛的其中一个评委。

瞬间有什么东西击中了她的神经。

余声慢慢走去那扇门前然后推开进去，窗前站着的男人正端着红酒轻轻摇着高脚杯，垂眸看着楼下。或许不知道来人是她，没什么防备。

"送走了？"他声音清淡。

余声没有说话，半晌男人回头。张魏然眼里闪过一丝诧异又很快恢复平静，对她轻轻笑了笑问她怎么来这儿了。她的目光太犀利冷静，张魏然面对这个聪明的姑娘无声叹气。

"我什么都没有做。"张魏然说，"那是他的真本事，这点你该比我清楚。"

不过是薛岬找媒体透露梁叙坐牢被他给压下了，因着和薛天曾经合作过对方给了面子。可那两兄弟不是好惹的主，搅不混一摊水誓不罢休。

"要感谢的不是我。"张魏然说，"是许小姐。"

再次提起这个女人，余声有些恍惚。也就是那时她才知道这个女人以肚子里将要出世的孩子为由要求薛天将所有新闻摆平，活了快半生才有后人，薛天感激涕零都来不及。

余声听见自己的声音在发颤："那她现在呢？"

"母凭子贵。"张魏然说，"不过孩子留下了她走了。"

余声好一会儿才将这个事儿消化掉，她抬头去看面前这个意气风发却又看着有点憔悴的男人。

有那么一刹那像是瞧见了母亲的影子，这人做这么多是因为什么她知道。

空气缓慢地流动在两人中间。

余声静静地将目光探去对面窗外的大厦里，沉默了好几分钟然后转过身去。她走到门口处又停下脚步，背对着里头的男人轻轻开口。

"明天是我妈生日。"说完她就走了。

那或许是她难以再忘记的一个夜晚，所有事情汹涌而来又无声退去。回学校的公共汽车上她给梁叙打电话，问他吃了没有，在干什么。

车窗将外头的热闹隔了开去。

他们像以前一样说了很久的话，直到月亮第N次从云雾里跑出来。

余声那些日子一直在学校准备答辩，毕业设计改了无数遍，文件夹里全是一改二改、设计一改、设计二改、毕业一改、毕业二改、最终修改等乱七八糟的词。

前两天她去见了方杨，女生有些憔悴。

这个六月他们都在准备毕业，方杨已经做好了二战的准备，房子租在大学街，每天雷打不动地去图书馆。

刚经历一场战斗又要重新投入,余声真怕这女生受不了累趴下。

"痛苦是暂时的。"方杨回答她的劝慰,"现在除了往前走我无路可退。"

余声看着这个女孩子的眼睛。

很久之后她在一个街道遇见了挎着篮子去买菜的许镜,这才想起那种目光似曾相识。她记得自己跟了上去,她们还心平气和地聊了两句。

余声那时已经二十有四,她问许镜后悔过吗?

"人生只有一次。"许镜淡淡一笑,"不能重来啊。"

余声记得曾经读罗伯兹的自传《项塔兰》,他问普拉巴克什么是苦,那个矮小善良的男人看着萤火点亮的灯说苦是渴求。像这世界所有的普通人一样,他们都在拼着命想过好这平凡生活。

2008年的六月初二,余声答辩结束。

她从教学楼里出来后抬眼轻轻一瞥,梁叙戴着黑色帽子穿着短袖、牛仔裤抄兜等在树下。他已经抬脚朝她走过来,然后拿过她的书包拉起她的手。

"顺利吗?"梁叙玩笑,"有没有答不上来?"

余声皱眉趁他不注意掐了他一下,梁叙抽着气"嘶"了一声。

余声笑着仰头朝前大步走,梁叙将脸别向一边笑了一下跟上去。

彼时校园里已经空空荡荡了。

就在昨晚她还和陈天阳坐在床上一起看电影,后者一会儿哭一会儿笑说着"这人终于演了一回好人,真的太感动了"的话。

今天下午这女生就坐车回家乡,或许今后再见一面难上加难。

这大概便是离别前的样子吧。

有风从前头吹过来扬起地上的尘土,情人坡上一对对男女在摆着造型拍照。余声好像听见梁叙说了句话没听太清,她抬头看着他问了句:"你说什么?"

"我们去旅行吧。"他慢慢说道。

他说话做事从来不含糊,那一个月便开始来回跑着办理各种手续。

余声每天过着懒洋洋的生活浇花喂猫,红砖胡同又有一对老年人办喜事了。

六月底的傍晚天上忽然出现很多孔明灯。

那时余声正在阳台上晾衣服,胖猫趴在脚下睡得稀里糊涂。过了一会儿他从外头回来带了菜说要洗手作羹汤,她抱着猫在一旁看,差点被火烧了猫毛。

那是一个平静普通的夜晚。

他们自己做好,吃了晚饭,然后一起找电影看,后来她躺在他怀里就那么睡着了，醒来的时候清晨四五点的样子，外头有小雨点往下落在窗上。

余声爬起来去阳台收衣服。

她抱着那一堆他和她的衣裳站在雨点下，然后做了一个深呼吸。

那个时刻的北京安静极了，胡同里什么声音都没有。站在高处远远眺望一片安宁，唯一听见的便是流浪猫狗的叫声，像小凉庄的样子。

"下着雨呢。"梁叙不知道什么时候站在后头，"怎么不进去？"

有一滴雨落在了她的眼睛上，余声轻轻一眨眼睛又亮了。

梁叙走到她身边也随着她的方向看过去，半明半暗的天际线有光正在破云而出。

"梁叙啊。"余声叫他，"小时候老师问我们长大后要做什么。"她看着远方，"身边的同学都说当科学家考飞行员。"

"你呢？"他偏过头来看她，"你怎么说？"

"我啊。"余声也抬眼看他，然后咧开嘴笑了，"我说长大后做什么最快乐。"她的声音里盛满了调皮，梁叙跟着笑开了。

雨点不知道什么时候停了下来，北京的六月，空气新鲜，有着潮湿的泥土味道。

梁叙抱过她怀里的衣服拉她进屋。

他们坐的是九点的火车先回一趟羊城，在这之前梁叙已经安排好一切。

他们收拾行李这就出发了，胡同里有"一帆风顺"和胖猫看着家。

汽车一路疾驰送他们到火车站。

那时候梁叙不知道他的邮箱里刚进来一封H&B的邀请函，或许等他们回去就看见了。

路上梁叙说要给她讲故事，这是属于他们两个人的好天气。检票口已经有人陆陆续续往里去，她要听他把故事讲完。

（全文完）

番外
遇见羊城

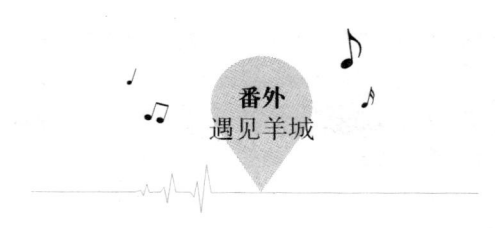

（上）

余声第一次听到《送别》是在梁叙的个人演唱会上，那是 2010 年的羊城春天。他哑着嗓子握着话筒，微微侧头声音低沉，一双黑眸里有着一种淡泊和坦然。

当时她站在舞台下的人群里看他。

这些日子以来他瘦了不少，沉默的时候脸颊上会吸进两个深坑，也不知道昨晚在医院有没有睡好，今天就风尘仆仆地赶了过来。

演唱会结束时十二点了。

她站在后台等他，微风吹起发尾，在黑夜的灯下画了道弧。过了一会儿他背着吉他掀开幕布走出来，一边走一边理了下衬衫的衣领。

他看向她："等急了吧？"

余声摇头笑了笑，拉上他的手。

"很少见过羊城的夜晚。"她说，"真漂亮。"

梁叙淡淡地抬了下眉头。

"有吗？"他给她指了个方向，"过两天那儿有灯展，带你去看。"

余声朝他身边靠了一下。

"我觉得这儿比北京好。"她笑着说。

他忽然想起从前她说过这地方真好，他问她哪儿好了，她说哪儿都好。梁叙用力攥了下她的手笑了，眼睛里有种难得的温柔。

"我在哪儿你就觉得哪儿好，是吧？"他说。

余声特别无辜地看了他一眼。

"有吗。"她说，"我说过？"

梁叙的目光紧紧地盯着她，半晌偏过头笑了。余声将手从他的掌心里抽出来，然后双手挽上他的胳膊。

"这是我遇见的最好的地方。"余声慢慢说，"每个人都不慌不忙地简单生活，有免费公交车、很多老年人、宽阔不拥挤的马路,夕阳西下的时候还可以去广场跳舞。"

梁叙静静地听她说着。

"不过——"她话音一停。

"不过什么?"他问。

余声轻轻叹了一口气。

"要是有家书店就好了。"余声说,"我觉得这是一个小城最有情怀的地方。"

梁叙笑了一下:"我都多少年没听过这地儿了。"

"不会吧。"余声抬眼,"读书的时候你都不看辅导书吗?"

梁叙垂眸皱了下眉。

"我高三什么样你不知道吗?"

余声听罢抿嘴笑了。

"还记得我和你说过的那个作者舒远吗?"她问。

梁叙"嗯"了一声:"怎么了?"

"她说有机会要开一家书店,然后写一本像沈从文的《边城》那样的书。"余声羡慕道,"有白塔和湖,还有翠翠和黄狗。"

梁叙又"嗯"了一声。

"你不觉得那个年代很好吗?"余声说,"每一天都过得很慢很认真。"

他们此时刚走过一条马路,红绿灯下寥寥无几的汽车开了过来。他们沿着医院方向走去,昏黄的路灯打在他们的脚下。

"那个作者是女的?"他问。

余声白他一眼:"不然嘞?"

"那她做人肯定很脆弱。"梁叙说,"应该是个很悲观的人。"

余声:"你怎么知道?"

"猜的。"

"喊。"余声说,"不过是挺悲观的。"

梁叙的声音忽然一重。

"你可不能学她知道吗?"他说。

余声不太情愿地应了一声,偏头看向街道右边已经打烊的铺子,缓缓地叹了一口气,看她这么敷衍梁叙抬起左手刮了下她的鼻子。

"听到没有?"

"一半吧。"余声假装淡定地说,"你不是说有些话得择着听吗?"

梁叙:"……"

说着他们便到了医院楼下,两个人不再说话,轻手轻脚地上楼。

病房里爷爷已经睡着了,沈秀看见他们轻轻带上门走了出来。

"我还以为你们回来得大半夜了。"沈秀说。

"没那么久。"梁叙说,"爷爷今晚怎么样?"

沈秀慢慢摇摇头。

"疼得厉害。"沈秀说,"刚打了杜冷丁睡下了。"

梁叙沉默了一会儿。

"行。"他说,"您和余声回吧。"

沈秀点了下头,拉过余声下了楼。她们脚步很轻走得很慢,到了楼下有了风声沈秀才开口说话。

"这些日子多亏梁叙。"沈秀说,"他的路刚走顺就遇见这事儿。"

大年初三爷爷身体不适去医院,等到初七医生上班才做了各项检查。平时很硬朗都没怎么生过病的一个人忽然就是癌症晚期了,搁在哪一家都受不了。

镇子到县城不方便,梁叙便在这儿租了个小单元。

他们一家人都搬过来了,白天沈秀照顾爷爷晚上换梁叙。

老人生性乐观压根就没往坏处想过,所有人都瞒着爷爷,哄着他说没大事儿。

"我都忘了问他今晚的演唱会怎么样。"

"挺好的。"余声说。

"那就好。"沈秀说,"他爷爷还问这事儿了,一直睡不着觉。"

余声笑了:"爷爷现在越来越像小孩了。"

"不知道是不是老了都这样。"沈秀说,"他今天问我怎么来医院病还加重了。"

余声默默地低了低头。

"人年纪一大活一天少一天。"沈秀叹息一声,"阿姨我都五十五了。"

余声抬头:"五十五才算刚退休。"她说,"好日子还在后头呢。"

沈秀被她说笑了。

羊城的小巷子还点着路灯,过往的行人匆忙赶路。

马路边走过几只流浪的小狗,隐约还能听见几声猫叫。

回到公寓余声便回房间睡下了。

她躺在月光洒过来的床铺上,也不知道想起什么拿起手机编辑了一条短信。

过了一会儿手机短暂地响了一下,她抬眼一瞧笑了。

上面写着:"晚安宝贝,妈妈爱你。"

她都这么大的人了还是忍不住想哭,又担心早晨被梁叙发现抹了几下就止住了。她看向这座小城一片漆黑的窗外,心里平静极了。

回来羊城的前两天方杨问她:"第三年了,能考上吗?"

方杨考了三年研究生始终没有妥协过,很多人都说一个女孩子要那么高的学历做什么,迟早得嫁人。可无论那些人怎么看怎么说,方杨都没有妥协过。

"真失败了。"余声记得当时自己反问,"还继续吗?"

方杨静默了很久说:"嗯。"

后来说起未来,方杨承认虽然很放心梁叙对她的感情,但真的再回羊城那地方为他放弃理想,她真的愿意吗?余声的嘴角扬起了一个很灿烂的笑。

"我想。"她顿了一下说,"这和你一年又一年地重头来过一样。"

"怎么一样?"

那一天的北京下着毛毛雨,整座城市的尘埃被冲刷了一遍又一遍。这片土地上的每个人都在认真生活,为了自己喜欢或者已经跌倒过却仍要爬起来去做的事情。

而答案自始至终只有一个:"热爱。"

(下)

那天是四月里一个天气很好的日子。

余声推着轮椅上的爷爷在医院里晒太阳,微风拂过青草地跟麦浪似的。

爷爷闭着眼睛不知道是不是睡着了,细听之下有很小很小的鼾声。

她探过头看了一下,坐在旁边的石凳上。

一声"丫头啊"吓了她一跳,抬眼便看见爷爷正笑着看她,余声揉了下眼睛也笑了一下,说:"怎么了爷爷?"

"给爷爷找点烟来。"爷爷说。

"现在吗?"余声想了一下说,"医生不让抽的。"

爷爷眯起眼睛:"就一根行不?"

余声犹豫了一会儿,还是摇了摇头。

爷爷嘴里嘀咕了半天余声忍着笑,晒了会儿太阳便回了病房。

她刚推门进去梁叙就过来了。

已经到吃饭的时间,他一来余声就去了食堂打营养餐。等她拎着饭盒回来的时候病房里一个人都没有，余声四处找了一下，后来在走廊拐角看见了他们。

爷爷低着头捏着旱烟，梁叙按着打火机凑近去点。那个画面真的很难让人忘记，阳光从玻璃窗渗进来落了两人一身。

余声悄悄地回了病房。

下午沈秀过来的时候余声和梁叙才离开，车水马龙的路上他拉着她的手过马路。她仰头逆着光去看他的侧脸，那冷硬却温软的线条让她一颗心都化了。

察觉到她的目光，他低了低头。

"怎么了？"

她一时想起便问："你怎么还给爷爷烟抽？"

梁叙听完笑了。

"不抽他难受。"他说，"怎么舒服怎么来好了。"

闻言余声有点难过。

"还有多久？"

梁叙说："几个月了。"

"能撑到过年吗？"

梁叙缓缓地摇了摇头。

余声不知道再说些什么，只是握上他的手，鼻子一酸眼里闪烁着泪花。她轻轻去擦了一下，换了话题。

"你下午还要去上班吗？"

回羊城已经几个月了，他闲不下来找了个活儿先干着，在朋友的琴行教吉他，一有时间就过来医院。

"不去了。"他说，"下午要和主治医师说说爷爷的情况。"

余声抿了抿唇："你自己别累着。"

"我知道。"梁叙笑了笑，"想好吃什么了吗？"

余声说："饺子吧。"

他们找了一家很普通的店铺坐下来，要了两份芹菜大肉馅儿的饺子。她喜欢吃汤饺，总是一个一个慢慢往嘴里喂。

"烫吗？"他问。

"还好。"她说，"你要不要尝尝？"

"你先吃。"他朝着她的碗仰了仰下巴，"吃不完再说。"

一顿饭吃了二十分钟左右才结束，他们又原路返回了医院。

余声去了病房，他直接拐去医生办公室。

大概过了一个小时他才回来，脸色看起来和平常一样，和沈秀对视了一眼接了个电话出去了，半晌沈秀也出去了。余声帮爷爷倒了杯水，老人喝了点叹了口气。

"他们俩又说我什么去了？"

余声愣了一下。

"都以为我不知道自个儿怎么回事是不？"爷爷看着她说，"丫头啊，让他们进来说。"

"爷爷。"她舌头打了结，"我……"

"有什么事儿让他们进来说。"爷爷坚持道，"不用背着我。"

老人话音刚落下门就被推开了，梁叙和沈秀一前一后走进来。老人看了他们一会儿，又喝了口水然后放下杯子。

"说吧。"爷爷道。

沈秀和梁叙都沉默了。

"秀儿你说。"

"爸。"沈秀忽然哽咽，"我……"

爷爷摆了摆手说："算了。"

余声看了梁叙一眼，他闭了一下眼睛又很快睁开，走到爷爷的床边坐下来。

"我和我妈商量了一下。"他声音很低很沉，"如果您愿意的话还是想试试放疗。"

"放疗的话能活多久？"

"一年。"

"要是不呢？"

梁叙停了片刻说："不到半年。"

"那就不做了。"老人斩钉截铁。

"爸！"沈秀惊叫。

"有什么意义呢？"爷爷瞳孔微微一缩又舒展开来，"不过多活些日子而已，少些也无妨。"

梁叙握着拳头偏过头去。

"我今年七十八了。"爷爷伸出两根手指，慢慢地说，"这世界该看的热闹也看了，是时候去见你奶奶了。"

余声低下头掉了一滴眼泪。

"她不喜欢我迟到。"爷爷笑说。

事实上医生不太同意放疗，老人年纪大了受不了那个。

这个时候病房里的阳光从床的左边慢慢向外移去，应该很快就会不见了。

"收拾收拾。"爷爷轻轻道，"咱回吧。"

于是那个下午梁叙就办好了出院手续，他租了辆小汽车一路开回青草坪。

几年前村子里通了公共汽车，去镇子里和县城方便又便宜。

后视镜里的楼房和路人慢慢远去，余声开了一点窗户看向外头的青草地，一大片一大片黄色的油菜花跟着风起舞，远方有炊烟和人家、流水和瓦房。

"还是咱这儿好。"爷爷感叹，"那医院住得我浑身不舒服。"

梁叙轻笑了一下。

"您有没有想去的地方。"梁叙说，"说个听听。"

爷爷抬眉："哪儿都行？"

梁叙笑说："哪儿都行。"

风从原野吹了过来，远远地就看见前头那片梨子地，梨树刚冒出青芽儿，生机勃勃的样子。

"北京吧。"爷爷说。

"成。"梁叙看着前方的大路，"就北京。"

2010年的五月中旬梁叙和余声还有沈秀和爷爷一起去了北京，飞机场外陈皮开着拉风的汽车已经等着了。

北京城的一切还是那么熟悉。

清晨四五点就有很多人将天安门围了个圈，梁叙推着爷爷在最前边看了整场升旗。后来人都走完了，他们还在那儿站着。

"二十多年了。"爷爷说，"那时候你爸才二十出头，临走前他和我说：'爸，等儿子混出个人样儿就接您去北京看天安门。'"说到最后老人声音都带了哭腔。

"儿啊。"老人看着这茫茫大地，轻声说，"爸看见了。"

爷爷的身体一天比一天差，没过多少日子就回去了。沈秀一直尽心尽力地服侍，直到爷爷弥留之际余声才见到去年火车站梁叙给她讲的那个故事里的男人。

男人胡子拉碴一脸疲惫，刚进屋就重重一跪，良久才喊出那声"爸"。

爷爷的眼睛慢慢睁开了，男人跪着行至老人跟前，眼泪哗哗地流。爷爷嘴里好像在说什么，男人凑近去听。

"天……安……门。"爷爷最后说，"好。"

那个字说完爷爷便走了，屋里的人痛哭出声。那几天很多亲戚都来吊唁，余声披着孝服跟在梁叙身边。

他一直没有和男人说过一句话。

那一天直到凌晨家里才忙完,余声出去找梁叙。他正站在路边的黑暗里抽烟,不用看就知道眉头紧锁。

"怎么在这儿。"她说,"我到处找你。"

梁叙将剩下的烟一掐,探身去握她的手。

"这么凉。"他皱眉,"夜里天冷,多加件衣裳知道吗?"

余声轻轻点了下头,慢慢张开双手环上他的腰。她的温度让梁叙瞬间平静下来,他轻轻叹了口气将她搂紧。

"我没事儿。"他安慰她说,"别担心。"

余声"嗯"了一声。

"我爸说明天他过来。"她轻声说,"想祭拜一下爷爷。"

梁叙的目光落去远方的灯火上。

"知道地方吗?"他说,"要不要我去接?"

"不用。"她说,"外公外婆也过来。"

黑夜里,他慢慢说:"好。"

后来第二天的清晨六点多余曾便开车带着两位老人来了,余声早早地就到门口去接。那个时候朝阳初升,人间初盛,她踩着风跑了过去。

余曾嗔怒:"慢点儿。"

她不好意思地弯了弯嘴角,余曾已经走近她。余声瞧见父亲的两鬓又添了白发,心不由得一疼,不动声色地移开了目光。

"是他吗?"余曾故作不知。

余声顺着父亲的目光看过去,不远处的梧桐树下梁叙正在和他爸说话。她看见他低下了头,梁兵拍了下他的肩膀。

"是他。"她说,"梁叙。"

太阳慢慢从云朵里冒出头,这个村庄的清晨宁静祥和。

外婆搀着外公慢慢走来,余声仰头喊了声梁叙,然后他看了过来。

有一缕光落在他的身上。她看见他朝这边走了过来,脚下好像有风似的。

这个时候青草坪的人们接二连三地醒了,隐约能听见有人开门的"吱呀"声。她静静地望进他的目光里,久久不愿离开。

后记

翻阅词典看到一个很有意思的解释。

"跋"这个词除了写在书籍或者图画后面之外,还可以作动词讲,译为登山涉水。

我很喜欢这个成语,甚至觉得这四个字足以囊括人生。

像候鸟一样,随着季节变化而南北迁移。

几天前我亲爱的编辑苏小姐告诉我要写一篇后记,提笔的时候我忽然不知道写什么了。很多读者因为《他笑时风华正茂》认识了舒远,她是个很幸运的人。

2017年我的生活一塌糊涂。

那个特别的时期遇见喜欢我的你们,好像又多了独自面对困难的勇气。

我是那种特别悲观又严重缺乏自信的人,时常烦躁脾气不好,你们却说舒远一定是个很善良的姑娘。

因此这篇后记为你们而写。

我曾经有些清高自傲,想做个被生活仰望的人。

这一年多来我放弃了很多选择,重新走上了截然不同的路。从前的理想变成了泡沫,不知道何时才会被重新唤起。

于是我变成了一个很平凡的人。

我一直以为人生最简单也就是平凡生活了,后来我发现,哪怕是这样我也得拼尽全力。

《余音绕梁》的结局便是我的结局。

从开始写长篇小说到现在,我渴望进步也深刻感觉自己学到了很多东西。

我不再拘泥于那些梦幻里的美好,我屈从于现实的残酷和温暖。

上周和一个朋友聊天说起这件事。

他说我不应该总是回顾年少的过去,我应该用我的笔将追随而来的读者带向未来。我彷徨过、痛苦过、失败过,我愿意写下自己的故事和你们分享。

如果有幸能使你得到共鸣和感动，那真是三生有幸了。

至今我都感恩遇见你们。

这个故事写完的时候，我很认真地问朋友："为什么喜欢《余音绕梁》的人没有《他笑时风华正茂》多呢？"明明写得比风华正茂更丰满。

我也曾开玩笑说我的良苦用心并不是每个人都理解，真正读懂这个故事的读者一定不是普通人。我说完他便笑了，什么也没再说。

我一直渴望写一本拿得出手的好书。

2018年我二十四岁，考了两年研究生，到现在参加工作。可能不是我想象中的样子每天都很忙碌，但我依然期待，并且开始认真生活。

等到有一天，我的经历能够撑起手里的笔杆，或许真的会写一本好书。

写到这儿我在听Shang的《哈利路亚》。

好像内心真的获得了平静一样，我终于不再害怕，只想好好过日子。

大学毕业的时候，我和一个室友有过一个约定：一起攒钱去西藏，然后去一个很偏僻的山区做教师。现在她想着辞职，而我正在适应生活，我们都没有攒下钱。

开始写这本书是在去年夏天。

同年七月我去了新疆，服侍住院的外公，其间断断续续删删改改直到十一月才写完。

这个故事里的很多人都有现实生活里我或者你的影子，好几次难免让人崩溃。

我不敢说写得多好但很诚恳。

事实上我的愿望很渺小，也不是很擅长写言情，更多的是想讲一个平凡的故事，而你恰好听到并且喜欢。

感谢读到这本书的所有读者。

感谢一直信任我支持我的编辑，感谢平凡而琐碎的生活。

如果有一天我不再害怕活着，那一定也不畏惧前路茫茫的将来。

2018年3月8日深夜一点于咸阳

舒远